Kim Leopold

Freiheit und Versuchung

Black Heart Chroniken I

FSC
www.fsc.org
MIX
Papier aus verantwortungsvollen Quellen
FSC® C083411

Impressum

Freiheit und Versuchung
Black Heart Chroniken I

Die Deutsche Nationalbibliothek verzeichnet diese Publikation in der Deutschen Nationalbibliografie; detaillierte bibliografische Daten sind im Internet über www.dnb.de abrufbar.

1. Auflage

Antoniusstraße 4
48429 Rheine
mail@kimleopold.de

Lektorat und Korrektorat: Tatjana Weichel, Wortfinesse
Illustrationen: Yvonne von Allmen
Grafische Gestaltung: Kim Leopold
Grafiken unter Lizensierung von 123rf (nadezhdash, tomertu) und Creative Market (Eclectic Anthology, Calamar Studio)

ISBN: 978-3-75797-6491

Herstellung und Druck über tolino media GmbH & Co. KG, München.
Printed in Germany

Kim Leopold

Freiheit und Versuchung

Black Heart Chroniken I

Sammelband

Sogar eine weisse Rose
hat einen dunklen Schatten.

INHALT

Ein Märchen von Gut und Böse

Kapitel 1

Ein Mann

München, 2018

»Sie müssen das nicht tun.« Vorsichtig hebe ich die Hände in die Luft und fokussiere den Blick der verängstigten Frau. Ein paar Strähnen haben sich aus ihrer ordentlichen Frisur gelöst und fallen ihr in das verzweifelte Gesicht. Ihre blauen Augen schauen gehetzt von meinem Freund zu mir und wieder zurück und imitieren damit die Bewegung der Waffe in ihrer Hand.

»Ich weiß, dass Sie Angst haben«, spreche ich weiter und gehe auf sie zu. Die hohen Hauswände werfen unsere Stimmen zurück. »Aber ich weiß auch, dass Sie ein guter Mensch sind. Stecken Sie die Waffe weg.«

»Nein«, stößt sie hervor und weicht einen Schritt zurück. »Ich werd' Sie erschießen. Sie beide. Ich kann nicht zulassen, dass Sie … dass Sie …«

Ich spüre, wie mein Freund neben mir unruhig von einem Fuß auf den anderen wechselt. Je länger wir in dieser Gasse festsitzen, umso wahrscheinlicher ist es, dass uns jemand entdeckt, der uns auf keinen Fall aufspüren soll. Uns und die Frau, die nichts verbrochen hat. Die einfach nur zur falschen Zeit am falschen Ort gewesen ist.

»Wir könnten doch …«, setzt mein Freund an, aber ich schüttle den Kopf und bringe ihn damit zum Schweigen. Noch habe ich alles unter Kontrolle. Die Frau hat schon zu viel gesehen, da müssen wir uns nicht auch noch vor ihren Augen in Luft auflösen.

»Wenn Sie jetzt auf uns schießen, werden Sie sich das niemals verzeihen können«, rede ich auf sie ein und gehe noch einen Schritt auf sie zu. Dann noch einen und noch einen, bis sie die Wand im Rücken hat und sich der Lauf ihrer Pistole nur noch wenige Zentimeter vor meiner Brust befindet.

Die Angst vor Schusswaffen habe ich schon vor langer Zeit verloren.

Ich lächle sie mitfühlend an. »Sie sind ein guter Mensch«, wiederhole ich mit sanfter Stimme. »Das kann ich in Ihren Augen sehen. Schauen Sie mich an. Schauen Sie mir in die Augen. Bin ich wirklich einer von den Bösen?«

Sie begegnet meinem Blick und sucht nach der Antwort auf ihre Fragen. Einige Momente später werden ihre Gesichtszüge weich, sie lässt die Hände sinken und steckt die Pistole zurück in den Holster.

»Aber …«, flüstert sie und schaut an mir vorbei in die Gasse. In die Dunkelheit, in der eine ihrer Kolleginnen liegt. Womöglich sogar eine Freundin. Kein Wunder, dass sie uns am liebsten erschießen wollte.

»Wir haben sie nicht getötet«, verspreche ich ihr leise. »Sie lag schon dort, als wir vor ein paar Minuten hier entlanggekommen sind.«

Sie atmet laut aus und streicht sich die Haare hinter die Ohren, bevor die Angst in ihren Augen einer Entschlossenheit weicht, für die ich sie bewundere. Das muss an ihrer Arbeit liegen. So schnell könnte ich nicht umschalten, wenn die Tote meine Freundin gewesen wäre. »Haben Sie etwas Verdächtiges gesehen?«

Ich schüttle den Kopf. Die Leiche an sich ist schon verdächtig genug, aber die Polizistin ist ein Mensch und hat nichts mit all dem zu tun, also werde ich sie ganz sicher nicht auf die richtige Fährte setzen. Mein Freund räuspert sich und tritt neben mich.

»Ich glaube, ich habe einen Schatten verschwinden sehen«, fügt er hinzu und deutet in Richtung der belebteren Straße. »Er ist dort entlang.«

Die Frau nickt entschlossen und zückt ihre Waffe wieder. »Sie beide bleiben hier, bis meine Kollegen eintreffen«, erklärt sie mit fester Stimme, bevor sie sich an uns vorbeischiebt und die Gasse entlangläuft. Dabei fordert sie über ihr Funkgerät Verstärkung an.

Wir warten, bis sie um die Ecke verschwunden ist, bevor wir zur Leiche zurückkehren, um noch einen letzten Blick auf die Frau zu werfen. Sie liegt auf dem Boden, alle Viere von sich gestreckt, die langen, hellblonden Haare haben sich aus ihrem Zopf gelöst und sind wie ein Kissen unter ihren Kopf gebettet. Sie trägt noch ihre Uniform, was mich nicht wundert. Ihre Kollegin muss kurz nach ihr in die Gasse gekommen sein. Dem Angreifer blieb also nicht viel Zeit.

Ich hocke mich neben sie und taste nach ihrem Handgelenk. Ihre Haut ist noch warm.

Nichts davon wäre ungewöhnlich, wenn man ihr nicht mit Kohle Male auf die Haut gezeichnet hätte. Die Frau kommt mir bekannt vor.

»War das eine von ihnen?«, fragt mein Freund und zieht sein Handy aus der Tasche, um Fotos vom Gesicht der Frau zu machen. Ich beobachte ihn dabei und frage mich, wieso jemand eine Polizistin ermordet und ihr Gesicht mit Kohlezeichnungen versieht.

»Möglich.« Ich zucke vage mit den Schultern und stehe auf. Nachdem er mit den Fotos fertig ist, steckt er das Handy weg. Wir schauen uns um, bevor wir unauffällig mit der Dunkelheit verschmelzen.

»Ich werd nicht schlau daraus.« Mein Freund wirft sein Handy mit etwas zu viel Schwung auf den Tisch und lehnt sich frustriert zurück. Wir sitzen im Schankraum des kleinen Hotels, in das wir vor drei Tagen eingezogen sind. Das Abendessen ist grauenvoll, aber immerhin stellt hier niemand Fragen. Was vielleicht auch daran liegt, dass wir nicht die einzigen zwielichtigen Gestalten sind, die in dem Halbdunkel des Raumes ein Bier trinken. »Ich dachte, ich hätte mittlerweile schon alles gesehen, aber das hier ergibt keinen Sinn.«

Ich nehme das Gerät in die Hand und aktiviere das Display, um das Gesicht der Frau zu betrachten. Was aussieht wie die Zeichen eines Rituals, vermischt mit einer Handvoll Zahlen, ergibt auch auf den zweiten Blick keinen Sinn. Ich habe zwar keine magischen Kräfte, aber genug Erfahrung mit diesen Dingen, um sagen zu können, dass diese Frau nicht für einen Zauberspruch gestorben ist.

Noch dazu kommt mir diese Frau so bekannt vor, dass es schon fast gruselig ist. Vage Erinnerungen nisten sich in meinem Hinterkopf ein. Solche Zeichnungen habe ich auch schon mal gesehen … nur wo? Und wann?

»Meinst du, das ist eine Botschaft?«, fragt mein Freund und winkt dem Wirt zu, um noch eine Runde Getränke zu bestellen. Der Mann erhebt sich murrend von seinem Hocker, um zwei neue Gläser für uns fertigzumachen. Der Typ an der Bar schiebt ihm sein Schnapsglas entgegen und fordert ebenfalls eine weitere Runde.

»Für uns?« Ich zucke mit den Schultern und widme mich erneut dem Foto. Das Ganze ist ein Kauderwelsch aus Kohle, nichts, was irgendwie zusammenpasst.

Aber das muss es.

Niemand tötet eine Frau und malt ihr ohne Grund sinnlose Zeichen ins Gesicht.

»Wenn es eine Hexe war, wieso benutzt sie dann Kohle und kein Blut?«

Mein Freund runzelt die Stirn. »Ganz schön … unschuldig für eine Hexe.«

»Vielleicht war die Frau schon tot, bevor unsere Hexe sie gefunden hat«, überlege ich und denke darüber nach, wie die Frau in die dunkle Gasse gekommen ist. »Die wenigsten Hexen würden jemanden umbringen, um eine Nachricht zu übermitteln.«

»Sie hätte auch einfach eine SMS schreiben können.«

Der Wirt stellt unser Bier auf den Tisch. Ich sperre den Bildschirm, bevor er die Fotos von der Leiche sehen kann. Sobald er zurück hinter seiner Theke ist, stecken wir die Köpfe zusammen und reden weiter.

»Vielleicht ist sie nicht der Typ für ein Handy«, gebe ich zu bedenken. »Nicht alle sind so vernarrt in diese Dinger wie du.«

Mein Freund lacht schnaubend auf und nimmt mir das Gerät ab. »Dieses Ding hat uns jetzt schon so oft geholfen. Du solltest dir auch eins zulegen.«

Das stimmt allerdings. Wenn er nicht so verdammt geschickt mit der neuen Technik wäre, würden wir vermutlich noch immer in Bulgarien hocken und darauf warten, dass die Lösung für unser größtes Problem vom Himmel fällt.

Ich denke an mein Zuhause, an die alten Teppiche, die Bilder, die Geschichten erzählen, und die Wände, die mir zuletzt immer mehr wie ein Gefängnis vorgekommen sind. Gerade in den letzten Monaten, da die Zeit zum Greifen nah war, und die Lösung so fern wie noch nie.

Wenn ich doch bloß wüsste, wo …

»Das ist es!«, stoße ich hervor. »Gib noch mal her.«

Mein Freund reicht mir das Handy. Dieses Mal konzentriere ich mich nicht auf die Zeichen, sondern auf die Frau selbst. Auf die langen, getuschten Wimpern und die weißblonden Haare, die feinen Gesichtszüge, die unter den Kohlezeichnungen beinahe untergehen. Wenn sie jetzt die Augen öffnen würde …

Wie kann es sein, dass jemand ihr so ähnlich ist?

»Ich glaube, ich weiß, worum es hier geht.« Ich lege das Handy auf den Tisch. »Die Frau erinnert mich an jemanden. An eine Hexe, um genau zu sein. Ihr Name ist Freya.«

Ich kann nicht glauben, dass sie noch leben soll. Ich dachte, sie wäre lange tot.

Mein Freund runzelt die Stirn. »*Die* Freya?«

Ich nicke mit einem mulmigen Gefühl im Magen und werfe noch einen Blick auf die Kohlezeichnungen, die plötzlich einen Sinn ergeben. »Und das hier, mein Freund, ist eine Karte zu ihrem Aufenthaltsort.«

Kapitel 2
Freya

Norwegen, 1768

Das Gefühl von rauem Backstein unter meinen Fingerspitzen wiegt mich in Sicherheit. Ich lasse meine Finger an der Hauswand entlanggleiten, bis ich schließlich den kleinen Vorsprung spüre und die Wand loslasse, um vierunddreißig Schritte geradeaus zu gehen. Mein Weg führt mich vom Schatten in die Sonne, und ich verharre einen Augenblick bei dreiundzwanzig Schritten, um das warme Gefühl auf meinem Gesicht zu genießen. Anschließend setze ich meinen Weg fort, elf Schritt vor, zehn nach links, dann zwanzig nach rechts, bis ich nur noch die Hand ausstrecken muss, um die gewohnten Steine des Brunnens unter meinen Händen zu-

Ein Ruck reißt mich zu Boden. Dumpfe Schmerzen jagen durch meinen Oberarm, und mein Eimer fällt mit einem lauten Poltern zu Boden.

»Oh nein, entschuldige bitte.« Eine angenehme Stimme füllt mein Ohr, während ich mich aufrichte. »Habe ich dir wehgetan?«

Ich schüttle den Kopf und reibe meinen Oberarm. Die Stimme ist tief und männlich, und ich würde gerne das Gesicht dazu sehen. Jemand, der klingt wie er, muss einfach hübsch sein.

»Es geht schon«, murmle ich verlegen.

»Ich«, setzt der Mann an und scharrt mit den Füßen. Mir wird bewusst, dass mein Anblick ihn nervös machen muss, also schließe ich die Augen.

»Ich bin Mikael«, stellt er sich plötzlich vor.

Verwundert öffne ich die Augen wieder, obwohl ich ihn sowieso nicht sehen kann. Wieso läuft er nicht weg? Wieso bleibt er hier und stellt sich vor? Hat er keine Angst vor einem Krüppel wie mir?

»Freya«, erwidere ich schüchtern und erstarre, als er nach meiner Hand greift. Seine Finger sind schlank und lang, die Haut weich und trocken. Sein Griff verleiht mir ein merkwürdiges Gefühl von Sicherheit, und als ich dann noch seine zarten Lippen auf meinem Handrücken spüre, ist es um mich geschehen. Noch nie hat sich ein Mann die Mühe gemacht, sich mir vernünftig vorzustellen, geschweige denn mir einen Handkuss zu geben. Für alle anderen bin ich nicht viel besser als Garall, der mit seinem fehlenden Bein noch viel schlimmer dran ist.

»Du bist nicht von hier«, stelle ich fest, während er sich wieder von mir löst. »Ich … ich erkenne deine Stimme nicht.«

»Du hast gute Ohren. Ich bin aus Christiania«, antwortet er. Seine Stimme entfernt sich kurz. Er hebt den Eimer auf, bemerke ich verblüfft. Ohne seine Hilfe hätte ich mich auf den Boden hocken und jeden Zentimeter absuchen müssen, bis ich den Eimer wiedergefunden hätte. Und dann hätte ich vielleicht die Orientierung verloren und wäre noch weiter umhergeirrt.

Plötzlich spüre ich seine Hand an meinem Ellbogen. Zögernd wartet er darauf, dass ich ihm die Erlaubnis gebe, mich zu begleiten. Mein Herz klopft schneller, während ich die Kontrolle in seine Hände übergebe und mich von ihm zum Brunnen leiten lasse.

»Was verschlägt dich hierher?«, frage ich ihn, um mich von meiner Aufregung abzulenken.

»Der Dienst am königlichen Hof.« Seine Stimme ist genau die richtige Mischung aus sanft und männlich. Wenn ich mir den Menschen dazu vorstelle, sehe ich einen hochgewachsenen, schlanken Mann, ein paar Jahre älter als ich vielleicht. Mit blondem Haar und blauen Augen, wie das hier im Norden so üblich ist. Wie blondes Haar aussieht, weiß ich nicht. Ich weiß nur, wie es sich anfühlt, wenn ich meine eigenen Haare bürste und flechte.

»Du kennst den König?«, frage ich aufgeregt. Ich habe noch nie jemanden kennengelernt, der dem Hof so nah war. »Ist es wahr, was man über ihn sagt?«

Er lässt meinen Ellbogen kurz los, um den Eimer mit Wasser zu füllen, bevor er mir wieder seine Führung anbietet, um mich zurück zum Haus zu bringen. Ich werde das Gefühl nicht los, dass ich nicht die erste Blinde bin, die er führt. Er wirkt erfahren, was das angeht.

»Hm«, macht Mikael belustigt. »Was sagt man denn über ihn?«

»Du weißt schon.« Verlegen beiße ich mir auf die Unterlippe. Hätte ich doch bloß nicht von dem Thema angefangen. Jetzt denkt er, ich bin eins von diesen Klatschweibern. »Man sagt, er wäre … geistig nicht ganz beisammen.«

»Ich wusste nicht, dass sein Zustand sich schon so weit herumgesprochen hat.« Mikael spricht in gedämpftem Ton weiter: »Seine Verwalter haben mich hergeschickt, um nach jemandem zu suchen, der ihm vielleicht helfen kann.«

»Bei uns?« Erstaunt horche ich auf und gehe die Menschen des Dorfes in Gedanken durch. Die Einzige, die Krankheiten heilen kann, würde diese Grenze niemals überschreiten. Es ist unmöglich, dass er am Hof von ihr gehört hat.

»Vielleicht fällt dir jemand ein.« Er bleibt stehen. »Mir ist gerade klargeworden, dass ich keine Ahnung habe, wo ich dich hinführen soll.«

»Es ist das rote Haus«, erwidere ich und unterdrücke ein Lächeln. Meinetwegen hätte er mich gerne noch ein bisschen länger durchs Dorf führen können. »Mutter hat es rot gestrichen, damit ich immer weiß, wie ich unser Haus beschreiben soll.«

»Das hört sich nach einer sehr lieben Mutter an«, antwortet er ernst und führt mich zur Haustür. Er stellt den Eimer ab, bevor er nach meiner Hand greift. »Es hat mich sehr gefreut, dich kennenzulernen, Freya.«

Freude durchströmt meinen Körper, weil ich spüre, dass er seine Worte ehrlich meint. Auf meinen Lippen breitet sich ein Lächeln aus. »Die Freude ist ganz meinerseits, Mikael.«

Drinnen lege ich Holz nach und bringe anschließend etwas altes Brot hinters Haus, um es für die Hühner zu verteilen, die nie genug davon kriegen können. Danach räume ich die Kräuter und Tücher auf dem Esstisch weg, die Mutter dort liegen lassen hat, weil sie heute Morgen zur Geburt gerufen wurde. Ich weiß genau, dass sie sich über ein aufgeräumtes Haus und eine heiße Tasse Tee freuen wird, um ihre angestrengten Glieder aufzuwärmen.

Während ich schließlich ein einfaches Abendessen zubereite, wandern meine Gedanken wieder zurück zu Mikael und seinen sanften Händen. Der melodische Klang seiner Stimme geht mir nicht aus dem Kopf. Ich frage mich, ob er nach meiner Mutter sucht. Wenn es eine Frau in diesem Dorf gibt, die Krankheiten heilen kann, dann ist es meine Mutter. Aber sie wird ihm nicht helfen. Sie hat ja nicht einmal Vater geholfen, als er vor ein paar Jahren krank geworden ist und schließlich starb.

Krankheiten und der Tod gehören zum Leben dazu, hat sie gesagt. *Mit dem Schicksal soll man nicht spielen, um das Leben von Menschen zu verändern.*

Bauchschmerzen kurieren, Schwangere untersuchen und sie bei der Geburt begleiten – das sind die Dinge, für die sie im Dorf bekannt ist. Ich frage mich, was ich tun würde, wenn ich so viel wüsste wie sie. Würde ich dem König helfen? Hätte ich meinen Vater gerettet? Was hätte das geändert? Wäre mein Leben dann grundsätzlich anders verlaufen?

Ein Rumpeln an der vorderen Tür lässt mich aufhorchen. Kurz darauf stößt jemand die Haustür auf und stolpert ins Haus. »Freya? Freya!«

»Mutter?« Überrascht über den panischen Ausruf stehe ich auf und gehe meiner Mutter entgegen. Sie fällt mir um den Hals und drückt mich fest an sich. Sie riecht nach dem Schweiß anderer und ihren eigenen Sorgen.

»Den Göttern sei Dank, dir geht es gut.«

»Was ist passiert?«, frage ich beunruhigt. Mutter lässt mich los und eilt durch den Raum, um einige Sachen zusammenzusammeln.

»Wir müssen verschwinden.«

»Was? Wieso?«

»Jetzt ist nicht die Zeit für Fragen. Nimm, was du tragen kannst. Na los!«, feuert sie mich an. Mir liegen tausend Fragen auf der Zunge, doch ich befolge ihre Anweisung und eile zum Alkoven, um meinen Geldbeutel und das Märchenbuch einzupacken, aus dem sie mir immer vorgelesen hat. Der Geldbeutel fällt klimpernd zu Boden. Ich gehe auf die Knie, um danach zu tasten. In dem Augenblick höre ich die ersten Stimmen vor dem Haus. Aufgeregtes Getuschel, das sich schnell zu einem Singsang aus Anklagen erhebt.

Mörderin.

Hexe.

»Mutter, was ist passiert?«, frage ich. Meine Hände schließen sich um den Geldbeutel. Schnell springe ich auf.

»Jetzt nicht, mein Schatz«, erwidert Mutter, deren Schritte immer noch durch den Raum trippeln, während sie weitere Sachen einpackt. Sie drückt mir ein weiteres Buch in die Hand.

»Hedda, wir wissen, dass du da drin bist!« Jemand pocht mit der Faust gegen die Haustür. Einmal, dann noch einmal, immer lauter. Schon bald verschwimmen die Geräusche zu einer undurchdringlichen Wand aus Lärm. Ich kneife die Brauen zusammen, überfordert damit, die Stimmen den Personen zuzuordnen, und versuche mich auf meine anderen Sinne zu verlassen, während Mutter mich zur Hintertür führt.

Anders als erwartet laufen wir nicht sofort los, sondern bleiben stehen. Mutter umarmt mich und drückt mir einen hektischen Kuss auf die Stirn, der sich zu sehr nach Abschied anfühlt. »Das Buch, das ich dir gegeben habe. Verlier es nicht.«

»Aber …«, setze ich an. Die Stimmen werden immer lauter.

»Und vergiss nicht, was ich dir über das Schicksal beigebracht habe.«

Die vordere Tür fliegt mit einem lauten Knall auf. Die schweren Schritte auf dem Holz lassen mich zusammenzucken. So viele Menschen.

»Ich liebe dich, mein Schatz«, flüstert sie noch, bevor man meine Mutter von mir reißt. Ich kann die Geräusche nicht mehr zuordnen, das Klatschen, das Reißen und Zerren, die Schreie, all die Wut und die Angst … Alles, was ich weiß, ist, dass meine Mutter in Gefahr ist. Sie werden ihr wehtun.

»Du hast sie getötet«, erhebt sich schließlich eine Stimme aus dem Pulk. Ich erkenne sie sofort. Isak. Der Vater, dessen Kind heute das Licht der Welt erblicken sollte. »Du hast sie mit deinen Kräutern umgebracht.«

»Ich war das nicht.« Mutter weint, was mir nur noch mehr Angst einjagt. Sonst ist sie immer die Stärkere von uns beiden. »Bitte, Isak. Du kennst mich. Ich habe Thea wie eine Schwester geliebt.«

Mir wird klar, dass die Geburt nicht gut gelaufen ist. Das Kind und seine Mutter haben es nicht überstanden, und ihr Vater gibt meiner Mutter die Schuld daran. Ich muss zu ihr, ich muss ihm sagen, dass sie nichts dafür kann. Dass das Schicksal ihm einen miesen Streich gespielt hat.

Aber jemand packt meinen Arm und hält mich zurück.

»Lass mich los«, fauche ich und reiße an meinem Arm.

»Hexe!«, brüllt jemand. »Sie soll brennen für ihre Taten!«

Der Pulk übernimmt den Ausruf, um daraus einen Gesang zu machen. Entsetzen breitet sich in meinen Gliedern aus, weil sich unser Wohnraum mit dem schrecklichen Wunsch füllt, Mutter für ihre Taten hinzurichten.

Als sich die Stimmen der anderen entfernen und man meine weinende Mutter auf den Dorfplatz trägt, schiebt mich jemand vor sich her. Ich stolpere mehrmals über meine eigenen Füße und werde schließlich unsanft zu Boden gestoßen.

Um mich herum sind so viele Geräusche, dass es mir schwerfällt, die Orientierung zurückzugewinnen und aufzustehen. Immer wieder rempelt mich jemand an, und ich stolpere zurück zu Boden, während sich die Schreie meiner Mutter in meinen Kopf fressen.

Es könnten Sekunden vergangen sein, Minuten oder sogar Stunden, bis ich schließlich den Geruch von Feuer vernehme.

Mir wird schlecht. Das können sie nicht ernst meinen. Sie wollen sie nicht wirklich brennen lassen.

Die Schreie werden schriller, schmerzvoller. Setzen sich in meiner Erinnerung fest, bis mir der Atem wegbleibt und die Galle hochkommt. Als sie plötzlich ganz verstummen, muss ich mich übergeben. Der Singsang der Menge lässt nach … sie merken, was sie getan haben.

Ich kauere mich zusammen, die beiden Bücher meiner Mutter an meine Brust gepresst, mein Tuch um den Kopf geschlungen, um mich so vor dem Zorn der Dorfbewohner zu verstecken. Oder vor den Todesqualen meiner Mutter.

Es funktioniert nicht, denn es dauert nicht lange, da reißt mich jemand auf die Füße. Die Bücher fallen zu Boden, während er mich zum Feuer zerrt. Der Geruch von verbranntem Menschenfleisch frisst sich in meine Schleimhäute. Ich würge.

»Was machen wir mit ihrer Tochter?«, fordert derjenige zu wissen, der mich festhält.

Jonas.

»Lass mich los«, fauche ich ihn an und reiße mich los. Hilflos versuche ich einen Ausweg zu finden, doch in meinem Rücken spüre ich das knisternde Feuer und vor mir wütet die Menge. Entschlossen wähle ich den Weg nach vorne. Ich werde nicht kampflos sterben.

»Nein!«, schreie ich. Mehrere Hände greifen nach mir, um mich festzuhalten. Mein Schrei ist so laut, dass er von den umliegenden Hauswänden zurückgeworfen wird. Die Hände verschwinden, die Stimmen verblassen. Es wird still um mich herum, so still, dass sich die Härchen auf meinem Rücken aufstellen.

Ich strecke meine Hände aus, um nach den Körpern zu tasten, die gerade noch mein Gefängnis waren, doch ich greife ins Leere. Mein Fuß stößt gegen etwas Warmes. Entsetzen breitet sich in mir aus. Meine Beine geben nach, und ich stürze zu Boden. Meine Hände landen auf einem weichen Gegenstand.

Nein, kein Gegenstand.

Ein Mensch.

Meine Fingerspitzen gleiten über den Stoff, das Leder seines Gürtels, die warme Haut an seinem Hals und die kratzigen Barthaare, aber seinen Herzschlag fühle ich nicht.

»Oh Gott«, flüstere ich und rapple mich auf, weg von dem leblosen Körper, weg von dem Grauen, das sich um mich herum ausgebreitet hat. Ein anderer regungsloser Körper beendet meine Flucht. Hilflos falle ich erneut auf die Knie und raufe mir die Haare. Noch nie in meinem Leben habe ich mir dringlicher gewünscht, sehen zu können.

»Ist da jemand?«, presse ich schließlich hervor. Die aufkeimende Panik legt sich wie eine eiskalte Hand um mein Herz.

»Irgendjemand?«

Kapitel 3

Louisa

Düsseldorf, 2018

Es vibriert.

Schon wieder.

Mit einem leisen Seufzen ziehe ich mein Handy aus der Hosentasche und schaue aufs Display. Mama - wer hätte das gedacht? Ich drücke ihren Anruf weg und schalte das Handy auf stumm, bevor ich es auf den Sitz neben mir werfe und mich erneut auf das konzentriere, was sich vor mir befindet.

Ich atme tief ein, schließe die Augen und strecke die Hände aus, um sie vorsichtig über die Instrumente gleiten zu lassen. Im Kopf benenne ich jedes einzelne Teil: Höhenmesser, Variometer, Kompass. Tankmengenanzeige, Funkgerät. Die Kreiselinstrumente, den künstlichen Horizont, Wendezeiger und Kurskreisel. Die Rundungen fühlen sich unter meinen Fingerspitzen so gewohnt an, dass ich zufrieden die Augen aufschlage. Ich kenne das Cockpit der kleinen Maschine besser als meinen eigenen Kleiderschrank.

Dass ich durch die Prüfung falle, ist mehr als unwahrscheinlich. Ich kenne jedes Bauteil meines Babys auswendig, weiß, wie ich sie im Ernstfall reparieren kann oder mit ihr eine Notlandung hinbekomme. In den Bergen und auf dem Wasser!

Noch besser war nicht mal mein Vater auf seine erste Flugprüfung vorbereitet.

Durch die Scheibe kann ich in den Hangar schauen. Das große Tor ist geöffnet und lässt einen Blick auf das Rollfeld zu, das im Regen glänzt und einsam und verlassen daliegt. Mein Blick bleibt an der Reflexion meines Gesichts hängen. Unter meinen Augen liegen tiefe Schatten und erinnern mich daran, dass ich viel zu viele Emotionen in diesen Teil meines Lebens investiere. Wenigstens habe ich die Prüfung bald hinter mir und kann mich anderen Dingen widmen.

Ich nehme mein Handy, steige aus dem Cockpit und verschließe das Flugzeug, bevor ich durch den menschenleeren Hangar gehe. Helmut sitzt noch immer im Büro und arbeitet an der Steuererklärung für das letzte Jahr. Er hört mich kommen, hebt den Blick und schaut mich neugierig an. »Du bist ja immer noch hier. Solltest du dich nicht auf einen Neujahrsball vorbereiten?«

»Du kennst mich doch«, erwidere ich belustigt. »Ich konnte ihr nicht widerstehen.«

Helmut blickt an mir herab. »Deine Mutter wird mich umbringen, wenn sie erfährt, dass ich hier war und dich nicht nach Hause geschickt habe.«

»Von mir wird sie es nicht erfahren.« Ich grinse ihm zu, bevor ich seinem Blick folge und mein Äußeres aufnehme. Mein weißes Shirt ist ölverschmiert, die Hose zerrissen. Mama würde einen Herzinfarkt bekommen, dessen bin ich mir sicher. »Ich beeile mich besser, bevor sie mich noch als vermisst meldet.«

»Genieß den Abend, Lou.« Er zwinkert mir zu. »Denk mal für ein paar Stunden nicht über Flugzeuge nach, sondern tanz dir die Nacht um die Ohren und trink einen Schluck für mich mit.«

Ich schmunzle und nehme meinen Rucksack aus dem Spind, um damit ins angeschlossene Badezimmer zu gehen. Seinen Wunsch zu befolgen wird schwierig. Ich war noch nie besonders begabt im Tanzen, und Alkohol trinke ich normalerweise auch nicht. Aber morgen ist mein achtzehnter Geburtstag. Vielleicht sollte ich mal eine Ausnahme machen und ein normaler Teenager sein. Das wird den Schatten unter meinen Augen zwar auch nicht guttun, aber vielleicht hilft es dabei, die Sorgen mal für ein paar Stunden zu vergessen.

Ich stelle die Tasche auf der Bank ab und packe mein Duschzeug und die frische Kleidung raus, bevor ich meiner Mutter eine kurze SMS schicke, damit sie weiß, dass ich bald nach Hause komme. Immerhin haben wir noch zweieinhalb Stunden Zeit, bevor der Neujahrsball beginnt. Kein Grund, jetzt schon in Panik zu verfallen.

Am Waschbecken beuge ich mich hinunter, um etwas zu trinken. Im Spiegel betrachte ich mein von Öl verschmiertes Gesicht. Meine blauen Augen funkeln mir aufgeregt entgegen. So einen Gesichtsausdruck habe ich nur, wenn ich den ganzen Tag auf dem Flugplatz gewesen bin. Wenn ich an Motoren schrauben darf und Lehrbücher über Flugzeuge wälze. Für mich gibt es nichts Schöneres auf dieser Welt.

Mit einem Lächeln auf den Lippen springe ich unter die Dusche und beeile mich damit, meinen Körper von unnötigen Haaren zu befreien und die notwendigen mit Shampoo und Pflegespülung zu verwöhnen, damit Mama später nichts zu meckern hat. Nach der Dusche trockne ich mich ab und schlüpfe in meinen dünnen Kaschmirpullover, die feinen Jeans und meine Stiefeletten mit dem Absatz, der mich eines Tages noch umbringen wird.

Lou bei Tag, Louisa von Stein bei Nacht.

Ich wische mit dem Handtuch über den Spiegel und erstarre. Hinter mir bewegt sich etwas! Jemand! Ein blasses Gesicht, ernste braune Augen. Nervös drehe ich mich um und blicke durch den Raum.

Mein Herz rast wie verrückt. Da ist niemand.

Was war das? Habe ich mir das bloß eingebildet?

Unsicher drehe ich mich zurück zum Spiegel und schaue hinein. Nichts zu sehen. Trotzdem ist es mir nicht geheuer. Gestalten zu sehen, die nicht existieren … das hatte ich schon.

Dahin will ich nicht zurück.

Schnell packe ich meine Sachen in die Tasche, flechte meine nassen Haare zu einem Zopf und verlasse das Badezimmer. Helmut sitzt noch immer an seinem Platz.

»Mach nicht mehr so lange«, rufe ich ihm zu und winke. Er hebt eine Hand zum Abschied, löst sich aber nicht noch einmal von seinen Unterlagen. Ich gehe durch den Hangar, schlüpfe dabei in meine Jacke und werde das Gefühl nicht los, dass mich jemand beobachtet. Meine Schritte werden immer schneller, bis ich schließlich draußen bin.

Gott sei Dank ist es noch nicht dunkel, denke ich und ziehe mir meine Kapuze auf, um meine nassen Haare vor der Kälte und dem Regen zu schützen. Mama wird mich umbringen, wenn sie mich im Januar mit nassen Haaren nach Hause kommen sieht. Besser, ich schleiche mich hinein und begegne ihr erst, wenn ich aussehe wie die *Dame*, die sie sich als Tochter wünscht.

Außer Atem biege ich in unsere Straße ein und winke Lina und Justus zu, die gerade ihrer Mutter dabei helfen, die Einkäufe reinzutragen. Von meinem besten Freund Thomas keine Spur, aber da er uns in zwei Stunden abholen soll, wird er sicher gerade im Bad stehen.

Bei unserer Auffahrt bremse ich überrascht ab und steige vom Fahrrad. Vor der Garage parkt ein Auto. Ein schwarzer Porsche Cayenne mit dem Logo eines Mietwagenverleihs.

»München«, murmle ich und präge mir das Kennzeichen ein. Aber das sagt ja nichts über die Herkunft des Besuchers aus.

Ich schiebe mein Fahrrad zur Garage und stelle es abgeschlossen an die Seite, um es später auf seinen angedachten Parkplatz zu bringen und meine Mutter nicht mit dem Krach des Garagentors auf mich aufmerksam zu machen. Ein kurzer Blick in das Innere des Mietwagens verrät mir nichts über den Besucher, aber ich vermute, dass es ein Kunde meines Vaters ist. Wer sich einen Stellplatz für sein Flugzeug in unserem Hangar leisten kann, für den ist auch ein Porsche als Mietwagen kein Problem.

Immer noch fest entschlossen, mich hineinzuschleichen, schiebe ich vorsichtig den Schlüssel ins Schloss und drehe ihn langsam um. Die Haustür geht auf, und ich schlüpfe ins Innere des Hauses. Zuerst ist es still, aber dann höre ich die Stimmen aus dem Wohnzimmer.

Erfreut darüber, dass ich noch nicht aufgefallen bin, schlüpfe ich aus meinen Stiefeletten und der Jacke. Die Garderobe zu öffnen, wäre jetzt viel zu laut, also nehme ich die Sachen lieber gleich mit hinauf.

»Louisa?«

Mist. Ertappt drehe ich mich um und sehe Mama in der Tür zum Wohnzimmer stehen. Neben ihr taucht ein mir fremder Mann mit verstrubbeltem braunen Haar auf.

Die Missbilligung in Mamas Blick füllt den Raum mit stickiger Luft. Ich öffne den Mund, bringe aber keinen Ton hervor. Mich für mein Äußeres zu entschuldigen, bringe ich allerdings auch nicht übers Herz.

»Tja, das ist dann wohl meine Tochter Louisa«, stellt sie mich dem Unbekannten vor. »Louisa, das ist Alexander Romanovic. Ein Freund der Familie.«

Der Mann neben ihr hebt eine Braue und mustert mich neugierig. Ich trotze seinem Blick und verschränke die Arme vor dem Oberkörper, weil ich mich wie ausgezogen fühle. Das muss an diesen grünen Augen liegen oder den geschwungenen Lippen oder … vielleicht auch an seinem Bartschatten oder der Narbe auf seiner Wange, die von einem Messer stammen könnte. Er kann nicht viel älter sein als ich und stammt aus ähnlichen Verhältnissen, denn er trägt eine moderne Jeans und einen blauen Pullover, der teuer aussieht. Und doch ist er anders als die anderen Männer in seinem Alter. Seine Haltung ist nicht nur elegant und angemessen, sie ist gleichzeitig so viel mehr.

Wachsam beinahe. Fast so, als wäre er jederzeit bereit, es mit einer Horde wilder Tiere aufzunehmen.

Irritiert über meine Gedanken reibe ich mir durchs Gesicht. Als ich meinen Arm sinken lasse, fällt mir auf, dass der Stoff schwarz gefärbt ist.

»So ein Scheißdreck«, fluche ich und beiße mir sofort auf die Lippen. Gott, ich hätte mehr Zeit mit anderen Mädchen und ihren Barbies verbringen sollen und weniger mit den Männern vom Flugplatz. Aber Alexander hebt einen Mundwinkel zu einem schiefen Lächeln und hat mich damit sofort in seinen Bann gezogen. Er ist einer dieser Menschen, über die man alles wissen möchte.

Mama schnalzt mit der Zunge. »Tut mir leid, Alexander«, sagt sie an unseren Besucher gewandt. »Louisa ist manchmal …« Sie hebt hilflos die Hände.

»Sehr sympathisch«, fällt Alexander ihr ins Wort. Die Überraschung über seine Worte übertrumpft die Enttäuschung darüber, dass Mama sich schon wieder für mich entschuldigt. Ich schaue zu ihm und erkenne in seinem Blick, dass er es vollkommen ernst meint.

Ohne auf Mama zu achten, kommt er zu mir und streckt mir eine Hand entgegen. Ich ergreife sie misstrauisch. Sie ist warm und trocken, trotzdem entgehen mir die rauen Stellen nicht, die von körperlicher Arbeit zeugen. Damit hätte ich bei dem Outfit und dem Auto vor der Tür nicht gerechnet.

»Freut mich, dich kennenzulernen, Louisa.« Der Klang meines Namens jagt mir einen Schauder über den Rücken. Ich vergesse tatsächlich meine Erziehung und bringe kein Wort hervor. Er hat eine angenehme Stimme, sein leichter Akzent zeigt, was sein Name längst aussagt: Seine Wurzeln liegen irgendwo im Osten. Mama seufzt enttäuscht, sodass ich meinen Blick wohl oder übel von Alexander lösen muss, um sie anzusehen. Sie hebt eine Braue und erinnert mich an gutes Benehmen.

»Die Freude ist ganz meinerseits«, schieße ich hervor, bevor sich unsere Hände voneinander lösen.

»Du solltest dich frischmachen.« Mama verschränkt die Arme vor der Brust. Ihre sonst so sanften Züge sind angespannt, ihre Augen funkeln mich wütend an. »Habe ich dir denn gar nichts beigebracht?«

»Ich glaube, Louisa ist eine von den Frauen, die bei jeder Gelegenheit gut aussehen – auch mit Öl im Gesicht«, meldet sich Alexander verschmitzt zu Wort. Ich erstarre und werde knallrot.

Er zwinkert mir zu, bevor er sich meiner Mutter zuwendet und sie in ein Gespräch verwickelt, um sie von mir abzulenken. Ich schaue seinem breiten Kreuz hinterher und unterdrücke ein irres Kichern, während ich mir einrede, dass das Gefühl in meiner Magengrube von seinem östlichen Akzent herrührt oder davon, dass sein Lächeln so sympathisch ist. Aber in Wahrheit muss es wohl daran liegen, dass mich gerade zum ersten Mal ein Mann vor meiner Mutter verteidigt hat.

Kapitel 4

Ein Mann

Kurz vor Österreich, 2018

»Alles okay?« Mein Freund wirft mir einen besorgten Blick zu, bevor er seine Konzentration wieder auf die Straße richtet.

»Geht schon«, presse ich hervor und versuche das irritierende Gefühl in meiner Magengrube zu unterdrücken.

Er lacht. »Solltest du dich nicht nach all den Jahren an Autos gewöhnt haben?«

Ich grummle verstimmt und halte mich fest, während er die nächste Serpentine mitnimmt. »Du fährst ja auch wie ein Rennfahrer.«

»Ein paar Vorteile muss unser Leben doch haben«, erwidert er und beschleunigt, bevor er kurz vor der nächsten Kurve wieder abbremst. Jedem anderen hätte ich schon den Kopf abgerissen, aber er ist nun schon so lange mein Freund, dass wir fast wie Brüder sind. Da fällt es mir schwer, ihn zur Sau zu machen, weil er Spaß hat.

Ich versuche mich abzulenken, in dem ich über Freya nachdenke und darüber, ob wir sie wirklich mitten in den Alpen finden werden. Ich bezweifle, dass wir den Hinweis auf ihren Aufenthaltsort richtig gedeutet haben, denn laut Internet befindet sich dort … nichts.

Nur Berge, Blumenwiesen und Geröll.

Nicht, dass Hexen sich nicht vor den Augen neugieriger Menschen schützen könnten, aber vor Satelliten und GPS? Irgendwann erreicht auch Magie ihre Grenzen.

»Meinst du, Freya befindet sich wirklich dort?« Mein Freund verliert den Spaß daran, mich mit seiner Fahrerei zu ärgern, wenn ich nicht darauf reagiere. Gut so. »Ich meine, müsste sie nicht längst … tot sein?«

»Sie ist eine Hexe«, erwidere ich, als würde das alles erklären. Aber das tut es nicht. »Wenn jemand das Geheimnis der Unsterblichkeit kennt, dann ist es Freya.«

Mein Freund seufzt. »Das hört sich alles ganz schön verrückt an. Aber andererseits ist unser Leben sowieso nicht normal. Wieso also nicht auch noch unsterbliche Hexen?«

Ja, wieso nicht? Wenn Gestaltwandler es schaffen, ewig zu leben, muss es auch für Hexen oder sogar Menschen möglich sein … oder? Was ist an uns schon großartig anders? Abgesehen von den offensichtlichen Dingen natürlich.

»Was machen wir, wenn wir angekommen sind? Haben wir einen Plan?«

Ich lache auf. »Du kennst mich doch. Hatte ich jemals einen Plan?«

Mein Freund rollt mit den Augen, ein leichtes Grinsen auf den Lippen, und damit scheint alles gesagt. Ich lehne mich zurück und schließe die Augen. Natürlich gibt es einen Plan, und der ist einfach: Freya finden, das zurückholen, was mir gehört, und mit ein bisschen Glück dabei sterben.

Endgültig.

Kapitel 5

Freya

Norwegen, 1768

Sie leben noch.

Manche von ihnen.

Erleichtert höre ich, wie ihre Kleidung raschelt und ihre Schuhe auf dem Boden aufkommen. Sie rappeln sich auf und ziehen sich eilig zurück. Mein Atem geht hektisch, ich kämpfe mit der Übelkeit und den Tränen. Ich wünschte so sehr, ich könnte etwas sehen, damit ich den Ausweg aus diesem Grauen finde.

»Freya?«

Ich erstarre beim Klang meines Namens. Mikael. Wieso ist er noch hier? Nach allem, was gerade geschehen ist? Wie-

»Darf ich dich berühren?«

»Was?«, frage ich verwirrt. Wieso fragt er das?

Er kommt näher und bleibt kurz vor mir stehen. An seinen Worten höre ich, dass er vor mir in die Hocke gegangen ist. »Bitte, ich will dir helfen. Lass mich dir aufhelfen.«

»In Ordnung.« Ich strecke vorsichtig eine Hand aus. Ein paar Augenblicke später ergreift er sie und gibt mir mit seinem festen Griff den Halt, den ich so bitter brauche. Er hilft mir hoch, und ich stolpere gegen ihn. Er stößt mich nicht von sich, sondern zieht mich an seinen Körper und spendet mir Trost.

»Schhh«, macht er und wischt mir die Tränen von den Wangen. »Es ist alles gut. Ich bring dich hier weg.«

»Aber …«

Er legt mir einen Finger auf die Lippen und schiebt ihn kurz darauf unter mein Kinn, um mein Gesicht zu heben. »Was ist mit deiner Nase?«

Verwirrt hebe ich eine Hand, um meine Nase zu befühlen. Etwas Feuchtwarmes benetzt meine Fingerspitzen. Blut?

»Ich weiß nicht«, stottere ich.

»Hat dich jemand geschlagen?«

»N-nein.«

Mikael greift nach meiner Hand und zieht mich mit sich. Ich erinnere mich an die Bücher und bitte ihn, mir bei der Suche zu helfen. Es dauert nicht lange, da hat er sie aufgespürt und bückt sich, um sie aufzuheben.

In der Ferne höre ich Menschen tuscheln. »Sie kommen zurück.«

»Sie haben gemerkt, dass sie nicht die einzige Hexe umgebracht haben«, stößt er verbittert hervor. »Hier, nimm die Bücher und halt' sie fest. Ich trage dich.«

»Aber«, setze ich an, doch da hat er mir die Bücher schon in die Hand gedrückt und mich auf seine Arme gehoben. Mit einer Hand presse ich sie an meine Brust, mit der anderen klammere ich mich notdürftig an seinen Hals, während er zügig durch das Dorf läuft.

Ein paar Kurven weiter habe ich mich an das Gefühl gewöhnt, von ihm getragen zu werden, und die Erschöpfung ergreift Besitz von mir. Schließlich erreichen wir sein Pferd. Er hilft mir in den Sattel, bevor er hinter mir aufsteigt. Am liebsten würde ich mich zusammenrollen und einschlafen.

»Alles in Ordnung bei dir?«

»Nein«, murmle ich ehrlich. »Ich kann nicht mehr. Ich bin so müde.«

»Das ist normal.« Er greift um meine Taille herum nach den Zügeln und treibt sein Pferd an. »Was da gerade geschehen ist, hat viel Kraft erfordert. Dein Körper braucht jetzt eine

Pause. Lehn dich zurück und schlaf ein bisschen. Saga bringt uns hier weg.«

Ich nehme seine Einladung an, lehne mich gegen seine Brust und schließe die Augen. Es ist das erste Mal, dass ich auf einem Pferd sitze. Ich mag das Gefühl nicht. Dieses Schaukeln und Wackeln, dieses Klackern der Hufen auf dem Untergrund. Kalte Luft an meinen Schienbeinen, weil mein Kleid hochgerutscht ist. Wenigstens spendet das Fell des Tieres Wärme.

Und Mikael.

Seine Wärme ist es, die mich schließlich einlullt und dafür sorgt, dass ich für einige Zeit vergesse, was geschehen ist.

Fröstelnd wache ich auf und versuche mich daran zu erinnern, was gestern gewesen ist. Viel zu schnell fällt es mir wieder ein.

Mutter.

Eine Hexe?

Und mein Schrei, der … der Menschen getötet hat?

Das Entsetzen kehrt zurück in meinen Körper und lässt mich fassungslos die Ereignisse des gestrigen Abends abspielen. Wieder und wieder.

Es hilft mir nicht einmal, mich auf meine Umgebung zu konzentrieren, um herauszufinden, wo ich bin. Viel zu laut ist die Erinnerung der Schreie meiner Mutter, viel zu beißend der Geruch des Feuers.

»Du bist wach.« Mikaels melodische Stimme reißt mich aus den Gedanken. Jetzt höre ich das Knistern eines Lagerfeuers und das Plätschern eines weit entfernten Baches. Ein paar Schritte neben uns scharrt Saga mit den Hufen. Mikael sitzt links von mir und packt raschelnd etwas aus. »Hast du Hunger? Ich habe noch einen Laib Brot.«

Ich nicke und strecke die Hand aus, damit er mir etwas davon geben kann. »Wo sind wir?«

»Etwa zwei Tagesritte von Christiania entfernt«, erwidert er kauend. »Du hast unsere erste Rast verschlafen.«

Überrascht horche ich in mich hinein. Die Erschöpfung spüre ich immer noch überdeutlich, aber wenigstens bin ich nicht mehr so müde. So fühle ich mich, wenn ich den ganzen Tag Wäsche gewaschen oder die Böden geschrubbt habe.

»Wie kann es sein, dass ich nicht aufgewacht bin?«, überlege ich laut. »Mein Schlaf ist doch sonst nicht so tief.«

»Ich schätze, das liegt an der Magie.«

»Magie?« Ich lache auf. »So etwas gibt es doch gar nicht.«

»Deine Mutter war auch eine Hexe.«

Wut durchzuckt mich, weil er sie so bezeichnet. »Nenn sie nicht so.«

»Entschuldige.« Mikael schweigt so lange, dass mich das schlechte Gewissen packt. Er will mir doch nur erklären, was passiert ist. Immerhin hat er mich gerettet. Ohne ihn hätte mich früher oder später das gleiche Schicksal ereilt wie meine Mutter.

Ich schnuppere am Brot und beiße ein Stück davon ab. Das Aroma breitet sich auf meiner Zunge aus und entlockt mir Hungergefühle. Meine letzte Mahlzeit muss Stunden her sein, wenn nicht sogar Tage.

»Mutter kannte sich mit Kräutern aus«, erkläre ich ihm schließlich. »Sie wusste, welches Kraut gegen welche Schmerzen hilft, und sie wusste, wie man Krankheiten heilt. Aber das macht sie noch lange nicht zu einer Hexe. Sie hätte niemals jemandem absichtlich wehgetan.«

Nicht so wie ich, schießt es mir durch den Kopf. Ich denke an das, was mein Schrei angerichtet hat.

»Ich fürchte, wir denken an zwei unterschiedliche Dinge, wenn wir das Wort Hexe benutzen«, meint Mikael. »Ich wollte ihr damit nicht unterstellen, dass sie ihre Fähigkeiten genutzt hat, um anderen Menschen wehzutun. Ich wollte bloß sagen, dass sie welche hatte.« Er macht eine bedeutungsvolle Pause. »Und du hast diese Fähigkeiten von ihr geerbt.«

Ich will ihm widersprechen, aber die Erinnerung an den gestrigen Abend ist noch zu lebhaft. Ich weiß genau, dass mein Schrei etwas in mir ausgelöst hat, was die Menschen um mich herum … verletzt hat. Etwas in mir, das nicht normal ist. Nicht menschlich.

Nachdenklich kaue ich auf meinem Brot herum. Ich wünschte, ich wüsste, was ich tun soll. Ich wünschte, ich könnte Mutter um Rat bitten …

Beim Gedanken daran, dass ich sie nun nie wieder um Rat fragen kann, vergeht mir der Appetit. Ich lege das Brot in meinen Schoß und ziehe mein Tuch enger um mich herum.

»Es tut mir leid, dass du deine Mutter verloren hast.« Mikael berührt mein Knie. »Und es tut mir leid, dass du auf so schreckliche Weise herausfinden musstest, wer du wirklich bist. Ich wünschte, es gäbe einen Weg, all das rückgängig zu machen.«

»Danke«, flüstere ich und kämpfe gegen die Tränen an. Zwecklos. Sie kommen trotzdem.

Mikael steht auf und kommt kurz darauf mit einer Decke wieder, die er mir um die Schultern legt. Sie riecht nach Saga.

»Wir bleiben über Nacht hier«, erklärt er, bevor er aufsteht, um sich um das Pferd zu kümmern und mir die Zeit zu geben, die ich so dringend brauche.

Kapitel 6

Louisa

Düsseldorf, 2018

Auf dem Weg durchs Haus komme ich an der geöffneten Tür zum Arbeitszimmer meines Vaters vorbei. Er sitzt in seinem großen Ohrensessel und ist in ein Buch vertieft. Die Brille auf die Spitze seiner Nase gerutscht, die Hand in den schütteren Locken vergraben, würde er mich nicht einmal bemerken, wenn ich ein Elefant wäre.

Er liest sicher wieder einen Krimi eines italienischen Autors. Manchmal habe ich das Gefühl, dass das seine einzige Möglichkeit ist, für ein paar Stunden in die Heimat zurückzukehren. Warum sonst liest er kaum deutsche Bücher?

Ich lasse ihn allein, bringe meine Sachen in mein Zimmer und suche dann nach Alina, um ihr Bescheid zu sagen, dass ich wieder da bin. Ich finde meine Schwester im Kräuterzimmer meiner Mutter, wo sie sich gerade einen Tee kocht. Sie ist schon komplett fertig und verspricht mir, in fünfzehn Minuten zu kommen, um mir mit dem Make-up und meiner Frisur zu helfen.

»Danke«, erwidere ich und schnappe mir ihre Tasse Tee. Sie flucht mir hinterher. Grinsend gehe ich zurück in mein Zimmer und stelle die Tasse auf meinem Schreibtisch ab, bevor ich meine Tasche auspacke und ins angeschlossene Badezimmer gehe, um mir das Gesicht zu waschen und die Haare zu föhnen.

Vor dem Spiegel schaue ich mich unsicher um, aus Angst davor, wieder Dinge zu sehen, die gar nicht existieren. Die Erinnerung an Liam ist selbst nach fünf Jahren noch zu frisch.

Zu meiner Erleichterung geschieht nichts. Ich kehre in mein Zimmer zurück, ziehe mein Kleid an und warte auf Alina, die kurz darauf mit ihrem Make-up-Kit und dem Lockenstab zu mir kommt. Während sie mich schminkt, reden wir über meinen Flugunterricht und die anstehende Prüfung. Im Gegensatz zu Mama kann ich mit Alina über die Dinge reden, die mich beschäftigen. Erst als wir bei den Haaren angelangt sind, merke ich, dass sie eigentlich über etwas ganz anderes reden möchte.

»Hast du ihn schon gesehen?« Alina steckt das Kabel vom Lockenstab in die Steckdose und wirft mir über den Spiegel hin einen neugierigen Blick zu. Ihre braunen Augen sind mit einem dicken Lidstrich geschminkt, ihre Lippen glänzen in einem satten Rot. Sie sieht toll aus. Wie jedes Mal, wenn sie sich zurechtmacht. Das muss daran liegen, dass sie die Vorzeigetochter der Familie ist. Vielleicht aber auch daran, dass ihr – seit sie ihre Liebe zum Fotografieren entdeckt hat – niemand mehr entkommen kann, wenn sie sich einmal in den Kopf gesetzt hat, denjenigen für ihre Fotos vorzubereiten. Dabei weiß ich, dass sie insgeheim viel lieber die Natur fotografiert.

»Du meinst unseren Gast?«, frage ich unnötigerweise nach. Sie kann unmöglich von der Gestalt im Spiegel sprechen.

Ich frage mich, wieso sie Alexander noch nicht kennengelernt hat. An Mamas Stelle hätte ich ihm lieber Alina vorgestellt. »Ganz kurz. Mama hat fast einen Herzinfarkt bekommen, weil ich noch Öl im Gesicht hatte.«

Alina kichert und unterteilt mein Haar in Partien, um es besser frisieren zu können. Ich sitze in meinem funkelnden, blauen Ballkleid vor dem Spiegel und spiele mit einem Haargummi, während ich darauf warte, dass sie endlich fertig wird. Aber offenbar ist sie abgelenkt.

»Alexander Romanovic«, seufzt sie theatralisch auf. Ihr Blick ist verklärt. »Ich fand ihn schon toll, als er vor ein paar Jahren das erste Mal hier war.«

»Warte mal – was? Vor ein paar Jahren? Du kennst ihn?« Verwundert schaue ich sie an. Wieso kann ich mich nicht an ihn erinnern, wenn er schon einmal hier gewesen ist?

»Das war, während du vor ein paar Jahren so krank warst.«

»Du meinst die Phase mit Liam?«, hake ich nach. Sie zuckt zusammen, weil ich das Thema so offensichtlich anspreche. Nach all den Jahren kann meine Familie immer noch nicht damit umgehen, dass ich als Kind einen Dachschaden hatte und nie ohne meinen imaginären Freund Liam weggegangen bin.

»Um genau zu sein, rede ich von der Zeit, in der du aus dem Fenster gestürzt bist, weil du Liam vor dem Absturz bewahren wolltest.« Alina wirft mir einen vielsagenden Blick zu. Ich schließe die Augen, immer noch beschämt über das, was geschehen ist.

Dabei wollte ich Liam wirklich nur helfen. So macht man das doch mit Freunden.

Ich konnte ja nicht wissen, dass er meine Hand packt, um mich mit sich in die Tiefe zu reißen.

»Jedenfalls war Alexander da schon einmal hier. Deswegen erinnerst du dich wahrscheinlich nicht mehr an ihn. Und jetzt ist er älter … und ich bin älter.«

»Bist du verknallt in ihn?«, frage ich grinsend. Kein Wunder, der junge Mann dort unten hat sicher schon einigen Frauen das Herz gebrochen. Bei dem Lächeln wird ja selbst mir anders, obwohl ich noch nie der Typ für Schwärmereien gewesen bin.

Alina winkt ab und beschäftigt sich wieder mit meinen Haaren, aber dabei wird sie rot. »Meinst du, er kommt mit zum Ball?«

»Wieso sollte er? Der ist doch nur für Schüler.« Ich kann mir kaum vorstellen, dass Alexander uns zum alljährlichen

Neujahrsball der Schule begleitet. Selbst wenn er dieses Jahr zufällig auf meinen achtzehnten Geburtstag fällt. Er ist ja nicht wegen uns hier.

Vorsichtshalber werfe ich trotzdem einen Blick in den Spiegel und kontrolliere meine dunkel geschminkten Augen. Smokey Eyes, wie Alina sie so passend genannt hat. Wenn ich meine Schwester nicht hätte, würde ich wahrscheinlich ungeschminkt zum Ball gehen. Und ganz sicher hätte ich mir dann nicht dieses blaue Kleid mit dem herzförmigen Ausschnitt gekauft, in dem ich mich viel zu nackt fühle.

»Du siehst toll aus, Lou.«

Sie beobachtet mich belustigt. Natürlich hat sie meine Zweifel bemerkt. Sie legt den Lockenstab weg und entwirrt meine Locken, bevor sie den oberen Teil wegsteckt und nur ein paar einzelne Strähnen in mein Gesicht fallen lässt. Dann reicht sie mir ein paar tröpfchenförmige Anhänger und eine passende Kette dazu. Nachdem ich den Schmuck angelegt habe und aufgestanden bin, zieht sie mich vor den Spiegel.

Obwohl sie noch keine Schuhe trägt, ist sie fast zwei Köpfe größer als ich. Sie ist zwar nur ein Jahr älter als ich, aber durch ihre Größe wirkt sie zehn Mal erwachsener. Im Gegensatz zu mir hat sie die unschuldigen braunen Augen unseres Vaters geerbt und auch die eleganten Gesichtszüge hat sie von ihm. Manchmal kann ich mir kaum vorstellen, wie ich mit meinem runden Gesicht und den blauen Augen in diese Familie passe. Die Augenfarbe ist dabei allerdings das Einzige, was ich von Mama geerbt habe.

Auch wenn Alina und ich uns kaum ähnlich sind, geben wir zusammen trotzdem ein tolles Bild ab. Ich erkenne mich selbst kaum wieder. Die Lou, die sonst ölverschmierte T-Shirts, Jeans und unordentliche Haarknoten trägt, sieht aus wie eine Prinzessin aus einem lang vergessenen Land.

»Fehlt ja nur noch das Krönchen«, witzle ich, um meine Bewunderung für ihre Künste zu überspielen.

»Urghs.« Alina lacht. »Du willst doch nicht wie Kristin aussehen.«

»Stimmt. Und die Ballkönigin will ich auch nicht werden. Viel zu viel Aufmerksamkeit.« Meine Finger gleiten über den Stoff des Kleides, und ich strecke einen Fuß nach vorne, entzückt darüber, dass das Kleid vorne kürzer ist als hinten. So wird man die silbernen Schuhe besser sehen können. Manchmal bin ich eben doch ein Mädchen.

Ich umarme sie zum Dank, bevor sie noch einmal in ihr Zimmer verschwindet und ich mir meine Schuhe, einen Seidenschal und die Handtasche schnappe, um hinunterzugehen. Thomas müsste jeden Augenblick vor der Tür stehen, und er ist froh, wenn ich ihn nicht zu lange mit Mama allein lasse. Wobei die ja sowieso gerade mit ihrem neuen Liebling beschäftigt ist.

Auf dem Weg nach unten kreisen meine Gedanken wieder um die Gestalt im Spiegel. Ich frage mich, ob ich sie mir nur eingebildet habe oder ob vielleicht doch mehr dahintersteckt.

War das vielleicht sogar Liam?

Fünf Jahre später?

Auf dem unteren Treppenabsatz entdecke ich eine Gestalt im Flur und bleibe abrupt stehen. Für einen Moment denke ich, dass ich schon wieder Dinge sehe, die gar nicht da sind, aber dann dreht sich der Mann um. Es ist Alexander! Ich atme erleichtert auf. Er hat sein Outfit gegen einen Smoking ausgetauscht und öffnet den Mund, um etwas zu sagen, doch dann bringt er nur ein Lächeln zustande.

Ich gehe die letzten Treppenstufen hinunter, bis ich vor ihm zu stehen komme, und schaue auf meine Hände, weil es mir plötzlich unangenehm ist, ihm so nah zu sein.

»Du siehst toll aus, Louisa«, sagt er mit leiser Stimme. Sein Akzent verleiht seinen Worten Stärke. Wieso werden meine Knie plötzlich so weich?

»Danke.« Ich hebe den Blick und lächle ihn fest entschlossen an. »Meine Schwester hat mir gerade erzählt, dass du schon einmal hier gewesen bist. Ich kann mich nicht daran erinnern. Tut mir leid, dass ich dich nicht gleich erkannt habe.«

Er hebt verblüfft eine Braue. »Wie könntest du? Damals wärst du beinahe gestorben.«

Also weiß er, wie ich aus dem Fenster gefallen bin und danach wochenlang eingegipst war, weil ich mir acht Knochen gebrochen habe.

»Aber jetzt geht es dir wieder gut, oder?«, fragt er vorsichtig.

Ich runzle die Stirn. »Das ist fünf Jahre her. Natürlich geht's mir wieder gut.«

»Ich meine nicht … körperlich.«

Ich erstarre, und mir wird klar, dass er sogar weiß, wieso ich aus dem Fenster gefallen bin.

»Woher weißt du das?«, fahre ich ihn wütend an. Wahrscheinlich hat er mich deswegen vor meiner Mutter verteidigt. Das ist Mitleid, kein ehrliches Interesse. Er will antworten, doch in diesem Augenblick kommt Alina von oben hinunter und unterbricht uns.

»Alexander Romanovic«, ruft sie übertrieben freudig und schreitet die Treppe hinunter wie eine Königin. Sofort gleitet seine Aufmerksamkeit zu ihr. Verstimmt atme ich aus, weil er ihr einen Kuss auf den Handrücken drückt. Na klar, wieso auch nicht? Immerhin ist sie nicht nur die Hübschere von uns beiden, sondern auch diejenige, die nicht irre ist.

Sie tauschen ein paar Höflichkeiten aus, bevor er sich wieder mir zuwendet. In dem Moment kommen Mama und Papa in die Eingangshalle.

»Ah, hier bist du, Alexander.« Mama breitet die Arme aus und schaut ihn von oben bis unten an. Hat sie Muttergefühle für ihn? »Du siehst toll aus. Deine Eltern wären sicher stolz auf dich.«

»Danke«, erwidert er verlegen.

Ich werfe Papa einen fragenden Blick zu, aber er zuckt bloß mit den Schultern und richtet seine Aufmerksamkeit erneut auf unseren Gast.

»Und?« Mama klatscht in die Hände. »Habt ihr euch schon besser kennengelernt?«

»Wie –«, beginne ich, doch Alexander unterbricht mich.

»Louisa hat mir gerade gesagt, wie sehr sie sich darüber freut, dass ich sie zum Ball begleiten werde«, erklärt er, und spätestens damit hätte er sich einen Faustschlag ins Gesicht verdient, wenn ich damit nicht ganz offiziell enterbt werden würde. Was glaubt er eigentlich, wer er ist? Meint er, er kann hierherkommen und alles durcheinanderwerfen?

Ich verschränke trotzig die Arme vor der Brust und lasse sie gleich wieder fallen, weil ich damit seine Aufmerksamkeit auf meinen Ausschnitt lenke. »Und was ist mit Thomas?«

»Ich kann ihn auch mitnehmen«, wirft Alina ein. Alexander schmunzelt, als er meinen Blick sieht. »Also, Alexander, mein ich. Immerhin habe ich keine Begleitung.«

»Nein, nein, Alexander ist wegen Louisa hier«, erklärt Mama. »So viel Zeit, wie die beiden in den nächsten Wochen miteinander verbringen werden, ist der Ball die perfekte Gelegenheit, um sich besser kennenzulernen.«

Zeit miteinander verbringen? »Wie bitte?«

»Ach, Liebes, hörst du überhaupt zu, wenn ich mit dir rede?«, beklagt sie sich. »Ich habe dir doch gestern schon erzählt, dass die Romanovics alte Freunde unserer Familie sind und ihr Sohn ...« Sie deutet auf Alex und redet mit mir wie mit einem kleinen Mädchen. »... uns für ein paar Tage besuchen kommt. Und da ihr doch fast das gleiche Alter habt, wird er natürlich die meiste Zeit mit dir verbringen.«

»Toll«, japse ich wenig begeistert und zucke zusammen, als es an der Haustür klingelt. »Das muss Thomas sein.«

»Alina, fahr doch schon mal mit Thomas zum Ball«, schlägt Mama vor. »Alexander und Louisa können zusammen fahren.«

Alina presst die Lippen aufeinander und nickt einmal knapp, bevor sie die Haustür öffnet und Thomas mit einer Umarmung überrumpelt. Ich habe kaum Zeit, ihm zu winken, da sind die beiden schon wieder verschwunden.

Alex schnappt sich eine schwarze Trainingstasche, die bisher unbeachtet neben dem Treppenabsatz lag, und geht hinaus, um draußen auf mich zu warten. Mama schafft es tatsächlich, mir ein ehrliches Lächeln zu schenken, bevor sie mich in den Arm zieht.

Überrumpelt von ihrer plötzlichen Zuneigung tätschle ich ihren Rücken. »Mama?«

»Pass auf dich auf«, erwidert sie leise, bevor sie mich loslässt und zu Papa schiebt. Auch er überrascht mich mit einer Umarmung.

»Was ist los mit euch?« Verunsichert schnuppere ich an seinem Hemd. Der bekannte Geruch beruhigt meine Nerven. Trotzdem kommt es mir komisch vor, weil mein Vater mich sonst so gut wie nie umarmt. Das ist einfach nicht sein Ding. Er zeigt seine Zuneigung lieber mit Worten. »Ist alles in Ordnung?«

Er lächelt mich an, doch das Lächeln erreicht seine Augen nicht. »Aber natürlich. Du siehst toll aus, Liebling.«

»Wie eine Dame«, stimmt auch meine Mutter zu. »Sei nett zu Alexander. Ich bin sicher, ihr werdet eine gute Zeit miteinander haben.«

Ich ziehe verwirrt eine Schnute. »Worum geht es hier eigentlich? Wollt ihr uns verkuppeln oder so?«

Scheinbar ist meine Frage so lächerlich, dass mein Vater lauthals loslachen muss. Mama wirft ihm einen Blick zu, den ich nicht deuten kann.

»Natürlich nicht«, besänftigt sie mich. »Nur ... egal, was passiert: Du kannst Alexander vertrauen. Viel Spaß heute Abend.«

Sie drückt meine Schulter leicht und schiebt mich aus der Haustür. Da sie sowieso nichts mehr sagen wird, gebe ich es auf und verlasse das Haus.

Draußen regnet es noch immer. Alexander lehnt lässig an der Hauswand, die Hände in den Hosentaschen vergraben, das Hemd leicht geöffnet, die Krawatte lose. Er sieht aus wie das Covermodel eines Magazins und das trotz seiner Narbe und den Zähnen, die nicht perfekt geradestehen.

»Fertig?«, fragt er und mustert mich neugierig. Sein Blick bringt mich beinahe aus der Fassung. Er sieht mich an, als wüsste er etwas über mich, wovon ich keinen blassen Schimmer habe.

»Hab ich etwas im Gesicht?« Meine Stimme klingt wütend, und das macht mich rasend. Wieso lasse ich mich überhaupt so sehr aus dem Konzept bringen?

Er schüttelt grinsend den Kopf und tritt einen Schritt vor, um mir seinen Arm hinzuhalten.

Pah! Mit erhobenem Kopf stolziere ich an ihm vorbei zur Beifahrerseite seines Autos und lasse mich in den komfortablen Ledersitz sinken.

»Also, erzählst du mir, was hier eigentlich los ist?«, frage ich, nachdem er von der Einfahrt gebogen ist. »Deswegen fahren wir doch allein, oder?«

Er wirft mir einen kurzen Blick zu, und ich wickle mein Seidentuch enger um meine Schultern. »Wollen wir nicht den Abend genießen? Wir haben in den nächsten Tagen noch alle Zeit der Welt, um alles zu klären.«

»Um was zu klären?«, frage ich entsetzt.

Er lacht erneut, leise, nicht so, als ob er damit nach Aufmerksamkeit suchen würde, sondern so, als würde er es tatsächlich lustig finden, mich so auf die Folter zu spannen.

»Familiendinge ... du ... und ich.«

Oh Gott, sie wollen uns doch verkuppeln. Ich wusste es! Ich drehe mich zu ihm, soweit es mir die Korsage meines Kleides ermöglicht. »Du erzählst mir jetzt sofort alles, was du weißt«, flüstere ich möglichst bedrohlich.

»Sonst was?«

Gute Frage. Darüber habe ich noch nicht nachgedacht. Ich verziehe den Mund, drehe mich zurück und blicke aus dem Fenster. Der Regen fällt immer noch in großen Tropfen auf die Frontscheibe, eine dunkle Wolke hat sich über den Himmel geschoben und scheint nicht mehr weiterzuziehen.

Für einen Moment frage ich mich, ob das ein schlechtes Zeichen ist. Ich bin zwar nicht besonders abergläubisch, aber der Schatten im Duschraum, das Auftauchen dieses merkwürdigen Typens und ein Tag nicht enden wollenden Regens fallen doch definitiv in die Kategorie böses Omen, oder? Wenn ich heute noch eine schwarze Katze sehe, ziehe ich in den nächsten Wochen bei Thomas ein.

»Deine Mutter hat mir erzählt, dass du nicht so viel über eure Familiengeschichte weißt.« Ich werfe ihm einen Blick zu, doch er schaut konzentriert auf die Straße. »Unsere Familien sind schon seit langer Zeit befreundet. Sie haben mal eine Weile an einem Ort gewohnt, bis sich ihre Wege getrennt haben. Später habe ich den Kontakt zu deiner Familie gesucht.«

»Was ist mit deinen Eltern?«

»Sie sind vor ein paar Jahren gestorben«, erwidert er knapp.

Und schon fühle ich mich schlecht, dass ich ihn vor ein paar Minuten am liebsten schlagen wollte. »Das tut mir leid. Das wusste ich nicht.«

Er zuckt mit den Schultern, aber weil er mich nicht ansieht, weiß ich, dass es ihn trotzdem mitnimmt. »So wie ich das sehe, weißt du sehr viele Dinge nicht.« Bei seinem kurzen Seitenblick liegt Mitleid in seinen Zügen. »Ich denke, deine Eltern wollten warten, bis du alt genug bist.«

»Alt genug wofür?« Ich kneife die Augen zusammen, während ich rätsle, was er mir wohl gleich erzählen wird. Für Hogwarts bin ich definitiv zu alt, also verwerfe ich den irrsinnigen Gedanken gleich wieder. Vielleicht ... »Oh Gott, ich bin adoptiert, oder?«

Genügend Bücher gelesen habe ich ja, in denen die Protagonisten es von anderen Leuten erfahren haben. Das würde auch erklären, wieso Alina so gut in unsere Familie passt und ich nicht.

Alexander lacht. »Nein, bist du nicht.«

»Oh.«

»Enttäuscht?«

Ich schaue ihn an, und wir müssen beide ein Grinsen unterdrücken. »Ich denke nicht«, erwidere ich. »Ich glaube, ich kann mich glücklich schätzen. Klar, Mama übertreibt es manchmal, aber im Grunde hätte ich es auch schlimmer treffen können.«

Er nickt, und ich schaue wieder nach draußen. Bis zur Schule ist es nicht mehr weit, aber ich will, dass er mir mehr über unsere Familien erzählt. Darüber, warum er hier ist. Mittlerweile sind mir nämlich die Ideen ausgegangen.

»Also?«, hake ich schließlich nach.

»Also was?«

»Wieso bist du hier?«

»Du bist ganz schön neugierig«, weicht er meiner Frage aus und biegt auf den Parkplatz, auf dem schon einige andere Autos stehen. Ich werfe einen besorgten Blick nach draußen und ärgere mich, dass ich keinen Schirm mitgenommen habe. »Wenn du im Unterricht auch immer so viele Fragen stellst, bist du sicher eine gute Schülerin.«

Ich rolle mit den Augen und muss mich zurückhalten, um ihn nicht als Idiot zu beschimpfen, tote Eltern hin oder her. Sobald der Wagen steht, öffne ich die Tür und ziehe mir das Seidentuch über meine Frisur, bevor ich in den Regen laufe.

»Hey, Louisa!«, ruft Alexander mir lachend hinterher. »Willst du nicht den Schirm nehmen?«

Ich drehe mich nicht um. Lieber würde ich komplett ruiniert auf dem Ball ankommen, statt jetzt umzukehren und klein beizugeben. Der Schotterweg macht es mir nicht gerade leichter. Meine Absätze versinken immer wieder im nassen Kies, während ich versuche, mit einer Hand mein Kleid hochzuhalten und mit der anderen meine Frisur und das Make-up abzuschirmen.

Als Alexander mich eingeholt hat, bin ich noch nicht weit gekommen. Er hat einen Schirm dabei und grinst mich an, macht jedoch keine Anstalten, ihn mir zu geben. Ich beiße die Wut zurück und marschiere trotzig weiter.

»Willst du nicht unter den Schirm kommen?«, fragt er schließlich.

»Nein, danke. Ich *liebe* den Regen auf meiner Haut.«

Er lacht mich aus.

»Jetzt komm schon her«, sagt er, weil ich ein weiteres Mal im Kies stecken bleibe. Wütend blase ich eine lose Strähne aus meinem Gesicht und lasse das Tuch wieder auf meine Schultern sinken, während er den Schirm über meinen Kopf hält und mich zur Schule geleitet.

Kapitel 7

Freya

Norwegen, 1768

Zitternd rutsche ich dichter ans Feuer. Die Nächte hier draußen sind kalt. Da bringt es auch nichts, sich mit einem anderen Menschen die Decke zu teilen und seine Wärme im Rücken zu haben.

Ich lausche Mikaels regelmäßigem Atem und zucke immer wieder zusammen, wenn Saga sich bewegt. Das Knistern des Feuers wird leiser. Ich wünschte, ich wüsste, wo das Holz liegt, damit ich etwas nachlegen kann.

Resigniert drehe ich mich schließlich mit dem Rücken zum Feuer und wende mich Mikael zu. Vielleicht kann ich so etwas mehr Wärme bewahren.

»Kannst du auch nicht schlafen?«, fragt er mich. Überrascht horche ich auf.

»Ich dachte, du wärst längst eingeschlafen. Dein Atem war so gleichmäßig.«

Es raschelt, als er sich anders hinlegt. »Nein, ich … ich kann nicht so gut einschlafen.«

»Warum?«

»Zu viele Erinnerungen, die mich wachhalten«, antwortet er leise.

Ich klammere mich an jeden seiner Sätze, weil sie mir dabei helfen, nicht mehr an das zu denken, was geschehen ist. »Willst du mir davon erzählen?«

»Ein andermal vielleicht.« Er schweigt kurz. »Ist dir kalt? Du zitterst ja.«

Ich nicke verlegen und halte überrascht die Luft an, denn er rutscht dichter an mich heran und zieht mich in seine Arme. Diese intime Umarmung lässt mein Herz schneller schlagen. Am liebsten würde ich mich wieder von ihm lösen und ihm sagen, dass es sich nicht gehört, sich so zu berühren, wenn man nicht verheiratet ist, aber seine Wärme! Sie tut so gut!

Also atme ich aus und kuschle mich in seine Arme. »Danke«, flüstere ich an seiner Brust, bevor wir eine Weile schweigend so daliegen.

»Willst du mir erzählen, wie du blind geworden bist?«, unterbricht Mikael schließlich die Stille.

Ich zucke mit den Schultern. »Da gibt es nicht viel zu erzählen. Ich konnte noch nie sehen. Ich bin so zur Welt gekommen.«

»Oh«, macht er. »Dann hast du sie also noch nie gesehen, die Welt.«

»Ich sehe sie«, widerspreche ich. »Mit meinen anderen Sinnen. Ich fühle sie, rieche sie … schmecke sie. Und ich höre sie. Ich verlasse mich sehr auf meine Ohren. Jetzt gerade zum Beispiel höre ich deinen Herzschlag. Ich höre den Bach in der Ferne und das Feuer neben uns, ich höre Saga, wenn sie sich bewegt, ihren sanften Atem. Das Rascheln der Bäume. Die Tiere, die sich im Wald bewegen.«

Er schweigt, und ich bin mir sicher, dass er selbst lauscht, um die Geräusche zu entdecken, die ich ihm gerade geschildert habe.

»Wieso bist du so offen mir gegenüber?«, stelle ich ihm die Frage, die mich schon vom ersten Moment an beschäftigt.

»Meine Schwester hat ihr Augenlicht mit zwölf Jahren verloren. Wir wissen nicht genau, wieso. Erst wurde ihre Sicht immer schlechter, dann wurde alles dunkel. Überwiegend zumindest. Wenn die Lichtverhältnisse stimmten, konnte sie Schatten sehen und sich daran orientieren.« Gedankenverloren streicht er über meinen Oberarm. »Ihre Erkrankung hat sie so traurig gemacht. Jeden Tag hat sie dafür gebetet, endlich wieder den Sonnenaufgang sehen zu dürfen. Aber der Wunsch wurde ihr nicht gewährt.«

»Das tut mir leid.«

»Das muss es nicht«, erwidert er. »Es ist ja nicht deine Schuld.«

Der Gedanke, dass ich nicht der einzige blinde Mensch in dieser Welt bin, beruhigt mich irgendwie. »Was hat ihr am Sonnenaufgang am besten gefallen?«

»Sie mochte es, wie die Welt aufwacht«, erzählt er. »Der Morgen war für sie ein frischer Start. Die Chance, es besser als am Tag zuvor zu machen. Dinge richtig zu machen, ihr Leben lebenswert zu gestalten. Sie war verrückt, meine kleine Schwester.«

»Sie hört sich sehr sympathisch an.«

»Das war sie.« Der Schmerz in seiner Stimme ist nicht zu überhören. »Ihr Name war Aurora.«

»Was ist mit ihr geschehen?«, frage ich nach.

»Sie ist von einer Brücke gestürzt«, antwortet Mikael leise. Ich kann ihm anhören, dass er nicht daran glaubt, dass es ein Unfall gewesen ist. Er denkt, seine Schwester hätte sich das Leben genommen. Vielleicht wusste er es sogar, doch er behielt das Geheimnis für sich, damit man sie auf einem Friedhof bestatten konnte.

Ich beschließe, ihn nicht danach zu fragen. Es tut ihm immer noch weh.

»Das tut mir leid«, flüstere ich.

»Mir auch«, entgegnet er, bevor wir still bleiben und unseren Gedanken nachhängen. Sein Körper wärmt mich auf und schenkt mir ein Gefühl von Geborgenheit, obwohl ich noch nie einsamer gewesen bin als in diesem Augenblick.

»Mikael?«

»Hm?«

»Wohin gehen wir jetzt?«

Er schweigt einen Moment und denkt nach. »Nun, ich muss zurück nach Christiania. Was du machst … ist deine eigene Entscheidung. Du könntest mich begleiten und dem König helfen.«

Ich atme laut aus. »Selbst, wenn ich ihm helfen wollte, wüsste ich nicht, wie.«

»Dann finden wir es heraus«, erwidert Mikael fest entschlossen.

Der Bach, zu dem ich mich hinunterbeuge, um mir das Gesicht und die Hände zu waschen, plätschert munter vor sich hin. Das Wasser ist eiskalt, aber es riecht sauber. Ich wische mir mit meinem Tuch das Gesicht trocken, löse meinen Zopf und flechte ihn neu, bevor ich schließlich zu Mikael und Saga zurückkehre. Saga scharrt ungeduldig mit den Hufen. Mikael kann ich nicht hören, er muss noch am Bach sein.

»Hallo, meine Schönheit«, begrüße ich das Pferd und strecke vorsichtig eine Hand aus. Einen Augenblick später zucke ich dennoch zusammen, als ihr heißer Atem meine Finger umspielt. Sie schmiegt ihre Nüstern in meine Handfläche und wartet darauf, dass ich sie streichle. Überrascht über ihre Zuneigung hebe ich auch die andere Hand und fahre damit über ihren Nasenrücken. Ihr Fell ist weich und warm, und ich frage mich unwillkürlich, welche Farbe es hat. In meinen Gedanken ist Saga hell und riesig und hat dunkle, einfühlsame Augen.

Sie bewegt ihren Kopf und drückt ihn gegen mich, so dass ich einen Schritt zurück machen muss. Ein Kichern kommt über meine Lippen. Es freut mich, dass sie mich mag.

»Ich sehe schon, ihr beide braucht mich gar nicht mehr.« Mikael kommt zu uns und greift nach meiner Hand, um etwas hineinzulegen.

»Ein Apfel?«

»Du kannst ihn dir mit Saga teilen, wenn du möchtest. Ich hab' noch mehr gefunden.«

Ich bedanke mich und beiße zweimal vom Apfel ab, bevor ich ihn der Pferdedame hinhalte. Zaghaft nimmt sie ihn auf und hinterlässt eine Spur Speichel auf meiner Handfläche, die ich belustigt an meinem Rock abwische.

»Du siehst aus, als könntest du dich nicht entscheiden, ob du angeekelt oder glücklich sein sollst«, meint Mikael.

Ich lache auf und bin überrascht darüber, dass es mir bei ihm so leichtfällt, obwohl so viele schreckliche Dinge geschehen sind. »Die einzigen Tiere, mit denen ich mir sonst das Essen geteilt habe, waren unsere Hühner. Aber die haben nicht aus der Hand gefressen. Das ist ein ganz anderes Gefühl.«

Saga stupst mich an und bettelt nach weiteren Äpfeln. Ich fange ihren Kopf mit beiden Händen ab und streichle ihr noch einmal über den Nasenrücken, bevor wir unsere Sachen am Sattel befestigen und aufsteigen.

»Kannst du sie mir beschreiben? Saga?«, frage ich, während das Pferd gemächlich los trabt.

»Hm«, macht Mikael an meinem Ohr. »Sie ist wunderschön. Ihr braunes Fell glänzt in der Sonne fast rot-«

»Braun? Ich war fest davon überzeugt, dass ihr Fell so hell ist, dass es im Dunkeln leuchtet.«

»Da muss ich dich leider enttäuschen.« Mikael greift die Zügel um und rutscht etwas dichter hinter mich, um es sich bequemer zu machen. »Wenn sie zuhört, bewegen sich ihre Ohren. Und wenn ich ihr in die Augen sehe, könnte ich schwören, dass sie vor diesem Leben schon mindestens zehn weitere gelebt hat. Sie ist schlank und muskulös und kann galoppieren, dass man denkt, man würde fliegen. Ihre Mähne ist noch dunkler als ihr Fell, genauso ihr Schweif und der Rist auf dem Rücken. Meiner Meinung nach gibt es kein schöneres Pferd in diesem Land.«

Ich beuge mich vor und vergrabe eine Hand in Sagas Mähne, die sich so weich anfühlt, dass ich mich augenblicklich darin verkriechen möchte.

»Saga ist nicht zu allen so gutmütig«, fährt Mikael fort. »Sie muss dich wirklich gernhaben.«

»Nun, ich mag sie ebenfalls sehr.« Ich lehne mich wieder zurück, um mich mit beiden Händen am Sattel festzuhalten. »Zeigst du mir irgendwann, wie sie galoppieren kann?«

»Ganz bestimmt sogar«, verspricht Mikael mir, bevor wir das Thema auf den König und seine Krankheit wechseln.

Kapitel 8

Ein Mann

Österreich, 2018

Ich glaube nicht, dass wir hier richtig sind«, bekundet mein Freund, als wir aus dem Auto steigen und uns umschauen. »Wahrscheinlich hat sich die Hexe einen Spaß draus gemacht, uns hierher zu schicken.«

»Du bist zu ungeduldig. Glaubst du wirklich, Freya sitzt hier und wartet auf uns?« Wir stehen vor einer Schlucht mit einem Wasserfall. An beiden Seiten führen steinerne Stufen die schmalen Wege hoch, nur ein wackliges Geländer schützt vor dem Absturz in die tiefe Schlucht. In mehr oder weniger regelmäßigen Abständen verbinden nicht sehr vertrauenserweckende Holzbrücken die beiden Aufstiege miteinander. »Wollen wir?«

»Wenn's sein muss.« Er nickt mir zu und folgt mir dann die Stufen hinauf. Der Weg ist idyllisch, eigentlich der perfekte Ort für eine Hexe, die sich der Natur verbunden fühlt. Unterwegs begegnen uns ein paar Wanderer und grüßen freundlich. Ab und zu machen wir eine Verschnaufpause und genießen die Aussicht, aber recht bald kommen wir oben an und tauchen in ein Waldstück ab. Wir lassen uns den Weg entlangtreiben, bis mein Freund plötzlich stehen bleibt.

»Sieh mal!« Er deutet auf einen Torbogen, der in eine Höhle zu führen scheint und von Pflanzen verdeckt ist. Ich nicke anerkennend, bevor wir uns dem Bogen nähern. Schnell stellen wir fest, dass der Weg nicht in eine Höhle führt, sondern auf die andere Seite eines Bergkamms. Ein paar Treppenstufen später stehen wir im Innenhof einer alten Klosterruine und schauen uns verblüfft um. Um so etwas Großes in den Bergen zu verstecken, braucht es einiges an Aufwand.

Mein Freund setzt sich auf einen umgekippten Steinblock und fährt sich mit den Händen durchs Gesicht, während ich durch die Ruine streife und nach Hinweisen auf die Anwesenheit von Hexen suche. Bis auf leere Bierdosen und ein paar armseligen Graffitis finde ich allerdings nichts und kehre zum Steinblock zurück, um mich neben ihn zu setzen.

»Und jetzt?«, fragt mein Freund und wirft mir einen Blick zu. »Drehen wir um? Zurück nach München?«

Ich schüttle den Kopf. »Irgendwas ist hier. Das spüre ich.«

»Wächter?«

»Vielleicht …« Unbewusst gleitet meine Hand zu dem Dolch an meinem Gürtel. »Wir sollten uns auf die Lauer legen, meinst du nicht? Vielleicht können wir etwas beobachten, wenn wir länger hierbleiben.«

Mein Freund seufzt. Ich weiß, er hasst es, stundenlang einen Ort auszukundschaften, aber manchmal bleibt uns nichts anderes übrig. Ich bin mir sicher, dass es sich lohnen wird.

»Also gut.« Er gibt sich geschlagen. »Du bist der Boss.«

Zufrieden gebe ich ihm einen Klaps auf die Schulter und stehe auf, um nach einem Versteck für unsere Kleidung zu suchen. In einem halb offenen Raum werde ich fündig und lege meine Sachen in eine verborgene Nische.

Danach schließe ich die Augen und stelle mir eine schneeweiße Schleiereule vor. Einen Augenblick später verändert sich mein Blickfeld, und die Geräusche des Waldes werden lauter und leichter zu identifizieren. Ich stoße mich vom Boden ab, und mit ein paar kräftigen Flügelschlägen bin ich in der Luft und kann auf die Ruine hinunterschauen.

Kapitel 9

Louisa

Düsseldorf, 2018

»Also?«

Ich zucke zusammen, als Alexander neben mir auftaucht, und werfe ihm einen Blick zu. Er betrachtet mich abwartend.

»Also was?«, hake ich nach, nachdem ich meine Stimme wiedergefunden habe, und wende den Blick ab, um die festlich geschmückte Aula zu betrachten. Die Tanzfläche ist gut gefüllt, auf der Bühne hat ein DJ sein Pult aufgebaut. Neben der Bar befindet sich ein kleines Buffet mit Snacks und einer riesigen Schale Bowle. Von meinen Freunden weit und breit keine Spur.

»Tanzen wir?«

»Du willst mit *mir* tanzen?« Ich kann die Ungläubigkeit in meiner Stimme nicht verbergen. Alexander lacht leise. Findet er mich tatsächlich witzig?

»Warum sollte ich nicht mit dir tanzen wollen?«

Weil du mich komisch findest und ständig auslachst, will ich sagen. Aber stattdessen zucke ich mit den Schultern.

Einladend streckt er mir seine Hand entgegen.

»Also gut, ein Tanz wird mich schon nicht umbringen.«

Er umfängt meine Hand beinahe zärtlich. Ich versuche, ihn nicht anzuschauen, während er mich durch die Menge auf die Tanzfläche führt. Der DJ legt ein langsameres Lied auf.

Oh Gott, das ist mein Tod, denke ich mit rasendem Herzen, als Alexander seine Hand auf meinen Rücken legt und mich dichter zu sich zieht. Ich folge seinen Schritten, habe keine Ahnung, welchen Tanz wir eigentlich tanzen, und bin einfach nur dankbar dafür, dass ich ihm nicht auf die Füße trete. Schon bald vergesse ich meine Sorgen und verliere mich in der Musik. Seinen heißen Atem in meinem Haar, die Sicherheit seiner Arme, die mich nach jeder Drehung auffangen, sein Lächeln, das mit jedem neuen Schritt breiter wird. Er wirbelt mich herum, schließt mich so eng in seine Arme, dass ich jede Kontur seines Körpers spüren kann. Ich lache mit ihm, außer Atem und – glücklich. Für ein paar Stunden kann ich tatsächlich die Sorgen meines Alltags vergessen.

Irgendwann lässt er mich zur Ruhe kommen. »Macht es dir Spaß? Es sieht zumindest so aus.«

»Wenn es so wäre, würde ich es dir nicht verraten«, erwidere ich mit einem breiten Grinsen.

Zur Antwort lacht er und dreht mich ein weiteres Mal. Doch bevor ich in seinen Armen landen kann, schiebt sich jemand zwischen uns.

»LOUISA!«

Erschrocken weiche ich vor der kleinen, quirligen Gestalt zurück, die sich zwischen uns gedrängt hat. Eleni dreht sich zu mir und stemmt beide Hände in die Hüften. In ihrem roten Kleid sieht sie aus wie der Teufel höchstpersönlich.

»Nächstes Mal kommst du gefälligst erst zu uns, bevor du dich mit …« Sie betrachtet Alexander, der amüsiert eine Braue hochgezogen hat. »… einem heißen Typen auf der Tanzfläche vergnügst.«

Oh Gott, wie konnte ich meine Freunde vergessen? Schuldbewusst beiße ich mir auf die Lippe.

»Jetzt komm schon.« Sie zieht an meinem Arm. »Du auch«, weist sie Alexander an. »Es ist schon fast zwölf Uhr. Die Jungs liegen schon betrunken unter den Tischen, und alle warten darauf, dass wir mit dir anstoßen können.«

»Zwölf Uhr?«, frage ich ungläubig und suche die Wand der Aula nach der großen Uhr ab. Tatsächlich. Nur noch zwanzig Minuten, dann bin ich endlich achtzehn. »Meine Güte, ich hab' nicht gemerkt, dass es schon so spät ist.«

Eleni grinst mir vielsagend zu. Zur Antwort rolle ich mit den Augen. Sie soll nicht glauben, dass zwischen Alexander und mir etwas läuft. Bloß nicht!

Wir sitzen zusammen an einem der Tische, eng zusammengedrängt, weil wir so viele sind. Alexanders Oberschenkel brennt sich in meinen, seine Hand hat er hinter mir auf der Bank abgelegt. Eleni hat nicht gelogen damit, dass die Jungs schon unter den Tischen liegen.

»Wo habt ihr eigentlich den ganzen Schnaps her?«, frage ich, nachdem sie mein Geburtstagslied so krumm und schief gesungen haben, dass es schon beinahe peinlich war.

»Aus dem Kofferraum.« Thomas grinst mich an und beugt sich zu mir, um mir einen Kuss auf die Wange zu drücken. Spielerisch drücke ich ihn weg und wische mir über die Wange.

»Das war definitiv zu viel Alkohol«, erkläre ich und wedle seine Alkoholfahne weg, bevor ich meinen eigenen Becher mit Sekt leermache.

»Kannst du mich mal rauslassen?«, bitte ich Alexander leise, während sich die anderen über das kommende Halbjahr unterhalten. Er rutscht von der Bank und hilft mir beim Aufstehen. Nachdem ich meinen Rock gerichtet habe, verabschiede ich mich in die Waschräume. Ich könnte schwören, dass er mir hinterherschaut.

In der Damentoilette richte ich meine Frisur und trage neuen Lippenstift auf. Danach wasche ich mir die Hände und schaue noch mal in den Spiegel.

Ich erstarre. Mein Blick bleibt an einem Mann hängen, der hinter mir steht. Zitternd drehe ich mich um.

Dieses Mal ist er nicht verschwunden. Er steht immer noch da und betrachtet mich – und irgendetwas an ihm ist nicht menschlich.

Ich lege meine Hand an den Türknauf und traue meinen Augen kaum, als sich, wie von unsichtbarer Hand geführt, ein Schnitt an seinem Hals auftut und plötzlich eine tiefe Wunde an seiner Kehle klafft. Und dann ist da Blut. So viel Blut. Er gurgelt und packt sich an den Hals. Panisch schlage ich mir eine Hand vor den Mund, hin- und hergerissen, ob ich weglaufen soll oder ihm helfen. Sein Oberteil, seine Hände ... alles ist rot. In seinem Blut gebadet.

»Hilfe«, krächzt er und fällt auf die Knie. Das reißt mich aus meiner Erstarrung. Ich stürze auf ihn zu, um ihm zu helfen, aber kaum blinzle ich, ist er verschwunden. Verwirrt schaue ich mich um. Der Boden ist so sauber wie eh und je.

»Was zum Teufel ...«, murmle ich und gehe rückwärts zur Tür. Mein Atem geht hektisch, meine Nerven sind zum Zerbersten gespannt. Was war das gerade?

Real? Einbildung? Übernatürlich?

Ich öffne die Tür und will gehen, doch eine weitere Gestalt versperrt mir den Weg. Vor Schreck entfährt mir ein spitzer Schrei.

»Beruhig dich. Ich bin's.« Alexanders warme Stimme entspannt meine Nerven. Ich blicke noch einmal über meine Schulter, bevor ich den Raum schließlich ganz verlasse.

»Was machst du hier?«, frage ich ihn beinahe anklagend. Fast so, als würde er hinter den beiden Gestalten stehen, die ich heute gesehen habe.

»Ich hab' mir Sorgen gemacht. Du warst so lange weg.« Er runzelt die Stirn und sucht besorgt meinem Blick. »Ist alles in Ordnung? Du siehst blass aus.«

»Alles bestens«, presse ich hervor und schaue weg, damit er mir die Lüge nicht ansieht.

Dadurch sehe ich den Mann am anderen Ende des Ganges

zuerst. Für einen Schüler ist er zu alt, und wie ein Lehrer sieht er nicht aus mit dem langen Ledermantel und dem grimmigen Gesicht. Ich packe Alexanders Arm und bleibe wie angewurzelt stehen.

Er reagiert sofort, folgt meinem Blick und schiebt sich beschützend vor mich. »Wenn ich sage, dass du läufst, läufst du und hältst nicht an, okay?«, flüstert er mir zu.

»W-was?« *Meint er das ernst? Also sieht er den Mann auch? Wieso soll ich weglaufen? Wovor? Und wieso reagiert er so ernst?* »Aber ...«

»LAUF!«, brüllt er mich an, bevor ich weitersprechen kann. In dem Moment rennt auch der Mann los. Ich reiße meinen Blick los und sprinte in die entgegengesetzte Richtung, so gut es mit meinen hohen Absätzen eben geht. Den dunklen Korridor entlang, vorbei an unseren Klassenräumen, bis zum Notausgang.

Kurz bevor ich die Tür erreiche, verheddere ich mich mit einem Absatz im Saum meines Kleides und knalle der Länge nach hin. Schnell rapple ich mich auf, ignoriere den stechenden Schmerz in meinem Handgelenk und drücke die Tür auf.

Der Regen fängt mich auf, als wäre ich sein verlorenes Kind. Ich renne über den Schulhof bis hin zum Tor, nur um festzustellen, dass es verschlossen ist. Schwer atmend bleibe ich stehen und sehe mich um. Immerhin ist mir niemand gefolgt. Alexander muss ihn aufgehalten haben.

Mein Herz klopft so stark, dass es unmöglich noch in meiner Brust stecken kann. Schnell gehe ich die Möglichkeiten durch, die ich habe, um zum Auto zu gelangen. Ich könnte über das Tor klettern und den langen Weg wählen, oder die Tür nehmen, die der Aula am nächsten ist, um zumindest unter Menschen zu sein.

Erst jetzt wird mir klar, dass ich nicht mal weiß, wovor ich davonlaufe. Wer war das? Wieso sehe ich Dinge, die nicht da sind? Und warum scheint Alexander zu wissen, wer dieser Mann ist?

Die Notausgangtür fliegt auf, und ein Mann tritt heraus.

Scheiße.
Scheiße, scheiße, scheiße.

Ohne nachzudenken, werfe ich meine Tasche über das Tor und springe hoch, um mich mit beiden Armen hochzuziehen. Dabei habe ich nur leider nicht mit meiner eigenen Unsportlichkeit gerechnet. Ich kann mich kaum festhalten. Gott sei Dank finde ich mit meinen Schuhen Halt und kann mich doch noch hochdrücken. Auf der anderen Seite falle ich wie ein nasser Sack hinunter und prelle mir die Hüfte auf dem harten Boden.

Ein Blick auf die andere Seite offenbart mir, dass der Mann mittlerweile fast das Tor erreicht hat. Ich raffe mich auf, schnappe mir meine Handtasche und renne weiter. Warum habe ich nicht daran gedacht, dass ich durch den Wald muss? Weil ich wiederholt mit den Schuhen im Schlamm stecken bleibe, streife ich sie kurzerhand ab und lasse sie einfach liegen.

Dünne Äste knallen mir gegen die nackten Arme und das Gesicht, während ich durch den Wald hechte. Immer wieder bleibe ich an Wurzeln hängen. Meine Lungen fühlen sich an, als stünden sie kurz vor dem Explodieren.

Bald kann ich nicht mehr. Mit schmerzenden Rippen werde ich immer langsamer. Irgendwie sieht alles gleich aus. Der Vollmond ist so gut hinter den dicken Regenwolken versteckt, dass ich kaum etwas erkennen kann. Ich presse mich hinter einen Baum und lege eine Hand auf meinen Mund, damit man mein Keuchen nicht hört.

Dieser Mann ist hinter mir her.

Mein Herz hört nicht auf zu rasen. Es ist so laut, dass der Mann es unmöglich überhören kann. Meine Hand ist feucht, ob vom Regen oder von den Tränen weiß ich nicht. Hinter mir knackt das Unterholz. Ich erstarre, halte den Atem an und schließe die Augen.

Bitte. Bitte, geh weiter.

Das Knacken kommt näher.

Bitte.

Mir wird schlecht vor Angst. Das Blut rauscht in meinen Ohren.

Ich will noch nicht sterben.

Ich kann seinen Atem hören. Im Gegensatz zu meinem geht seiner hektisch und laut. Er muss sich keine Mühe machen, ihn zu verbergen. Im nächsten Moment steht er neben mir. Nur noch ein paar Schritte, und er hat mich entdeckt. Ich kann die Luft nicht länger anhalten. Vorsichtig atme ich aus und drücke mich dichter an den Baum, doch es ist zu spät.

Er macht die paar Schritte und steht plötzlich vor mir. Ich schreie, als er mich berührt, und versuche mich loszureißen, doch sein Griff ist eisern. In meinen Adern pulsiert das Blut, und in meinem Bauch erwacht ein Gefühl, das ich noch nie gespürt habe. Die Angst in meiner Stimme bahnt sich ihren Weg aus meiner Kehle und wird nur noch übertönt von einem Krachen und Tosen um uns herum. Im nächsten Augenblick wird der Mann zurückgeschleudert. Er knallt gegen einen Baum, der einfach abknickt und umfällt.

Erschrocken blicke ich mich um und sehe, wie nach und nach auch die anderen Bäume um uns herum krachend umkippen. Das Brennen in meinem Hals nehme ich nur unterschwellig wahr.

Was zur Hölle ...?

Ich habe den Schock kaum verdaut, da rührt sich der Mann wieder. Also nutze ich die Chance, die mir dieses seltsame Geschehnis gegeben hat, und renne weiter, ohne zurückzuschauen. Vor mir blitzen vereinzelt die Lichter der umliegenden Häuser auf, doch mein Schrei nach Hilfe bleibt unbeantwortet.

Es ist zwecklos. Er wird mich kriegen, bevor mir jemand helfen kann.

Die bittere Wahrheit vergiftet meine Lungen und presst sämtlichen Lebenswillen aus mir heraus. Ich stolpere über eine Wurzel und falle mit dem Gesicht voran in eine Pfütze. Ich will aufstehen, doch mich hat sämtliche Kraft verlassen.

Die Lichter sind jetzt so nah. *Ich habe es fast geschafft*, denke ich und hebe schwach den Kopf. In der Pfütze erkenne ich, wie der Mann mit erhobenem Messer über mir steht.

Ich schließe die Augen und warte auf die Schmerzen, doch sie bleiben aus.

Blinzelnd suche ich nach seinem Spiegelbild, aber ich bin mir sicher, dass er verschwunden ist. Mit einem leisen Keuchen stütze ich mich ab und schaue mich um.

Alexander!

In einer Hand hält er ein Messer und in der anderen ...

Oh Gott.

Ich würge, als er den körperlosen Kopf achtlos in den Dreck wirft und sich anschließend über mich beugt.

Kapitel 10

Freya

Norwegen, 1768

Ich könnte mich daran gewöhnen, auf einem Pferd zu reisen. Vor allem, wenn Mikael hinter mir sitzt und es sich zur Aufgabe gemacht hat, mir die Welt zu beschreiben. Er erklärt mir, wie Pflanzen aussehen und Tiere, woran ihn die Farbe des Himmels erinnert und wie der Dreck auf dem Boden für ihn aussieht. Im Gegenzug erzähle ich ihm, wie sich die Dinge für mich anfühlen. Ich bedeute ihm anzuhalten, wenn ich ein Tier höre, und warte geduldig darauf, dass es näherkommt, damit er es sehen kann. Sein Atem in meinem Nacken wird dann tiefer und ruhiger, als würde er angestrengt daran arbeiten, seinen Herzschlag zu beruhigen, um das Tier nicht zu verschrecken. Wenn die Zeit reif ist, reiten wir weiter, und er beschreibt mir das Tier, das ich gehört habe und er sehen konnte. Wir entdecken die Welt gemeinsam neu.

Irgendwann verändert sich seine Haltung. Er wird wachsamer, unruhiger. Sorgenvoll lausche ich in die Umgebung.

»Was ist los?«, frage ich leise. Die Anspannung ist kaum auszuhalten.

»Wir sind kurz vor Christiania.« Seine Stimme ist kaum mehr ein Flüstern. »Die Strecke ist berüchtigt für ihre Überfälle. Ich will nur nicht, dass uns etwas zustößt.«

Ich erschaudere und halte mich unwillkürlich besser am Sattel fest, bis schließlich der erste Ast knackt. Ich zucke zusammen und deute in die Richtung.

»Festhalten«, raunt Mikael mir ins Ohr, bevor er die Zügel umgreift und sich halb über mich beugt. Durch den Druck seines Körpers verliere ich den Halt am Sattel und schlinge stattdessen meine Arme um Sagas Hals. Im nächsten Augenblick treibt Mikael sein Pferd an. Es zögert nicht, sondern rennt los.

Er hat mir gesagt, wir galoppieren, und jetzt tun wir es. Sagas Hufe fliegen über den Boden, der Wind peitscht mir ins Gesicht, meine Hände krallen sich in ihre Mähne, auch wenn ich nicht befürchten muss, vom Pferd zu fallen, weil Mikael mich mit seinem Körper festhält.

Plötzlich tauchen neben uns weitere Reiter auf, die sich Befehle zubrüllen. Mikael lässt einen Fluch los, und wenn das überhaupt möglich ist, werden wir noch schneller. In meiner Magengrube bildet sich ein Knoten.

»Denk nicht darüber nach«, ruft Mikael.

Verwirrt versuche ich zu verstehen, was er meint. Dann wird es mir klar. Er befürchtet, dass wieder etwas Unkontrolliertes geschehen könnte, wenn ich zu große Angst habe. Etwas surrt durch die Luft, und Mikael flucht noch einmal lauter, bevor er Saga vom Weg lenkt. Das Unterholz knackt, während wir durch den Wald preschen.

Ich versuche mich auf etwas anderes zu konzentrieren, aber mir fällt nichts ein, was mich genug ablenken könnte. Also versuche ich mich an einen Kinderreim zu erinnern, den Vater mir früher immer vorgesungen hat. Mikael hat alles unter Kontrolle. Er holt uns hier raus.

Ein weiteres Surren.

Dann noch eins.

Er stöhnt auf.

Die Sorge um ihn frisst sich ein Loch in meinen Bauch. »Mikael?«

»Geht schon«, presst er hervor und treibt Saga noch etwas

mehr an, bis sie aus der Puste ist und langsamer wird. Ich lausche und stelle fest, dass unsere Verfolger verschwunden sind. Entweder haben sie aufgegeben oder wir konnten sie tatsächlich abhängen. In der Ferne höre ich einen Bach und deute in die Richtung, damit Mikael Saga dorthin lenken kann.

Als sie stehen bleibt, löst sich Mikael von mir. Ich denke, er will vom Pferd klettern, aber es rumst stattdessen, und er brüllt vor Schmerzen auf. Besorgt gleite ich vom Pferd und nähere mich seinen schmerzerfüllten Lauten.

»Was ist passiert?«, frage ich und gehe neben ihm auf die Knie.

»Pfeil …«, japst er. »Schulter.«

Ich strecke vorsichtig eine Hand aus und taste seinen Oberkörper ab, bis ich an einem dünnen Holz hängen bleibe, das in seiner Haut steckt. Bereits diese leichte Bewegung des Pfeils lässt ihn aufschreien. »Oh nein, was jetzt?«

»Du musst … ihn rausziehen.«

»Ich kann nicht sehen, was ich mache«, erinnere ich ihn panisch. »Was, wenn ich es noch schlimmer mache?«

»Was kann … schon … schlimmer sein als ein verdammter Pfeil?!«

»Also gut. Aber du musst mir helfen. Werd' bloß nicht ohnmächtig.« Ich helfe ihm auf und bitte ihn, uns einen Unterschlupf zu suchen. Es dauert eine Weile, aber dann finden wir am Ufer des Baches einen Platz unterhalb einer gigantischen Baumwurzel. Ich helfe Mikael dabei, sich auf den Boden zu setzen.

»Ich brauche ein Messer und Stoff«, entscheide ich, während ich überlege, wie ich den Pfeil aus seiner Schulter kriege, ohne dass er am Blutverlust stirbt. Wo bekomme ich-

Mikael greift nach meiner Hand und schließt meine Finger um einen Gegenstand.

Ein Dolch!

Einige Zeit später habe ich es tatsächlich hinbekommen, ein kleines Feuer zu machen, in dessen Flamme ich den Dolch erhitzen kann, sobald ich den Pfeil entfernt habe. Ich setze mich neben Mikael und taste vorsichtig nach ihm. Ich öffne seine Weste und stelle fest, dass er darunter ein Hemd ohne Knöpfe trägt.

»Ich fürchte, ich muss deine Kleidung zerschneiden«, erkläre ich ihm leise. Da er nicht reagiert, fahre ich mit meiner Arbeit fort und nutze meine freie Hand, um seine Haut vor der Klinge zu schützen. Jetzt kommt es mir zugute, dass ich ein Huhn schlachten kann. Nicht, dass ich ihn schlachten wollen würde, aber dadurch kann ich wenigstens mit einem Dolch umgehen.

Als ich ihn kurz darauf von seiner Oberbekleidung befreit habe, taste ich noch einmal nach dem Pfeil und befühle Mikaels Brust, um zu erspüren, ob der Pfeil durchgegangen ist. Die Haut auf der Vorderseite ist glatt, aber ich kann die Pfeilspitze deutlich unter seiner Haut ertasten. Mikael spürt mein Zögern.

»Ich sterbe, wenn du es nicht tust, Freya.«

Das hilft mir dabei, eine Entscheidung zu treffen. »Gut, auf drei.« Ich umfasse den Pfeil hinten am Schaft und atme tief durch. »Eins.« Dann ziehe ich. Mikaels Schrei dröhnt mir in den Ohren, doch der Pfeil hat sich kaum bewegt.

»Wenn das ein Pfeil mit Widerhaken ist, musst du ihn rausdrücken«, keucht er leise.

»Was?« So habe ich mir das nicht vorgestellt. Ich habe gehofft, ich könnte ihn einfach rausziehen, die Wunde verschließen und verbinden und ihn dann mit Kräutern gesundpflegen. Aber ihm noch mehr Schmerzen zufügen?

Ich lasse los und atme ein paar Mal tief durch, um mir zu überlegen, wie ich ihn gleichzeitig festhalten und genug Kraft aufwenden kann, um den Pfeil durch seine Brust zu drücken. Allein der Gedanke daran verursacht mir schon Übelkeit.

Ich sterbe, wenn du es nicht tust.

Ich sterbe, wenn du es nicht tust.

Ich sterbe, wenn du es nicht tust.

Fest entschlossen nicke ich. Zuerst trenne ich mit dem Dolch die Federn des Holzschaftes ab. Dann lege ich mich hinter Mikael, um einen Arm unter seinem Kopf durch zu schieben und ihn damit in eine Position zu ziehen, in der seine Schulter nicht auf dem Boden liegt. Ich umfasse den Pfeil und schließe die Augen, bevor ich mit aller Kraft drücke.

Das Geräusch der Pfeilspitze, die seine Brust durchbohrt, ist grauenvoll. Mikael schreit so laut auf, dass ich glaube, er hat jedes Tier im Umkreis von einer Meile aufgeschreckt. Ich halte ihn fest umklammert, damit er sich nicht zu wild bewegen kann. Plötzlich verstummt er, und sein Körper sackt in meinem Arm zusammen.

Ich lasse locker, um den Pfeil mit einem Ruck vorne aus seinem Körper zu ziehen.

Meine Finger sind klebrig von seinem Blut, als ich nach dem Dolch taste, um ihn in die Flammen zu halten. Einige Augenblicke später ist die Klinge bereits heiß genug, um damit die Wunde zumindest einigermaßen zu verschließen. Ich beiße mir auf die Lippen, bevor ich die Eintrittswunde mit meiner Hand suche und dann die Klinge draufdrücke. Der Geruch von verbranntem Fleisch und die Erinnerung an meine Mutter dabei lässt mich würgen. Ich halte die Luft an und wische mir die Tränen aus den Augenwinkeln, bevor ich das Gleiche mit der Vorderseite mache. Anschließend verbinde ich seine Schulter mit meinem Tuch. Es ist nur ein provisorischer Verband, aber besser als nichts.

Mikael ist noch immer ohnmächtig, was vielleicht besser so ist. Ich will mir gar nicht vorstellen, wie schrecklich die Schmerzen sein müssen. Ich lege ihm sein Hemd über den Oberkörper, um ihn zumindest etwas vor der Kälte zu schützen. Anschließend werfe ich den Pfeil in die Flammen und nehme mir den Dolch, um zum Bach zu gehen und mich von seinem Blut zu reinigen.

Saga schnaubt, als ich erneut an ihr vorbeikomme. Ich bleibe stehen, strecke eine Hand in ihre Richtung aus und warte, bis sie ihre Nüstern an meine Handfläche schmiegt, bevor ich ihren Nasenrücken streichle. »Hab keine Angst. Ich habe deinen Herrn gerettet.«

Mit der Nacht bricht die Kälte über uns herein. Ich nehme Sagas Sattel ab und breite die Satteldecke über Mikael aus, der immer noch nicht wieder wach ist. Anschließend lege ich Holz nach, suche in seinen Satteltaschen nach Nahrung und setze mich zu ihm.

Während ich ihn beobachte, knabbere ich auf einem Stück Brot herum. Viel hat er nicht mehr dabei. Wenn er morgen nicht weiterreiten kann, muss ich mir etwas einfallen lassen.

Ich taste nach seiner Stirn und stelle fest, dass er fiebert. Das ist gut. Das bedeutet, sein Körper fängt an zu heilen. Trotzdem mache ich mir Sorgen, dass er nicht schnell genug gesund wird.

»Freya?«, murmelt er plötzlich.

Beinahe hätte ich vor Schreck meine Hand weggezogen, aber irgendwie lasse ich sie doch liegen und streichle ihm stattdessen die Haare aus dem Gesicht. Sie sind lang und seidig, ein Teil davon ist immer noch in einem Haarband befestigt. Meine Hand gleitet über seine Wange, sein kurzer Bart kitzelt meine Handfläche.

»Ich bin hier«, flüstere ich.

Seine Hand schiebt sich über meine, warm und einladend. »Danke«, murmelt er. »Ich verdanke dir mein Leben.«

»Und ich dir meines«, erwidere ich und spüre, wie mir die Hitze in die Wangen steigt, als er seine Wange in meine Handfläche schmiegt. *Das muss am Fieber liegen*, rede ich mir ein. »Du solltest schlafen, Mikael.«

»Mhm«, macht er, bevor er seine Hand schließlich von meiner löst und mich freigibt. Ich lasse ihn ebenfalls los und lege mich neben ihn. Es dauert nicht lange, da werden seine Atemzüge gleichmäßiger.

Ich dagegen bin hellwach und frage mich, ob ich ihn auch auf andere Art hätte heilen können. Wenn mein Schrei solche Dinge anrichten kann, was ist dann mit meiner Berührung? Was, wenn ich all meine Hoffnung, meine Wünsche in meinen Gedanken sammle und seine Wunde berühre? Würde sie dann auf magische Weise heilen?

Beinahe muss ich über meine Gedanken lachen. Das ist doch Irrsinn. Ich weiß ja nicht einmal, was in jener Nacht passiert ist – vielleicht war das gar nicht mein Schrei, sondern etwas anderes ... Magisches.

Seufzend drehe ich mich um. Egal, von welcher Seite ich es betrachte, die Zweifel bleiben. Was, wenn ich wirklich eine Hexe bin?

Kapitel 11

Alex

Düsseldorf, 2018

Scheiße.

Das trifft es wohl ganz gut.

Ich wische mit dem Ärmel über meine feuchte Stirn und werfe den Kopf achtlos zu Boden. Louisa starrt mich mit weit aufgerissenen Augen an und würgt. Vielleicht hätte ich den Kopf mit ein bisschen mehr Gefühl weglegen sollen.

Seufzend stecke ich das Messer zurück in den Holster unter meiner Smokingjacke und mache ein paar vorsichtige Schritte auf sie zu. Sie hebt eine Hand, als wolle sie sich damit vor mir schützen, doch dann sackt ihre andere Hand weg, und sie fällt in den Schlamm zurück.

Schnell gehe ich neben ihr in die Knie, um nach ihrem Puls zu tasten. Sie zuckt zusammen wie ein verletztes Reh und öffnet panisch die Augen.

»Es ist alles in Ordnung. Du bist in Sicherheit.«

Ihr Blick gleitet teilnahmslos über mein Gesicht, bevor sie sich zu einer Kugel zusammenrollt. Es wirkt fast so, als hätte sie ihr Leben längst in die Hände Gottes gelegt.

Durch das Dickicht sehe ich bereits die Lichter der umliegenden Häuser. Irgendjemand hat sie sicher schreien gehört, es wird nicht mehr lange dauern, bis die Polizei mit Spürhunden hier auftaucht. Bis dahin müssen wir weg sein.

Vorsichtig schiebe ich meine Arme unter ihren Körper und hebe sie hoch. Ihr Kleid hängt in Fetzen, die Schuhe und ihre Handtasche hat sie irgendwo verloren. Sie zittert, also ziehe ich meine Jacke aus, um sie ihr um die Schultern zu legen. Kein Wunder bei der Verfolgungsjagd, die sie sich mit dem Gestaltwandler geliefert hat.

»Hab keine Angst«, flüstere ich ihr zu und presse sie an meinen Körper, um sie durch den Wald zu meinem Auto zu tragen. Schaudernd blicke ich in ihr von Schlamm verkrustetes Gesicht. Ich habe schon einiges gesehen, aber das hier … das ist neu. Hoffentlich wirkt ihre Gabe nicht, wenn sie bewusstlos ist. Wie ein toter Baum umzukippen steht nämlich nicht gerade weit oben auf meiner Prioritätenliste.

Endlich erreiche ich den Parkplatz. Mit ein paar eiligen Schritten bin ich bei den Autos und öffne die Tür des Mietwagens, um sie auf dem Beifahrersitz abzusetzen. In der Ferne ertönte die erste Sirene.

Fluchend beuge ich mich über Louisa, um sie anzuschnallen. Wenn ich sie jetzt noch auf Wunden hin untersuche, ist die Polizei hier, und dann wird alles noch komplizierter. Die Erfahrung habe ich schon einmal gemacht, und die Zeit, die wir auf dem Revier verbracht haben, war eindeutig verschwendete Lebenszeit.

Ich schließe die Tür und werfe noch einen Blick auf die Schule, bevor ich um den Wagen herumgehe und einsteige.

Im Auto stelle ich die Heizung an und das Radio aus, in der Hoffnung, dass sie so noch eine Weile bewusstlos bleibt. Auf eine Panikattacke während der Fahrt kann ich gut verzichten.

Sobald wir den Wald hinter uns gelassen haben und ich sicher bin, dass uns keiner folgt, ziehe ich mein Handy aus der Tasche und rufe Tyros an.

»Was ist los?«, begrüßt er mich ernst.

»Gestaltwandler. Zwei von ihnen.« Ich klemme mir das Handy zwischen Schulter und Ohr, während ich ihm erzähle, was geschehen ist. »Tyr, du glaubst mir nicht, was ich dir jetzt gleich erzähle. Irgendetwas stimmt da nicht. Aber ich hab's mit eigenen Augen gesehen. Sie hat den Wald im Umkreis von mehreren Metern zerstört …« Ich werfe noch einen Blick auf Louisa, bevor ich leise weiterspreche. »Die Bäume sind einfach so umgekippt. Als wäre die Luft um sie herum explodiert.«

Am anderen Ende der Leitung ist es lange still.

»Und die Gestaltwandler?«, fragt Tyr schließlich.

»Tot.«

»Wie geht es ihr?«

»Sie hat es nicht so gut aufgenommen, dass ich den einen vor ihren Augen geköpft habe. Ich bringe sie ins Hotel und untersuche sie auf Wunden, aber ich glaube, körperlich geht es ihr gut.«

»In Ordnung.« Tyr zögert einen Moment. »Irgendeine Theorie, wie die Gestaltwandler sie am Abend vor ihrem achtzehnten Geburtstag finden konnten?«

Nun spricht er nicht mehr nur noch mit mir, sondern auch mit den anderen anwesenden Männern. Ich warte auf ihre Theorien, während ich auf die Autobahn auffahre. Neben mir sitzt Louisa immer noch leblos im Sitz. Ihr Kopf lehnt am Fenster, ein Vorhang aus schweren, dunklen Locken verdeckt den Blick auf ihre Gesichtszüge.

»Sie wurde nicht adoptiert, also ist sie auch erst seit heute achtzehn«, erwidert Tyr gerade auf einen Vorschlag, der von Martin kam. »Hier sind eine Geburtsurkunde und Fotos, auf denen sie kurz nach der Geburt mit ihrer Mutter gezeigt wird. Außerdem wissen wir, dass ihre Mutter eine Hexe ist. Sonst hätten wir sie nicht beobachtet.«

»Vielleicht haben die Gestaltwandler eine neue Möglichkeit gefunden, Hexen zu finden, bevor sie ihre Magie nutzen«, schlägt Moose vor. Es wundert mich, dass er überhaupt an der Konversation teilnimmt und nicht längst damit beschäftigt ist, irgendwelche Hotelzimmer zu reservieren oder Flugtickets zu buchen.

»Das ist eine gute Idee.« Tyr grummelt. »Wenn sie tatsächlich eine Möglichkeit gefunden haben, Hexen schon zu finden, bevor ihre Magie überhaupt auf traditionelle Weise aufspürbar ist, haben wir ein Problem.«

Das bringt mich auf eine andere Idee.

»Was, wenn ihre Magie so stark entwickelt ist, dass sie tatsächlich schon aufspürbar war?«, schlage ich vor und denke daran, wie viel Magie nötig ist, um Bäume zu entwurzeln und Gegenstände oder Lebewesen durch die Luft zu schleudern. Eine Hexe, die gerade erst achtzehn geworden ist und bisher noch nie mit Magie in Berührung kam, sollte so etwas nicht können. Tatsächlich gibt es meines Wissens nur zwei Hexen, deren Magie ohne Hilfe von Kräutern tödlich sein kann. Louisa hebt die Nummer auf einen ganz anderen Level.

Tyr lässt sich den Vorschlag durch den Kopf gehen. »Ich hoffe, dass das der Grund ist«, sagt er schließlich. »Ihr denkt weiter darüber nach. Moose, du buchst zwei Tickets für den nächsten Flug nach Düsseldorf, den wir erreichen können. Alex, du bringst sie ins Hotel und sorgst dafür, dass sie sich erholt und verfolgst das übliche Protokoll, bis ich dir andere Anweisungen gebe.«

»Geht klar.«

»Moose schreibt dir eine Mail mit unseren Ankunftszeiten. Ich werde Freya bearbeiten, damit sie ein Amulett für Louisa herstellt. Ich kann euch beide unmöglich in ein Flugzeug steigen lassen, wenn wir nicht wissen, was los ist.«

»Verstanden.«

Ich verabschiede mich und lege auf. Von hier aus ist es nicht mehr weit zum Hotel, aber die Zeit reicht, damit ich mir die neuen Informationen durch den Kopf gehen lassen kann. Natürlich kann ich sie unmöglich zu den anderen bringen. Erstmal müssen wir herausfinden, ob sie eine Gefahr für uns oder sich selbst ist.

Als ich auf dem Hotelparkplatz parke, fällt mir auf, dass ich keinen blassen Schimmer habe, wie ich Louisa unauffällig ins Hotel schmuggeln soll.

Ihre Kleidung ist ruiniert, ihr Gesicht und die Haare mit Schlamm und Ästen verkrustet. Aber das Schlimmste: Sie ist immer noch bewusstlos, also muss ich sie tragen.

An mir haftet zusätzlich das Blut vom Gestaltwandler. Ich habe zwar Wechselkleidung im Kofferraum, aber ein Blick in den Rückspiegel sagt mir, dass auch mein Gesicht ziemlich übel aussieht und eine gute Ladung Wasser und Seife vertragen kann.

Nie im Leben geben sie uns ein Zimmer, ohne die Polizei zu rufen. Louisas Puls ist schwach, und ich weiß nicht, ob sie verletzt ist. Außerdem muss sie dringend ins Warme.

Ich fahre mir nachdenklich durchs Gesicht. Mir fällt nur eine Möglichkeit ein. Aber die ist irre und wird nur funktionieren, wenn der Concierge nicht misstrauisch wird oder Louisa nicht zwischendurch aufwacht. Aber mir rennt die Zeit davon, um einen anderen Plan zu machen.

Entschlossen springe ich also aus dem Auto und hole meine Reisetasche aus dem Kofferraum, bevor ich Louisa aus dem Wagen hebe.

Mit ein paar wenigen Schritten stehe ich vor der Hoteltür, die zu so später Stunde bereits abgeschlossen ist. Ich drücke mit dem Ellbogen auf die Klingel. Zwei Minuten später kommt eine ältere Frau an die Tür und entdeckt uns. Sie weitet schockiert die Augen. Hastig schließt sie die Tür auf.

»Oh mein Gott.« Ihr Blick gleitet zu Louisa, die immer noch bewusstlos in meinem Arm liegt. »Ich kann sofort einen …«

»Nein, schon gut.« Ich schenke ihr das herzlichste Lächeln, das ich draufhabe. »Das ist alles nur Make-up. Wir waren auf einer Kostümparty. Ich wollte Ihnen keine Angst einjagen.«

Die Frau fasst sich ans Herz, als würden meine Worte ihr eine ungeheure Last nehmen. »Ich habe schon gedacht, Sie wären verletzt. Das sind ja wirklich gute Kostüme.«

»Ja.« Ich lache. Selbst in meinen Ohren klingt das Lachen ziemlich hohl, doch sie merkt nichts. »Meine Freundin ist im Auto eingeschlafen. Eigentlich wollte ich uns noch nach Hause bringen, aber so müde, wie ich bin … Haben Sie noch ein Zimmer frei?«

»Natürlich.« Die Frau lächelt mich erleichtert an und schließt die Tür hinter uns wieder ab. »Sie sind ja ein vernünftiger junger Mann. Die meisten würden wohl weiterfahren, bis sie die Augen nicht mehr aufhalten können.«

»Ja, das würden sie wohl.« Ich folge ihr an die Rezeption. Mit Louisa auf dem Arm ist es schwierig, eine gefälschte Unterschrift auf das Papier zu setzen, aber irgendwie bekomme ich es tatsächlich hin.

Die Frau reicht mir einen Schlüssel und erklärt mir, wo ich das Zimmer finde. Ich schenke ihr noch ein Lächeln, dann trage ich Louisa zum Fahrstuhl.

Drinnen setze ich sie ächzend ab und pinne sie gegen die Wand, damit sie nicht zusammenbricht. »Allmählich könntest du mal wieder aufwachen. Du bist gar nicht so leicht, weißt du das eigentlich?«, frage ich sie und betrachte ihren Körper. Sie ist klein und kurvig, kein Vergleich zu einigen anderen Frauen, die aussehen wie ein Strich in der Landschaft. Irgendwie gefällt mir das.

Ich hoffe, sie erholt sich wieder.

Der Fahrstuhl kommt mit einem leisen Pling zum Halten. Die Türen öffnen sich, und ich trage Louisa auf den engen Flur. Auf dem Weg zum Zimmer stoße ich ihren Kopf aus Versehen an der Wand an. Ihr entweicht ein ersticktes Stöhnen.

»Entschuldige«, murmle ich und korrigiere ihre Position auf meinem Arm. Endlich erreiche ich das Zimmer und schließe die Tür auf.

Ich bringe sie sofort ins Badezimmer, damit unsere Kleidung nicht die ganze Einrichtung versaut. Dort ist eine Wanne, in die ich heißes Wasser laufen lasse. Dann ziehe ich mein vollgeblutetes Hemd und die ruinierte Hose aus und werfe sie auf einen Haufen. Dass Gestaltwandler töten immer so eine

Sauerei ist. Wieso kann ihr Blut nicht genauso verschwinden wie ihre Körper?

Sie wacht auf, als ich ihr gerade das Kleid ausziehen will.

»Nein, bitte«, murmelt sie und greift nach meinen Händen. Ihre Augen sind riesig und so blau, dass ich mich darin verlieren könnte.

»Ich tue dir nichts.« Ich gehe vor ihr in die Knie, um mit ihr auf einer Ebene zu sein. »Du erinnerst dich doch noch an mich, oder? Du bist in Sicherheit. Ich will dir helfen.«

»O-okay.« Sie nickt und schließt die Augen. Der Schock hat ihre Abwehr außer Gefecht gesetzt. Sie würde ihr Leben gerade jedem in die Hände legen, aber ich bin froh, dass es meine sind.

»Ich werde dir jetzt aus deiner Kleidung helfen und dich waschen. Wenn dir etwas nicht recht ist, sag es mir bitte.«

Sie nickt wieder, und ich helfe ihr aus ihrer Kleidung, bis sie in Unterwäsche vor mir steht und sich von mir in die Badewanne helfen lässt. Ihre Haut sieht übel aus. Die Äste haben ihr die Arme und das Gesicht zerkratzt und sich in ihren langen Haaren verfangen.

Ich hole Seife und einen Waschlappen aus meiner Reisetasche. Zurück im Badezimmer, hat sie die Arme um ihren Oberkörper geschlungen und starrt zitternd an die gegenüberliegende Wand.

Ihr Anblick macht mir Angst, doch die versuche ich so gut wie möglich zu verdrängen, um sie nicht noch mehr zu beunruhigen. Ich wasche ihre Haare und bin erstaunt, wie lang sie sind, wenn sie von der Feuchtigkeit schwer werden. Ich wasche Finger für Finger, ihr Gesicht, ja, sogar ihre Ohren, bis ich das Gefühl habe, sie von all dem Horror dieser Nacht reingewaschen zu haben.

Befreit vom Schmutz stelle ich ein weiteres Mal fest, dass ihre blauen Augen nicht ihr einziges schönes Merkmal sind. Sie hat eine Stupsnase und wohl geformte Augenbrauen. Ihre vollen Lippen sind leicht bläulich gefärbt, und sie ist immer noch blass wie ein Gespenst, aber jetzt habe ich nicht mehr das Gefühl, dass sie mehr tot als lebendig ist.

»Ist dir kalt?«, frage ich. Sie nickt, also lasse ich noch ein bisschen heißes Wasser in die Wanne laufen. Mit dem Waschlappen schöpfe ich es über ihre nackten Schultern.

Nach dem Bad hat ihre Haut eine rosige Farbe. Es wirkt, als wäre die Kälte aus ihrem Körper verschwunden. Sie trägt den wärmsten Pullover, den ich in meiner Tasche finden konnte und eine meiner Trainingshosen, die ihr viel zu groß ist. Ich setze sie auf dem Bett ab, ziehe mir etwas Frisches an und rutsche hinter sie, um ihre Haare zu trocknen.

»Ich föhne dir jetzt die Haare, Louisa.«

»Okay.« Sie ist immer noch bei mir, aber die Verbesserung in ihrem Erscheinungsbild hat nicht auf ihre Psyche übergegriffen. Ihr Blick ist immer noch leer und nach innen gerichtet.

Ich stelle den Föhn an, weil ich nicht weiß, was ich noch zu ihr sagen kann. Es gibt nichts, womit ich ihr in diesem Moment helfen kann.

Ob ihre Magie noch an Kraft zunimmt? Wie lange wird es dauern, bis sie eine Gefahr für sich selbst ist – und für jeden anderen, der sich mit ihr in einem Raum befindet?

Allmählich sind ihre langen Locken einigermaßen trocken, so dass ich den Föhn abstelle und ihn beiseitelege. Louisa sitzt unheimlich still da und schaut auf einen Fleck an der gegenüberliegenden Wand.

Ich weiß nicht, was ich mit ihr machen soll. Zum ersten Mal in meinem Wächterleben bin ich überfordert mit einer Situation. Gestaltwandler, ja sogar mehrere davon, kann ich erledigen. Ich kann den Hexen erzählen, was sie wissen müssen. Ich kann ihnen beibringen, mit ihrer Magie umzugehen.

Aber auf menschlicher Ebene bin ich ein totaler Versager. Ich habe keinen blassen Schimmer, was ich sagen oder tun kann, um ihr die Erinnerung an diese Nacht zu nehmen oder ihr dabei zu helfen, schneller zu heilen. Das bin nicht ich. Für solche Dinge ist mein Bruder Ivan da. Er ist derjenige, der mit jedem Menschen umgehen kann. Er wüsste, was zu tun ist.

Ich stehe auf, um den Föhn wegzulegen.

»Alex?« Louisa sprechen zu hören, lässt mein Herz einen Hüpfer machen. Wenn sie neugierig ist, ist das gut. Das bedeutet, sie wird sich erholen. Ich drehe mich um.

»Ja?« Langsam gehe ich auf sie zu, dann sinke ich vor ihr auf die Knie, um nicht zu bedrohlich zu wirken.

»Warum habe ich keine Angst vor dir?« Sie schaut mich aus großen blauen Augen beinahe verwundert an.

»Weil du vor mir keine Angst haben musst. Es ist mein Job, dir zu helfen und dich in Sicherheit zu bringen.«

Sie betrachtet mich einen Moment. Dieses Mal wirkt es fast so, als würde sie mich wirklich sehen.

»Okay.« Sie schließt die Augen und kriecht ins Bett, so dass ich die große Decke über ihr ausbreiten kann. Es dauert keine fünf Minuten, bis sie eingeschlafen ist.

Ich rutsche den Sessel ein bisschen vom Fenster weg, um sie besser im Blick zu haben. Dann hole ich mein Tagebuch aus der Tasche.

Was ich heute erlebt habe, muss ich auf jeden Fall niederschreiben.

Kapitel 12

Louisa

Düsseldorf, 2018

Ich sitze am Bettende, die Beine an den Körper gezogen und mit den Armen umschlungen, und beobachte ihn, während ich versuche, das Bild vor mir mit dem in Einklang zu bringen, was mir meine schwache Erinnerung vorgaukelt.

Er sitzt in dem großen Ohrensessel, den Kopf gegen die Lehne gelehnt, aber trotzdem irgendwie wachsam. Seine braunen Haare stehen zerzaust in alle Richtungen ab, die vollen Lippen sind leicht geöffnet. Seine Brust hebt und senkt sich unter seinen schweren, unregelmäßigen Atemzügen. Die dünne Wolldecke auf seinem Schoß ist verrutscht und entblößt seine nackte Haut. Er hat Narben, mehrere davon, die sich als helle Streifen über Haare und Haut ziehen und davon zeugen, dass er regelmäßig kämpft. Auf seiner Brust funkelt ein schlichtes, silbernes Kreuz.

Vor meinen Augen erscheint das Bild, wie er vor mir stand: groß und mächtig, mit einem Kopf in der Hand, einem Kopf ohne Körper.

Hat er mich gerettet oder bin ich in Gefahr?

Ich muss hier weg, bevor ich genauso ende. Mein Blick fällt auf die schwarze Reisetasche, und ich krieche unendlich langsam aus dem Bett, um ihn nicht zu wecken. Mein nackter Fuß berührt den warmen Teppich. Still schleiche ich zu seiner Tasche und gehe davor in die Hocke. Ein Blick über die Schulter zeigt mir, dass er immer noch schlecht träumt.

Also halte ich den Atem an und öffne den Reißverschluss der Tasche Millimeter für Millimeter. In der Tasche finde ich ein paar neue Kleidungsstücke und zahlreiche Waffen.

Wieso hat er so viele Waffen? Gute Menschen brauchen das nicht, oder?

Meine Hände finden ein Messer, in dessen Griff ein rundes Emblem eingeschnitzt ist.

Ich nehme es an mich. Dann richte ich mich wieder auf und schaue noch einmal zu Alex, der die Augen immer noch geschlossen hat.

Mein Herz rast, während ich im Schneckentempo durch das Zimmer tapse. Ich halte den Atem anhalte und greife nach dem Türgriff. Wenn ich erst zurück zu Hause bin, bin ich in Sicherheit.

»Das würde ich nicht tun.« Seine tiefe Stimme mit dem Hauch von einem Akzent lässt mich zusammenfahren. Blitzschnell drehe ich mich um, das Messer erhoben. Alex sitzt immer noch in dem Sessel, aber er betrachtet mich belustigt. »Glaubst du wirklich, du könntest dich mit diesem Messer vor dem beschützen, was da draußen ist?«

Ich presse mich gegen die Tür und hebe das Messer ein Stück höher, um ihm zu signalisieren, dass er mir bloß nicht näherkommen soll. Es fällt mir schwer, meine Gedanken zu sortieren.

Gut oder böse?

Gut oder böse?

»Ich gehe jetzt.«

Meine Stimme zittert genauso sehr wie meine Hände.

»Wohin?« Alex steht auf und breitet die Arme aus. »Willst du ein Taxi nehmen? Ohne Geld?« Er kommt ein paar Schritte auf mich zu. »Oder willst du darauf warten, bis sie dich finden? Hier bist du in Sicherheit.«

Lass dich nicht auf ihn ein, versuche ich mir einzureden. *Er versucht nur, dich hinzuhalten.* Mit der freien Hand taste ich nach dem Türgriff und drehe ihn. Die Tür geht mit einem leisen Klick auf.

»Du brauchst keine Angst vor mir haben, Louisa.« Alex macht noch einen Schritt auf mich zu. Mit meiner Angst kommt das Rauschen meines Blutes zurück. Ich kenne dieses Gefühl. Ich habe es schon einmal gespürt, und es macht mir noch mehr Angst als er.

»Bitte, bleib. Ich erkläre dir alles, was du wissen musst.« Er hebt eine Hand und kommt mir viel zu nah. Ein Quietschen ertönt. Die Tür zum Bad geht auf.

»Was zum …?« Alex wirft einen Blick auf die Badezimmertür, und ich nutze die Gelegenheit und ziehe die Zimmertür auf, um auf den Gang zu stürzen. Im nächsten Moment knalle ich auf den Boden. Das Messer fliegt krachend durch den Gang. Die Neonröhren flackern auf und tauchen den Gang in ein grelles Licht.

Benebelt von dem Sturz versuche ich mich aufzurichten, doch ich werde von einem schweren Gewicht hinuntergedrückt. Als ich den Mund öffnen will, um nach Hilfe zu rufen, legt sich eine raue Hand auf meine Lippen.

»Sei leise«, raunt Alex mir ins Ohr. »Wir machen einen Deal. Ich erkläre dir alles, und danach steht es dir frei, eine Entscheidung zu treffen. Blinzle, wenn du mich verstanden hast.« Ich denke gar nicht daran. »Ich will dir nicht wehtun. Also nimmst du den Deal besser an.«

Ich öffne die Lippen und beiße ihm in den Finger. Er flucht, und ich nutze das Überraschungsmoment, um meinen Kopf gegen seine Nase krachen zu lassen. Schmerz schießt mir durch den Hinterkopf, doch ich kann mich jetzt nicht damit aufhalten.

Alex sinkt halb von mir hinunter, und ich drehe mich auf die Seite, um ihm in den Bauch zu treten. Er lässt mein Handgelenk los. Schnell habe ich mich aus seiner Umklammerung gelöst und kann aufspringen.

Er flucht und ist mir dicht auf den Fersen, während ich zur Feuertür renne und bete, dass sie offen ist. Ich habe Glück.

Mein Aufprall lässt sie nach außen schwingen, und ich stürze an die frische Luft. Ich drücke mich am Geländer ab und haste die Stufen nach unten. Sie sind nass unter meinen Füßen.

Alex brüllt meinen Namen. Ich will sehen, wie weit er hinter mir ist, doch dadurch verliere ich das Gleichgewicht und rutsche mehrere Stufen nach unten. Ich reiße mir den Rücken auf. Mein Kopf knallt gegen das Geländer.

Verzweifelt greife ich in die Luft, um meinen Fall zu stoppen, doch plötzlich ist da nur noch Luft. Ich schieße über die Zwischenetage hinaus und verliere den Halt unter meinem Körper.

Schreiend falle ich.

Ein Ruck geht durch meinen Körper. Dann hänge ich da. Meine Füße zappeln in der Luft, ein kalter Luftstrom fährt über meinen nackten Bauch.

»Ich hab dich.«

Adrenalin rauscht durch meine Adern. Ich schaue nach oben und sehe in Liams Gesicht. Vor Schreck hätte ich beinahe losgelassen. Ich vertreibe die Erinnerung und blinzle ein paar Mal. Liams Gesicht weicht Alex' sanften Zügen. Er liegt über mir. Mit einer Hand hält er meinen Arm, mit der anderen hält er sich am Geländer fest. Er kneift die grünen Augen konzentriert zusammen und presst sich mit einer Schulter gegen das Geländer, um seine andere Hand lösen zu können.

»Nicht hinunterschauen«, ermahnt er mich rau.

Natürlich schaue ich trotzdem hinunter. Sofort wird mir schwindelig. Das sind mindestens drei Stockwerke. Da unten ist bloß Asphalt, kalter, nasser, schmerzhafter Asphalt.

Wenn er mich loslässt, bin ich tot.

Dieses Mal habe ich sicher nicht so viel Glück.

»Louisa, sieh mich an, verdammt!« Alex' Griff um mein Handgelenk wird stärker, und ich reiße meinen Blick vom Boden los. In seinen Augen steht die blanke Angst. »Du musst mir helfen. Ich ziehe dich jetzt gleich hoch, und dann greifst du mit der anderen Hand nach dem Geländer. Hast du verstanden?«

Ich nicke, doch der Regen hat seinen Griff feucht gemacht. Ich rutsche schreiend ein Stück nach unten und baumle schwungvoll gegen die Feuertreppe.

Bitte, lass mich nicht draufgehen.

»Gib mir deine andere Hand.« Ich schaue wieder hoch. Alex streckt mir seine zweite Hand entgegen. Sie scheint meilenweit entfernt zu sein. Das schaff ich niemals. Ich werde sterben. So wie Liam es gewollt hat. »Louisa, ich kann dich nicht mehr lange halten. Jetzt gib mir verdammt noch mal deine andere Hand.«

Sein Tonfall sorgt dafür, dass ich die Zähne zusammenbeiße und meine Hand so weit nach oben strecke, bis ich ihn fast erreicht habe. Ich kann seine Fingerspitzen mit meinen ertasten.

Meine andere Hand rutscht weiter. Wimmernd schließe ich die Augen.

In dem Moment greift er nach meiner anderen Hand.

»Okay, ich hab dich«, sagt er erneut und zieht mich so schwungvoll nach oben, dass ich beinahe danebengegriffen hätte. Aber meine Faust schließt sich um das kalte Metall, und keine zwei Sekunden später liege ich sicher in Alex' Armen. Wir fallen zurück auf die Zwischenetage und bleiben schwer atmend aufeinander liegen.

Heiße Tränen laufen mir über die Wangen. Ich vergrabe meinen Kopf an seiner Schulter und bin noch nicht bereit, seine Arme wieder zu verlassen. Seine Hand gleitet auf meinen Rücken und hält mich fest. Als sich mein Herzschlag endlich wieder beruhigt hat, öffne ich die Augen.

Seine Brust hebt und senkt sich unter meiner Wange. Unter meiner Handfläche liegt das kleine Kreuz verborgen.

»Danke«, murmle ich. Dabei weiß ich nicht, ob ich mich bei Alex bedanke oder doch eher bei dem Gott, der meine Gebete erhört hat. Bei so viel Glück in den letzten vierundzwanzig Stunden muss es jemanden geben, der mich am Leben halten möchte.

Ich gleite von Alex runter und ziehe mich an einen der Gitterstäbe, um ihn mit dem Arm zu umschlingen. Der Wind lässt den Regen in mein Gesicht peitschen.

»Lauf nie wieder vor mir weg.« Alex schaut mich finster an. Der Schreck der letzten Minuten hat sämtlichen Humor aus seinen Augen vertrieben. Er setzt sich auf und stützt einen Arm auf seinem aufgestellten Knie ab. Die Haare hängen ihm nass ins Gesicht. »Ich bin nicht der Feind.«

»Ich glaube, das weiß ich jetzt«, gebe ich kleinlaut zu. Wenn er mich tot sehen wollen würde, hätte er genug Gelegenheiten dazu gehabt. Ich wünschte, ich hätte ihm von Anfang an vertraut.

Er steht auf und hilft mir hoch. Ich klammere mich an ihn, weil ich meinem eigenen Gleichgewicht nicht mehr traue. Die Gittertreppe gibt mir fast den Rest. Wenn ich vorher noch keine Angst vor Höhen hatte, habe ich sie spätestens jetzt.

»Nicht runterschauen«, ermahnt mich Alex sanft. Ich schaue zu ihm und betrachte die markanten Gesichtszüge, die Augen, die mich mittlerweile wieder freundlich anblicken, und die Nase, die vielleicht gebrochen ist, weil mein Hinterkopf ihn so hart getroffen hat. Er blutet, und es ist meine Schuld.

»Ich möchte das alles verstehen«, flüstere ich, nachdem wir den Flur betreten haben und endlich wieder in Sicherheit sind. »Erzählst du mir die Geschichte?«

»Um genau zu sein, ist es ein Märchen«, erwidert Alex. »Ein Märchen von Gut und Böse.«

Kapitel 13

Ein Mann

Österreich, 2018

Die ersten Sonnenstrahlen wecken mich. Ich schüttle mein Federkleid und picke mit dem Schnabel unter meinem Flügel lang. Immer diese kratzigen Vögel. Dabei ist eine Schleiereule schon viel bequemer als eine Taube. Oder eine Möwe. Diese Viecher sind schrecklich. Ständig fliegen sie mit Geschrei durch die Gegend und hinterlassen überall ihren Kot. Ich fühle mich unwohl in derartigen Gestalten. Ich bevorzuge die menschliche Gestalt, muss aber anerkennen, dass diese ihre Grenzen und die andere ihre Vorteile hat.

Ich stoße mich vom Ast ab und schlage ein paar Mal mit den Flügeln, um Höhe zu gewinnen. Das ist der einzige Vorteil dieser Gestalt – man kann unauffällig die Gegend erkunden.

Der Wald wacht gerade erst auf, überall raschelt und bewegt es sich. Mäuse, Vögel, Regenwürmer, Ameisen … aber weit und breit keine Spur von Freya.

Sie muss hier sein. Es ist fast so, als könnte ich sie spüren.

Und doch rührt sich nichts in der Ruine. Irgendwo muss hier ein geheimer Eingang sein. Aber würde sie wirklich in einer Höhle leben? Selbst eine Hexe würde ein richtiges Haus bevorzugen.

Ratlos ziehe ich meine Kreise immer enger und suche in der Ruine nach Hinweisen, die wir vielleicht übersehen haben. Irgendwann gebe ich auf und fliege zurück zu unserem Ast, um mich neben meinen Freund zu hocken, der mittlerweile aufgewacht ist und seine Federn putzt. Insgeheim glaube ich, dass er sich in jeder Gestalt wohlfühlt. Vielleicht liegt es daran, dass er sich nicht mehr an sein Leben vor diesem erinnert. Daran, dass er nicht mehr weiß, wie es ist, er selbst zu sein.

Vielleicht ist er aber auch einfach nur unkomplizierter als ich.

»Irgendwas gefunden?«

Ich schüttle entmutigt den Kopf. Wir werden es wieder nicht schaffen. Dabei hängt so viel davon ab, dass wir Freya finden.

»Ich glaub, ich spinne«, stößt er plötzlich hervor. »Siehst du das auch?«

Er deutet mit einem Rucken seines Schnabels auf die Ruine. Ich folge der Bewegung und falle vor Überraschung beinahe vom Ast.

Die aufgehende Sonne hat die Ruine erreicht und taucht sie in ein goldenes Licht – nur, dass sie jetzt keine Ruine mehr ist.

»Das gibt's doch nicht«, stoße ich baff hervor und lasse meinen Blick über das Kloster gleiten, dessen helle Wände plötzlich hoch in den Himmel ragen und zeigen, wie groß das Gebäude einst gewesen ist.

Oder immer noch ist.

»Ist das jetzt die Illusion oder die Ruine?«, fragt mein Freund verwirrt. »Wir sind doch gestern noch darin rumgelaufen.«

»Frag mich nicht, wie so was möglich ist.« Ich stoße mich vom Ast ab und fliege zum Gebäude, um es zu erkunden. Die zwei hohen Türme ragen gerade so über die Bergwände hinaus, die das Kloster hinter sich verstecken. Das rote Dach steht in einem deutlichen Kontrast zu dem Innenhof, der nun zu einem grünen Kräutergarten geworden ist.

Ich beschließe, die Illusion auf die Probe zu stellen und lande auf dem Dach, das eines der langen Gebäudeteile bedeckt.

Es ist fest. Ich falle nicht hindurch.

Das ist unmöglich.

Verblüfft sehe ich mich um. Ein Fenster geht auf, und ich erkenne eine junge Frau – fast noch ein Mädchen –, die mit geschlossenen Augen am Fenster steht und tief einatmet. Sie trägt ein dünnes Shirt und sieht aus, als wäre sie gerade aufgestanden.

»Die Frischlinge sollten in den nächsten Tagen ankommen«, höre ich jemanden sagen und schaue mich nach der Stimme um. In einem Bogengang beim Innenhof erkenne ich zwei Männer, die in ein leises Gespräch vertieft sind, während sie vom einen Gebäudeteil in den anderen wechseln.

Wächter!

Vor Erleichterung hätte ich beinahe wieder zu meiner menschlichen Gestalt gewechselt. Wir sind am richtigen Ort. Zumindest an einem richtigeren als in München. Wo Wächter sind, sind Hexen nicht fern. Und wo Hexen sind, weiß man vielleicht, wo sich Freya versteckt hält.

»Es wird Zeit, dass wir Verstärkung bekommen«, meint der eine Wächter. »Fühlt sich an, als wären die Gestaltwandler insgeheim wie die Hydra. Schlägt man einen Kopf ab, wachsen mindestens zwei nach.«

Sie verschwinden im Inneren des Gebäudes, also wende ich meine Aufmerksamkeit wieder der jungen Frau am Fenster zu. Sie ist mittlerweile nicht mehr allein. Eine andere Frau steht neben ihr, und sie schauen schweigend gemeinsam in die Ferne.

Sie genießen den frischen Morgen. So sieht es zumindest aus. Wenn sie tatsächlich hier geschlafen haben und das ihr Ausblick an jedem Morgen ist, sind sie zu beneiden.

Nach und nach werden weitere Fenster geöffnet. Frauen und Männer, überwiegend jung, gähnen und strecken sich, bevor sie für einen Moment die frische Luft einatmen und dann in die Zimmer zurückkehren, um sich dort für den Tag vorzubereiten. Ich beobachte eine Frau, die im Innenhof ein paar Kräuter abschneidet und in einen geflochtenen Korb legt, und ich schaue noch mehr Wächtern dabei zu, wie sie ihre Runden durch das Gebäude und die Höfe drehen.

Als wenig später eine etwas ältere Frau mit einer Schar von jungen Frauen in den Innenhof tritt und eine Führung durch den Kräutergarten macht, wird mir klar, auf was wir hier gestoßen sind.

Der Hinweis der Hexe hat uns geradewegs zu einer Schule geführt.

»Eine Schule.« Mein Freund schüttelt den Kopf. »Ich glaub's nicht. Meinst du wirklich, Freya ist da drin?«

»Finden wir's heraus.« Ich stoße mich von unserem Ast ab und fliege zurück ins Kloster, das mit dem Weiterwandern der Sonne irgendwann wieder zur Ruine geworden ist. Wie auch immer diese Magie funktioniert, sie versteckt alles. Das Gebäude, die Pflanzen und all die Menschen, die hier offensichtlich leben.

»Ich frag mich, wieso sie ausgerechnet in der Morgensonne sichtbar wurde. Und wie es sein kann, dass wir hier in den Gängen umherfliegen können, ohne jemandem zu begegnen.« Meine Gedanken kreisen um die Möglichkeiten von Magie, die ich bisher erlebt habe. Um so etwas zu schaffen, mussten sicher mehrere sehr mächtige Hexen zusammenarbeiten.

Wir landen vor der Nische, in der wir unsere Kleidung versteckt haben. »Warte«, ermahne ich meinen Freund. »Die Wächter und ein paar der Frauen haben darüber geredet, dass bald neue Wächterschüler kommen.«

»Du willst dich als Schüler tarnen und hineinschleichen? Wenn's sein muss …« Mein Freund verwandelt sich in eine menschliche Gestalt, nicht seine, aber eine, die ebenso angenehm anzusehen ist.

Ich schließe die Augen und denke kurz darüber nach, in welche Rolle ich schlüpfen möchte, bevor ich die Magie in meinen Adern aufleben lasse und mich in einen Menschen verwandle.

»Hm, nicht schlecht.« Mein Freund wirft mir einen Blick zu. »Die Frauen werden dich lieben.«

Er fährt sich durchs Haar und scheint es zu kurz zu finden, denn es wächst um mehrere Zentimeter.

»Schon besser«, murmelt er, bevor ich ihm seine Kleidung in die Hand drücke und mich selbst anziehe. Die Sachen sind fast ein bisschen zu groß. Die Gestalt, die ich gewählt habe, ist ein bisschen kleiner und schmächtiger als ich. Ich kremple die Ärmel meines Shirts hoch und mache das Gleiche mit den Hosenbeinen, obwohl ich damit wohl mehr als affig aussehe. Meinen Dolch stecke ich hinten in meinen Gürtel und verberge ihn unter meinem Shirt, bevor mein Freund und ich uns auf den Weg zum Auto machen, um es weiter abseits zu parken, damit es niemanden auf uns aufmerksam macht.

Als wir am nächsten Morgen zurückkehren, haben wir einen Plan und neue Sachen im Gepäck. Mein Freund hat sich schon an seine neue Rolle gewöhnt. Ich wünschte, mir würde das Gestaltwandeln so leichtfallen wie ihm. Aber mich wie ein junger Erwachsener zu benehmen, wenn ich eigentlich schon so alt bin, fällt mir immer schwerer.

Pünktlich mit dem Sonnenaufgang erreichen wir den Tunnel, der zum Kloster führt. Mein Freund bleibt stehen und lässt mir den Vortritt.

»Nach dir, Mikael.«

Das Lachen der Toten

Kapitel 1

Azalea

Lille, 2018

Mir ist kalt … so kalt.

Ich schlage die Augen auf und mache sie gleich wieder zu, weil das Licht mich so blendet. Gott, womit habe ich diese Kopfschmerzen verdient?

Reiß dich zusammen, denke ich wütend. *Wer feiern kann, kann auch aufstehen.*

Ich wage einen weiteren Versuch, öffne die Augen und richte mich auf. Wieso liege ich auf dem Boden? In meinem Magen rumort es gefährlich.

Wo bin ich?

Fröstelnd ziehe ich mich an einer Kommode hoch und schaue mich um. Wie's aussieht, befinde ich mich in einem Studentenzimmer. Einbauküche, Schreibtisch mit Medizinbüchern und einer Zettelwirtschaft, die man selbst in zwanzig Jahren nicht durchblicken würde, ein ungemachtes Bett, in dem ich nicht geschlafen habe. Sehr freundlicher Gastgeber. Wo auch immer er steckt.

Ich öffne eine braune Holztür, die einzige, die ich neben der Haustür mit dem Spion finden kann, und entdecke eine kleine Nasszelle mit Waschbecken, Dusche und Toilette. Hinter dem halb vorgezogenen Plastikvorhang verbergen sich Kosmetikartikel für Männer.

Hoffentlich haben wir wenigstens ein Kondom benutzt.

Bevor ich mir zu viele Sorgen machen kann, schließe ich die Tür und setze mich aufs Klo. Mir ist kalt und schlecht und ich weiß nicht einmal, in welcher Stadt ich bin. Das letzte, an das ich mich erinnern kann, ist, dass Mila mir diese kleine rosa Pille in die Hand gedrückt hat.

Als Geburtstagsgeschenk, hat sie gesagt.

Tolles Geschenk. Es grenzt an ein Wunder, dass ich noch weiß, wer ich bin. Seufzend stehe ich auf, um mir das Gesicht zu waschen. Im Spiegel prüfe ich, ob ich wenigstens noch aussehe, wie ich mich in Erinnerung habe. Große, grüne Augen, fast schwarze, lange Haare. Meine pinkfarbene Strähne ist auch noch da. Das dunkle Make-up ist verschmiert und verleiht mir einen Waschbärenblick, aber das ist nicht mein größtes Problem.

Mein Amulett ist weg.

Scheiße.

Hastig taste ich meinen Hals ab und schaue in den Ausschnitt meines Kleids, doch hier ist es nicht. Ich suche den Boden und das Waschbecken ab, laufe sogar zurück ins Zimmer, um meine Schlafstätte und das Bett zu durchwühlen, aber ich werde nicht fündig.

Entmutigt lasse ich mich aufs Bett fallen. Wie soll ich die Kette bloß wiederfinden, wenn ich sie nicht hier verloren habe? Ich kann mich an rein gar nichts erinnern. Nach allem, was ich weiß, könnte mein Erbstück in ganz Lille sein. Vielleicht sogar in ganz Frankreich. Wie weit kommt man schon in einer Nacht?

Bin ich überhaupt noch in Lille?

Schnell springe ich auf, eile zum Fenster und atme erleichtert aus, als ich den markanten Kirchturm erkenne. Gott sei Dank!

Mit einem mulmigen Gefühl im Magen kehre ich zurück ins Badezimmer, um mich endlich frisch zu machen. Mein

Ausschnitt kommt mir merkwürdig leer vor.

Und was ist das?

Ich neige den Hals zur Seite, um besser sehen zu können, was Mr. Medizin-Student mit mir angestellt hat.

Ein Knutschfleck!

Wie alt ist er bitte? Zwölf?

Aber wieso trage ich immer noch mein schwarzes Kleid? Und wieso habe ich auf dem Boden gelegen und nicht in seinem Bett?

So sehr ich meinen Kopf auch anstrenge, die Erinnerung kommt nicht zurück. Ich gebe mich geschlagen und drehe seufzend den Hahn auf, um mir das Make-up abzuwaschen. Trotz des Rauschens höre ich plötzlich ein Lachen in meinem Rücken.

Ich zucke zusammen und knalle mit dem Kopf gegen den Wasserhahn.

»Verdammter Mist«, fluche ich, richte mich auf und reibe mir die Stirn. Das Badezimmer ist so klein, dass das Lachen unmöglich echt gewesen sein kann – dabei kam es definitiv aus diesem Raum. Entweder erlaubt sich jemand einen Spaß mit mir ... oder ich bin immer noch high.

Scheiße. Wenn ich Mila in die Finger kriege, drehe ich ihr den Hals um.

Ich trockne mir das Gesicht an dem einzigen Handtuch ab, das ich hier entdecken kann, bevor ich das Badezimmer wieder verlasse. In dem Zimmer bleibe ich überrascht stehen.

»Guten Morgen, Sonnenschein«, begrüßt mich der Typ, der vor der Küchenzeile steht und Kaffee zubereitet. Er ist blond und sieht verdammt ordentlich aus. Einer von der Art, der nie mit einer von meiner Art etwas anfangen würde, wenn er nicht total dicht gewesen wäre.

Und er grinst mich an wie ein Honigkuchenpferd.

Was für ein Verrückter! Scheint, als hätte wenigstens einer in dieser Nacht Spaß gehabt.

»Morgen«, grummle ich und schaue mich unsicher um. Soll ich einfach gehen? Ich kenne ihn überhaupt nicht.

»Hast du gut geschlafen, Azalea?«

Er mich offensichtlich schon.

»Bestens«, zwitschere ich und überlege, wie ich aus der Nummer wieder rauskomme, ohne dass er merkt, dass ich mich nicht an ihn erinnern kann. Wenigstens sieht er wirklich freundlich aus. Auch wenn das nicht erklärt, wieso er ausgerechnet mich mit nach Hause genommen hat.

»Kaffee?«, fragt er und wirft mir aus meerblauen Augen einen neugierigen Blick zu. »Nach der Nacht kannst du bestimmt Koffein gebrauchen.«

»Ich ... ehrlich gesagt, muss ich ...« Ich wedle mit der Hand in Richtung Tür. »Mein Vater macht sich sicher schon Sorgen.«

»Überhaupt kein Problem.« Mr Medizin-Student-mit-Honigkuchenpferd-Grinsen schüttet den Kaffee in zwei Thermobecher, bevor er nach einer Tüte greift und zu mir kommt. »Ich fahr dich nach Hause. Das ist das Mindeste, was ich für dich tun kann.«

Oh.

Wie lieb von ihm.

Zumindest, wenn er mich nicht in einen Wald fährt, um mich zu ermorden und unter einem Haufen Dreck zu verscharren. Aber dafür scheint er nicht der Typ. Ich könnte auch ...

Ich nehme einen Thermobecher entgegen und berühre dabei wie zufällig seine Hand. Ein Stromstoß jagt durch meinen Körper und mit ihm die Gewissheit, dass er mir – und meinem Körper – nichts antun wird.

Ich lasse ihn los und schnuppere an dem Kaffee, um meine Sinne aufzuwecken. Wieso erinnere ich mich nicht an diese Sahneschnitte? Und was haben wir die Nacht getrieben, dass er meint, er müsste mich nach Hause fahren?

Er greift nach unseren Jacken und öffnet mir die Tür. Mit einer höflichen Handbewegung entlässt er mich aus seinem Zimmer und schließt nach uns die Tür ab.

Da höre ich es wieder. Das Lachen.

Verwirrt schaue ich mich um, doch die einzige Person auf

diesem Flur schaut eher argwöhnisch zu uns. Ich runzle die Stirn und wende mich ab, um mit diesem Prachtexemplar von einem Mann das Studentenwohnheim zu verlassen.

»Geht's dir gut? Gestern hast du mehr geredet ...«, fragt er, nachdem wir unten angekommen sind und das Gebäude verlassen haben.

Ich beschließe, ihm die Wahrheit zu sagen. Vielleicht kann er mir dabei helfen, mich zu erinnern.

»Wenn ich ehrlich bin, kann ich mich an nicht mehr sehr viel erinnern«, erkläre ich ihm. »Meine Freundin Mila ...« Er nickt aufmerksam, also kennt er sie offensichtlich. »... hat mir Drogen untergejubelt. Ich habe einen Filmriss. Ich weiß nicht einmal, wie du heißt.«

»Melvin«, entgegnet er schmunzelnd. »Und die Pille hat sie mir auch gegeben. Aber ich hab keinen Filmriss, nur einen dicken Kater.«

»Warte mal.« Ich bleibe stehen und starre den jungen Mann neben mir panisch an. Jetzt kommen mir seine Gesichtszüge auch wieder bekannt vor. Ich habe ihn schon auf einigen Fotos gesehen. »Melvin im Sinne von - Milas neuer Freund Melvin?«

Er seufzt leise auf. »Nun, nach letzter Nacht wohl nicht mehr.«

Kapitel 2

Mikael

Kurz vor Christiania, 1768

Sie kämmt ihre langen, weißblonden Haare mit den Fingern durch, bevor sie einen neuen Zopf flechtet. Dabei hält sie den Kopf leicht geneigt, beinahe so, als würde sie lauschen. Ich frage mich, was sie hört. Das Wasser? Saga?

Mich?

Sie hebt den Kopf, als hätte sie tatsächlich etwas gehört, und ich spanne mich unwillkürlich an. Meine Schulter fühlt sich an, als würde sie in zwei Hälften gerissen. Ein Stöhnen kann ich kaum unterdrücken.

Freya kommt sofort zu mir. Ihre Hände tasten mich suchend ab, ich fange sie auf und fahre vorsichtig über ihre zarten Finger. Ihre Haut ist so weich wie die einer Hofdame, was mich wundert – immerhin kommt sie vom Land und ist harte Arbeit gewöhnt. Noch mehr verblüfft es mich allerdings, dass sie mir ihre Hände nicht entzieht. Im Gegenteil – sie hält still, und das sanfte Lächeln auf ihren Lippen lässt darauf schließen, dass ihr die Berührung gefällt.

»Du bist wach«, stellt sie leise fest, bevor ich darüber nachdenken kann, was das für uns zu bedeuten hat, und hockt sich neben mich. »Wie geht es dir?«

»Ging mir schon besser«, stoße ich hervor und versuche meine Schulter zu entspannen, aber der dumpfe Schmerz bleibt und erinnert mich daran, wie wir vor den Dieben geflohen sind. »Ist mit dir alles in Ordnung?«

Besorgt betrachte ich die schöne Frau, die in den letzten Tagen so viel durchmachen musste. Unter ihren weißen Augen liegen tiefe Schatten, das Kleid ist schon hart vom getrockneten Blut. Sie braucht dringend ein neues.

Dass sie noch nicht durchgedreht ist, grenzt an ein Wunder.

»Ich bin unverletzt«, erwidert sie leise, aber das ist nicht das, was ich hören möchte. Ich sehe ihr an, dass es ihr nicht gut geht, doch ich weiß auch, dass es nicht meine Aufgabe ist, sie zu trösten. Ich bin bloß der Bote. Derjenige, der die Hexe beim König abliefert und dafür seinen Lohn bekommt.

Dass die Hexe nicht alt und seltsam ist, sondern jung und schön, sollte kein Problem sein, und es sollte schon gar nicht zu meinem werden.

Ich lasse ihre Hände los, als hätte ich mich an ihr verbrannt.

»Gut«, stoße ich hervor und versuche mich aufzurichten. »Denn wir sollten weiter. Hier ist es nicht sicher.«

Sofort ist sie an meiner Seite und stützt mich. Dafür, dass sie blind ist, kann sie erstaunlich viel. Es fühlt sich nicht an, als würde ihre Erkrankung sie einschränken.

Ich schnalze, damit Saga zu uns kommt. Sie lässt sich nicht zweimal bitten. Ein treueres Pferd habe ich noch nicht gesehen.

»Geht es?«, fragt Freya besorgt.

»Es geht schon irgendwie.« Ich greife nach dem Sattel, ziehe mich an ihm hoch, um in den Steigbügel zu treten und sitze einarmig auf. Trotzdem spanne ich dabei meine Schulter so sehr an, dass die Schmerzen heiß durch meinen Körper schießen. Verfluchtes Diebespack.

Wenigstens ist Christiania nicht mehr fern. Wenn wir in einen weiteren Hinterhalt geraten würden, könnte ich uns nicht mehr retten.

Ich löse meinen Fuß aus dem Steigbügel, damit Freya ihn ebenfalls als Aufstiegshilfe nutzen kann. Es dauert eine Weile, weil sie mir nicht wehtun will, aber schließlich sitzt sie vor mir. Ich lege einen Arm um ihre schlanke Taille und fasse nach den Zügeln, die verletzte Seite lasse ich schlaff hinunterhängen.

»Geht das?«, fragt sie leise. Schon wieder. Ihre Besorgnis rührt mich, und weil ich ihr das nicht zeigen will, treibe ich Saga an, bis wir uns den Weg vom Bach zurück in den Wald gebahnt haben. Das muss Antwort genug sein.

Wir reiten absichtlich einen Bogen um die Straße, die nach Christiania führt, aber wir haben Glück. Dieses Mal begegnet uns niemand, und schon bald entdecken wir die ersten Häuser.

Freya spannt sich merklich an, als die neuen Geräusche auf sie einprasseln. Vermutlich war sie noch nie in einer so großen Stadt. Ich versuche mir vorzustellen, wie sie die neue Umgebung empfindet, aber es fällt mir schwer, denn ich bin zu sehr damit beschäftigt, die Straßen im Auge zu behalten.

Es ist noch früh, aber selbst um diese Uhrzeit befinden sich schon einige Menschen in den Gassen und öffnen ihre Geschäfte. Ein Mann fegt den Gehweg vor seinem Haus, eine Frau küsst ihre beiden Kinder zum Abschied. Jemand reißt die Fenster auf, um frische Luft ins Haus zu lassen und sein Bettzeug zu lüften. Vor uns führt ein Pferd einen Karren mit Fässern an.

Als wir an der nächsten Kreuzung ankommen, steigt der Geruch nach frischen Backwaren in meine Nase. Sofort meldet sich mein Magen zu Wort. Ich halte Saga an.

»Hast du Hunger?«, frage ich Freya, die schüchtern nickt. Also rufe ich mir einen Burschen heran und bitte ihn, für uns etwas aus der Backstube zu kaufen und das Wechselgeld zu behalten. Er läuft ins Gebäude und kommt kurz darauf freudestrahlend zurück, um uns zwei süße Teilchen zu reichen. »Vielen Dank.«

Er salutiert, bevor er davonläuft und uns mit unserem Frühstück allein lässt. Ich reiche Freya ihr Stück und beiße von meinem eigenen ab, während ich Saga zurück auf den Weg lenke.

»Hmm, das ist ja himmlisch!«, seufzt Freya genießerisch.

»Nur das Beste für meine Heldin.«

Sie kichert und klapst mir auf den Oberschenkel. »Du bist wohl der größere Held von uns beiden.«

Ich lächle in mich hinein und genieße das Teilchen, aber als das Schloss in Sichtweite kommt, vergeht mir mein Lachen, weil ich mich daran erinnere, wieso sie überhaupt hier ist.

Aber wenn wir erst den König erreicht haben, wird sie mich sowieso nie wiedersehen.

Kapitel 3

Louisa

Düsseldorf, 2018

Der Duft nach frischem Kaffee holt mich sanft aus dem Schlaf. Ich blinzle gegen das Sonnenlicht, das durch ein Fenster in den Raum fällt, und schlage die Augen auf. Mein Körper fühlt sich an wie gerädert. Nach ein paar winzigen Augenblicken des Vergessens erinnere ich mich auch daran, wieso er sich so anfühlt.

Nach einer Verfolgungsjagd und einem Fast-Sturz von einer Feuertreppe ist es kein Wunder, dass ich überall Muskelkater habe.

»Guten Morgen«, begrüßt mich eine Stimme mit rauem Akzent, die ich selbst im Schlaf erkennen würde.

»Alex«, murmle ich, um mir die Ereignisse wieder in Erinnerung zu rufen. Vielleicht habe ich das sogar ein bisschen. Irgendwie erscheint es mir nämlich einfacher, das Geschehene zu verdrängen, statt mich damit auseinanderzusetzen. Aber je wacher ich werde, umso mehr vermischen sich die Bilder meiner Erinnerung mit denen des Märchens, welches er mir vor dem Einschlafen erzählt hat.

Es war einmal ein blindes Mädchen, welches in einem kleinen Dorf in Norwegen wohnte. Der Verlust der Mutter, die zu Unrecht als Hexe auf dem Scheiterhaufen verbrannt wurde, weckte in ihr alte, magische Fähigkeiten. Nur ein Wächter konnte sie aus dieser lebensbedrohlichen Situation befreien. Sein Name war Mikael …

Jetzt verstehe ich zwar, dass es Hexen schon ewig und drei Tage gegeben hat – aber wirklich viel schlauer bin ich nicht, inwieweit das mich betrifft.

»Ich dachte, du hast vielleicht Hunger.« Alex deutet auf ein Tablett auf dem Beistelltisch. Daher also der Kaffeegeruch.

Ich lasse mich erschöpft zurück in die Kissen fallen und fahre mir durchs Gesicht. Das fühlt sich alles zu real für einen Traum an.

»Ist das ein *Nein*?«, fragt er, und ich höre das Schmunzeln aus seiner Stimme heraus.

»Eher ein *Wieso zur Hölle ausgerechnet ich?*« Seufzend stehe ich auf und wäre beinahe über meine Hosenbeine gestolpert. Ein kurzes Check-up später stelle ich fest, dass ich seine Sachen trage. Also hat er mich umgezogen.

Und nackt gesehen.

Oh Gott.

Ich kremple die Hosenbeine hoch und setze mich mit schmerzenden Gliedern in den anderen Sessel. Alex sitzt mir gegenüber. Er sieht überhaupt nicht müde aus, obwohl die Nacht viel zu kurz war. An seinem Ausschnitt blitzt das dünne, goldene Kreuz hervor.

»Kaffee?«

»Mit Milch und Zucker.« Ich halte ihm gähnend meine Tasse hin. »Viel Zucker.«

Er lacht leise auf und füllt unsere Tassen. Mein Blick gleitet zu meinen Armen, die von Schrammen übersäht sind. Ich will gar nicht wissen, wie es unter der Kleidung aussieht. So wie es sich anfühlt, muss mein Körper aus einem einzigen blauen Fleck bestehen.

Ich nehme mir ein Croissant und bestreiche es dick mit Nutella. Irgendwie habe ich das dringende Bedürfnis, meinen Zuckerhaushalt wieder auf Vordermann zu bringen. Alex beobachtet mich belustigt, während er sein eigenes Croissant mit Marmelade isst.

»Hab ich mich eigentlich schon bedankt?«, frage ich, weil ich mich wieder an meine gute Erziehung erinnere. »Dafür, dass du mich vor dem Absturz bewahrt hast.«

»Das ist mein Job. Ich würde sehr viel Ärger bekommen, wenn dir etwas geschehen würde.« Dennoch sieht es aus, als würde er sich über meinen Dank freuen.

»Ist das so?«

Erzähl weiter. Na los.

»Ich bin ein Wächter«, erklärt er, als hätte er meine unausgesprochene Aufforderung gehört. »Männer wie ich passen auf Frauen wie dich auf.«

»Das hört sich irgendwie sexistisch an.« Ich ziehe eine Braue hoch. »Ich dachte immer, ich könnte auf mich selbst aufpassen.«

»Nun, vor normalen Menschen in einem normalen Leben könntest du das ganz bestimmt. Aber nicht vor dem, was da draußen noch schlummert.«

Ich pruste los und verteile Blätterteig auf dem ganzen Tisch. *Oh Gott, wie peinlich.* Schnell presse ich mir eine Hand auf den Mund und schlucke runter, bevor ich die Krümel zusammensammle und auf den Teller fallen lasse. »Das hört sich an, als würdest du von Monstern reden.«

»Vielleicht tue ich das«, erwidert er ernst und reicht mir eine Serviette. Wenigstens lacht er mich nicht aus.

Aber seine Worte jagen mir einen Schauder über den Rücken. Ich wische mir über den Mund und lehne mich mit verschränkten Armen zurück. »Wer waren die beiden Männer, die uns verfolgt haben?«

»Nicht uns.« Er deutet auf mich. »Sie wollten dich.«

»Aber warum?«, flüstere ich nervös.

»Weil du eine Hexe bist.«

»Okay, jetzt wird es wirklich verrückt.« Ich balle meine Hände zu Fäusten. Das sagt er nur, um mich zu ärgern.

»Hm.« Er schmunzelt schon wieder. Ich hasse dieses Schmunzeln! Es ist viel zu hübsch für ihn! »Was ist passiert, als der Mann dich erreicht hat?«

»Du meinst, bevor du ihm …«, setze ich schlagfertig an und verstumme dann doch. Auszusprechen, was er getan hat, macht es nur noch realer.

»Bevor ich ihn geköpft habe, ja.« Alex verschränkt die Arme vor der Brust und wartet meine Reaktion auf seine Worte ab. Er will, dass ich das Gesicht verziehe. Er will, dass ich ihm zeige, dass ich nicht ganz so taff bin, wie ich gerade vorgebe, zu sein. Aber da hat er sich die Falsche gesucht.

»Das war Mord.«

Er nickt ernst.

»Du hast zwei Menschen geköpft, als wären sie Puppen.«

Er nickt nochmal. Seine grünen Augen suchen mein Gesicht ab.

»Gab es keine andere Möglichkeit, sie von mir abzulenken?«

Er schüttelt den Kopf und greift nach seiner Kaffeetasse. »Nein, gab es nicht. Wir würden dich ja verstecken, aber solange wir nicht wissen, wie sie dich gefunden haben, geht das nicht.«

Das macht sogar Sinn. Auch wenn ich ihm immer noch nicht glauben will, dass sie mich suchen, weil ich eine Hexe bin. Wie verrückt ist das bitte?

»Wenn das die einzige Möglichkeit ist, solltest du mir zeigen, wie das geht.«

Er spuckt den Kaffee zurück in seine Tasse. »Ich soll dir zeigen, wie man einen Menschen köpft?«

Die Intensität seiner Stimme lässt mich zusammenzucken. Meine taffe Haltung löst sich in Luft auf. Ich weiß nicht, was ich ihm eigentlich beweisen wollte, aber ich hab's nicht geschafft. Stattdessen schleichen sich jetzt Tränen in meine Augen.

»Ich hab's nicht so gemeint«, flüstere ich ergeben.

»Du solltest besser auf das achtgeben, was du sagst.« Der autoritäre Klang in seiner Stimme sorgt dafür, dass ich mich jämmerlich fühle. »Im Moment ist es vielleicht noch nicht wichtig. Aber bald wird es das. Bald wird ein Wort von dir sehr viele Dinge ändern können, und es wäre gut, wenn du dich schnell daran gewöhnst.«

Um ihn von meiner Scham abzulenken, tue ich das einzig Alberne, was mir einfällt. Ich strecke ihm die Zunge raus.

Er schüttelt den Kopf, bevor er schließlich anfängt zu lachen. »Das wird ein hartes Stück Arbeit.« Er seufzt. »Iss auf. Dein Unterricht beginnt nach dem Frühstück.«

»Unterricht?« Ich reiße die Augen auf. »Das mit dem Köpfen war ein Witz. Das will ich nicht wirklich lernen.«

»Wirst du auch nicht«, erwidert er. »Wir fangen mit Geschichte an.«

Nach dem Frühstück und einem kurzen Besuch im Bad setze ich mich zu Alex aufs Bett. Er trägt eine schwarze Sporthose und ein lockeres graues T-Shirt. Seine grünen Augen blitzen zufrieden auf, als ich die Beine unterschlage und ihn erwartungsvoll anschaue. Er fährt sich mit einer Hand über die stoppelige Wange, bevor er noch einmal sein Handy checkt und es dann neben sich legt.

»Also gut«, setze ich an. »Dann mal los, Herr Lehrer.«

Er rollt mit den Augen. »Wenn wir im Palast sind, wird das aufhören müssen.«

»Jetzt weiß ich nicht, wonach ich zuerst fragen soll. Palast oder aufhören?« Unschuldig schaue ich ihn an. Ich weiß nicht, was mit mir los ist. Als würde ich es darauf anlegen, dass er mich rauswirft. So würde ich vielleicht endlich wieder nach Hause kommen.

»Der Palast der Träume«, erklärt er. »So nennen wir die Schule, zu der ich dich früher oder später bringen werde.«

»Ich hatte gehofft, ich wäre nach dem Abitur fertig mit meiner Ausbildung.«

Er starrt mich an, bis mir klar wird, dass ich endlich die Klappe halten und zuhören sollte. Spielverderber!

Ich nicke ihm zu, damit er fortfährt, und presse die Lippen aufeinander, um ihn nicht noch einmal zu unterbrechen.

»Also, normalerweise würde ich dich zum Palast bringen, und dort würde Emma deine Einführung übernehmen, aber leider geht das nicht. Ich weiß nicht, ob du dich noch so genau an die Nacht erinnerst, aber wenn ja, weißt du, dass du den Wald beinahe abgeholzt hättest. Deine Macht ist … zu groß.«

Ich will zuerst laut auflachen, doch die Erinnerung ist noch zu greifbar, als dass ich seine Worte einfach abtun könnte. Er hat recht. Was da passiert ist, ist nicht normal.

»Eine Hexe bekommt ihre magischen Fähigkeiten mit ihrem achtzehnten Geburtstag. Normalerweise dürfte deine Magie noch gar nicht so ausgeprägt sein. Eigentlich würdest du die kommenden drei Jahre damit verbringen, dich langsam daran zu gewöhnen und immer mehr dazuzulernen. Was da gestern Nacht passiert ist, ist mehr als ungewöhnlich.« Er schaut mich so ernst an, dass ich seinen Worten Glauben schenken muss. »Deswegen möchte mein Chef nicht, dass ich dich zu den anderen bringe. Wir wollen erst herausfinden, ob du …«

»Ob ich eine Gefahr für euch bin«, beende ich seinen Satz verblüfft. Wie könnte ich eine Gefahr für jemanden sein? Ich würde ja nicht einmal eine Spinne töten, sondern sie hinaustragen.

Er nickt und schaut mich mitfühlend an. »Ich bin mir sicher, dass sich das schnell aufklärt und ich dich in Sicherheit bringen kann. Wir warten ab, was Tyros vorschlägt, aber ich gehe davon aus, dass wir eine befreundete Hexe aufsuchen werden, die uns schon so manches Mal weitergeholfen hat.«

»Also bin ich eine Gefahr, und ich bin in Gefahr«, fasse ich seine Worte zusammen und nehme mir eins von den Dekokissen, um mit dem Zipfel zu spielen und mich von meiner Nervosität abzulenken.

»Die Gestaltwandler an der Schule waren sicher nicht die Einzigen, die nach dir suchen. Tyros bringt dir ein Amulett mit, was dich für ein paar Tage vor Magie verbergen sollte, aber bis er hier ist, müssen wir wachsam bleiben.«

»Ich, ähm …«

»Entschuldige.« Alex lächelt mich vorsichtig an. »Das waren zu viele Informationen auf einmal.«

Ich nicke.

»Die Männer, die nach dir suchen, sind Gestaltwandler. Magische Wesen, die, wie der Name schon sagt, ihre Gestalt in jedes Lebewesen verändern können. Wir wissen nicht genau, wieso, aber sie machen Jagd auf Frischlinge wie dich«, erklärt er. »Das Amulett hat eine unserer Hexen für dich angefertigt. Es beinhaltet einen einfachen Zauber, der deine Kräfte vor Aufspürungsmagie schützen wird. Das wird allerdings nur funktionieren, wenn Gestaltwandler selbst Magie nutzen, um Hexen zu suchen.«

»Das hört sich alles ziemlich verrückt an«, erwidere ich leise.

Alex setzt sich in den Schneidersitz. »Du wirst dich schnell daran gewöhnen.«

»Woher wusstest du, dass ich eine ... eine Hexe bin?«

»Deine Mutter ist auch eine.« Er lacht auf. »Das wusstest du nicht, oder? Das hab ich mir schon gedacht, als ich dich das erste Mal getroffen habe.«

»Meine Mutter ist die normalste Frau auf der ganzen Welt«, sage ich ungläubig. Ich kann mir kaum vorstellen, wie die Frau, die ständig auf Benehmen und Aussehen bedacht ist, in der Dunkelheit ihre Zaubersprüche ausspricht. Wenn sie tatsächlich eine Hexe ist, wird sie diesem Teil von sich die kalte Schulter gezeigt haben.

»Weil sie sich dafür entschieden hat,« bestätigt Alex meine stille Vermutung und macht eine kurze Pause. »Sie kannte deinen Vater schon, bevor sie in den Palast kam. Nach der Schulzeit konnte sie es kaum erwarten, in ein normales Leben zurückzukehren und mit ihm zusammenzuziehen. Sie konnte mit ihren magischen Fähigkeiten nie viel anfangen.«

»Und meine Schwester? Wieso hat sie keine magischen Fähigkeiten?«

»Sie ist eine Anchiarta.«

Eine was? »An...«

»Anchiarta«, wiederholt er und rollt dabei sowohl das *ch* als auch das *r*.

Ich spreche ihm nach. »Wie schreibt man das?«

Er steht auf, holt einen Block und einen Stift aus seiner Tasche und kritzelt etwas darauf, bevor er mir das Blatt zeigt.

àn hjarta steht da geschrieben. Ich spreche es nochmal aus.

»So nennen wir das Kind einer Hexe, das keine magischen Fähigkeiten hat.«

»Eine *Squib* also«, stoße ich hervor, erfreut darüber, dass von den Harry-Potter-Büchern etwas hängen geblieben ist.

»Ich weiß nicht, was das ist.«

»Was?« Schockiert starre ich ihn an. »Sag nicht, du hast Harry Potter nicht gelesen!«

Entschuldigend zieht er die Schultern hoch. »Muss ich das?«

»Das sind *die* Bücher unserer Generation schlechthin! Natürlich musst du das! Wenn du das nicht gelesen hast, fehlt dir ein Stück literarischer Ausbildung.«

»Oh«, macht er und beginnt zu grinsen. »Dann sollte ich das schleunigst nachholen.«

»Aber hallo.« Ich deute auf sein Handy. »Am besten lädst du es dir gleich runter. Jede Sekunde, in der du nicht liest, ist verschwendete Lebenszeit.«

»Ich glaube, du dramatisierst das Ganze ein bisschen«, erwidert er belustigt, aber ich gebe nicht nach, bis er sich geschlagen gibt, und das E-Book auf sein Handy lädt.

Zufrieden grinse ich ihn an. »Du wirst es nicht bereuen.«

Zum Mittagessen lädt Alex mich auf eine Pizza vom Hotelservice ein. Während wir auf unser Essen warten, rufe ich bei meinen Eltern an, um ihnen zu sagen, dass es mir gut geht.

»Warum hast du mir nichts gesagt, Mama?« Meine Stimme klingt anklagend, aber das ist mir egal. Sie hat mich achtzehn

Jahre lang belogen. Ich kann ja verstehen, dass sie nicht wollte, dass ich damit aufwachse, aber spätestens nach der Sache mit Liam hätte sie mir sagen sollen, dass wir nicht einfach nur Menschen sind. Dann hätte ich mir die letzten fünf Jahre lang wenigstens keine Sorgen darüber machen müssen, ob ich vielleicht den Verstand verliere. Scheinbar ist es für Hexen nicht ungewöhnlich, Gestalten zu sehen, die nicht existieren.

»Ich habe gehofft, dass du wie deine Schwester eine àn *hjarta* bist«, erklärt sie mir. »Weißt du, ich hab die Magie noch nie gemocht und war froh, als ich sie aus meinem Leben verbannt hatte. Ich wollte nicht, dass du dein Leben verlassen musst. Und noch weniger wollte ich, dass du mit den Schattenseiten dieses Lebens in Berührung kommst.«

»Meinst du nicht, es wäre sicherer gewesen, wenn ich gewusst hätte, wer ich bin?«

Sie schweigt betreten.

Ich lasse mich aufs Bett fallen. »Wie geht es jetzt weiter? Wann kann ich zurück zu euch?«

»Lou ...«

»Lou mich nicht«, fahre ich sie an. »Sag mir einfach nur die Wahrheit.«

»Alex nimmt dich mit zum Palast der Träume. Du wirst dort dein Abitur abschließen und eine Ausbildung deiner magischen Fähigkeiten bekommen. Wenn deine Ausbildung abgeschlossen ist, steht es dir frei, zu gehen.«

»Wann ist das?«

»In zwei Jahren«, flüstert sie, als würde es dadurch weniger real.

»Zwei Jahre?!« Mein Blick fliegt zu Alex, der mich wachsam beobachtet. Er hebt entschuldigend die Schultern. »Was ist mit meinem Flugschein? Und Thomas? Und Alina?«

»Deine Ausbildung ist jetzt wichtiger.« Mama klingt, als hätte sie das auswendig gelernt. »Wenn du im Palast fertig bist, kannst du all die Dinge nachholen, die du machen wolltest. Dir entgeht nichts. Im Gegenteil, du gewinnst dazu.«

Ich seufze. »Du klingst nicht gerade überzeugend.«

»Ich bin nicht du.« Ich höre das Lächeln in ihrer Stimme. »Sieh es einfach so, als hättest du gerade deinen Hogwartsbrief bekommen, okay? Es wird dir gefallen.«

Ich atme laut aus. »Okay.«

Mir bleibt ja sowieso nichts anderes übrig. Wir verabschieden uns voneinander, und ich gebe Alex sein Handy zurück. »Danke, dass ich mit ihr telefonieren durfte.«

Sein Blick ist mitfühlend und geht mir unter die Haut. Ich kann mich glücklich schätzen, dass er hier ist und mir da durchhilft. »Du bist keine Gefangene, auch wenn es dir vielleicht gerade so vorkommt. Komm, ich zeig dir etwas.«

Er setzt sich zu mir aufs Bett, greift nach einem Kissen und befreit es von seinem Bezug, bevor er ein Taschenmesser aus seiner Hosentasche zieht und damit das Kissen aufschlitzt. Die Federn verteilt er auf dem Bett.

»Was machst du denn da?«, frage ich leise lachend, bevor ich eine Hand ausstrecke und ein paar der Federn auffange.

Auf seinen Lippen breitet sich ein Lächeln aus. »Ich zeige dir, dass Magie nichts Schlechtes ist.«

Ein aufgeregtes Ziehen beginnt in meiner Magengrube, als er den leeren Kissenbezug weglegt und mir eine Hand entgegenstreckt. Zögernd lege ich meine Hand in seine.

»Und jetzt?«, flüstere ich und versuche mich nicht zu sehr auf das Gefühl meiner Haut an seiner zu konzentrieren. Die Aufregung kommt ganz sicher nicht von unserer Berührung.

»Schließ die Augen und stell dir vor, die Federn könnten schweben.«

Es fällt mir nicht leicht, mir das vorzustellen. Sowas passiert doch nur in Filmen.

»Jetzt sprich mir nach: *san mia anasa*.«

Ich räuspere mich und tauche in Alex' Singsang ein, erst zaghaft, aber dann werde ich mutiger und lauter, während sich vor meinem inneren Auge ein Bild von umherwirbelnden Federn festigt. Als Alex meine Hand drückt, öffne ich die Augen und erstarre.

Wir sitzen mitten in einem Federnregen.

Das gibt's doch nicht.

»Wow«, flüstere ich und hebe meine freie Hand, um eine von ihnen zu berühren. Sobald ich sie angetippt habe, segelt sie langsam aufs Bett zurück.

Ich hebe den Blick und begegne dem Funkeln in Alex' Augen.

»Das«, er deutet auf die fliegenden Federn, »ist Magie in ihrer schönsten Form.«

Kapitel 4

Azalea

Lille, 2018

»Was soll das heißen? Nach letzter Nacht nicht mehr?« Ich packe ihn am Arm und sorge dafür, dass er stehen bleibt. So einfach kommt er mir nicht davon. »Haben wir …?«

Er lacht auf, wenn es auch bitter klingt. »Nein, keine Sorge. Es ist nicht deine Schuld.«

Ich verenge die Augen zu Schlitzen.

»Wir hatten nichts miteinander.« Melvin wendet den Blick ab. »Mila behauptet zwar, sie hätte mich verwechselt, aber … wer verwechselt schon jemanden, in den er verliebt ist?«

»Sie hat *dich* betrogen?«, frage ich verblüfft. Normalerweise ist Mila diejenige, die auf Typen wie Melvin reinfällt. Ich kann mir kaum vorstellen, dass es dieses Mal andersherum gewesen sein soll.

»Manche Menschen zeigen unter dem Einfluss von Drogen oder Alkohol eben ihr wahres Gesicht.« Er zuckt mit den Schultern, aber ich kann ihm ansehen, dass er enttäuscht ist.

»Das hört sich an, als würdest du diese Erfahrung nicht zum ersten Mal machen«, stelle ich sanft fest und lasse ihn los, damit wir zusammen zum Auto gehen können. Er läuft schweigend voraus und gibt mir das Gefühl, dass hinter seiner schönen Fassade sehr viel mehr verborgen ist. Ich frage mich, wie Mila ihm das antun konnte. Es gibt kaum besseres Boyfriend-Material. Die beiden zusammen wären ein perfektes »Und wenn sie nicht gestorben sind, leben sie noch heute«-Pärchen gewesen.

Er führt mich zu einem blauen Sportwagen und fummelt nach seinem Schlüssel, bevor er den Oldtimer per Hand aufschließt.

»Nettes Auto«, zwitschere ich und rutsche auf den Beifahrersitz. Im Inneren des Wagens ist es aufgeräumt und sauber, die Holzarmatur glänzt, als würde er sie jeden Tag polieren. Er reicht mir seinen Kaffee und legt die Tüte zwischen uns auf die lederbezogene Bank.

»Nicht kleckern«, ermahnt er mich, bevor er sich anschnallt und zurücksetzt, um aus der Parklücke zu fahren. »Wo soll ich dich hinbringen?«

Ich nenne ihm eine Adresse in der Altstadt von Lille. Er stöhnt auf, was wohl daran liegt, dass wir uns durch den Morgenverkehr schlängeln müssen, wenn wir auf die andere Seite der Stadt wollen. Um diese Uhrzeit ist hier die Hölle los, aber er wollte mich ja unbedingt nach Hause fahren.

Selbst schuld.

Ich bemühe mich, den Kaffee nicht auf seine teure Innenausstattung tropfen zu lassen, reiche ihm seinen eigenen und trinke etwas von meinem. »Was ist passiert, nachdem du Mila beim Fremdgehen erwischt hast?« Ich will seinen Trennungsschmerz ja wirklich nicht wieder aufwärmen – nicht, dass er nachher noch anfängt zu weinen –, aber ich würde gerne meine Gedächtnislücken füllen, und das geht scheinbar nur, wenn er mir hilft.

»Ich bin raus aus dem Club, und du bist mir hinterher.« Er zuckt mit den Schultern. »Wolltest dich für deine Freundin entschuldigen und mir sagen, dass morgen alles wieder beim Alten ist.«

»Ich?« Ich lache ungläubig auf. »Normalerweise ist Mila diejenige, die sich für mich entschuldigen muss.«

»Nichts für ungut, aber das hab ich mir auch gedacht.« Er schaut zu mir, und wir verziehen beide gleichzeitig den Mund zu einem Grinsen. Seines erstirbt jedoch relativ schnell wieder. »Jedenfalls war da plötzlich dieser Typ. Er wollte irgendwas von dir, aber irgendwie war uns das nicht geheuer, also sind wir weggelaufen.«

»Wahrscheinlich wollte er bloß Feuer für seine Kippen«, überlege ich und finde es unglaublich komisch, dass wir ihn anscheinend einfach stehen gelassen haben. Diese Droge scheint die verrücktesten Reaktionen in einem wachzurufen. Ein Grund mehr, dieses Teufelszeug nie wieder anzufassen.

»Nein.« Melvin schüttelt nachdenklich mit dem Kopf. »Das denke ich nicht. Er sah irgendwie ... gefährlich aus. Ich glaube, es war gut, dass wir abgehauen sind.«

Seine Worte jagen mir einen Schauder über den Rücken. Es ist so verrückt, dass ich mich an nichts von all dem erinnern kann. »Meinst du, er wollte uns überfallen?«

Er verzieht das Gesicht. »Ich weiß nicht. Er wirkte eher so, als wäre er an dir interessiert.«

»Okay, das *ist* gruselig.«

»Es wird noch gruseliger«, verspricht er mir und trinkt von seinem Kaffee. »Auf unserer Flucht sind wir Thierry, Matthéo und Yanis begegnet. Falls du dich nicht erinnern kannst: die drei sind Freunde von mir.«

Er schweigt einen Moment, und ich fasse mir unwillkürlich an die Stelle, an der meine Halskette hängen müsste. Ich frage mich, wo ich das Amulett verloren habe.

»Sie haben uns aufgegabelt. Nur waren sie gerade auf dem Weg, um einen Wetteinsatz einzulösen.«

»Ach ja?« Ich kann mich wirklich an nichts davon erinnern.

Melvin schüttelt sich, als würde ihn die Erinnerung immer noch verfolgen. »Wir sind ins alte Gefängnis gefahren.«

»Was?«, kreische ich beinahe. »Das *Prison de Loos*?«

Er nickt, und ich spüre, wie mir alles Blut aus dem Gesicht weicht. Sind wir komplett übergeschnappt? Wir können doch nicht einfach in ein altes Gefängnis einbrechen, in dem es noch dazu spuken soll!

»Du verarschst mich. Das kannst du unmöglich ernst meinen.«

»Ich schwöre es dir.« Er hebt seine Hände, um mir zu zeigen, wie ernst er es meint. »Du warst nicht davon abzubringen, die drei zu begleiten. Und ich hatte das Gefühl, dass ich dich besser nicht mit ihnen allein lasse.«

»Ich wollte nie und nimmer da rein!«, entgegne ich entrüstet und greife mir gedankenverloren an den Hals, um mit meiner Kette zu spielen. Doch sie ist nicht da. Ich würde niemals auf die Idee kommen, ein Gebäude zu aufzusuchen, in dem es spukt, wenn es nicht absolut notwendig wäre. Dafür bin ich viel zu abergläubisch.

»Wahrscheinlich hast du deine Kette da verloren.«

Argwöhnisch blinzle ich ihn an. »Woher weißt du von meiner Kette?«

»Gestern hast du sie noch getragen«, erklärt er. »Und heute greifst du dir ständig an den Hals, als wolltest du mit dem Anhänger spielen. Aber sie ist nicht mehr da. Also hast du sie verloren.«

»Hm«, mache ich unentschlossen. Wenn ich ihm diese haarsträubende Geschichte glaube, befindet sich das, was mich vor den bösen Einflüssen der Welt schützen soll, ausgerechnet in einem heimgesuchten Gefängnis. »Wie bekomme ich meine Kette jetzt wieder?«

»Wie wichtig ist sie dir denn?«

»Sehr wichtig«, erwidere ich ehrlich und denke daran, wie meine Mutter sie mir vor ein paar Jahren gegeben hat. Kurz darauf ist sie spurlos aus unserem Leben verschwunden und hat mir alles genommen, was jemals eine Bedeutung hatte. Allein mit Papa ist es einfach nicht mehr das Gleiche. »Sie ist die letzte Erinnerung, die ich an meine Mutter habe.«

»So wichtig, um dafür noch einmal in ein Gefängnis einzubrechen?«

Ich denke drüber nach und seufze. »Ich weiß nicht. Ich

glaube an Geister.«

Melvin mustert mich nachdenklich, bevor er den Blinker setzt und von der Straße abfährt, um die Richtung zu wechseln. »Wir haben den ganzen Tag Zeit, bis es dunkel wird. Was kann schon groß passieren?«

Kapitel 5

Mikael

Christiania, 1768

Als wir den Hof erreichen, hilft man uns vom Pferd. Freya steht unsicher da, während ich Anweisungen gebe, um mein Pferd versorgt zu wissen. Der Stallbursche führt Saga am Halfter weg, und ich schaue ihnen noch einen Moment hinterher. Seit der König in Christiania hofiert, wird Saga von den Stallburschen verwöhnt – diesen Luxus hatte sie in Kopenhagen nicht. Die alte Dame wird traurig sein, wenn wir zurück sind und sie nicht mehr jeden Tag einen Apfel geschenkt bekommt.

Aber die Reise war anstrengend genug. Jetzt soll sie erst mal ein paar Tage Ruhe vor mir haben und sich von den jungen Männern verwöhnen lassen.

Ich wende mich Freya zu. »Bereit?«

»Nicht wirklich«, erwidert sie nervös, wehrt sich aber nicht, als ich ihr meinen Ellbogen anbiete, um sie zur Festung zu führen. Vom Myntgatekvartal führt uns der Weg vorbei an Provianthäusern und Magazinen durch den Festungsgarten. Viel gibt es hier im Januar nicht zu sehen, das letzte bisschen Grün verdecken die Überreste des Schnees.

»Ich weiß noch, wie ich mir früher immer gewünscht habe, zum Hof zu gehören«, erzähle ich Freya, während wir die

Kieswege entlanggehen. »Meine Mutter war Schneiderin in Kopenhagen. Sie hat die schönsten Kleider für Hofdamen genäht und die robustesten Hemden für Ehrenmänner.«

Freya neigt den Kopf. »Wie kommt es, dass du jetzt dazugehörst?«

»Das Schicksal wollte es so«, erwidere ich knapp. Die Wahrheit will ich ihr nicht erzählen. Die Umstände, die mich schließlich hergeführt haben, könnten nicht schlimmer sein. Und so kommt es auch, dass mich die Rückkehr nicht mit Freude erfüllt, sondern mit einer Nervosität, die ich nicht ablegen kann.

Was, wenn der König nicht zufrieden ist? Was, wenn ich nicht die Leistung erbracht habe, die er von mir erwartet?

Wir überqueren einen Graben und stehen im Innenhof des Schlosses. Ich überlege fieberhaft, ob wir jetzt schon Gehör suchen oder uns erst um unser Äußeres kümmern sollten. Mein Blick fällt auf Amalie, die mit zwei anderen Hofdamen in einer Ecke steht und uns tuschelnd beobachtet.

»Amalie!«, rufe ich und winke ihr. Sie kichert, bevor sie sich aus der Gruppe löst und auf uns zukommt. Vor uns angekommen, knickst sie. Ich erwidere ihre Begrüßung mit einer leichten Verbeugung.

»Es ist schön, Euch zu sehen, Mikael.« Sie lächelt mich an und schaut argwöhnisch zu Freya. Der helle Pelz über ihrem dunkelroten Kleid ist so groß, dass sie fast darin verschwindet. »Wer ist das?«

»Darf ich Euch Freya vorstellen?«, erwidere ich und wähle meine Worte vorsichtig. Amalie und ihre Klatschweiber verbreiten alles, was man ihnen in den Kopf setzt – so viel habe ich in der kurzen Zeit am Hof gelernt. Wann immer man möchte, dass etwas die Runde macht, erzählt man es einer der drei Frauen. Dennoch ist Amalie eine meiner wenigen Vertrauten am Hof. »Sie ist zu Besuch am Hof. Freya, das ist Amalie.«

Freya knickst leicht, die Augen abgewandt. Ich komme nicht umhin, festzustellen, dass sie sich bei mir anders gibt. Selbstbewusster.

»Freut mich sehr«, antwortet Amalie schließlich, und ich atme erleichtert aus. Wenn sie Freya in ihrer Runde akzeptieren, wird sie es am Hof um einiges leichter haben.

»Ich möchte Freya gerne dem König vorstellen. Aber wir sind auf dem Weg hierher in einen Hinterhalt geraten, und ich will erst meine Wunde versorgen lassen.«

Amalie macht große Augen, und mir wird erst zu spät bewusst, dass sie Freya für meine Verlobte halten könnte. Sie lässt ihren Blick an mir herabgleiten, und er bleibt an meinem zerrissenen Hemd hängen. »Wurdet Ihr angeschossen, Mikael?«

»Wir wurden von Dieben überfallen. Freya hat mich zusammengeflickt«, erkläre ich ihr. Freya tritt unruhig von einem Fuß auf den anderen, und ich lege ihr meine Hand auf den Rücken, um zu signalisieren, dass sie Amalie vertrauen kann. »Könntet Ihr Euch um sie kümmern, bis ich zurück bin? Nach der anstrengenden Reise hat sie ein Bad und frische Kleidung mehr als verdient.«

»Aber natürlich!« Amalie strahlt mich an, bevor sie Freya ihren Arm reicht. Behutsam lege ich Freyas Hand auf Amalies Arm und flüstere ihr ins Ohr: »Ich hol dich gleich wieder ab. Vertrau mir.«

Sie nickt stumm und wendet sich Amalie zu.

»Freya wird sich wie neugeboren fühlen, wenn Ihr sie wieder abholt«, verspricht diese begeistert.

»Ich danke Euch von ganzem Herzen.« Ich verbeuge mich noch einmal vor Amalie, und dann hat sie Freya auch schon mit sich geschleift. Ich hoffe, Freya kommt mit der Situation zurecht. Am Hof kann ich sie unmöglich die ganze Zeit mitnehmen. Das würde Gerüchte schüren, die ich nicht gebrauchen kann. Ich mag es, dass mich bisher niemand mit Frauengeschichten und Ehegerüchten verknüpft hat.

Besorgt schaue ich ihnen hinterher, während sie im Inneren des Schlosses verschwinden. Erst als sie nicht mehr zu sehen sind, mache ich mich auf den Weg zum Arzt, um meine Wunde untersuchen zu lassen. Ich finde Gunnar in seinen Räumen. Ausnahmsweise komme ich sofort an die Reihe.

»Was machst du nur immer?«, fragt er mich, während ich auf der Holzliege Platz nehme und mich unter Schmerzen aus meinem Hemd schäle. Ich rümpfe die Nase. Selbst der Alkohol kann den Geruch von Verwesung in seiner Stube nicht übertünchen. »Meinst du nicht, dass du deinem Körper mal eine Auszeit gönnen solltest?«

Der ältere Mann schaut mich ernst an, bevor er den notdürftigen Verband löst, um die Wunde zu begutachten. Seit ich am Hof bin, sitze ich regelmäßig hier. Was vielleicht daran liegt, dass ich ständig die Aufträge übernehme, die keiner der anderen machen möchte. Aber eine Wahl habe ich nicht. Zumindest nicht, solange der König mich nicht von meiner Schuld erlöst.

Ich erzähle ihm, was geschehen ist, lasse dabei aber Freyas magische Fähigkeiten aus. Die meisten Hofleute würden sie wohl auf der Stelle ausgrenzen, wenn sie wüssten, wozu sie imstande ist. Ich kann es ihnen nicht verübeln. Wenn ich nicht ihre Schwäche gesehen hätte, hätte ich vermutlich auch Angst vor ihr.

»So, wer ist also diese geheimnisvolle Freya?«, hakt er nach, während er eine Kräuterpaste auf der Wunde verstreicht.

»Bloß eine Frau.« Ich winke ab.

»Eine Frau für dich?«

Ich lache auf. Die Idee ist absurd. »Nein, bestimmt nicht.«

»Meinst du nicht, es wird Zeit, zu heiraten, Mikael?« Er wackelt vielsagend mit den Brauen, bevor er meine Wunde verbindet. »Ich rede viel mit den Menschen am Hof, und sie wundern sich alle darüber, dass du noch keine der Damen zur Frau genommen hast.«

Ich schüttle den Kopf. »Ich bin glücklich mit meinem Leben, so wie es ist.«

»Ach ja?«

Ich verenge die Augen zu Schlitzen. Verdammter Gunnar, immer habe ich das Gefühl, dass er direkt in mein Herz blicken kann. »Ich kenne sie kaum. Außerdem ist sie ein einfaches Bauernmädchen.«

»Also hast du tatsächlich darüber nachgedacht, sie zu heiraten.«

Ich rolle die Augen und springe von der Liege, um mich wieder anzuziehen. Natürlich habe ich darüber nachgedacht, aber eine Frau wie sie verdient etwas Besseres als mich. Sie verdient jemanden, der ihr ein Zuhause bieten kann, und eine Familie. »Denk nicht mal drüber nach, dass ich irgendwann verheiratet sein könnte.«

Er lacht und reicht mir ein Glas mit der Paste. Sie wird sich bei den anderen Arzneien einreihen, die ich nicht brauche. »Einmal täglich auftragen und neu verbinden. Heute sollten neue Binden angekommen sein, du solltest mal im Provianthaus vorbeischauen.«

»Danke, das mache ich.« Ich drücke seine Hand zum Abschied und bin froh, dass er nicht noch ein weiteres Mal von Freya spricht. »Bis bald.«

»Ich hoffe nicht«, ruft er mir hinterher und entlockt mir damit ein Lachen. Mir wäre es auch lieber, ich würde ihn nicht so häufig besuchen – aber so wie ich den König kenne, wartet er bereits mit dem nächsten Auftrag auf mich.

Auf dem Weg zu meiner Kammer halte ich am Provianthaus an und besorge neues Verbandsmaterial, danach gehe ich zum Schneider und bestelle mir ein neues Hemd. Die Frau bietet mir einen Tee an, den ich dankend annehme.

Zurück in meiner Kammer wasche ich mich und wechsle in helle Hosen und mein bestes Hemd, bevor ich den dunkelblauen Frack überziehe und in meine Hofschuhe schlüpfe. Reitstiefel sind mir eindeutig lieber als diese feinen Treter, aber für den König mache ich mich besser zurecht. Ich kämme mein Haar, binde es zu einem tiefen Zopf und schaue noch einmal in den kleinen Spiegel über meinem Waschtisch, bevor ich schließlich meine Kammer verlasse, um mich auf die Suche nach Freya zu machen.

Kapitel 6

Louisa

Düsseldorf, 2018

Als hätte unsere kleine Zauberstunde sämtliche Blockaden gelöst, liegen mir plötzlich tausend Fragen auf der Zunge. Wir sitzen am Tisch und genießen unsere Pizza, während Alex geduldig eine nach der anderen beantwortet.

»Braucht jeder Zauber einen Zauberspruch?«

Er nickt. »Es sei denn, du bist sehr begabt und schaffst es, dich ausreichend auf das zu konzentrieren, was du erreichen möchtest. Aber so weit sind nur ein paar der älteren Hexen im Palast.«

»Wie mächtig ist Magie?« Ich trinke etwas. »Ich meine, was kann man damit anstellen? Gibt es Grenzen?«

Alex fängt an zu lachen. »Ich wette, du wirst eine ehrgeizige Schülerin sein. Magie hat ganz sicher Grenzen, aber es gibt immer wieder Hexen, die diese überschreiten. Es ist wie im normalen Leben auch; die meisten Grenzen setzt du dir selbst, und es erfordert viel Konzentration und noch mehr Übung, sie zu überwinden.«

»Und das lerne ich alles im Palast der Träume«, stelle ich fest. »Du bist auch ein Lehrer, oder? Was unterrichtest du?«

»Geschichte und Sport.« Er schmunzelt, als er mein verwirrtes Gesicht sieht. »Was Geschichte angeht, unterrichte ich sowohl auf Abitur-Niveau als auch unsere Geschichte.«

»Mit unserer Geschichte meinst du das Märchen, das du mir noch weitererzählen wolltest?«

Er trinkt etwas und stellt sein Glas zurück. »Genau das. Aber wenn es dir nichts ausmacht, würde ich damit warten, bis der Unterricht beginnt. Dann musst du es dir nicht zwei Mal anhören.«

»Und Sport? Ich meine, das ist eine Hexenschule ... wieso müssen wir Sport machen?«

Alex grinst. »Sport hilft dir dabei, deinen Geist zu kontrollieren.«

»Sag bloß, du bist einer von diesen Tai-Chi-Yoga-Typen, deren Yin und Yang nie im Schiefen hängen darf.«

»Keine Sorge.« Er lacht noch mehr und mustert mich vielsagend. »Wenn du bei mir Sport hast, wirst du ins Schwitzen geraten.«

Ich atme scharf ein. Kommt es mir nur so vor oder war das gerade versaut?

»Aber meistens unterrichte ich die neuen Wächter«, fügt er hinzu. In seinen Augen blitzt der Schalk auf. »Ich bin mehr der Typ für Kampfkunst und ... Messerkämpfe.«

»Oh.« Ich laufe rot an, als ich mir vorstelle, wie er für mich gegen die Gestaltwandler gekämpft hat, und wende mich meinem Essen zu. »Aber was, wenn wir das auch lernen wollen?«

»Das ist anstrengend, und es bringt die Schüler oft genug an ihre Grenzen«, wirft er ein. »Ich glaube nicht, dass du sehr viel Spaß daran hättest.«

Ich runzle die Stirn. »Weil ich eine Frau bin?«

»So ist das in unserer Welt nun mal.« Er hebt entschuldigend die Schultern.

»Sehr fortschrittlich.« Ich schnalze mit der Zunge. »Habt ihr schon mal was von Emanzipation gehört?«

»Du kannst gerne versuchen, einen Platz in einem der Kurse

zu bekommen«, erwidert er mit schiefem Grinsen und lehnt sich selbstgefällig zurück. »Aber sag nicht, ich hätte dich nicht gewarnt.«

Ich verenge die Augen zu Schlitzen und mustere ihn ein paar Augenblicke. Wenn ich es jetzt nicht versuche, wird er das als Rückzieher werten. Aber wahrscheinlich hat er recht und es wird eine Katastrophe.

»Schön«, stoße ich hervor, bevor ich es mir anders überlegen kann. »Mal sehen, wer dieses Jahr kämpfen lernt.«

»Ich freu mich drauf.« Er hebt sein Glas, um mit mir anzustoßen. »Auf die erste Frau, die freiwillig kämpfen lernen will.«

»In deiner Welt«, füge ich hinzu, bevor ich mein eigenes Glas hebe und gegen seins klirren lasse.

»Was hältst du davon, wenn wir Ausbildung für heute Ausbildung sein lassen und dir ein paar neue Sachen einkaufen?«, schlägt Alex nach einem Blick auf sein Handy vor. »Tyros und Moose sollten bald landen. Wir könnten die Zeit nutzen und am Flughafen für dich einkaufen.«

»Ist das nicht riskant? Ich meine, da draußen lauern vielleicht Gestaltwandler.«

Er mustert mich nachdenklich. Unter seinem intensiven Blick verschränke ich nervös die Arme vor der Brust. Das muss er perfektioniert haben. »Schon, aber wir können ja nicht die ganze Zeit im Hotelzimmer sitzen, und du brauchst dringend ein paar eigene Kleidungsstücke, damit du nicht mehr in meinen rumlaufen musst.«

Ich grinse und kuschle mich in seinen Pullover. »Die sind aber gemütlich.«

Und riechen verdammt gut, füge ich in Gedanken hinzu, bevor ich mir am liebsten eins auf den Deckel geben würde. Auch wenn er mich mit *Du* anspricht und in den schlimmsten Momenten gesehen hat – er ist trotzdem mein Lehrer und damit sehr wahrscheinlich mehr als tabu. Nicht, dass ich mich für ihn interessieren würde.

Es ist nur der Reiz des Neuen, der meinen Magen flirren lässt, wann immer er mich zu lange ansieht. Das hat garantiert nichts mit seinem Akzent zu tun. Oder den grünen Augen. Oder dem Drei-Tage-Bart. Oder –

Stopp! Gott, Lou, hör dir mal selbst zu! Innerlich schüttle ich den Kopf.

»Sie stehen dir nur nicht besonders gut«, erwidert er belustigt. »Also los, wir gehen shoppen. Ich dachte, ihr Frauen macht sowas gerne.«

»Denkst du immer in eingestaubten Frauenbildern?«, frage ich nach, ernte aber nur ein leises Lachen, bevor er sich seine Schuhe anzieht. Aus seiner Tasche holt er etwas, was aussieht wie ein Klettergurt. Erst als er es um seinen Oberkörper legt, wird mir klar, dass es ein Waffenholster ist. »Ist das wirklich notwendig? Wie fahren zu einem Flughafen.«

Alex zuckt mit den Schultern und holt ein großes Messer und zwei weitere Dolche aus der Tasche. Das Messer landet in einem Schaft an seinem Rücken, einer der Dolche in dem an seiner Seite. Den anderen Dolch wiegt er nachdenklich in seiner Hand, bevor er ihn mit einer eleganten Bewegung durch die Luft wirbelt und mir mit dem Griff entgegenstreckt.

Ich schließe den Mund, bevor er merkt, dass ich ihn mit offenem Mund beobachtet habe, und nehme den Dolch an. »Ich kann damit überhaupt nicht umgehen.«

»Du musst nicht viel damit machen.« Er tritt etwas näher und deutet auf das runde Emblem auf dem Griff, das aussieht wie ein verschlungenes Labyrinth. »Der Dolch beinhaltet Magie. Wenn du einen Gestaltwandler damit verletzt, wird er zumindest für ein paar Minuten außer Gefecht gesetzt.«

»Also, ein Kratzer reicht?«

»Ein Kratzer reicht«, bestätigt er und korrigiert meine Haltung. »Wenn du ihn so festhältst, kannst du ihn besser führen und hast mehr Kraft.« Er tritt zurück. »Versuch es.«

Ich lasse meine Hand langsam durch die Luft gleiten und präge mir die Richtungen ein, in die ich viel Kraft aufwenden kann. Alex nickt wohlwollend, also scheine ich seine Unterrichtseinheit gut bestanden zu haben. »Und wo verstecke ich den Dolch?«

»Hm«, macht er und lässt seinen Blick über meinen Körper gleiten. Ich erschaudere, doch der Moment ist zu schnell vorbei. Er geht zu seiner Tasche und holt eine zweite Jacke und einen zweiten Gurt heraus. »Hier«, sagt er und hilft mir dabei, meine Arme durch den Holster zu stecken. Meine Haare bleiben unter dem Gurt hängen, und ehe ich mich versehe, streicht er sie mit einer Hand nach hinten und berührt dabei meinen Hals.

Mein Herz beginnt zu rasen. Ich hebe den Blick und begegne dem Funkeln in seinen Augen. Ihm wird klar, dass er viel zu nah vor mir steht. Langsam löst er seine Hände von mir und macht einen Schritt zurück. Er räuspert sich und deutet auf seinen eigenen Dolch.

»Du kannst ihn jetzt einfach dort reinstecken.« Seine Stimme klingt rauer als noch vor ein paar Minuten und die Doppeldeutigkeit seiner Worte entgeht mir nicht. Bevor seine Worte in mir die wildesten Fantasien auslösen können, befolge ich seine Anweisung, und nehme dann die Jacke entgegen, die er mir reicht.

Schnell ziehe ich sie über und überprüfe im Spiegel, ob man das Holster auch wirklich nicht sieht. Nicht vorzustellen, was passieren würde, wenn uns die Sicherheitsbeamten so bewaffnet erwischen würden. Aber er weiß scheinbar, was er tut. Oder?

Er schaut mich erwartungsvoll an, aber ich deute auf meine nackten Füße. »Meine Schuhe liegen in einem Waldstück, das ich nie wieder betreten werde.«

»Oh«, macht er und verzieht das Gesicht. »Dann schauen wir mal, dass wir dir schleunigst neue Schuhe besorgen.«

Wir verlassen das Hotel unter den neugierigen Blicken der Empfangsdame, die sich wohl fragt, wieso ich keine Schuhe trage. Draußen angekommen, müssen wir einmal um den Gebäudekomplex laufen, um zu den Parkplätzen zu gelangen, was kein Problem wäre, wenn der Weg nicht bald durch einen Kiesweg abgelöst werden würde.

»Autsch«, mache ich, als die ersten Steine meine Fußsohlen piksen. »Autsch, autsch, autsch.«

Alex lacht mich aus. »Und jemand wie du will kämpfen lernen?«

Ich bleibe stehen und presse die Arme in die Hüften. »Was haben spitze Steine mit kämpfen zu tun?«

»Sehr viel.« Er schmunzelt. »In erster Linie geht es darum, dass du lernst, trotz Schmerzen nicht sofort aufzugeben.«

Ich presse die Lippen aufeinander, nicht gewillt, ihm noch einmal mein Leid zu klagen. Es stimmt. Wenn ich nicht mal barfuß über Kieselsteine gehen kann, wie soll ich da bloß jemals richtige Schmerzen aushalten können?

Aber der Weg ist noch so lang.

Das sind mindestens zehn Meter voller spitzer Steine, die meine Fußsohlen aufreißen werden, bis die Haut in Fetzen ... Okay, das ist vielleicht etwas übertrieben.

»Ich sag dir was.« Dem spitzbübischen Blick nach zu urteilen, hat er eine Idee, die mir nicht gefallen wird. »Wenn du ohne einen Ton bis zum anderen Ende des Weges kommst, setze ich mich dafür ein, dass du Kampfunterricht nehmen darfst.«

»Einverstanden.« Ich strecke eine Hand aus, um mit ihm einzuschlagen. Er schaut mich ungläubig an, wahrscheinlich hat er nicht damit gerechnet, dass ich so ein Sturkopf sein kann. Aber schließlich gibt er nach und schlägt ein.

Dann atme ich tief durch, presse meine Lippen aufeinander und gehe weiter. Die spitzen Steine bohren sich in meine Fußsohlen und treiben mir die Tränen in die Augen.

Nicht schreien, ermahne ich mich. *Du schaffst das.*

Schritt für Schritt gehe ich weiter, diesen unendlich langen Weg entlang, bis ich endlich auf der anderen Seite angelangt bin, und erleichtert auflache. Wer hätte gedacht, dass nach solchen Schmerzen diese Freude wartet?

Alex klopft mir grinsend auf die Schulter. »Ich schätze, damit hast du dir einen Platz in meinem Kurs verdient.«

Ich strecke ihm die Zunge raus, was ihn nur noch mehr zum Lachen bringt, und widme mich meinen schmerzenden Fußsohlen, die überraschenderweise keinen Kratzer abbekommen haben.

»Eigentlich sollte ich dir das verbieten«, meint er. »Du wirst richtig Ärger bekommen, wenn du deinen neuen Lehrern die Zunge rausstreckst. Aber ich mag es, dass du so eigensinnig bist.«

Ist das ein ... Kompliment?

Hitze steigt mir in die Wangen, als er mich mit einer sonderbaren Mischung aus Interesse und Stolz betrachtet. »Es ist vielleicht gar nicht so schlecht, dass du frischen Wind in den Palast bringst.«

»Hm«, mache ich und grinse ihn an. »Danke?«

Er schüttelt belustigt den Kopf, bevor wir uns auf den Weg zu seinem Auto machen und in den Abendverkehr abtauchen. Unterwegs erzählt er mir mehr über unsere Familien. Darüber, dass seine Eltern damals am Palast der Träume unterrichtet haben und so meine Mutter kennengelernt haben. Da war sie in meinem Alter. Er erzählt davon, wie er den Kontakt zu meiner Familie gehalten hat, um sicher zu sein, dass ich Hilfe bekomme, wenn ich sie brauche.

»Die Sache vor fünf Jahren«, setze ich an. »Hatte das was damit zu tun?«

Er kaut nachdenklich auf seiner Lippe herum.

»Vielleicht«, antwortet er schließlich.

»Weil, wenn es das nicht hatte, dann ...« Ich verstumme und schaue aus dem Fenster. Liam erschien mir damals genauso real wie die Erscheinungen, die ich in der letzten Nacht gesehen habe. Wenn die nichts mit der Magie zu tun haben, bin ich womöglich ...

»Du bist nicht irre«, widerspricht Alex meinen Gedanken.

»Ganz bestimmt nicht. Nur, weil wir noch nie etwas davon gehört haben, dass eine Hexe vor ihrem achtzehnten Lebensjahr in Berührung mit Magie gekommen ist, heißt das nicht, dass es unmöglich ist.« Er fährt von der Autobahn und bahnt sich seinen Weg durch das Flughafenchaos. »Ich glaube, du wirst dich im Palast sehr wohl fühlen. Die meisten Hexen finden dort erst wirklich zu sich, weil sie schon immer gemerkt haben, dass sie irgendwie anders sind und das nicht einordnen konnten.«

»Das hört sich an, als würdest du mich zu einem Haufen Sonderlinge bringen«, gebe ich lachend zu bedenken, doch insgeheim verleihen mir seine Worte Sicherheit. Wenn dort alle so sind wie ich, so anders ... dann sind wir uns vielleicht sehr viel ähnlicher, als ich zu hoffen gewagt habe.

Kapitel 7

Azalea

Lille, 2018

»Das ist mehr als verrückt«, flüstere ich, als Melvin das Auto in sicherem Abstand zum Gefängnisgelände parkt. Das große Gebäude erhebt sich ehrfürchtig vor dem Morgenhimmel. »Ich glaub einfach nicht, dass wir heute Nacht da drin gewesen sind.«

»Vielleicht erinnerst du dich, wenn wir reingehen.« Melvin öffnet die Tür und steigt aus. Ich folge ihm kurz darauf, den Blick immer noch auf das riesige Gebäude gerichtet. Wie sollen wir da mein Amulett wiederfinden?

Ich trinke meinen Kaffee aus, stelle den Becher in den Wagen, steige aus und klappe die Tür zu. »Also gut, dann mal los.«

Melvin wirft mir einen bewundernden Blick zu. Wahrscheinlich fragt er sich, wie ich so mutig vorangehen kann ... dabei bin ich das gar nicht. In Wahrheit würde ich mir am liebsten in die Hose machen, als wir kurze Zeit später das Loch im Zaun erreichen und hindurch schlüpfen.

Ob es wirklich so eine gute Idee ist, in ein verlassenes Gebäude einzubrechen?

Auf dem Gelände ist es ruhig. Lille scheint meilenweit entfernt zu sein, dabei sind wir gar nicht so weit draußen.

»Dort entlang.« Melvin deutet auf die andere Seite des Hofes, der früher offenbar als Spielfeld genutzt wurde. Unter Geröll und Pflanzen erkennt man an manchen Stellen noch schwach die Spielfeldzeichnungen.

Wir entdecken eine blaue Blechtür, deren unterer Teil fehlt, so dass wir nacheinander hineinschlüpfen können. Mein Herz schlägt schneller, als wir die Taschenlampen unserer Handys einschalten. Wir stehen in einem schmalen, gefliesten Raum, dessen Wände mit Graffitis beschmiert sind, und im nächsten befindet sich auf der rechten Seite eine eiserne Wendeltreppe und eine geöffnete Tür, die hinaus in einen weiteren Innenhof führt.

»Wir müssen da hoch«, flüstert Melvin und deutet auf die Treppe. »Die Jungs fanden es witzig, dass der Verlierer zwei Stunden in einer geschlossenen Zelle verbringen muss. Wir haben die meiste Zeit oben verbracht.«

»Gott, ich kann immer noch nicht glauben, dass wir das tun«, erwidere ich leise und greife nach seiner Hand, um mich nicht so allein zu fühlen. Wieder jagt ein kurzer Stromstoß durch meinen Körper und hinterlässt ein warmes Gefühl. Ich hab mich noch nie getäuscht, was Menschen angeht. Eine Berührung, und ich weiß, ob ich ihnen vertrauen kann. Das war schon immer so.

Melvin ist definitiv einer von den Guten.

Er wirft mir einen merkwürdigen Blick zu, lässt mich aber trotzdem nicht los.

Gemeinsam gehen wir die Treppe hinauf und kommen in den Kuppelteil, den man von draußen deutlich erkennen kann. Neugierig schaue ich mich um. Was das hier wohl mal gewesen ist? Die Kantine? Die Eingangshalle?

Unter all der Zerstörung erkennt man kaum die ursprüngliche Funktion. Auch hier erobert die Natur das Innere des Gebäudes. Zwischen kaputten Wänden und eingeschlagenen Fliesen bahnen sich Pflanzen und Blumen ihren Weg der einfallenden Sonne entgegen.

»Es ist irgendwie schön«, stelle ich leise fest, als wir einen langgezogenen Saal betreten, durch dessen dreckige und zerbrochene Fensterscheiben das Licht einfällt.

Melvin schaut mich an und nickt, bevor er mich zu einem der Fenster zieht und wir in den Innenhof hinausschauen. Da vorne ist das große Eingangstor, durch das die Besucher früher das Gefängnis betreten haben.

Ich atme tief ein und – angewidert wieder aus.

»Riechst du das auch?«

Melvin rümpft die Nase und nickt. »Riecht irgendwie …«

»Verwest?«, schlage ich heiser vor und drücke mich unwillkürlich näher an ihn. Er hält meine Hand ein bisschen fester. »Meinst du, sie haben einen Gefangenen vergessen, damals?«

»Ich hoffe nicht.« Wir verlassen unseren Platz am Fenster und schauen uns um. Der Geruch beißt sich in meiner Nase fest und verschwindet auch nicht, als wir den Raum verlassen und in einen dunklen Gang abbiegen.

Die Atmosphäre wechselt sofort. Was vorher noch irgendwie schön und ruhig war, ist plötzlich totenstill und gruselig. Die Härchen in meinem Nacken stellen sich auf, während wir wachsam durch den Gang schleichen, immer darauf vorbereitet, dass hinter der nächsten Ecke etwas hervorspringen könnte. Ich folge Melvin, der mutig vorausgeht, und lasse den Kegel meiner Taschenlampe immer mal wieder hinter mich gleiten.

So wie es aussieht, befinden wir uns in einem Zellengang. Zumindest scheinen die geschlossenen Türen links und rechts von uns zu Gefängniszellen zu gehören. Ich will gar nicht wissen, was sich dahinter befindet.

»Bist du sicher, dass wir hier richtig sind?«, wispere ich kaum hörbar.

»Ehrlich gesagt: nein.« Er bleibt stehen. »Ich dachte, wir wären hier durchgegangen, aber …«

Hinter uns raschelt es. Ein Kreischen ertönt.

Wir erstarren für einen Moment, bevor wir losrennen, um zum anderen Ende des Ganges zu gelangen. Wir biegen um die Kurve, stolpern durch eine Holztür und stehen plötzlich in einem lichtdurchfluteten Korridor, der sich über mehrere Stockwerke erhebt.

Melvin reißt mich an sich, gerade rechtzeitig, denn im nächsten Moment fliegt uns etwas kleines Schwarzes mit viel Geschrei entgegen.

Einen Augenblick später löse ich mich von ihm und entdecke eine Fledermaus in der Luft, wie sie aufgeregt ihre Kreise zieht.

»Oh Gott«, flüstere ich mit rasendem Herzen. »Ich dachte, das war's jetzt.«

»Ich auch für einen Moment.« Melvin lacht erleichtert auf. Auch ihm steht der Schock deutlich ins Gesicht geschrieben. »Aber die gute Nachricht ist: Wir sind da.«

Kapitel 8

Mikael

Christiania, 1768

Ich klopfe an die geschmückte Holztür und warte ab. In meiner Magengrube spüre ich ein aufgeregtes Flirren, das ich selbst nicht zuordnen kann. Kurz darauf höre ich Schritte, und Amalie öffnet die Tür, um mich in ihrem Reich willkommen zu heißen.

»Mikael«, stößt sie überrascht hervor. Hat sie vergessen, dass ich komme, um Freya abzuholen? Ich verbeuge mich höflich vor ihr.

»Ist sie bereit?«

»Nicht einmal annähernd«, zwitschert Amalie und tritt beiseite, um mich in das Vorzimmer ihrer Kammer zu lassen. Ich schaue mich um, entdecke einen Diwan und ein paar verzierte Sitzgelegenheiten, die aussehen, als würde Amalie hier regelmäßig ihren königlichen Rat abhalten. Auf dem Holztisch in der Mitte stehen ein paar Kerzen, die Wände sind mit Stoffen geschmückt, deren Farben und Muster aus fernen Ländern stammen müssen.

Ein Geschenk ihres Vaters, nehme ich an.

»Ihr könnt gerne hier warten.« Sie deutet auf den Diwan, bevor sie einen schweren Vorhang beiseite zieht und ich einen Blick auf ihre Kammer erhaschen kann. Er bleibt an einer mit Stoff bezogenen spanischen Wand hängen, die vor dem Fenster steht und von hinten beleuchtet wird. Ein schlanker Körper bewegt sich dahinter und kleidet sich an.

Das muss Freya sein.

Ich halte den Atem an.

Der Moment ist vorbei, als Amalie den Vorhang fallen lässt und mich in ihrem Atrium zurücklässt. Ich beschließe zu warten, bis Freya fertig ist, und setze mich auf den Diwan, doch das Bild ihrer Silhouette bekomme ich so schnell nicht aus dem Kopf.

Um mich abzulenken, fokussiere ich eine Kerze und lenke meine Gedanken auf die Reaktion des Königs, wenn er merkt, dass ich ihm nicht das bringe, was er sich erhofft hat. Hoffentlich finden wir in einem ihrer Bücher nach einer Möglichkeit, den König zu heilen. Struensees Einfluss steigt mit jedem Tag, an dem wir keine Lösung für den Zustand des Königs finden. Nicht auszudenken, was passieren würde, wenn das Volk erfährt, wer für die Regierungsentscheidungen der letzten Jahre zuständig gewesen ist. Wir brauchen eine Lösung, bevor das geschieht. Wir müssen dem König zu seiner früheren Macht verhelfen, damit Norwegen und Dänemark eine Einheit bleiben und unter dem Geschwätz seines Stellvertreters kein Bürgerkrieg ausbricht.

Der Vorhang geht auf, und Amalie tritt heraus. Sie trägt ein kleines Tablett.

»Ich dachte, Ihr würdet vielleicht gerne einen Tee trinken.« Ein zierliches Lächeln umspielt ihre Mundwinkel. Sie stellt das Tablett vor mir ab, aus der bemalten Porzellankanne dampft es und daneben steht ein passender Teller mit hübsch angerichteten Pralinés. Nur das Beste für die Tochter eines Kaufmannes. »Nach einer so langen Reise habt Ihr ein paar leckere Kleinigkeiten mehr als verdient.«

»Vielen Dank.« Ich nicke ihr wohlwollend zu, darauf bedacht, ihr nicht aus Versehen zu verstehen zu geben, ich würde sie mehr mögen, als der Anstand gebührt. »Wie lange dauert das denn noch? Ich würde gerne vor Struensees Rückkehr mit dem König sprechen.«

Amalie zieht eine Braue hoch.

»Sie ist bald bereit«, verspricht sie mir und verschwindet wieder in der Kammer.

Ich gieße mir eine Tasse Tee ein und schnuppere an dem fruchtigen Aroma. So etwas Feines bekommt man hier im Norden selten gereicht. Auch die Pralinés sind ausgezeichnet und scheinen aus fernen Ländern zu kommen. Frankreich vielleicht.

Die Schokolade schmilzt auf meiner Zunge und entfaltet ihren himmlischen Geschmack. Ich lehne mich zurück und schließe die Augen. Sie hatte recht, das war genau das Richtige nach dieser Reise.

Amalie wäre vermutlich keine schlechte Partie. Ich würde im Stand aufsteigen, mein Ansehen würde nicht mehr nur noch durch meine Taten bestimmt, sondern auch von dem Namen, den ich tragen könnte. Ich hätte eine Frau, die nach jeder Reise auf mich warten würde, um mich mit Tee, Schokolade und interessanten anderen Dingen zu belohnen.

Aber genauso müsste ich all die Veranstaltungen und Bälle besuchen, um die ich bisher fast immer einen Bogen gemacht habe. Sie würde bald ein Kind erwarten, mindestens eins, eher vier oder fünf, und ich bin nicht bereit dazu, für so viele Menschen zu sorgen.

Abgesehen davon müsste der König sein Einverständnis erteilen und das würde er erst, wenn meine Schuld beglichen ist.

Der Vorhang öffnet sich ein weiteres Mal. Amalie tritt heraus und an ihrem Arm – Freya.

Mir stockt der Atem, als ich sie sehe. Ihre Wangen sind gerötet, genauso die zarten Lippen. Sie trägt einen fliederfarbenen Hut, die langen Haare sind zu einem Knoten in ihrem Nacken gebunden. Das fliederfarbene Kleid hat einen dezenten Ausschnitt und sitzt so eng, dass sie unmöglich noch Luft bekommen kann. Bloß der seidige Rock wirkt bequem.

»Sieht sie nicht zauberhaft aus?«, zwitschert Amalie.

Auf Freyas Lippen bricht ein breites Lächeln aus, das sie

vorher nur mit Mühe zurückhalten konnte. Ich weiß, sie kann sich selbst nicht sehen, aber wenn sie es könnte, wäre sie begeistert. Sie muss spüren, dass sie wie eine Prinzessin aussieht.

»Wahrhaftig«, erwidere ich ernst.

Kapitel 9

Louisa

Düsseldorf, 2018

Ich warte im Auto, während Alex mir ein paar Schuhe aus dem nächstgelegenen Laden besorgt. Es dauert keine fünf Minuten, da ist er wieder zurück und wirft mir einen Schuhkarton auf den Schoß. Ich öffne die Schachtel einer Sportmarke und stelle erleichtert fest, dass er mir einfache schwarze Sneakers besorgt hat.

Nichts mit Glitzer.

Glück gehabt.

»Eigentlich wollte ich dir Schuhe mit Absatz besorgen, aber ich glaube, du hast heute schon genug Schmerzen ertragen«, witzelt er, während ich die Schuhe anziehe. Ich unterdrücke den Wunsch, ihm erneut die Zunge rauszustrecken, bevor wir das Auto umparken und gemeinsam zurück zur Flughalle gehen. Am Düsseldorfer Flughafen kann man hervorragend einkaufen gehen, auch wenn ich immer das Gefühl habe, dass die Kleidung hier teurer ist als in der Innenstadt.

Alex und ich schlendern durch das Gebäude, bis er mich schließlich dazu auffordert, mir einfach einen Laden auszusuchen.

»Aber ich hab überhaupt kein Geld«, widerspreche ich.

Er seufzt. »Ich aber. Und es ist nicht mein eigenes, also hör auf, dir darüber Gedanken zu machen und kauf dir ein paar neue Sachen.«

»Na gut«, grummle ich und widme mich den Geschäften mit neuer Aufmerksamkeit. Ich brauche tatsächlich einige Sachen, um die nächsten Tage zu überstehen. Unterwäsche, Kosmetik, ein paar Hosen und Shirts, Schlafzeug. Und am besten einen Koffer, in dem ich all das verstauen kann. Ich zähle ihm die Liste auf, und er nickt verständig, als würde er sich im Geiste Notizen machen.

»Hier.« Er deutet auf einen extravaganten Unterwäscheladen. »Da können wir anfangen.«

Unsicher zucke ich mit den Schultern, bevor ich den Laden betrete – Alex dicht auf den Fersen. »Willst du nicht lieber draußen warten?«, raune ich ihm zu und laufe knallrot an.

Er lacht leise auf. »Tut mir leid, aber ich lass dich nicht aus den Augen.«

»Herzlich willkommen!« Eine Verkäuferin rauscht auf uns zu und breitet die Arme aus. »Wie kann ich Ihnen behilflich sein?«

Ich reiße die Augen und weiche einen Schritt zurück, aber Alex' Hand liegt an meinem Rücken und schiebt mich wieder nach vorn. »Unwsche«, murmle ich also.

»Meine Freundin sucht ein paar Unterwäsche-Sets«, spricht er unseren Wunsch in klarem Deutsch aus. Gott, kann mich der Erdboden nicht einfach verschlucken?

»Ah, selbstverständlich.« Die Verkäuferin blinzelt ihn an, bevor sie mich begutachtet. »Haben Sie spezielle Wünsche?«, fragt sie dann an Alex gewandt.

»Hallo?« Ich wedle empört mit der Hand vor ihrem Gesicht. »Das ist immer noch meine Entscheidung.«

Alex fängt an zu lachen und löst seine Hand von meinem Rücken. »Ich warte da vorne.«

»Danke.« Erleichtert schaue ich ihm hinterher, bevor sich die Verkäuferin bei mir entschuldigt und mich fragt, was mir am liebsten wäre. Ich suche mir ein paar schlichte Sets aus und verkrümle mich in der Umkleide, um die Stücke anzuprobieren. Schließlich entscheide ich mich für sieben Sets, damit ich wenigstens eine Woche überstehe, und drücke sie der Verkäuferin in die Hand, damit sie die Sachen schon mal einpacken kann.

Als ich mich wieder angezogen habe und die Umkleide verlasse, steht Alex an der Kasse und quatscht mit der Verkäuferin, die in aller Seelenruhe meine Unterwäsche vor ihm einpackt. Mann, der er ist, fällt es ihm scheinbar sehr schwer, nicht hinzugucken.

Ich stelle mich neben ihn und räuspere mich übertrieben. Das hilft der Verkäuferin dabei, ihr Tempo anzukurbeln. Wenigstens etwas.

Sie plaudert mit Alex, während ich mich mit den Polsterungen und Strümpfen an der Kasse auseinandersetze. Wozu zum Teufel braucht eine Frau sowas? Wo steckt man das überhaupt hin? Ich lege den Kopf schief und versuche nachzuvollziehen, wie man dieses Polster benutzt. Immer wieder erstaunlich, was manch eine Frau für ihre Schönheit in Kauf nimmt.

Die Kassiererin ist fertig und hält mir die Tüte mit einem breiten Lächeln entgegen. »Ich wünsche Ihnen ganz viel Spaß mit der neuen Wäsche.«

»Eh«, mache ich verwundert. »Danke.«

Alex unterdrückt ein Lachen und legt seine Hand auf meine Schultern, eine warme Hand, die gerne häufiger dort liegen könnte – Mist, wieso denke ich sowas?

Ich löse mich von ihm und verschränke die Arme vor der Brust. Der Dolch pikst mich in die Seite. Schnell löse ich meine Arme wieder und ruckle etwas am Holster herum, bevor mir die Klinge doch noch ins Fleisch schneidet. Auf dem Flughafen zu verbluten wäre keine besonders gute Strategie, um nicht aufzufallen.

»Und jetzt?« Alex reibt sich über den Nacken.

Ich zucke mit den Schultern. »Irgendwas zum Anziehen. Und eine Zahnbürste.«

Wir klappern ein paar Geschäfte ab, bis wir schließlich so viele Tüten haben, dass wir sie kaum mehr tragen können. Im vorletzten Geschäft ziehe ich mir ein paar der neuen Sachen an, um nicht mehr in Alex' Sachen rumzulaufen. Zum Schluss entdecken wir einen Koffer, der gerade stark heruntergesetzt ist, und schlagen zu. Wir suchen uns eine freie Bank und packen alles hinein, damit wir die Hände frei haben. Nachdem wir damit fertig sind, haben wir immer noch Zeit, bevor die anderen kommen.

»Wie wär's mit Kaffee?«

Ich stehe auf und streiche mir die Haare aus der Stirn. »Hört sich super an.«

Wir besorgen uns einen Kaffee zum Mitnehmen und schlendern zur Flughafenterrasse, um den Flugzeugen beim Starten und Landen zuzusehen. Normalerweise hebt das meine Stimmung, aber heute denke ich daran, dass ich in den nächsten Jahren vermutlich nicht mehr in einem Flugzeug sitzen werde. Vielleicht kann ich meinen Flugschein nachholen, wenn ich zurück bin. Aber wann wird das sein? Und werde ich das Fliegen dann noch genauso sehr lieben wie jetzt?

Ich lasse meinen Blick über die leere Terrasse gleiten. Sie schließen in einer Stunde, aber es liegt wohl eher an der Kälte, dass heute nicht so viel los ist. In der Nähe steht lediglich ein Vater mit seinem Sohn und steckt eine Münze in ein Fernrohr, bevor den Jungen hochhebt, um ihn durchgucken zu lassen. Ein paar Meter weiter haben Tauben ein Nest gebaut und füllen die Luft mit ihrem Gurren.

Alex und ich gehen auf die andere Seite der Terrasse und stellen uns ans Geländer, beide einen dampfenden Becher in der Hand. Er stellt den Koffer neben sich und schiebt den Griff herunter, bevor er sich mit dem Rücken an das Geländer lehnt und die Umgebung aufmerksam beobachtet.

Mir wird klar, dass die Dachterrasse kein besonders sicherer Ort für uns ist. Vor allem, weil wir nahezu allein hier sind.

»Wir können auch wieder reingehen«, biete ich an, aber er schüttelt den Kopf.

»Schon gut.« Seine Lippen umspielt ein sanftes Lächeln, das mein Herz schneller schlagen lässt. »Genieß die Aussicht.«

Mir wird warm ums Herz, als ich meine Aufmerksamkeit wieder der Start- und Landebahn widme, weil ich ihm vertrauen kann. Noch nie in meinem Leben habe ich mich so beschützt gefühlt wie jetzt. Ich finde es beinahe schade, dass sich alles ändern wird, wenn wir erst im Palast angelangt sind und in unsere neuen Rollen schlüpfen müssen. Werden wir dann genauso weitermachen können wie jetzt oder bin ich für ihn nur eine weitere Schülerin neben all den anderen?

»Jetzt ist mein Kaffee kalt«, murmle ich in meinen neuen Schal und verziehe das Gesicht. Die Zeit auf der Dachterrasse ist so schnell vergangen, dass ich nicht mal daran gedacht habe, meinen Kaffee zu trinken. Mittlerweile sind wir allein hier.

Alex schmunzelt. »Du bist eine Hexe. Kalter Kaffee sollte dir keine Probleme bereiten.«

»Wohl wahr.« Ich seufze und schaue in die hellbraune Flüssigkeit, während ich mir vorstelle, wie der Kaffee immer wärmer wird. »Gibt es dafür auch einen tollen Zauberspruch?«

»Schließ deine Augen«, fordert er mich auf. Ich gehorche, und kurz darauf spüre ich, wie er seine Hände auf meine legt. Mit einem Flattern in meiner Magengrube lecke ich mir über die Lippen. »Und jetzt stellst du dir vor, wie du eine kleine Flamme unter den Becher hältst, die die Flüssigkeit erwärmt. Dabei sagst du *deoch teas.*«

Sein Finger gleitet über meinen Daumen, eine winzige Bewegung nur, der Hauch einer Berührung, aber es reicht, um mich vollkommen aus der Bahn zu werfen. Statt dass der Becher sich erwärmt, zerplatzt er plötzlich, ohne dass ich einen Piep von mir gegeben habe.

Alex und ich fahren auseinander, die Hände voll mit kaltem Kaffee. Er schaut erst den Boden an, auf dem die Überreste des Bechers in einer Pfütze brauner Flüssigkeit liegen, dann mich. In seinen Gesichtszügen sehe ich seine Überraschung.

»Ups?«, mache ich mit hochgezogenen Schultern.

»Da warst du wohl nicht ganz bei der Sache.« Er lacht leise auf und holt mit spitzen Fingern eine Packung Taschentücher aus seiner Jackentasche. Er reicht mir eins, bevor er seine eigenen Hände saubermacht, den Becher aufhebt und ihn mitsamt den benutzten Taschentüchern zum nächsten Mülleimer bringt.

Ich schaue ihm hinterher und frage mich, ob er gemerkt hat, dass er es ist, der mich aus der Fassung bringt. Hoffentlich nicht.

Wie peinlich es wäre, als die Schülerin an die neue Schule zu kommen, die Hals über Kopf in den Lehrer verknallt ist.

Abgesehen davon bin ich nicht verknallt.

Nur ein bisschen verwirrt.

Rein biologisch gesehen wäre er ja auch ein Prachtexemplar, um sich fortzupflanzen. Kein Wunder, dass mein Körper ein Eigenleben entwickelt, wenn er in der Nähe ist.

»Worüber denkst du so angestrengt nach?«, fragt er grinsend und ich vergesse besser sehr schnell, woran ich gerade gedacht habe.

»Nichts«, krächze ich. Na toll. Ich räuspere mich und versuche es noch einmal. »Nichts Besonderes. Ich habe nur gerade über ... über ...« Hilflos starre ich ihn an und werde knallrot. »Über die Kaffeeflecken auf deinem Mantel nachgedacht«, rette ich mich schließlich.

Er schaut an sich herab und begutachtet die winzigen, beinahe unsichtbaren Spritzer. »Nichts, was eine Waschmaschine nicht wieder rausbekommen würde.«

»Hm«, mache ich und finde allmählich wieder zu meiner alten Form zurück. »Sowas macht ihr nicht mit Magie?«

»Nicht, wenn jemand seine Magie noch nicht unter Kontrolle hat.« Er zwinkert mir zu, und ich muss mich stark zusammenreißen, nicht wieder rot anzulaufen.

Aber dazu bleibt mir auch keine Zeit, denn in dem Augenblick zischt etwas an unseren Köpfen vorbei und landet auf dem Dach. Ein Vogel!

Das denke ich zuerst, aber dann wird der Vogel größer und verwächst sich irgendwie. Die Flügel werden zu Pfoten, der Schnabel zu einem Maul mit scharfen Reißzähnen.

»Gestaltwandler«, murmelt Alex und schiebt sich vor mich. So schnell, wie er sein Messer gezückt hat, könnte ich noch nicht einmal das Wort Gestaltwandler sagen.

Es dauert keine zehn Sekunden, da greift der Tiger an. Wenn ich nicht damit beschäftigt wäre, meinen Mantel aufzuknöpfen, um meinen Dolch aus dem Holster zu holen, wäre ich vermutlich schreiend weggerannt.

Aber so schaffe ich es, meine aufkeimende Angst zu unterdrücken, und blicke erst auf, als der Tiger und Alex ringend auf dem Boden liegen. Sein Messer liegt meilenweit entfernt, und es sieht nicht aus, als hätte Alex die Überhand. Im Gegenteil – es sieht aus, als hätte er in diesem unfairen Kampf keine Chance!

Panisch wedle ich mit den Händen. »Hey, du Mistkerl! Hier bin ich!«

Der Tiger hebt seinen Blick für einen Moment, aber das reicht, damit Alex sich aus seinen Fängen befreien und zur Seite rollen kann. Noch in der Bewegung greift er nach dem Dolch in seinem Holster, doch es ist zu spät. Der Tiger stürzt sich mit einem lauten Brüll auf ihn und ich stürze hinterher, um meinen eigenen Dolch in das Tier zu rammen.

Nur verletzen, hat Alex gesagt.

Der Dolch gleitet durch das Fell wie ein Messer durch weiche Butter. Der Tiger jault und bricht über Alex zusammen.

Ich warte einen Moment lang mit vor Angst geschlossenen Augen ab, aber er rührt sich nicht mehr. Ich wage es, die Augen wieder zu öffnen, ziehe den Dolch zurück und lasse mich auf den Boden fallen. »Alex?«

»Mir geht's gut«, presst er hervor.

Der Tiger flackert und verwandelt sich in einen nackten Mann, kaum älter als wir, mit dunkelblondem Haar und blauen Augen. Stöhnend stößt Alex den leblosen Körper von sich.

Nicht nur ich habe mit meinem Dolch getroffen. Alex' Dolch steckt in seiner Brust, mitten im Herzen.

Präzise.

Ich wende meinen Blick ab, um nicht zu sehr darüber nachzudenken, was wir gerade getan haben, und schaue zu Alex, der sich langsam aufrichtet. Seine Hand gleitet zu seinem Hinterkopf.

»Nicht schon wieder«, murmelt er und holt seufzend die Packung Taschentücher aus seiner Tasche, um seine Finger vom Blut zu säubern. »Kannst du mal gucken, wie schlimm es ist?«

Ich nicke irritiert und stehe auf, um nach der Wunde zu schauen. Glücklicherweise ist es harmloser, als es auf den ersten Blick wirkte.

»Hast du Schmerzen?«

»Noch nicht«, murmelt er und lässt sich von mir aufhelfen. »Aber das gibt sicher eine schöne Gehirnerschütterung.«

»Kommt das häufiger vor?«

»Berufsrisiko.« Er zuckt mit den Schultern. »Aber jetzt zu dir: Hast du dir wehgetan?«

Ich schüttle den Kopf und verschränke zitternd die Arme vor der Brust.

Denk nicht drüber nach, rede ich mir ein, doch es fällt mir schwer, zu ignorieren, dass wir gerade einen Menschen ... ein Lebewesen getötet haben, ohne mit der Wimper zu zucken. Auch wenn es vielleicht nicht mein Dolch war, der ihm letztendlich den tödlichen Stoß gegeben hat – es fühlt sich an, als würde sein Blut an meinen Händen kleben.

»Er hätte uns getötet, wenn wir es nicht getan hätten.« Alex sammelt seine Messer ein und steckt sie zurück in den Holster, bevor er seine Jacke anzieht. Die Leiche flackert ein paar Mal auf, bevor sie langsam unsichtbar wird und schließlich ganz verschwindet.

Allein das sollte mir zeigen, dass dieses Wesen nicht menschlich war.

Aber ist das Grund genug für seinen Tod? Wer sind wir, diese Entscheidung zu fällen?

Kapitel 10

Azalea

Lille, 2018

Kannst du mir mal verraten, wie wir auf die hirnrissige Idee gekommen sind, nachts in ein verlassenes Gefängnis einzubrechen?« Ich suche jeden Zentimeter des Bodens nach meinem Talisman ab, was zwischen Schutt und Staubschichten gar nicht so einfach ist. Melvin hat sich der anderen Seite des Korridors gewidmet.

»Gute Frage.« Er wirft mir über die Gitterstäbe des Geländers einen entschuldigenden Blick zu. »Ich schätze, das war die dämlichste Idee, die man jemals haben konnte.«

Melvin kann sich nicht genau daran erinnern, wo wir gewesen sind, also bleibt uns wohl nichts anderes übrig, als die fünf Stockwerke abzusuchen, bis wir fündig werden. Wenn wir die Kette überhaupt jemals finden, bevor es dunkel wird. Noch fällt genug Tageslicht durch das langgezogene Glasdach und erhellt die Stockwerke, die wie eine Galerie aufgebaut sind. In den Lufträumen waren früher einmal Netze gespannt, vermutlich, damit sich niemand in den Tod stürzen konnte. Mittlerweile sind die Netze an einigen Stellen gerissen und hängen zerfleddert herunter.

Mich schaudert es allein beim Gedanken daran, wie viele Verbrecher dieses Gebäude beherbergt hat. Mittlerweile sind die Wände zwar mit Graffitis beschmiert, manche Türen hängen nur noch halb in ihren Angeln und die Leuchtstoffröhren sind auch nicht mehr das, was sie einmal waren, aber die Zellen wirken trotzdem erschreckend lebendig. In manchen Zellen liegen sogar noch Matratzen und billiges Bettzeug.

Wer hat hier eingesessen?

Mörder? Sexualstraftäter?

Als wäre das alles nicht schon gruselig genug, höre ich plötzlich wieder dieses Lachen. Ich erstarre und schaue mich um. »Hast du das auch gehört?«

Melvin runzelt die Stirn und folgt meinen Blick.

»Was denn?«, fragt er unsicher.

»Hm«, mache ich und widme mich wieder der Suche, damit wir so schnell wie möglich hier rauskommen. Aber die Angst hat sich in meinem Nacken festgesetzt.

»Alles okay da drüben?« Melvin scheint zu spüren, dass sich die Atmosphäre geändert hat. Er richtet sich auf und betrachtet mich mit besorgtem Blick. »Willst du gehen?«

Ich schüttle den Kopf und fahre mir durch die Haare. Mein Herz schlägt schneller, während ich mich umsehe. Die Angst schnürt mir die Luft ab. »Ich muss das Amulett finden«, stoße ich hervor und lasse meinen Blick über den Boden fliegen. »Wenn ich das Amulett habe, dann ... dann ...«

»Hey.« Melvin merkt, wie kurz ich vor einer Panikattacke stehe, und kommt zu mir rüber. Er hält mich bei den Schultern und fängt meinen Blick auf. »Wir finden deine Kette, und dann fahren wir in die Stadt zurück, okay? Du brauchst keine Angst haben. Du bist nicht allein, Azalea.«

Ich nicke und versuche tief durchzuatmen, um mich zu beruhigen. Das Lachen war bestimmt kein Lachen, sondern bloß der Wind, der durch das alte Gemäuer gepfiffen hat. Ich hatte doch vorher schon Angst, kein Wunder, dass ich leicht überreagiere. Außerdem sind das vielleicht immer noch die Nachwirkungen der Droge.

Mein Blick fällt in die Zelle, vor der wir stehen. Ich kneife die Augen zusammen, als ich das Metall unter dem kahlen Bettgestell entdecke. Ist das …

»Mein Amulett!«, rufe ich erleichtert aus und löse mich von Melvin, um in die Zelle zu gehen und meine Kette aufzuheben. Meine Finger gleiten über das vertraute Schmuckstück und ziehen die Äste des Lebensbaumes nach. Den Anhänger wieder in der Hand zu halten, fühlt sich seltsam vertraut an. Bis gerade war mir nicht klar, wie wichtig mir die Kette und die damit verbundene Erinnerung an meine Mutter waren.

Ich drehe mich glücklich um, will die Zelle verlassen, doch in dem Moment fliegt die Tür mit einem lauten Krachen zu.

»Melvin?«, rufe ich angsterfüllt und will sie aufdrücken, aber sie klemmt fest. Ich lasse meine Fäuste gegen das kalte Metall krachen. »Mach die Tür wieder auf! Das ist nicht lustig!«

Ich schiebe das kleine Guckfenster auf, doch von Melvin ist nichts zu sehen. Unsicher umklammere ich meinen Anhänger und trete einen Schritt zurück. Die Angst bahnt sich ihren Weg mit voller Wucht zurück in meinen Körper. Warum antwortet er nicht?

»Melvin!«, schreie ich nochmal und haue wieder mit den Fäusten gegen das Metall. »Lass mich raus, verdammt!«

Beinahe hätte ich unter meinem Lärm seinen Schrei überhört. Aber ich höre ihn, und er lässt mir das Blut in den Adern gefrieren. Panisch versuche ich etwas durch das kleine Loch zu erkennen.

Ein Krachen. Klirren.

Ist das … kämpft da jemand?

Melvin brüllt noch einmal auf. Jemand, der so schreit, muss Schmerzen haben, die ich mir nicht ausmalen möchte.

Scheiße. Ich muss hier raus.

Ich rüttle nochmal an der Tür, doch sie bewegt sich keinen Millimeter. Unter den Kampfgeräuschen vom Korridor suche ich panisch nach etwas, womit ich die Tür öffnen könnte, aber ich befinde mich in einem verdammten Gefängnis.

Hier ist nichts. Bloß kahle Betonwände und ein metallenes Bettgestell. Schutt. Eine zerbrochene Toilettenschüssel.

Bevor ich weiterdenken kann, wird es plötzlich still.

Totenstill.

Und dann schwingt die Tür auf.

Kapitel 11

Mikael

Christiania, 1768

Ich ertappe mich dabei, immer wieder in ihre Richtung zu schielen, während ich sie durch die Flure führe, um zum königlichen Flügel zu gelangen.

Freya ist aufgeregt. Das weiß ich nicht nur, weil sich ihre Brust schneller hebt und senkt, das merke ich auch daran, dass sie kaum noch redet, je näher wir dem König kommen.

»Er ist wirklich freundlich«, versuche ich sie zu beruhigen. Zu einer Frau war er zumindest noch nie unhöflich. »Ein bisschen irrsinnig, aber freundlich.«

Sie nickt und vergräbt ihre freie Hand in ihrer Rockfalte. Mit der anderen umfasst sie meinen Arm etwas fester.

Als wir den königlichen Flur erreichen, begrüße ich die beiden Wachen mit einer knappen Verbeugung, bevor uns eine von beiden beim König anmeldet. Wir warten einen Augenblick, bis man uns durchlässt und wir vor dem Gemach des Königs anhalten.

»Kopf hoch«, flüstere ich Freya aufmunternd zu, bevor ich an die verzierte Tür klopfe und der König uns hereinbittet.

Hier ist es dunkel und warm, und es riecht nach Tabak und Medikamenten, die nicht wirken. Ich frage mich unwillkürlich, wann der König zuletzt die Vorhänge geöffnet hat. Das einzige Licht im Raum kommt vom Kamin und dem Kerzenhalter auf seinem Lesetisch. Er selbst sitzt in dem großen Stoffsessel, beide Beine über eine Armlehne geworfen, sein Hemd mehr als schludrig geknöpft.

»Eure Majestät«, sage ich und lege meine Hand auf Freyas, um ihr zu bedeuten, sich auf die Knie sinken zu lassen. Sie macht es mir mit gebeugtem Kopf nach, und ich spüre einen verwirrenden Stolz in mir aufsteigen. Wer hätte gedacht, dass diese junge Frau vom Dorf das Zeug zu einer Hofdame hat?

Der König bittet uns hoch und betrachtet Freya neugierig. Er macht sich nicht die Mühe, von seinem Sessel aufzustehen.

»Ist sie das?«, fragt er schließlich. Erleichtert stelle ich fest, dass er heute einigermaßen bei Verstand zu sein scheint.

Ich nicke, und nun springt er doch auf, um Freya aus der Nähe zu betrachten. Seine Kleidung hängt ihm unordentlich vom Körper, die goldbraunen Haare sind zerzaust, als hätte er sie seit Tagen nicht gekämmt. Augenblicklich bin ich froh, dass Freya ihren König nicht sehen kann. Sie wäre beschämt, dass dieser Mann der Repräsentant unseres Königreichs ist.

Er tritt an sie heran und greift nach ihrer Hand. Sie zuckt zusammen, überrascht von der plötzlichen Berührung, und ich mache mich bereit, dazwischen zu gehen, sollte ihre Magie wieder überhandnehmen. Aber der König beugt sich vor, um ihr einen Kuss auf den Handrücken zu hauchen. Sie schlägt verlegen die Wimpern nieder und bedankt sich geschmeichelt.

Ich unterdrücke den Drang, den König von ihr fortzuziehen. Zwar rede ich mir ein, ich würde ihn über die Fortschritte unterrichten wollen, aber in Wirklichkeit will ich ihn nicht so nah bei Freya sehen.

»Wie heißt du?«, fragt er sie.

»Freya, mein König.«

Zufrieden nickt er und lässt ihre Hand los, bevor er zu mir kommt und mir einen Arm um die Schultern legt, um mich zum Fenster zu führen. Er zieht den Vorhang auf und lässt Licht in den Raum. Der Innenhof ist mittlerweile gut mit

Menschen gefüllt. Ein paar Arbeiter kümmern sich darum, eine Wand auszubessern, während an anderer Stelle Bedienstete umherlaufen, um das Abendessen vorzubereiten. Zwischendrin spielt Gunnars Tochter Linnea mit ihrer Freundin Anne im Schnee.

»Wie ist die Lage?«, wende ich mich dem König zu. »Wann kehrt Struensee zurück?«

»Es kann sich nur noch um Tage handeln.« Der König löst sich von mir und lehnt sich entspannt gegen die Wand. Ich frage mich, wie er so gelassen sein kann, wenn ein ganzes Königreich davon abhängt, dass er schnellstens geheilt wird. »Ich hoffe, dein Mädchen hält, was man mir versprochen hat.«

»Nun, sie ist eine Hexe«, erwidere ich, lehne mich mit dem Rücken ans Fenster und ignoriere Freyas zusammengekniffene Augenbrauen. Sie weiß, dass ich es nicht so meine, also verstehe ich nicht, wieso sie sich immer noch an diesem Wort stößt. »Allerdings gibt es da ein Problem.«

Er schaut mich aus dunklen Augen an.

Ich schlucke und wähle meine nächsten Worte vorsichtig. »Sie weiß nicht, wie sie ihre Macht nutzen kann.«

»Was soll das heißen?« Er verengt die Augen zu Schlitzen. »Du bringst mir jemanden, der sein Werk nicht versteht?«

»Sie hatte bis vor kurzem keine Ahnung, wozu sie in der Lage ist«, erkläre ich eilig, um seinen Zorn zu beschwichtigen. Er ist sehr talentiert darin, unüberlegte Entscheidungen zu treffen, wann immer ihm der Sinn danach steht. »Ich bitte um ein bisschen Geduld. Wir finden einen Weg.«

»Das will ich hoffen«, knurrt er und stößt sich von der Wand ab, um aufgewühlt durch den Raum zu laufen. Freya wartet geduldig ab. »Wenn Struensee zurückkommt, darf er nicht wissen, dass Freya hier ist, um mich zu heilen. Das wird ihm nicht gefallen.«

»Darüber habe ich auch schon nachgedacht«, stimme ich zu. Dabei geht es mir noch nicht einmal darum, dass Struensee toben wird, wenn er herausfindet, dass wir ihn aufhalten wollen. Ich habe bloß Angst davor, dass er Freya etwas antun könnte, um zu verhindern, dass sie dem König hilft. »Uns bleiben nur ein paar Tage.«

»Darf ich vielleicht auch etwas sagen?«, mischt sich Freya nun ein. Erstaunt schaue ich zu ihr und muss schmunzeln. Jede andere Frau hätte die Männer reden lassen und so getan, als wäre sie gar nicht da.

Der König bleibt stehen und betrachtet sie interessiert. »Natürlich.«

»Ich glaube nicht, dass ich in ein paar Tagen in der Lage sein werde, das zu tun, was Ihr von mir verlangt.« Sie atmet tief ein und will noch etwas hinzufügen, aber ich fürchte, ich weiß, worauf das hinausläuft und springe ein, bevor sie ihm erzählen kann, dass sie ihn nicht heilen kann.

»Dann nehmen wir uns eben ein paar Tage länger Zeit.« Ich stelle mich neben sie, um die Aufmerksamkeit des Königs wieder auf mich zu lenken. »Ich übe mit ihr. Uns fällt schon etwas ein, um ihre Anwesenheit am Hof und die Übungsstunden zu erklären.«

Der König runzelt die Stirn, aber dann erhellt sich sein Gesicht. »Ich hätte da eine Idee.«

Zweifelnd betrachte ich den Mann, der an sich so vernünftig sein kann und im nächsten Moment vollkommen irre wirkt. Ich bin mir nicht sicher, ob er überhaupt dazu imstande ist, gute Ideen zu entwerfen.

Er klatscht erfreut in die Hände und strahlt uns an. »Ihr werdet heiraten.«

Kapitel 12

Louisa

Düsseldorf, 2018

Es ist nicht einfach, eine Flughafenhalle zu durchqueren, wenn man gerade einen Mord begangen hat. Ich klammere mich an Alex' Arm, weil ohne seine Hilfe vielleicht meine wackligen Knie nachgeben würden. Ich versuche, keinem der Sicherheitsbeamten ins Gesicht zu blicken. Sie sehen uns ganz bestimmt an, was wir getan haben.

Wir schreien doch geradezu nach Mord und Totschlag, auch wenn Alex notdürftig das Blut von unseren Händen gewischt und sich eine meiner neuen Mützen aufgesetzt hat, damit niemand die Platzwunde an seinem Hinterkopf sieht. Äußerlich sollte man es uns nicht ansehen, aber meine Augen sprechen sicher Bände. Mir ist kalt, und ich habe Angst.

Dennoch erreichen wir die Ankunftshalle, ohne dass uns jemand anspricht. Alex drückt mich auf eine Bank, während wir darauf warten, dass seine Kollegen herauskommen.

»Louisa, du musst mit mir reden«, sagt er und hockt sich vor mich. Er greift nach meinen Händen und reibt sie warm. »Du machst mir ein bisschen Angst.«

Ich zucke mit den Schultern und schaue mich um. Hier sind so viele Menschen. Kinder, Erwachsene, alte Männer, junge Frauen ... und jeder von ihnen könnte ein Gestaltwandler sein, jeder von ihnen gefährlich.

Ich reiße mich von einer Gruppe Jugendlicher los und schaue zu Alex, der mich besorgt mustert. Er hält immer noch meine Hände. Das bisschen Wärme, das von ihm ausgeht, reicht, um mich zurück ins Hier und Jetzt zu holen.

»Es war einfach ein bisschen viel«, erwidere ich leise. »Es geht gleich wieder.«

Er sieht nicht aus, als hätte ich ihn überzeugt, aber in dem Moment öffnen sich die Schiebetüren und entlassen einen Schwall Menschen in die Ankunftshalle. Alex zieht mich auf die Beine und lächelt mich mitfühlend an. Ich wünschte, er würde mich nicht loslassen, doch als wir uns den Neuankömmlingen zuwenden, weicht sein warmer Griff wieder der Kälte, die er eben vertrieben hat.

Ich erkenne Tyros und Moose sofort. Sie sind zwischen all den anderen normalen Menschen leicht auszumachen, weil sie durchtrainiert und wachsam wirken – beinahe wie Soldaten, nur dass sie überhaupt nicht so aussehen. Der eine hat lange goldene Haare, die er in einem Knoten auf seinem Kopf zusammengebunden hat, und einen dazu passenden, kurzen Bart. Er strahlt eine Selbstsicherheit aus, die schon fast angsteinflößend ist. Jemand wie er muss Macht haben, und ganz sicher weiß er, wie er sie am besten nutzt.

Der andere ist dagegen unauffällig, auch wenn er, für sich betrachtet, attraktiv wirkt. Er hat ein markantes Kinn, weißblondes Haar und trägt eine Brille mit dickem Rahmen.

Sie kommen zu uns und klatschen mit Alex ein, bevor mir der mit den goldenen Haaren die Hand hinstreckt.

»Hallo Louisa«, sagt er, als ich seine Hand ergreife. »Ich bin Tyros, stellvertretener Direktor am Palast der Träume.«

Sofort fühle ich mich tatsächlich eingeschüchtert. Er ist eine dieser Persönlichkeiten, der man immer gehorchen würde, einfach, weil er eine solche Autorität ausstrahlt.

»Dann musst du Moose sein«, schlussfolgere ich und schüttle auch die Hand des anderen Mannes.

»Moses, eigentlich«, erklärt er mit rauer Stimme und grinst freundlich. Seine blauen Augen wirken verträumt. »Aber alle nennen mich Moose. Ich bin der Computergeek.«

»Freut mich.« Ich erwidere sein Grinsen, auch wenn mir eigentlich nicht danach zumute ist.

Moose greift in seine Jackentasche und zieht eine Kette hervor. Er reicht sie mir, und ich betrachte das Geäst, das beinahe echt wirkt. Ein Lebensbaum.

»Das ist ein magisches Amulett«, erklärt er mir leise. »Es sieht aus wie eine normale Halskette, aber jemand hat einen Schutzzauber hineingewebt, der dich für die Magie von Gestaltwandlern unauffindbar macht.«

»Oh, danke.« Ich schaue mir den Anhänger nochmal genauer an, aber von Magie kann ich natürlich nichts erkennen, also öffne ich den Verschluss und lege es an.

»Der Zauber lässt nach ein paar Tagen nach, und irgendwann zerbricht das Amulett«, fährt Moose mit seiner Erklärung fort.

»Aber bis dahin haben wir hoffentlich eine Lösung gefunden und dich zum Palast der Träume gebracht«, fügt Tyros hinzu, bevor wir unser Gepäck zusammensammeln und zum Auto zurückkehren. Die Männer tauschen sich über den aktuellen Stand der Dinge aus, aber ich höre ihnen gar nicht richtig zu. In Gedanken bin ich immer noch beim Gestaltwandler und seinen blauen Augen, die alles andere als unmenschlich aussahen.

Zurück im Hotel checken Tyros und Moose für eine Nacht ein. Am nächsten Morgen wollen wir eine Wohnung etwas außerhalb beziehen, in dem wir zusammenwohnen können, bis wir zu der Hexe fahren, von der Alex gesprochen hat.

Aber selbst die Aussicht auf ein eigenes Zimmer hebt meine Laune nicht. Ich kann den Gestaltwandler einfach nicht vergessen, und noch schlimmer wird es, als Tyros und Moose sich von uns verabschieden und wir auf unser eigenes Zimmer zurückkehren.

Die Stille ist zu laut.

Und da ist so viel Blut, das an mir klebt.

»Ich gehe duschen«, verkünde ich, bevor Alex überhaupt irgendetwas sagen kann. Ich spüre seinen Blick auf mir ruhen, während ich mir ein paar frische Kleidungsstücke aus dem Koffer suche und im Badezimmer verschwinde. Wahrscheinlich sagt er nichts, weil es nichts zu sagen gibt. Nichts auf dieser Welt könnte das Gefühl in meinem Inneren vertreiben.

Meine Hände zittern, während ich den Mantel aufknöpfe und zu Boden fallen lasse.

Wir haben einen Mord begangen.

Ich atme schwer aus und schiebe die Worte beiseite, während ich mein Spiegelbild anstarre. Beim näheren Betrachten erkenne ich ein paar feine, unauffällige Blutspritzer an meinem Hals, die Alex übersehen haben muss.

Ich wende mich ab, um mich zitternd auszuziehen. Selbst das Kauen auf meiner Unterlippe hilft nicht dabei, das taube Gefühl in meinem Inneren auszulöschen.

Wir haben einen Mord begangen.

Meine Brust bebt unter meinen heftigen Atemzügen.

Einen Mord.

Ich steige in die Dusche und stelle das Wasser an, stelle es immer heißer, bis es auf meiner eiskalten Haut brennt, aber die Erinnerung an seine blauen Augen bleibt. Als sich das Wasser rot färbt, halte ich es nicht mehr aus und sinke auf den Boden der Duschwanne. Ich presse mir die Handballen auf die Augen, als könnte ich die Bilder in meinem Kopf so vertreiben.

Ich wünschte, meine größte Sorge wäre die Flugprüfung und dass ich Mama nie zufriedenstellen kann. Ich wünschte, ich wäre einfach nur ich. Ohne Magie. Dann wäre ich gar nicht erst in dieses Abenteuer hineingeraten und hätte keinen Dolch in ...

Das Wasser fängt meine Tränen auf, doch mein Schluchzen übertönt es nicht. Ich habe einen Menschen getötet.

Nein, keinen Menschen. Einen Gestaltwandler.

Er hätte uns getötet, wenn wir uns nicht gewehrt hätten.

Oder?

Ich sehe den Tiger vor mir, wie er sein großes Maul aufreißt und seine Reißzähne im Licht aufblitzen. Ich sehe Alex, wie er mit dem Tiger rangelt, wie er das Messer verliert, wie er auf den Boden knallt.

Wie er regungslos liegen bleibt.

»Nein«, schluchze ich heiser und reiße meine Augen auf. Nur, um im gleichen Moment einen Schrei auszustoßen, weil ich den Mann wieder vor mir sehe, diesmal genauer.

Blaue Augen, dunkelblondes Haar.

Kein Zweifel. Er ist es.

Die Tür fliegt auf, doch der Mann verschwindet nicht.

»Lou?« Panik schwingt in Alex' Stimme mit, aber ich kann ihm nicht antworten. Ich habe genug damit zu tun, das Grauen in meinem Kopf zu bekämpfen. Schlotternd ziehe ich die Beine an meinen Körper und umschlinge sie mit den Armen. Ich schließe die Augen und schüttle den Kopf.

»Bitte, mach, dass es aufhört«, murmle ich panisch. Aber er verschwindet nicht. Seine Augen verfolgen mich.

Er verfolgt mich.

»Bitte«, flehe ich und raufe mir die Haare.

Bitte geh weg.

Am Rande meines Bewusstseins vernehme ich einen lauten Knall und öffne erschrocken die Augen. Nicht schon wieder ein Gestaltwandler!

Es ist dunkel. Das einzige Licht, das ins Zimmer fällt, kommt aus dem Schlafzimmer.

»Mach das Licht an«, stoße ich angsterfüllt hervor und versuche, in der Dunkelheit die Umrisse des Gestaltwandlers auszumachen. »Bitte, mach sofort das Licht wieder an.«

»Lou, du musst dich beruhigen«, sagt Alex leise. Allein seine Stimme hilft mir dabei, den Weg zurückzufinden. Ich konzentriere mich auf den melodischen Klang. »Es ist okay, dass du Angst hast. Die hab ich auch manchmal. Aber wenn du zu viel

Angst hast, passieren Dinge, die nicht passieren dürfen. Dann explodieren Glühbirnen, und es wird dunkel.« Es raschelt, während er sich seine Hose und das T-Shirt auszieht. »Ich komm jetzt zu dir.«

Er öffnet die Glastür und tritt in die Duschkabine, die sich plötzlich so viel enger anfühlt. Aber es beruhigt mich, dass er hier ist. Dass er sich neben mir an der Wand herabgleiten lässt und einen Arm um meine Schultern legt. Dass sein Duft sich mit dem Duschwasser vermischt und für einen Augenblick intensiver wird, bevor er ganz verschwindet.

»Ist dir kalt?«, fragt er mich.

Ich nicke, also dreht er das Wasser etwas wärmer, bevor er mich an sich zieht.

»Wir haben ihn getötet«, flüstere ich.

»Ja«, erwidert er leise. Ich wünschte, er würde mir sagen, dass ich mir all das nur eingebildet habe. Dass es keine Magie gibt und keine Gestaltwandler und ich morgen wieder bei meiner Familie aufwache. »Das haben wir.«

Ich weine immer noch stumm. Aber wenn man so etwas Schreckliches getan hat, ist es das, was richtig ist, oder nicht? Was wäre ich für ein Mensch, wenn ich den Tod eines anderen einfach wegstecken würde?

»Wenn wir es nicht getan hätten, würden wir jetzt nicht mehr hier sitzen«, spricht Alex weiter. Ich kann ihm anhören, dass auch ihm der Tod des Gestaltwandlers nahe geht. »Ich sag dir mal was, was ich noch nie jemandem erzählt habe. Du denkst, ich sollte es gewohnt sein, Leben auszulöschen, oder? Aber das bin ich nicht. Es wird nicht weniger schrecklich, nur weil man etwas regelmäßig macht.« Er greift mit seiner freien Hand nach meiner und verschränkt unsere Finger miteinander. »Und es ist okay, sich davon verfolgt zu fühlen. Das tun wir alle.«

»Aber auch so richtig?«, frage ich heiser nach.

Er schweigt einen Moment. »Was meinst du mit richtig?«

»Siehst du auch manchmal … Personen, die nicht da sein sollten?«

Kapitel 13

Azalea

Lille, 2018

Einen Moment lang ist mein Atem das Einzige, was ich höre. Dann vernehme ich ein leises Stöhnen und stürze auf den Flur, um Melvin zu suchen.

Ich entdecke ihn schließlich in einem der Netze. Er sieht übel aus. Sein Gesicht ist blutig geschlagen, sein Hemd unter der geöffneten Jacke zerrissen. Er blinzelt und stöhnt noch einmal auf, bevor er etwas nuschelt.

»Was?« Ich stopfe mein Amulett in die Hosentasche und eile auf die andere Seite des Korridors, um näher bei ihm zu sein. »Ich hab dich nicht verstanden.«

»Lauf ... weg«, stößt er hervor und wischt sich das Blut von den Lippen. Erst durch den Blick zu mir wird ihm bewusst, dass er in einem Netz hängt, das nicht besonders tragfähig wirkt. Er lässt den Kopf zurückfallen und stöhnt auf.

»Was ist passiert?« Ich muss ihm da raushelfen, bevor das Netz nachgibt und er hinunterstürzt. Egal, was hier spukt. Ich kann ihn nicht allein lassen.

Eilig sehe ich mich um und suche nach einer Lösung, um ihn zurück auf festen Boden zu holen.

»Azalea«, krächzt er. »Du musst verdammt nochmal weglaufen.«

»Ich geh nicht ohne dich.« Ich atme tief ein und klettere über das Geländer. Alleine wird er es nicht schaffen.

»Was machst du ...« Er blinzelt mich aus schweren Augen an.

Ich blicke ihn entschlossen an, bevor ich den ersten Fuß auf das Netz setze. In dem Moment, in dem ich das Geländer loslasse, verliere ich den Halt und purzle ihm Hals über Kopf entgegen.

Mir entfährt ein Schrei, ein Ruck geht durch meinen Körper. Bevor mir überhaupt klar wird, dass das Netz gerissen ist, lande ich halb weich, halb schmerzhaft auf Melvin.

Er stöhnt auf, weil ihm der Aufprall sämtliche Luft aus den Lungen drückt.

»Tschuldige«, murmle ich und hebe den Kopf. Über uns baumeln die Überreste des Netzes in der Luft. Wenigstens waren wir so weit oben, dass wir gleich ein zweites Netz zur Sicherheit hatten. Der Boden ist jetzt nicht mehr so weit entfernt. »Kannst du dich bewegen?«

Er schüttelt den Kopf, versucht aber dennoch, sich zu rühren.

»Was ist passiert?« Ich wische das Blut von seiner Stirn, bevor es ihm ins Auge laufen kann.

»Du musst gehen«, hustet er. »Irgendwas stimmt hier nicht.«

»Hast du mir nicht zugehört? Ich geh nicht ohne dich.« Ich will von ihm runterklettern, doch das leise Geräusch von reißendem Seil hindert mich daran.

Er hat es auch gehört.

»Scheiße«, murmelt er noch, aber es ist zu spät. Dieses Mal lande ich nicht weich, sondern schlage mir den Kopf am Geröll an und sehe Sterne. Viel zu viele Sterne.

Stöhnend reibe ich mir die Stirn. Da ist Blut an meiner Hand, und ich weiß nicht, ob es meins ist oder Melvins. Ich blinzle und richte mich auf. Melvin liegt ein Stück neben mir und bewegt sich nicht mehr. Hektisch krieche ich zu ihm.

Sein Atem pfeift.

Das ist gar nicht gut.

Dennoch blinzelt er mich verwirrt an.

»Wir müssen weiter.« Ich helfe ihm ächzend hoch, weil er kaum allein stehen kann. Wir brauchen viel zu lang. Das, was da draußen ist, wird zurückkehren, bevor wir überhaupt den Ausgang erreicht haben. Wenigstens scheint Melvin sich mit jedem Schritt zu erholen, doch wir kommen trotzdem nur langsam voran.

»Komm schon, du kannst dich im Auto ausruhen.« Ich schaue mich besorgt um, aber noch scheinen wir allein zu sein. Ich schlinge mir seinen Arm um die Schultern und meinen eigenen um seine Hüften, um ihn zu stützen. Gemeinsam gehen wir zur Tür, aus der wir gekommen sind. Mir graut es jetzt schon vor dem dunklen Korridor.

Kurz bevor wir sie erreicht haben, fällt mein Blick auf eine Eisenstange. Ich führe Melvin hin und hebe das schwere Teil hoch, um zu prüfen, ob es sich vielleicht als Waffe eignet. Zwar habe ich keinen blassen Schimmer, wie man kämpft, und werde mich im schlimmsten Fall noch selbst verletzen, aber immerhin ist es besser, als seinem Schicksal unvorbereitet entgegenzutreten.

An der Tür dringt ein Poltern an mein Ohr. Melvin atmet scharf ein und lässt mich los. Im nächsten Augenblick nimmt er mir die Eisenstange ab.

»Du läufst. Ich halte ihn auf«, raunt er mir zu.

»Was? Nein!« Ich zerre an der Eisenstange, aber er umklammert sie unnachgiebig, und dann ist es auch schon zu spät, um zu verhandeln. Ein dunkler Schatten schiebt sich über uns. Ich drehe mich um und traue meinen Augen kaum.

Vor uns steht ein großer Braunbär, aufgerichtet und mit fürchterlich großen Tatzen.

»Merde«, murmle ich und mache ein paar Schritte zurück, bis ich die Wand im Rücken habe. Melvin stellt sich beschützend vor mich.

Was macht ein Bär hier?, denke ich und spüre im gleichen Moment, wie es in meiner Hosentasche heiß wird. Ich ziehe mein Amulett hervor. Es glüht. *Was zum Teufel?*

Ich schließe meine Hand um das heiße Metall. Der Bär

lässt einen Brüll los und fällt auf seine Vorderpfoten zurück, um den Kampf mit Melvin aufzunehmen.

Er läuft auf ihn zu, ich schreie, doch Melvin bleibt in seinem Weg stehen und hebt die Eisenstange. Im letzten Moment lässt er sich mit der Stange nach vorne fallen. Es gibt ein hässliches Geräusch, als die Wucht des Aufpralls die Stange in das Fell des Bären treibt.

Aber es ist nicht tief genug.

Der Bär stößt ein grausames Heulen aus. Eine Klaue schießt nach vorne, Melvin kann nicht ausweichen, ich schreie erneut, doch sie zerfetzt ihm die Brust, und er stürzt.

Das eine Ende der Eisenstange knallt mit einem lauten Scheppern zu Boden. Mein Amulett fällt runter, als sich meine Hände um das kalte Metall der Stange schließen und ich mit aller Kraft drücke.

Ich schließe die Augen, das schmerzvolle Jaulen des Bären dröhnt in meinen Ohren, und ich bete, dass dieser Alptraum bald vorbei ist.

Mharaíonn an draíocht seo, schießt es mir plötzlich durch den Kopf. Ich kann an nichts anderes mehr denken, während ich mich nach vorne lehne und sämtliche Kraft in die Eisenstange lege.

Schließlich verstummt das Jaulen, und der Widerstand verschwindet. Ich falle nach vorne, lande neben Melvin und öffne nervös die Augen.

Der Bär liegt regungslos vor uns. Er flackert kurz auf, bevor sein Fell verschwindet und sein Körper sich zu dem eines Menschen verändert. Atemlos beobachte ich die Verwandlung, doch als dann dieser nackte Mann vor uns liegt, eine Metallstange tief in seine Brust gebohrt, wird mir so schlecht, dass ich mich umdrehe, um mich zu übergeben.

Kapitel 14

Mikael

Christiania, 1768

»Freya, nun warte doch mal!« Ich eile ihr hinterher, fasziniert darüber, wie sie mit einer Hand an der Wand so schnell den Gang hinunterlaufen kann. Es dauert einen Moment, bis ich sie erreiche und ihren Ärmel zu fassen bekomme. Der seidige Stoff ihres Kleides wäre mir beinahe wieder aus der Hand gerutscht.

»Lass mich los«, knurrt sie.

Mein Blick fällt auf ein paar kichernde Hofdamen am anderen Ende des Flurs, die uns neugierig beobachtet. So ein Mist.

»Freya, bitte, lass uns darüber reden«, flüstere ich eindringlich. »Aber nicht hier, wo uns jeder sehen kann. Bitte gib mir eine Möglichkeit, das zu erklären.«

Kurzerhand öffne ich die nächstgelegene Tür und schiebe Freya in den Raum hinein. Es ist eine Abstellkammer. Eine viel zu enge Abstellkammer für zwei Menschen, die nicht so nahe beieinander stehen sollten. Wenn die Hofdamen auf dem Flur das gesehen haben, werden die Gerüchte spätestens heute Abend überkochen.

»Was willst du erklären?« Sie presst wütend die Brauen zusammen. »Dass du mich hierhergeschleppt hast, um Dinge zu tun, von denen ich keine Ahnung habe? Oder dass wir morgen heiraten werden?«

»Beides.« Ich atme laut aus. »Hör zu, ich wusste nicht, dass es dazu kommen würde. Ich bin nicht bereit zu heiraten.«

»Fein.« Sie verschränkt die Arme vor der Brust und berührt dabei meinen Oberkörper. Ihr wird bewusst, wie dicht ich vor ihr stehe, und sie tritt einen halben Schritt zurück. Mehr geht nicht, weil sie mit dem Rücken schon am Regal steht. »Ich auch nicht. Schon gar nicht einen miesen Verräter wie dich.«

Ich schüttle den Kopf. »Jetzt übertreibst du aber.«

»Tue ich das wirklich?«, fragt sie mich anklagend, und ich komme nicht umhin, über ihre Frage nachzudenken. Vielleicht hat sie recht. Vielleicht erwarte ich zu viel von ihr. Aber habe ich sie wirklich verraten? Ihr war doch klar, dass ich sie hierherbringe, damit sie dem König helfen kann.

»Du hast mich gefragt, ob ich dich begleiten möchte«, fährt sie schließlich fort. »Nun, jetzt möchte ich nicht mehr. Jetzt möchte ich einfach nur noch nach Hause, aber ich fürchte, mir bleibt keine Wahl mehr. Und du hast gewusst, dass es so kommen würde.«

Verdammt, sie scheint jeden Moment los zu weinen. »Freya, ich …«

»Nein, Mikael«, setzt sie an, doch dann rollt eine Träne über ihre Wange, und sie verstummt. Ich zögere nur einen Augenblick, aber dann hebe ich die Hand und wische die Träne fort.

Sie schließt die Augen, schmiegt ihre Wange in meine Hand und lässt mich den Atem anhalten. »Das ist nicht gerecht«, flüstert sie so leise, dass ich sie kaum verstehe. »Was, wenn ich ihm nicht helfen kann?«

»Dann beschütze ich dich«, verspreche ich ihr, bevor ich überhaupt über meine Worte nachdenken kann. Sie vor dem König zu beschützen käme meinem Todesurteil gleich.

Sie atmet leise aus und ihr warmer Atem streichelt mein Gesicht. Mein Herz macht einen Satz. Ich sollte ihr nicht so verdammt nah sein, nicht so kurz vor der Hochzeit, aber irgendwie kann ich nicht anders. Sie ist zu verlockend, zu schön.

Und sie wird *meine* Frau.

Ich streichle mit dem Daumen über ihre Wange, betrachte ihre dünnen Brauen, die vollen Wimpern, den rosigen Mund, und verspüre den dringenden Wunsch, herauszufinden, wie diese Lippen schmecken.

Aber hat sie mich nicht gerade noch als Verräter bezeichnet? Wenn ich sie jetzt küssen und die Situation ausnutzen würde, wäre ich wirklich der schlechte Mensch, für den sie mich hält.

Ich lasse meine Hand sinken und mache einen Schritt zurück. Sie verharrt noch einen Moment still vor mir und wartet unsicher darauf, dass ich etwas tue. Schließlich reiße ich mich zusammen und öffne die Tür.

»Ich hoffe, du hast Geduld«, sage ich, um die Anspannung zwischen uns zu überbrücken. »Man sagt, die Schneiderin soll sich alle Zeit der Welt nehmen, wenn es um Hochzeitskleider geht.«

Kapitel 15

Louisa

Düsseldorf, 2018

»Was meinst du damit? Personen, die nicht da sein sollten?« Tyros verschränkt die Arme auf der Brust und starrt mich aus dunklen Augen an.

Jetzt, wo ich mich von meinem kleinen Zusammenbruch erholt habe, ärgere ich mich darüber, dass ich Alex von meinen Halluzinationen erzählt habe. Ich hätte mir denken können, dass er sich verpflichtet fühlt, gleich Tyros und Moose Bescheid zu sagen.

Und so sitze ich in meinem neuen Schlafanzug auf dem Bett, umgeben von drei Männern, die allesamt größer sind, weil sie um das Bett herumstehen und mich mustern, als könnte ich jeden Moment explodieren.

»Ich«, setze ich an und überlege, wie ich am besten erklären kann, was los ist.

»Du hattest das doch schon mal«, drängt Moose. »In deiner Akte steht, dass du vor fünf Jahren einen Jungen namens Liam gesehen hast.«

Ich knabbere auf meiner Unterlippe und nicke schließlich einmal kurz.

»Ist es wieder Liam?« Alex setzt sich auf die Bettkante und begibt sich damit auf meine Ebene. Dankbar schaue ich ihn an.

»Dieses Mal sind es Männer, die ich nicht erkenne«, erwidere ich widerwillig. »Eben im Bad ... das war der Gestaltwandler, den wir auf der Flughafenterrasse ...«

Tyros fährt sich über den Bart. »Also ist es nicht immer der Gleiche?«

»Nein.«

»Wie viele?«

Ich denke fieberhaft nach, wie viele Gestalten ich mittlerweile gesehen habe, die nicht zu existieren schienen. Liam, der Mann auf dem Flugplatz, der Mann in der Schule und heute ...

»Wie viele hast du schon gesehen, Louisa?«, drängt Tyros.

»Vier!«, stoße ich hervor und erzähle ihnen von den anderen Begegnungen.

Moose setzt sich in den Sessel und klappt seinen Laptop auf, um etwas hinein zu tippen. »Drei nach deinem achtzehnten Geburtstag, einer vorher.«

Ich nicke, aber dann fällt mir ein, dass ich den Mann am Flughafen am Abend zuvor gesehen habe. »Zwei vorher«, korrigiere ich ihn.

Alle schauen mich entgeistert an.

»Ich will jedes Detail, an das du dich erinnern kannst.« Tyros läuft im Raum auf und ab und denkt nach. Er wirkt so autoritär, dass ich mich am liebsten unter dem Bett verstecken würde. »Haarfarben, Augenfarben, Größe – ich will alles wissen. Verstanden?«

»O-okay«, stottere ich.

»Moose, du schreibst mit.« Er schaut zu Alex und deutet mit dem Rucken seines Kinns auf die Tür. »Auf ein Wort.«

Alex wirft mir noch einen letzten Blick zu, dann folgt er Tyros aus dem Raum, und ich bin allein mit Moose.

»Er kann manchmal echt ein Arsch sein«, bricht Moose das Eis. »Nimm's ihm nicht übel. Im Grunde ist er ein echt guter Typ, aber er trägt die Verantwortung für uns alle.«

»Schon okay«, erwidere ich und lasse meine Schultern fallen. Ich habe gar nicht gemerkt, wie angespannt ich das Gespräch über gewesen bin. Erschöpft stehe ich auf und setze mich in den anderen Sessel. »Was möchtest du wissen?«

Moose betrachtet mich durch das Glas seiner dicken Brille. Seine blauen Augen blicken mich freundlich an, und ich habe schon jetzt festgestellt, dass er sein charmantes Lächeln nur selten zeigt, weil er mit den Gedanken ständig woanders zu sein scheint.

»Ich finde, du hast heute schon genug durchgemacht.« Er zwinkert mir zu und dreht den Laptop um, damit ich aufs Display schauen kann. »Was hältst du davon, wenn du deine Kurse wählst und dann schlafen gehst? Wir können morgen früh noch in aller Seelenruhe über deine Visionen sprechen.«

»Visionen?« Ich ziehe zweifelnd die Braue hoch. »Du meinst wohl eher Halluzinationen.«

»Sei dir da mal nicht so sicher«, erwidert er geheimnisvoll. »Du befindest dich in einer Welt, in der Tiger Gestaltwandler sind und Magie aus einem Frosch einen Prinzen machen kann. Dass deine Halluzinationen keine Halluzinationen, sondern Visionen sind, ist mehr als wahrscheinlich.«

Ich weiß nicht, woran es liegt, aber seine Worte helfen mir dabei, nicht mehr zu denken, dass ich vielleicht irre bin. Sie geben mir Hoffnung, geben mir das Gefühl, ich hätte mein Schicksal immer noch selbst in der Hand. Ich lächle ihn dankbar an und frage: »Kann man wirklich Frösche in Prinzen verwandeln?«

Kapitel 16

Azalea

Lille, 2018

Mit Tränen in den Augen wische ich mir über die Mundwinkel und richte mich erschöpft auf, um mich von meinem eigenen Erbrochenen abzuwenden. Mein Blick fällt auf das Amulett.

»Nein«, flüstere ich und krabble hin, um das zerbrochene Stück in die Hand zu nehmen. Das bronzene Metall ist abgekühlt, aber der Lebensbaum in zwei Teile gebrochen. Ich lasse meine Finger über das Metall gleiten und frage mich, wieso es den Sturz nicht überlebt hat.

Melvin rührt sich, also stecke ich das Schmuckstück erstmal in meine Hosentasche zurück und drehe mich um. Ich versuche den Toten nicht anzusehen, sondern mich auf Melvin zu konzentrieren.

Ich knie mich neben ihn. Überall ist Blut. Es klebt an seiner Haut und in seinen Haaren. Sogar an seinen Wimpern. Sein Hemd ist zerrissen, aber das sieht man kaum, weil das Blut überwiegt.

Schnell schlüpfe ich aus meiner Jacke, um sie auf seinen Oberkörper zu pressen und die Blutung zu stillen.

»Es tut mir so leid«, flüstere ich den Tränen nahe und greife nach seiner Hand, weil das womöglich die einzige Stelle seines Körpers ist, die nicht schmerzt. Seine Lider flattern, und er hat Mühe, sie aufzuhalten. »Kannst du aufstehen? Ich bring dich hier raus.«

Er schüttelt leicht mit dem Kopf, und mir fällt das Herz in die Hose, als mir bewusst wird, dass er alles gegeben und es doch nicht gereicht hat.

»Du musst«, wispere ich und streichle ihm durchs Haar. »Du kannst nicht hierbleiben.«

»Ich ... kann nicht.« Seine Stimme ist kaum ein Hauch, und es fällt mir schwer, die Tränen zurückzuhalten. Aber ich muss. Für ihn. »Azalea ...«

Seine meerblauen Augen fixieren mich mit einer Panik, die ich noch nie gesehen habe.

Das muss es sein.

Die Angst vorm Sterben.

Ich presse die Lippen aufeinander, ziehe seinen Kopf auf meinen Schoß und streichle ihn weiter.

Sei stark.

»Du musst keine Angst haben«, erwidere ich leise und schlucke den Kloß in meinem Hals hinunter. »Ich bin bei dir. Ich lasse dich nicht los. Ich versprech's dir.«

Er sucht in meinen Augen nach der Wahrheit meiner Worte. Ich lächle ihn an, auch wenn es mir das Herz bricht.

»Ich verspreche es«, wiederhole ich erstickt. »Du bist nicht allein.«

Er nickt knapp und lässt mich nicht aus den Augen.

»Soll ich dir ein Märchen erzählen?«, frage ich also, um ihn von seiner Angst abzulenken. Dabei habe ich selbst so große Angst vor den nächsten Minuten, dass ich kaum noch atmen kann. Ich will ihm nicht beim Sterben zusehen. Ich will nicht sehen, wie das Licht aus seinen Augen weicht und sich seine Brust unter seinem letzten Atemzug hebt und senkt. Ich will nicht sehen, wie der Mann, der mich gerettet hat, zu einer leeren Hülle seiner selbst wird. Ich will mich unter einer Bettdecke vergraben und nie wieder herauskommen, solange Menschen um mich herum sterben können.

Und dennoch lecke ich mir über die salzigen Lippen und nehme meine Jacke von seinem Oberkörper, damit es schneller geht. Ich streichle seine Haare, seine Wangen, seine Stirn, und wische mir zwischendurch die Tränen aus dem Gesicht, während ich mich an das Märchen erinnere, das meine Mutter mir von klein auf immer erzählt hat.

»Es war einmal ein blindes Mädchen, welches in einem kleinen Dorf in Norwegen wohnte«, beginne ich. »Der Verlust der Mutter, die zu Unrecht als Hexe auf dem Scheiterhaufen verbrannt wurde, weckte in ihr alte, magische Fähigkeiten. Nur ein Wächter konnte sie aus dieser lebensbedrohlichen Situation befreien. Sein Name war Mikael ...«

Melvin schließt die Augen, seine Atemzüge werden flacher, das Pfeifen seiner verletzten Lungen verklingt. Meine Tränen fallen, und es ist schwer, weiterzureden, ohne unkontrolliert zu schluchzen.

Aber ich schaffe es. Für ihn.

Ein Traum aus Sternenstaub

Kapitel 1

Alex

Düsseldorf, 2018

Ich schließe die Lese-App auf meinem Handy, weil mir sonst jeden Moment die Augen zufallen. So spannend *Harry Potter* auch ist, von meiner Müdigkeit kann mich das Buch nicht abhalten. Mein Blick gleitet zu Louisa, die seelenruhig im Bett liegt und vor sich hinschlummert. Ich könnte mich einfach neben sie legen und auch schlafen. So erledigt, wie sie ist, würde es sie vermutlich nicht einmal besonders stören. Aber sie zählt darauf, dass ich aufmerksam bin und sie beschütze, sollte sie Schutz brauchen.

Ihr nützt niemandem etwas, wenn ihr müde seid, gehen mir Tyros' Worte durch den Kopf. Die Ausbildung scheint schon eine Ewigkeit her zu sein, aber manche Sachen vergisst man nicht so schnell. Vor allem nicht die, die schon einmal Leben verändert haben.

Ich lege mein Handy auf den Tisch und hole mein Tagebuch und einen Stift aus meiner Tasche, um die Geschehnisse des Tages aufzuschreiben. Um festzustellen, dass ich unaufmerksam gewesen bin, brauche ich mein Tagebuch allerdings nicht. Wenn meine Augen nicht ständig auf Louisa kleben würden, hätte ich den Gestaltwandler am Flughafen sicher schneller bemerkt, und es wäre gar nicht erst soweit gekommen. So hätte der Mistkerl mich beinahe erwischt.

Was dann mit Louisa geschehen wäre, will ich mir gar nicht ausmalen.

Bevor ich meine Gedanken dazu niederschreiben kann, klappe ich das Buch wieder zu. Was in meinem Kopf herumschwirrt, sollte besser dort bleiben, sonst entdeckt es noch jemand, der die falschen Schlüsse daraus zieht.

Stattdessen schnappe ich mir mein Handy und tippe eine Nachricht an meinen Bruder.

Hey Ivan, bist du noch wach?

Es dauert keine zwei Minuten, da kommt seine Antwort zurück.

Was gibt's?

Ich könnte mal deinen Rat gebrauchen.

Ich kann die Belustigung in seinen Worten lesen.

Du? Meinen? Ich bin gespannt.

Ich habe keine Ahnung, wie ich meine Frage formulieren soll, ohne dass er Verdacht schöpft, ich könnte für Louisa mehr Gefühle haben als für eine andere Schülerin. Mein Handy piepst dreimal.

Ich warte ...
Und warte ...
Und warte ...

Sorry! Also, hast du eine Idee, wie man ein Trauma überwindet?

Reden wir hier von dir oder von deiner Hexe?

Von Louisa natürlich ... Sie hat so viel durchgemacht, dass sie beim kleinsten Geräusch zusammenzuckt. Aber dann gerät ihre Magie außer Kontrolle und sie bringt uns nachher noch alle um. Sie muss nicht nur ihre Magie beherrschen lernen, sie muss vor allem ihre Angst überwinden.

Ein paar Augenblicke später klingelt mein Handy. »Ivan.«

»Hey, Bruder«, begrüßt er mich. »Ich dachte, es geht schneller, wenn wir telefonieren. Ist doch okay, oder?«

»Klar.« Ich schaue zu Louisa, die immer noch tief und fest schläft. Auf ihrer Stirn hat sich eine konzentrierte Falte gebildet, also behalte ich sie lieber im Auge. Noch mehr Albträume kann sie wirklich nicht gebrauchen.

Ich erzähle Ivan kurz von den Gestaltwandlern an der Schule und dem Überfall am Flughafen, dabei lasse ich jedoch außen vor, wie knapp es wirklich gewesen ist. Einen Moment lang hadere ich mit mir, ob ich ihm von Louisas Zusammenbruch im Bad berichten soll, aber schließlich tue ich es. Es ist ja nichts Verwerfliches dabei, sich um eine durchdrehende Hexe zu kümmern, auch wenn mir die Minuten unter der Dusche immer noch nachhängen.

Es ist, als hätte sich ihr Duft in meiner Nase festgesetzt.

»Hm«, macht er, als ich geendet habe. »Ich glaube, das braucht in erster Linie Zeit. Sie muss sich erst mal an die neuen Grenzen ihrer Welt gewöhnen. Das Beste, was du jetzt tun kannst, ist, mit ihr zu reden und ihr zu zeigen, dass die Magie nichts Schlimmes ist.«

»Also keine Abkürzung, damit sie sich morgen wieder besser fühlt?«

»Leider nicht.« Ivan lacht leise auf. »Aber du weißt, dass du ihr zumindest die Albträume nehmen könntest.«

Ich atme scharf ein. Was er da vorschlägt, ist alles andere als in Ordnung.

»Sag bloß, du hast noch nicht darüber nachgedacht.«

»Natürlich nicht«, stoße ich entrüstet hervor. »Sie ist eine Schülerin. Diese Verbindung einzugehen, wäre nicht richtig.«

»Und doch würde es ihr helfen.«

»Damit würde ich ihr die Möglichkeit nehmen, mit einem Wächter ihres Alters zusammenzuwachsen«, widerspreche ich. Wie kommt er überhaupt auf eine so absurde Idee? Er ist doch auch ein Lehrer, er muss wissen, wie sehr dieser Gedanke unserem Kodex widerspricht.

»So viel älter bist du nun auch wieder nicht. Außerdem bist du wieder frei.«

Würde er wirklich gegen unseren Kodex handeln, um einer Hexe zu helfen, die er kaum kennt? Ratlos seufze ich.

»Nach der Sache mit Corinne bin ich auch nicht wirklich scharf drauf, mich nochmal zu verbinden«, erinnere ich ihn missmutig.

»Ich mein ja nur. Du kannst ihr helfen. Du musst es nur wollen«, erwidert Ivan, bevor er das Thema wechselt und wir uns kurz darauf voneinander verabschieden. Ich hänge das Handy ans Ladekabel und betrachte Louisa, deren Stirnfalte sich vertieft hat. Eine Faust hat sie um den Stoff der Decke geballt, mit der anderen Hand rauft sie sich die Haare.

Ich wünschte, es gäbe eine einfachere Lösung, ihre Albträume fortzujagen.

Das neue Apartment befindet sich in der ersten Etage eines Mehrfamilienhauses in einem Vorort von Düsseldorf, hat zwei Schlafzimmer und einen Wohnbereich, in dem Moose seine Gerätschaften ausbreitet. Bei der Menge an Technik, die er aus seiner Tasche holt, frage ich mich, ob er überhaupt Wechselkleidung oder Waffen dabeihat. Louisa bringt ihren Koffer in eins der Schlafzimmer, während Tyros die Formalitäten mit dem Vermieter klärt.

Ich widme mich in der Zwischenzeit der Wohnung und laufe die Räume ab, um mir die neue Umgebung vertraut zu machen. Zwar glaube ich nicht, dass die Gestaltwandler uns hier finden – vor allem jetzt, da Louisa ihr Amulett trägt – aber man kann nie sicher genug sein. Ich öffne ein Fenster und schaue hinunter, um die Höhe abzuschätzen. Einen kontrollierten Sprung aus dem Fenster würde auch Louisa ohne Probleme überleben. Höhenangst wird sie bei ihrer großen Liebe zum Fliegen wohl kaum haben.

Ich schließe das Fenster wieder und gehe ins erste Schlafzimmer. Die Jalousie ist runtergezogen, aber da das Zimmer gleich neben dem Wohnraum liegt, liegt das Fenster zur gleichen Seite hinaus. Also gehe ich einfach weiter zu Louisas Zimmer und klopfe an die Tür.

»Ja?« Sie klingt etwas atemlos.

Irritiert betrete ich den Raum und sehe, wieso. Sie kämpft damit, die tonnenschwere, uralte Kommode zu verschieben. Mit aller Kraft lehnt sie sich dagegen, bis das Möbelstück ein paar Zentimeter vorrückt.

»Was machst du da?«, frage ich und unterdrücke ein Lachen. »Bist du nicht zufrieden mit der Innenausstattung?«

Sie hält inne, seufzt und wischt sich die Haare aus dem Gesicht. »Das ist es nicht.«

»Was ist es dann?« Ich schließe die Tür hinter mir, damit Moose und Tyros nichts mitbekommen. »Brauchst du Hilfe?«

»Kannst du nicht einfach wieder rübergehen?«, presst sie elend hervor. In ihren Augen schimmert eine Verzweiflung, die meine gute Laune vertreibt. Ich denke an das Gespräch mit meinem Bruder, daran, wie reden ihr helfen könnte. »Oder mir einen verdammten Zauberspruch verraten, mit dem die Kommode leichter wird?«

»Was hast du denn damit vor?«

Sie seufzt noch einmal auf. »Ich will sie vor die Balkontür schieben«, erwidert sie schließlich schnippisch. »Damit da niemand reinkommen kann.«

Ich fühle mich wie ein Idiot, weil ich darauf nicht selber

gekommen bin und gehe zur Balkontür, um das Schloss zu überprüfen. Die Tür ist abgeschlossen und nicht so leicht aufzubrechen, wie sie vielleicht denkt. Die Dreifachverglasung macht es einem Gestaltwandler auch nicht gerade leicht, das Glas zu durchbrechen. Sie beobachtet mich mit verschränkten Armen.

»Ich kann dich ja verstehen, aber wenn du die Kommode vor die Tür stellst, versperrst du dir einen Fluchtweg«, erkläre ich ihr. »Die Tür ist von innen abgesperrt. So leicht kommt da niemand rein.«

Louisa verzieht das Gesicht. »Und wenn doch?«

»Dann hast du drei Wächter in der Wohnung, die auf dich achtgeben«, erwidere ich fest. »Und abgesehen davon kann ich dir gerne ein paar Dinge beibringen, damit du dich selbst verteidigen kannst.«

»Das hilft mir auch nicht, wenn sie mich im Schlaf überraschen.« Sie lässt sich erschöpft aufs Bett sinken. »Nicht, dass ich besonders gut schlafen könnte.«

Ich lehne mich gegen die Kommode und mustere sie besorgt. Die Worte meines Bruders gehen mir nicht aus dem Kopf. Aber es wäre nicht richtig, und die Zeit außerhalb der Akademie können wir auch ohne einen Regelverstoß überbrücken. Sie wird schon bald ihren eigenen Wächter haben, der sie vor Albträumen bewahren kann.

»Wenn du möchtest, kannst du auch im anderen Schlafzimmer schlafen. Das hat nur ein Fenster, keinen Balkon«, schlage ich vor, auch wenn ich es eigentlich gut finde, dass sie zwei Fluchtmöglichkeiten hat. Aber wenn sie deshalb nicht schlafen kann, hilft ihr das auch nicht weiter.

Dankbar nickt sie und steht auf, um ihren Koffer ins andere Zimmer zu zerren. Ich gehe auf sie zu und strecke eine Hand aus, um ihr die Arbeit abzunehmen. »Komm, ich nehme den für dich.«

»Es geht schon«, erwidert sie leise. Ich lasse die Hand wieder sinken und bin überrascht, dass sich auf ihren Lippen ein Lächeln bildet. »Emanzipation und so, du weißt schon.«

Ich schmunzle. Sie ist so erfrischend anders als die anderen Frauen im Palast. Das ist einerseits schön, andererseits aber auch gefährlich.

Sie wird alles durcheinanderbringen.

»Louisa ist eine Hexe, kein Wächter.« Tyros wirft Louisas neuen Stundenplan aufs Bett und schaut mich finster an. »Hast du ihr nicht gesagt, dass die Fachbereiche der Wächter für sie nicht relevant sind?«

Ich nehme den Bogen in die Hand, um mir anzusehen, was sie gewählt hat. Neben den üblichen Verdächtigen für das Abitur hat sie nicht nur jede Menge Hexenunterricht gewählt, sondern auch sämtliche Fächer für Wächter angekreuzt.

»Selbst wenn wir es zulassen würden, dass sie Wächterunterricht bekommt, was hat sie davon? Sie wird diese Fähigkeiten sowieso nie anwenden«, fährt Tyros fort. »Abgesehen davon kann ich unmöglich eine Ausnahme für sie machen. Du kennst die Regeln.«

»Sie hat Angst«, erwidere ich. »Es ist nur natürlich, dass sie sich verteidigen können will.«

Ich lehne mich gegen den Schrank, während Tyros nachdenklich im Schlafzimmer herumtigert. Moose sitzt mit Louisa in der Küche und nimmt ihre Aussage zu den Visionen auf, um sie an den Rat weiterzuleiten.

»Ich kann den Wunsch ja nachvollziehen, aber sie wird genug mit ihrem Abitur und den anderen Fächern zu tun haben. Da kann sie es nicht auch noch gebrauchen, sich in einem Kurs behaupten zu müssen, in dem ihre Mitschüler viel größer und stärker als sie sind.« Er verschränkt die Arme vor der Brust. »Stell dir nur mal vor, was passieren würde, wenn sie sich im Unterricht einen Arm bricht.«

»Das wird sie nicht.« Ich habe mich auf seinen Widerspruch vorbereitet und bringe meine Argumente vor. »Hör mal, ich kann verstehen, dass dir das Sorge bereitet, aber vielleicht ist es an der Zeit, dass auch unsere Hexen lernen, sich zu verteidigen. Du siehst doch selbst, dass hier etwas vor sich geht, was wir nicht begreifen können. Die Gestaltwandler werden immer mehr. So schnell kommen wir gar nicht mehr damit hinterher, neue Wächter zu rekrutieren.«

Tyros schnaubt verächtlich auf. »Also willst du Hexen zu Wächtern machen?«

Ich seufze. Normalerweise schätze ich ihn dafür, dass er neuen Ideen gegenüber offen ist, aber heute ist er alles andere als bereit, etwas zu wagen. Damit treibt er mich noch in den Wahnsinn. Was ist so schlimm daran, einer Hexe einen Wunsch zu erfüllen?

»Sie wird von allein merken, dass sie in diesem Unterricht nicht gut aufgehoben ist«, werfe ich ein. »Aber so lässt du ihr wenigstens das Gefühl, sie hätte noch über irgendetwas die Kontrolle.«

Er bleibt vor dem Fenster stehen und schaut hinaus. Es hat zu schneien begonnen. Die dicken weißen Flocken schweben lautlos zu Boden. Nervös warte ich darauf, dass er sein Urteil spricht. Letztendlich hat immer noch er das Sagen, da kann ich Louisa so viel erzählen, wie ich will. Aber ich weiß genau, dass sie enttäuscht wäre, wenn ich mein Versprechen nicht halten würde, und ich will nicht derjenige sein, der sie enttäuscht.

»Also gut.« Tyros dreht sich um. »Ihr beginnt heute mit dem Training, und du behandelst sie wie einen Wächter. Keine Schonfrist, keine Extrapausen, kein Mitleid, weil sie eine Frau ist. Dann hat sich ihr Wunsch vielleicht schon erledigt, bis wir zurück im Palast sind.«

KAPITEL 2

FREYA

CHRISTIANIA, 1768

Am liebsten würde ich davonlaufen. Mich irgendwo verstecken, wo mich niemand mehr finden kann. Nicht Mikael, nicht diese nette Schneiderin, die schon viel zu lang an mir herumfuchtelt.

Nicht der König.

Wenn ich einfach vom Schemel herunterspringen würde, hinauslaufe und verschwinde … vielleicht finde ich jemanden, der mir aus der Stadt raushilft. Jemanden, der mich zurück in mein Dorf bringt. Auch wenn ich nicht weiß, was ich dort noch soll.

Ich habe alles verloren, was mir jemals wichtig war. Meine Mutter, mein Zuhause … und nun verliere ich in einer Nacht auch noch meinen freien Willen und die Möglichkeit, einen Mann zu heiraten, den ich wirklich liebe.

»Kindchen, du wirst zauberhaft aussehen«, zwitschert die Schneiderin, während sie den Stoff in dicken Bahnen um mich wickelt. »Und Mikael ist ein Prachtkerl. Willst du mir nicht erzählen, wie ihr euch getroffen habt?«

Ich schnaube leise, beschließe dann aber, dass es niemandem von uns guttun würde, wenn ich der Schneiderin die Wahrheit erzähle. »Er kam in unser Dorf«, erkläre ich also.

»Und kaum hatte er mich getroffen, schon ist er nicht mehr von meiner Seite gewichen.«

Die Frau seufzt theatralisch. »Das erinnert mich daran, wie ich damals meinen lieben Mann kennengelernt habe. Gott habe ihn selig. Er ist an einer Lungenentzündung gestorben.«

»Das tut mir sehr leid«, erwidere ich leise. Sie erzählt mir davon, wie es früher war, doch ich höre ihr nur mit halbem Ohr zu. Zu sehr bin ich in der Erinnerung an unseren Moment in der Besenkammer gefangen.

Verdammen sollte man mich dafür, dass ich Mikael auch noch anziehend genug finde, um einen Kuss zu erhoffen. Nach allem, was geschehen ist, sollte das meine geringste Sorge sein.

Ich werde dich beschützen, hat er mir versprochen, doch wie viel sind seine Versprechen wirklich wert? Kann ich ihm vertrauen? Was wird geschehen, wenn wir dem König nicht helfen können?

Ich erschaudere beim Gedanken daran.

»Vor meiner Hochzeit war ich auch ganz aufgeregt«, erklärt mir die Schneiderin. Dieses Mal höre ich ihr zu, weil sie mich wenigstens von der aufkeimenden Panik ablenkt. »Wir haben schon Wochen vorher mit den Vorbereitungen angefangen. Allein den passenden Ort für die Trauung zu finden war eine Herausforderung. Meine Mutter hat der Familie meines Mannes ordentlich Feuer unterm Hintern gemacht.« Sie lacht glockenhell auf. »Ich hätte mich am liebsten die ganze Zeit über im Bett versteckt und wäre erst nach der Hochzeit wieder aufgestanden. Aber am Ende war es eine wundervolle Trauung, und ich konnte mich sehr glücklich schätzen, dass ich meinen Mann schon vorher geliebt habe.«

»Das hört sich wirklich schön an.« Ich balle die Hände zu Fäusten und entspanne sie wieder. »Ich fürchte nur, dass es bei uns nicht ganz so romantisch sein wird.«

»Wenn du dich da mal nicht vertust. So wie Mikael dich ansieht, wird er dir den Himmel zu Füßen legen.«

Kapitel 3
Hayet

Lille, 2018

Die Armbänder und Fußkettchen klimpern bei jedem meiner Schritte. Ich wiege die Hüften im Takt und spüre die Blicke der Männer auf meinem Körper. Wenn sie wüssten, wie kalt es in diesem Kostüm ist, würden sie mir vielleicht eher ihren Wintermantel anbieten, als nur zu gucken.

Vor Mamans Zelt halte ich an. Der *Cirque de la Sorcellerie* ist in Lille besonders beliebt – auch heute haben wir wieder zahlreiche Gäste, die sich von unserer Magie verzaubern lassen möchten. In freudiger Erwartung auf die Show am Abend schlendern sie durch die Gassen, um an den Ständen Gimmicks zu kaufen, die sie ein paar Tage später in den Müll schmeißen werden. Vor Mamans Zelt bleiben sie oft zögernd stehen, neugierig, aber dann trauen sie sich doch nicht so recht. Wer glaubt schon an Wahrsagerei?

An der Stelle kommt Yanis ins Spiel.

Wie aus dem Nichts springt er plötzlich mit viel Krach auf eine Kiste vor dem Zelteingang. Das Pärchen, das ihm am nächsten steht, zuckt erschrocken zusammen.

»Mesdames et Messieurs!«, ruft er. Seine braunen Augen gleiten über den Platz und bleiben an mir hängen. Ich zwinkere ihm zu, bevor ich beobachte, wie sich der Platz vor dem Zelt mit Menschen füllt, die gespannt darauf warten, dass etwas Aufregendes passiert. »Glauben Sie an Magie?«, spricht Yanis weiter. »An Wahrsagerei? An das Schicksal? Nein?«

Er springt von der Kiste hinunter und bewegt sich durch die Menge – genau wie ich. Nur, dass er nun potenzielle Kunden für Mamans Zelt anspricht, während ich sie mit spitzen Fingern bestehle. Brieftaschen, Handys, Schmuck – was immer ich mit einer kurzen Handbewegung finden kann, landet in meiner eigenen Tasche. Einen Teil davon gebe ich später bei der Information ab, nur das Bargeld, das behalten wir.

Das ist unsere Masche – Yanis lenkt die Kunden damit ab, dass er Dinge weiß, die er nicht wissen kann, und gibt mir die Deckung, die ich brauche.

Während er sein Spektakel fortsetzt, schiebe ich mich durch die Menge, geschützt durch einen Zauber meiner besten Freundin Zoe, der mich zwar nicht versteckt, aber zumindest so unkenntlich macht, dass sich später niemand mehr an mich erinnern wird.

Als Yanis fertig ist, bin ich auf der anderen Seite der Menge angelangt und tauche in einen Gang zwischen zwei Zelten ab, um zum Wohnwagen zurückzukehren. Zoe wartet bereits auf mich, in ihrer Hand der Stapel mit Flyern, die sie verteilt hat, und klimpert vielsagend mit den falschen Wimpern.

»Ist dir auch so arschkalt?«, fragt sie und reibt sich die Hände. Ich nicke und suche eilig nach dem Schlüssel für den Wohnwagen, um uns ins Warme zu lassen. Drinnen werfe ich den Schlüssel und meine Tasche auf den Tisch und fülle den Wasserkocher auf, um uns einen Kräutertee zu machen.

Zoe schließt die Tür, zieht ihre dunkle Perücke ab, wickelt sich in die rote Decke ein, die auf dem Sofa liegt, und setzt sich schließlich an den Tisch. »Wann kommt Adele?«

Ich blicke auf die Uhr. »Nicht vor halb sieben. Sie hat gleich noch einen Termin bei Philippe.«

Zoe nickt, als wüsste sie, worum es geht, aber schließlich fragt sie doch: »Warum trifft sich deine Mutter mit Philippe?«

Ich zucke mit den Schultern. »Ich weiß es nicht.«

»Meinst du, er ahnt etwas?«

»Hoffentlich nicht.« Ich hole zwei Tassen aus dem Schrank und hänge die vorportionierten Säckchen mit der Kräutermischung hinein, die ich vor ein paar Tagen angefertigt habe, bevor ich die Tassen auf den Tisch stelle. Zoe schnuppert am Beutel und nickt wohlwollend.

»Johanniskraut ... Geht's deiner Mutter immer noch nicht besser?«

Ich schüttle den Kopf. »Diese ganzen Visionen machen sie noch wahnsinnig. Sie schläft kaum noch, und wenn doch, dann träumt sie schlimme Dinge. Mittlerweile erkennt sie nicht mal mehr den Unterschied zwischen einem schlechten Traum und einer Vision.«

Zoe verzieht das Gesicht. »Wieso sucht sie sich keine Hilfe?«

Der Wasserkocher schaltet sich ab, ich warte kurz, bis das Wasser nicht mehr kocht, bevor ich den Tee aufgieße. »Du kennst sie doch. Sie würde lieber gar nicht mehr schlafen, als einen Wächter in ihren Kopf gucken zu lassen.«

»Versteh ich gar nicht.« Zoe wird rot – wie jedes Mal, wenn wir über das Thema Hexen-Wächter-Träume sprechen. Kein Wunder, mit Leonard hat sie ja auch das Schnuckelchen unseres Clans als Wächter an ihrer Seite. Wenn ich von ihm träumen würde, würde ich mich auch nicht beschweren. »Als hätte sie etwas zu verbergen.«

»Vielleicht hat sie das.« Ich lasse mich auf die Bank fallen und leere meine Tasche auf dem Tisch aus. »Wer weiß das schon? Ich find den Gedanken auch komisch, mit einem anderen Menschen meine Träume zu teilen.«

»Du bist das ja auch nicht gewohnt«, erwidert sie und bemerkt nicht, dass mich ihre Worte verletzen. »Aber deine Mutter ist damit aufgewachsen. Die muss doch wissen, dass es das Leben leichter macht, wenn man kontrolliert träumt.«

Weil sie einfach weiterredet, weiß ich, dass sie es nicht böse meint. Sie denkt einfach nicht darüber nach, wie das für mich ist, eine *Black Heart* zu sein.

Eine Hexe ohne Magie.

Ohne Herz.

Dass ich kein Herz habe, ist natürlich Quatsch. Immerhin spüre ich das kleine Ding schlagen, zuverlässig wie eh und je. Aber daran, dass ich keine Magie in mir trage, kann auch mein Herz nichts ändern.

Zoe zieht eine Braue hoch, als sie das Geld auf dem Tisch liegen sieht. »Da warst du heute aber fleißig.«

»Muss sich ja auch für uns lohnen.« Ich grinse sie an, bevor wir uns an die Arbeit machen und das Geld zählen. Einen großen Teil davon stecke ich schließlich in einen Umschlag, den ich Philippe am Abend vorbeibringen will. Den Rest verstecken wir in meinem Kissenbezug und setzen uns anschließend zurück an den Tisch, um unseren Tee in Ruhe zu trinken.

»Wenn wir so weitermachen, haben wir das Geld bald zusammen«, flüstert Zoe, als befürchte sie, uns könne jemand hören. »Es wird Zeit, dass wir hier wegkommen.«

Ich tausche mein Kostüm gegen einen dicken Pullover und Jeans, bevor ich anfange, das Abendessen vorzubereiten. Ich bin gespannt, was Maman später zu erzählen hat. Hoffentlich hat Philippe nicht gemerkt, dass wir einen Teil von dem gestohlenen Geld behalten, um uns ein Leben fernab des *Cirque de la Sorcellerie* aufzubauen. Fernab von Diebstahl und Kriminalität. Fernab von Hexen und Wächtern, die mich mit schiefen Augen anschauen, weil ich nicht bin wie sie.

Dass Zoe mit mir kommen möchte, hat mich anfangs ein bisschen überrascht. Als Hexe wird sie hier nicht mit Missachtung gestraft, aber offenbar kann sie sich ein Leben hier ohne mich auch nicht vorstellen. Der einzige Grund für sie, zu bleiben, wäre ihr Wächter Leonard, aber nach dem letzten Streit macht es nicht den Anschein, als würden sie sich in geraumer Zeit wieder vertragen.

Gedankenversunken nehme ich mir den Sack mit den Kartoffeln und setze mich damit an den Esstisch, um sie zu schälen. Wenn Philippe etwas ahnt, ist es nur noch eine Frage der Zeit, bis er nach dem Geld suchen wird. Und wenn es soweit ist, sollten wir über alle Berge sein, damit er es nicht in unserem Wagen findet und uns für die finanzielle Misere des Cirque verantwortlich macht.

Ein Poltern an der Tür lässt mich aus meinen Gedanken aufschrecken. Im nächsten Moment fliegt die Tür auf, und Maman stolpert in den Wohnwagen. »Hayet!«

Schuldbewusst lasse ich das Schälmesser sinken.

Er weiß es.

Philippe weiß es.

In Mamans braunen Augen blitzt die Nervosität auf. »Du musst ... du musst«, stottert sie aufgewühlt. Mir wird klar, dass sie nicht enttäuscht von mir ist. Das ist keine Wut, das ist Verwirrung, weil sie etwas gesehen hat. Den Ausdruck kenne ich.

Ich springe auf und schiebe sie zum Sofa. »Setz dich erst mal, Maman. Ich mach dir einen Tee.«

»Nein, nein, dafür ist keine Zeit.« Sie winkt unwirsch ab. »Du musst sofort gehen. Bei der *Église Saint André* wartet eine Aufgabe auf dich.«

»Auf mich?«, frage ich unsicher nach. Sie hatte noch nie eine Vision, die mich betraf. Wir sind immer davon ausgegangen, dass es daran liegt, dass ich eine *Black Heart* bin.

»Nun los!«, fährt sie mich an, bevor sie sich erschöpft auf das Sofa fallen lässt.

Ich packe meine wichtigsten Sachen in meine Handtasche und ziehe mich warm an, bevor ich den Wohnwagen verlasse und mir unser rostiges Fahrrad schnappe, um damit zur Kirche zu fahren. Unterwegs rätsle ich, welche Aufgabe dort auf mich warten könnte, aber ich habe keine Ahnung.

Wenn Maman mehr gewusst hätte, hätte sie es mir sicher erzählt. Sie hätte mich gewarnt, wenn es gefährlich wäre. Oder?

Vor der Kirche stelle ich das Fahrrad ab und eile zum Haupteingang, der um diese Uhrzeit allerdings schon abgeschlossen ist. Ratlos trete ich zurück und schaue mich um. Auf dem Platz vor der Kirche ist nicht viel los. Bei der Kälte bleiben die Menschen lieber zu Hause.

Ich fröstle und laufe ein paar Schritte, als ich im Augenwinkel plötzlich einen Schatten bemerke. Nein, keinen Schatten. Da sitzt ein Mensch, dicht an die Kirchenmauer gedrängt.

Angespannt halte ich den Atem an und denke darüber nach, ob ich nachsehen soll. Ist das meine grandiose Aufgabe? Einen Bettler ansprechen? Und dann?

Weil sich aber auch zwei Minuten später immer noch keine andere Möglichkeit ergeben hat, gehe ich schließlich auf den Schatten zu. Bei näherer Betrachtung stelle ich fest, dass es sich bei dem Menschen um eine Frau mit schwarzem Haar handelt. Sie trägt einen dunklen Wollmantel über einem Kleid und einer zerrissenen, schwarzen Strumpfhose. In den Händen hält sie etwas, was auf den ersten Blick aussieht wie eine dieser Gebetsketten – auf den zweiten Blick sehe ich aber, dass die Kette aus glattem Leder ist. Den Anhänger der Kette hält sie mit ihrer Faust umschlossen.

»Hallo«, begrüße ich sie. Sie murmelt etwas, aber ich stelle schnell fest, dass sie nicht mich damit meint. Es ist mehr ein Singsang von Worten, der davon zeugt, dass sie unter Schock stehen muss. Ich gehe vor ihr auf die Knie, vorsichtig, um das arme Mädchen nicht zu verschrecken.

»Hallo«, wiederhole ich sanft. So nah vor ihr entdecke ich eine pinke Strähne in ihrem Haar. Und ist das getrocknetes Blut an ihren Händen? »Mein Name ist Hayet. Wer bist du?«

Sie verstummt und blickt auf. Ein blasses Gesicht, grüne Augen mit tiefen Schatten darunter, aufgesprungene Lippen und ein blauer Fleck auf ihrer Wange.

Ich schlucke. Sie sieht mehr tot als lebendig aus.

»Wie heißt du?«, frage ich sie leise.

Sie blinzelt und schreckt zurück, als würde sie mich erst jetzt richtig wahrnehmen.

»Schon gut, schon gut.« Ich hebe eine Hand. »Ich tu dir nichts. Ich will dir helfen.«

Sie öffnet die Lippen, doch es kommt nichts hervor.

»Ich bin neunzehn, und ich bin Schaustellerin. Hier, im *Cirque de la Sorcellerie*. Weißt du, ich mache dort immer ganz tolle Kräutertees. Gerade habe ich eine Mischung mit Johanniskraut hergestellt. Das wirkt beruhigend«, plappere ich weiter. »Vielleicht ist das genau der richtige Tee für dich. Ich will dir helfen.«

Ich lege meine Hand auf ihre und wäre beinahe zurückgezuckt.

»Du bist eine Hexe«, stelle ich fest, als das warme Gefühl wie ein Stromstoß durch meinen Körper jagt. Sie schüttelt vehement mit dem Kopf. »Aber du weißt es nicht«, schließe ich daraus. »Ich bin genau wie du. Das spürst du doch, oder?«

Jetzt hebt sie aufmerksam ihren Blick und schaut auf unsere Hände, die durch ein warmes Gefühl verbunden sind. Sie lässt ihre Kette fallen und ergreift meine Hand mit beiden Händen.

»Was hat das zu bedeuten?«, krächzt sie heiser.

»Das erkläre ich dir bei einer Tasse Tee.« Ich drücke ihre Hände, bevor ich sie loslasse und das Amulett aufhebe. Es ist ein zerbrochener Lebensbaum, ein Schmuckstück, das oft zum Schutz angefertigt wird. Was auch immer geschehen ist, der Zauber muss freigesetzt worden sein. Vielleicht steht sie deshalb unter Schock. »Ich nehme dich mit zu meinen Leuten. Die sind alle wie du und ich, und dort bist du in Sicherheit.«

Die junge Frau nickt und lässt sich von mir hochhelfen. Sie ist dünn und klein und humpelt, als hätte sie sich den Fuß verletzt.

»Sagst du mir, wie du heißt?«, frage ich sie noch einmal.

»Azalea«, flüstert sie. »Mein Name ist Azalea.«

Kapitel 4

Alex

Düsseldorf, 2018

Bereit?« Ich drehe mich zu Louisa um, die unsicher in der Mitte des leeren Raumes steht. Sie hat ihre Locken zu einem Zopf gebunden und trägt Leggings und ein einfaches T-Shirt. Die Sachen liegen so eng an, dass ich ihrem Körper viel zu viel Aufmerksamkeit widme. Sah sie gestern auch schon so verflucht gut aus?

»Nicht wirklich«, erwidert sie und verschränkt die Arme vor der Brust. »Aber ich bin froh, dass du mir ein paar Sachen zeigen willst.«

Moose prustet in seinen Tee. »Zeigen? Wenn Alex mit dir fertig ist, kannst du dich die nächsten drei Tage nicht mehr bewegen.«

»Äh«, macht sie und schaut unsicher von ihm zu mir. Ich zucke entschuldigend mit den Schultern.

»Tyros hat gesagt, ich darf dich nicht wie eine Frau behandeln«, erkläre ich. Ein Glück, dass Tyros selbst kurz nach unserem Gespräch wegmusste und nicht dabei ist, wenn ich Louisa ihre erste Stunde gebe.

Jetzt lacht sie tatsächlich auf. »Soll mir recht sein.«

Moose steht auf, stellt seine Tasse in die Spülmaschine und geht zum Schlafzimmer. »Macht nicht so viel Lärm. Ich versuche ein bisschen zu schlafen. Viel Glück, Lou.«

»Danke.« Ihre Erwiderung klingt ironisch. »Also dann, legen wir los?«

Ich nicke und fange mit ein paar einfachen Einführungen an. Sowas wie *Provoziere keinen Streit - Wenn du kannst, lauf weg und hol dir Hilfe - Gehe keine unnötigen Risiken ein.* Sie hört mir aufmerksam zu, während ich um sie herumschleiche, wie ich das im Kurs auch immer mache. Genau wie die anderen Frischlinge bewegt sie sich nicht parallel zu mir, sondern zeitverzögert. Sie ahnt nicht, dass die Stunde längst angefangen hat. Ohne Vorwarnung schnappe ich mir plötzlich ihren Arm, drehe ihn ihr auf den Rücken und drücke sie mit dem Gesicht voran gegen die Wand. Ihr überraschtes Aufkeuchen ignoriere ich. Meine andere Hand greift in ihren Zopf und zieht ihn nach hinten. So kann sie sich kaum noch bewegen.

»Uff«, macht sie, als mein Gewicht sie fixiert und ihr das Atmen schwermacht. Ihr Duft steigt mir in die Nase.

»Und das Wichtigste«, sammle ich meine Konzentration und setze meinen Vortrag fort, als wäre nichts passiert. »Sei immer wachsam und rechne jederzeit damit, dass du in Gefahr bist.«

»Das sagst du so leicht«, presst sie klagend hervor. »Du hast mir ja nicht mal gesagt, dass es losgeht. Wie hätte ich damit rechnen sollen?«

»Du musst deinen Gegner immer im Blick haben, sonst hast du ruckzuck verloren.« Sie zerrt an ihrem Arm und versucht mich wegzudrücken, aber so leicht entlasse ich sie nicht. Auch wenn es mir schwerfällt, mich auf den Unterricht zu konzentrieren, wenn ich sie so dicht an meinem Körper spüre. »Wenn ein Gestaltwandler angreift, wird er zunächst versuchen, alle Gefahren auszuschalten. Das wären in den meisten Fällen zuerst die Wächter. Diese Zeit solltest du nutzen, um dich in Sicherheit zu bringen.«

»Aber das kann ich doch nicht machen«, stößt sie hervor. »Was, wenn der Wächter ein Freund von mir ist? Was, wenn *du* in Gefahr bist?«

Die Art, wie sie das sagt, geht mir unter die Haut. Zum ersten Mal in meinem Wächterleben denkt jemand an mich.

»Dann rennst du erst recht«, erwidere ich so dunkel, dass sie unmöglich bemerken kann, wie viel mir ihre Worte bedeuten. »Das heißt nämlich, dass der Gestaltwandler stark genug ist, um nicht nur dir wehzutun.«

»Ich weiß nicht, ob ich das könnte«, wispert sie und schließt die Augen. Lange Wimpern auf zarter Haut. In meinem Magen kribbelt es. Mit Männern zu kämpfen ist definitiv einfacher.

»Du musst.« Ich lasse meinen Griff etwas lockerer, weil ich Mitleid mit ihr habe. Sie könnte keiner Fliege etwas zuleide tun, und nun will sie kämpfen lernen, damit sie ihren Wächter im Kampf unterstützen kann. »Dafür sind Wächter da. Unsere Aufgabe ist es, euch zu beschützen. Bis zum bitteren Ende.«

»Das ist nicht fair«, flüstert sie, und ehe ich mich versehe, lässt sie ihren Kopf nach hinten fliegen. Er kracht gegen mein Kinn. Schmerz jagt mir durch den Schädel, und als ich mich wieder gefasst habe, hat sie sich aus meinem Griff gewunden und sprintet auf die andere Seite des Raumes.

»Verdammt«, murmle ich und reibe mir die schmerzende Stelle.

Sie kommt zurück und verzieht das Gesicht. »Tut mir leid, ich wollte dir nicht wehtun. Okay, eigentlich schon, aber ich dachte …«

»Ist schon okay«, fahre ich ihr belustigt dazwischen. »Das war super, ehrlich. Beim nächsten Mal sollte ich mich nicht von deinen Worten einlullen lassen.«

»Hat es funktioniert?« Sie strahlt mich an, und ich ärgere mich über mich selbst, dass ich darauf reingefallen bin.

Ich boxe ihr sacht gegen den Oberarm und kann nicht anders, als ihr Strahlen zu erwidern. Dennoch hebe ich drohend den Zeigefinger. »Nochmal wird es das nicht.«

Kurze Zeit später ist sie schweißgebadet und versucht erschöpft, meine Angriffe abzuwehren, was ihr mehr schlecht als recht gelingt. Immer wieder landen wir zusammen auf dem Boden, mein Körper ihr Gefängnis, aus dem sie sich nicht befreien kann.

Als wir das nächste Mal zu Boden gehen, wehrt sie sich nicht mal mehr, sondern bleibt einfach liegen. »Ich kann nicht mehr«, japst sie. »Ich brauche eine Pause.«

Ich stütze mich ab und hebe den Kopf, um sie anzusehen. »Wir haben doch gerade erst angefangen«, erwidere ich schmunzelnd.

»Wenn du so weitermachst, bereue ich meinen Wunsch noch.« Sie seufzt und schließt die Augen, bevor sie sie kurz darauf wieder aufreißt, diesmal mit einem Funkeln im Blick. »Das ist es, worauf ihr hinauswollt, oder? Mir zeigen, dass der Kampfunterricht zu anstrengend für eine Frau ist.«

Aufgeflogen.

Und das sieht sie mir genau an.

»Ich glaub's nicht«, beschwert sie sich. »Was seid ihr nur für ein eingestaubter Haufen? War das Tyros' Idee oder deine?«

»Würde es irgendetwas ändern, wenn ich dir die Wahrheit sage?«, frage ich nach.

Ich löse mich von ihr, stehe auf und strecke ihr eine Hand hin, um ihr aufzuhelfen, aber sie nimmt sie nicht an und steht alleine auf. Natürlich.

Louisa schüttelt den Kopf und geht aufgewühlt ein paar Schritte durch den Raum, bevor sie sich zu mir dreht und den Finger hebt. »Euch ist aber schon klar, dass ich jetzt erst recht nicht aufgeben werde, oder?«

Ich unterdrücke ein Lachen. »Das habe ich mir schon fast gedacht.«

»Also machst du aus mir jetzt verdammt noch mal deinen besten Wächter«, fordert sie energisch, öffnet ihren Pferdeschwanz und bindet ihn neu, bevor sie ihre Hände in die Seiten stemmt und mich herausfordernd anschaut.

»Das meinst du nicht ernst, oder?« Ich lache auf. »Wenn du wirklich gut werden willst, braucht es weit mehr als ein paar Übungen wie diese.«

»Okay.«

»Dann musst du fit genug sein, um mehrere Kilometer am Stück zu laufen, ohne aus der Puste zu geraten. Und du brauchst Kraft, um die Stellen auszugleichen, an denen dein Geschick nicht ausreicht«, erkläre ich ihr und merke selbst, wie ich mich immer tiefer reinreite. Aber ich kann nicht aufhören. Ich mag es, dass sie sich für diese Dinge interessiert, und ich *will*, dass sie weitertrainiert.

»Du kannst ruhig sagen, dass mein Fitnesslevel unterirdisch ist«, erwidert sie ironisch.

Ich unterdrücke ein weiteres Lachen. »So unfit bist du gar nicht.«

»Im Vergleich zu dir schon.«

»Das kannst du nicht vergleichen. Das hier ist mein Job. Wenn ich nicht fit bin, kann ich ihn nicht richtig ausführen. Und wenn ich ihn nicht richtig ausführen kann, ...« Ich lasse den Satz verklingen, ohne ihn zu Ende zu führen. Louisa weiß trotzdem, was ich sagen wollte.

Sie verzieht das Gesicht und schüttelt leicht den Kopf, als wolle sie sich selbst daran hindern, das auszusprechen, was ihr durch den Kopf geht. Ich würde es zu gerne wissen, beiße mir aber auf die Lippe, um sie nicht zu fragen. Das hier wird gerade viel zu persönlich.

»Was hältst du von einer lockeren Joggingrunde?«, frage ich stattdessen. »Um die heutige Trainingseinheit zu beenden?«

Sie zuckt unsicher mit den Schultern, willigt aber schließlich ein. Also ziehen wir uns warm an, schreiben eine Nachricht an Tyros und Moose, damit sie Bescheid wissen, und verlassen das Haus.

Es schneit immer noch, aber bisher ist davon nichts liegen geblieben. Wir laufen uns langsam warm – oder eher gesagt:

Ich laufe mich langsam warm, während Louisa schon nach den ersten paar hundert Metern schnauft, als wäre sie einen Marathon gelaufen.

Gespannt, wann sie zugibt, dass sie nicht mehr kann, steigere ich unser Tempo und führe sie in den nahegelegenen Park. Der Schotterweg knirscht unter unseren Schritten, für einen Moment ist das das einzige Geräusch neben ihren gequälten Atemzügen. Aber dann kommen wir an einem Spielplatz vorbei, und die Geräuschkulisse steigt um ein Vielfaches.

»Brennen deine Lungen auch so?«, fragt sie japsend. »Bitte sag mir, dass das normal ist.«

Ich schüttle den Kopf, schon wieder kurz davor, zu lachen. Wenn ich nicht aufpasse, werde ich noch meinen finsteren Gesichtsausdruck verlernen. »Das liegt an der Kälte. Und daran, dass sie es scheinbar nicht gewohnt sind, dass du läufst.«

»Wozu auch? Ich hatte ein Fahrrad.«

Grinsend beschleunige ich etwas, aber dieses Mal zieht sie nicht mit, sondern wird langsamer. Als ich mich nach ihr umschaue, sehe ich, dass sie stehen geblieben ist, vornübergebeugt, die Hände auf die Knie gestützt.

Ich trotte zu ihr zurück und lege eine Hand auf ihre Schulter. »Alles okay?«

Sie schüttelt stumm den Kopf.

»Es geht gleich wieder. Atme tief durch«, weise ich sie leise an. »Am besten richtest du dich auf.« Stück für Stück schiebt sie sich zurück in eine aufrechte Position. Sie ist blass und presst die Lippen aufeinander. »Und atmen.« Sie atmet tief ein und öffnet den Mund, um die Luft wieder zu entlassen. Das Ganze macht sie ein paar Mal. »Ja, so ist es gut.«

Ich hebe eine Hand und streiche ihr eine Haarsträhne hinters Ohr, die sich aus ihrem Zopf gelöst hat. Erst, als ihre Augen groß werden, wird mir peinlich bewusst, dass wir uns zu nah sind.

Viel zu nah.

Schnell löse ich mich von ihr und trete einen Schritt zurück. Ich versuche mir einzureden, dass mein rasendes Herz vom Laufen kommt, aber insgeheim weiß ich, dass das ganz allein ihr Verdienst ist.

»Wir sollten zurückkehren«, sage ich mit krächzender Stimme. »Du brauchst dringend eine Pause.«

Kapitel 5

Freya

Christiania, 1768

Ich sitze gerade in einem Sessel, trinke Tee und lausche der Schneiderin dabei, wie sie einen Kunden berät, als Mikael mich wieder abholt. Er kommt herein und grüßt freundlich, bevor er sich an mich wendet.

»Hallo, Freya.« Seine melodische Stimme jagt einen Schauder über meinen Rücken. »Bist du fertig?«

Ich nicke, stelle meine Teetasse mit zitternden Händen ab und stehe auf. Wie selbstverständlich schlinge ich meine Hand um seinen Ellbogen und folge ihm zum Tisch der Schneiderin, damit er das Kleid bezahlen kann. Es ist mir unangenehm, dass ich ihm Kosten verursache, die ich nicht selbst tragen kann.

Andererseits war es auch nicht meine Idee, und er ist es, der eingewilligt hat, mich auf der Stelle zu heiraten. Soll er ruhig unter seiner Entscheidung leiden.

Mit den Glückwünschen der Schneiderin verlassen wir schließlich das Geschäft. Draußen ist es mittlerweile bitterkalt. Unter den Ereignissen des heutigen Tages habe ich mein Zeitgefühl verloren, aber ich möchte ihn nicht fragen. Nachher denkt er noch, ich wäre verwirrt im Kopf.

»Ich war beim Pastor. Er traut uns morgen zur Mittagszeit«, erzählt Mikael.

Ich bleibe wie angewurzelt stehen und verliere den Halt an seinem Arm. »Pastor?« Meine Stimme klingt schrill. »Wir können nicht kirchlich heiraten. Ich bin nicht getauft.«

»Oh«, macht er. Seine Schritte knirschen im Schnee, als er zu mir zurückkommt. »Dann lassen wir dich morgen eben taufen.«

»Das möchte ich aber nicht.«

»Freya ...«

»Ich bin keine Christin.« Ich senke meine Stimme, damit uns niemand zuhören kann. »Ich glaube an die nordischen Gottheiten, und für mich ist es keine Ehe, wenn sie nicht vor Frigg geschlossen wird.«

Mikael berührt mich an der Schulter. »Ich kann dir ansehen, wie wichtig dir das ist, aber ich fürchte, wir haben keine andere Wahl. Der König wird eine heidnische Ehe nicht akzeptieren.«

Seit ich ein kleines Mädchen war, habe ich mir nichts dringlicher für meine Hochzeit gewünscht als eine Zeremonie unter freiem Himmel. Den Göttern geehrt.

Nicht diese neumodischen Traditionen, die am Hof so beliebt sind.

Mich jetzt taufen zu lassen, um einen Mann zu heiraten, der mir nichts bedeutet, um einen König zu retten, den ich nicht retten kann – das widerstrebt mir so sehr, dass mein Hals wie zugeschnürt ist.

»Hör zu«, spricht er weiter. »Wenn du nicht getauft werden möchtest, ist das in Ordnung. Wir tun einfach so als ob.«

»Aber ist die Ehe dann nicht ungültig?«

»Ist sie überhaupt gültig, wenn beide Parteien nicht heiraten wollen?« Seine Stimme klingt belegt, fast schon enttäuscht, aber ich frage mich, warum. Immerhin war er es, der mir am Nachmittag erklärt hat, er wolle eigentlich nicht heiraten.

»Ich weiß es nicht«, flüstere ich. »Ich weiß nur, dass ich das alles nicht möchte. Vor allem nicht so. Aber wir haben keine Wahl, oder?«

»Wohl nicht.« Er greift nach meiner Hand und legt sie an seinen Ellbogen, damit wir weitergehen können. »Vielleicht können wir sie annullieren lassen, sobald der Spuk überstanden ist.«

»Hm«, mache ich, aber da ich nicht weiß, was ich noch dazu sagen soll, begleite ich ihn schweigend zurück zur Burg. Die Geschäftigkeit, die am Nachmittag noch so präsent war, ist mittlerweile einer unheimlichen Stille gewichen.

Mikael führt mich über Treppen und Gänge zu einer Kammer, die man extra für Gäste am Hof hergerichtet hat. An der Tür bleibt er unschlüssig stehen.

»Du hast sicher Hunger. Ich lasse dir noch etwas aus der Küche bringen«, erklärt er mit rauer Stimme.

Ich nicke und bedanke mich bei ihm, bevor ich vorsichtig eine Hand ausstrecke, um die Wand zu berühren. Das neue Zimmer und die Aussicht darauf, die Nacht allein zu verbringen, macht mich unsicher. Ich wünschte, er würde hierbleiben und mir zeigen, wo ich alles finde, was ich brauche. Aber ich muss schleunigst lernen, allein klarzukommen. Mikael hat deutlich genug gemacht, dass er nach dem *Spuk* nicht mehr an meiner Seite sein will.

»Also dann.« Er räuspert sich unentschlossen.

Ich spiele unsicher mit einer Haarsträhne und wünsche mir ein weiteres Mal, ich könnte ihn sehen. Manchmal ist es so schwer, zu hören, was jemand denkt. »Also dann«, wiederhole ich seine Worte.

Er atmet tief ein, wieder aus, und macht dann: »Hm.«

»Hm?«

»Ich kann dich so nicht allein lassen«, stellt er leise lachend fest und greift nach meiner Hand. »Ich fühle mich grauenvoll. Das ist alles meine Schuld.«

Sein Daumen streichelt über meine Haut, und es fällt mir schwer, einen klaren Gedanken zu fassen. Er sendet so widersprüchliche Signale – es ist nicht einfach zu verstehen, was er wirklich will.

»Ich habe heute ein paar wirklich dumme Dinge gesagt, Freya«, fährt er schließlich fort. »Du weißt, ich war noch nicht bereit zu heiraten, aber allmählich gewöhne ich mich an den Gedanken.«

Ich warte stumm ab, doch er fügt nichts mehr hinzu, auch wenn ich spüren kann, dass er längst nicht alles gesagt hat, was er sagen möchte. Stattdessen wird der Griff um meine Hand für einen Moment stärker, bevor er sie schließlich wieder freigibt.

»Schlaf schön, meine Braut«, flüstert er schließlich und sendet mein Herz damit auf Höhenflüge. Als seine Lippen dann auch noch meine Wange berühren, wird mir schwindelig. Ich schließe die Augen, lehne mich in seine Berührung, die viel zu schnell vorbei ist, und lege eine Hand auf mein rasendes Herz.

»Gute Nacht«, wispere ich heiser und lausche seinen Schritten, wie sie auf dem Flur verklingen.

Kapitel 6

Hayet

Lille, 2018

Normalerweise läuft man von der *Église Saint-André* bis zum *Place du Concert* etwa zehn Minuten zu Fuß. Azalea und ich brauchen dreißig.

Nicht nur ihr Knöchel bereitet ihr Probleme, sie schaut sich immer wieder nervös um und weigert sich, ihre Kette loszulassen, obwohl der Lebensbaum sie sowieso nicht mehr schützen würde. Aber ihr zu erklären, dass ein Amulett nicht mehr wirkt, wenn es zerbrochen ist, würde sie vermutlich nur noch mehr durcheinanderbringen. Also erzähle ich ihr stattdessen, was ich über die Altstadt von Lille weiß. Dreißig Minuten Fußweg füllt mein Wissen allerdings nicht annähernd.

Ich schiebe mein Fahrrad über die unebenen Fußwege und denke fieberhaft darüber nach, wie ich Azalea von ihrer Erinnerung an den Tag ablenken kann, als uns eine Frau entgegenkommt. Zuerst schaut sie auf ihr Handy und scheint uns gar nicht zu bemerken, aber dann hebt sie den Blick, und er bleibt an Azaleas blutigen Händen und ihrem zerzausten Haar hängen.

»*Mon Dieu*«, wispert sie und bleibt wie angewurzelt stehen.

Scheiße.

»Braucht ihr Hilfe? Ich kann einen Krankenwagen rufen«, stößt sie hervor, nachdem sie lange genug geguckt hat.

»Danke, aber das ist nicht nötig«, erwidere ich höflich.

Sie schaut unsicher zwischen Azalea und mir hin und her. »Seid ihr sicher? Das sieht ... grauenvoll aus.«

»Das ist nur ein Kostüm«, meldet sich Azalea überraschend zu Wort. Sie lallt. »Ich war auf einer Party und hab über den Durst getrunken.«

Die Frau fasst sich erleichtert ans Herz und vergewissert sich noch einmal, dass wir wirklich keine Hilfe brauchen, bevor sie schließlich weitergeht. Als sie außer Hörweite ist, wispere ich: »Das war echt knapp. Wir sollten uns etwas beeilen.«

Azalea nickt. Viel gesprächiger ist sie trotzdem nicht.

Schon bald kommt der *Cirque de la Sorcellerie* in Sichtweite. Die heutige Show läuft noch, weshalb wir ungesehen zum Wohnwagen gelangen. Ich stelle das Fahrrad ab und schließe die Wagentür auf, um Azalea in unser Reich zu bitten. Irgendwie hätte ich damit gerechnet, dass Maman hier auf uns wartet, aber der Wohnbereich ist leer.

Natürlich hält nicht einmal eine Vision wie diese sie davon ab, zu ihrem eigenen Auftritt zu gehen.

»Setz dich«, biete ich Azalea an und fülle den Wasserkocher für einen Kräutertee. Den kann sie sicher gut gebrauchen.

Sie schaut sich derweil fast schon ehrfürchtig um, bevor sie sich schließlich auf einen Stuhl setzt. »Seid ihr sowas wie fahrendes Volk?«

»Wir bevorzugen den Begriff Schausteller«, erkläre ich ihr. »Aber ja, wir reisen mit unseren Attraktionen durch ganz Frankreich. Vielleicht hast du schon mal vom *Cirque de la Sorcellerie* gehört.«

»Ich kenne nur den *Cirque du Soleil.*« Ihr Blick bleibt an dem Lebensbaum über unserer Wohnwagentür hängen.

»Das ist ein Lebensbaum.« Ich hole zwei Tassen aus dem Schrank und hänge Teesäckchen hinein, während ich meine

Worte vorsichtig abwäge. Ich will ihre Gesprächigkeit nicht unüberlegt abwürgen, in dem ich sie mit Informationen überlade oder überfordere. »Er schützt uns vor dem Bösen.«

»So, wie ein Kreuz?«

»Nicht immer, aber dieser hier schon. Und deiner vermutlich auch.« Ich deute auf die zerbrochenen Stücke Metall in ihrer Hand.

Sie folgt meiner Handbewegung und begutachtet das Amulett, bevor sie es schließlich auf den Tisch legt. »Das gehörte meiner Mutter. Sie hat es mir gegeben und ist kurz darauf verschwunden.«

»Das tut mir leid.« Ich verziehe das Gesicht. »Also weißt du wirklich gar nichts über Magie, oder?«

Azalea zuckt zurück. »Das ist doch verrückt. So etwas wie Magie existiert gar nicht.«

»Ich würde dir ja gerne das Gegenteil beweisen, aber ich kann nicht.« Ich gieße den Tee auf und setze mich zu ihr. »Ich bin das, was man bei uns eine *Black Heart* nennt. Eine Hexe ohne Magie. Aber du siehst sowieso nicht aus, als könntest du einen weiteren Beweis vertragen. Willst du mir erzählen, was passiert ist?«

Sie schüttelt den Kopf, stützt die Ellbogen auf dem Tisch ab und vergräbt ihre Hände in den Haaren. »Ich will es einfach nur vergessen.«

Nach dem Tee biete ich Azalea frische Kleidung von mir an und zeige ihr die Dusche. Während sie sich frisch macht, bereite ich einen Umschlag für ihren Knöchel vor und koche einen Tee mit Baldrian auf, damit sie gut schlafen kann.

Ich frage mich, was so Schlimmes geschehen konnte, dass sie es vergessen will. Nur weil mein Gefühl mir gezeigt hat, dass ich in Azalea eine Hexe vor mir habe, heißt das nicht, dass sie auch eine von den Guten ist. Ich glaube nicht, dass ich einen Unterschied spüren würde, wenn sie mit ihren Fähigkeiten Böses im Schilde führen würde.

Aber hätte Maman mich dann zu ihr geschickt?

Auf mich zumindest macht Azalea keinen gefährlichen Eindruck, bloß einen verängstigten.

Die Tür zum Badezimmer geht auf, und sie kommt heraus. Frisch geduscht und in dem rosa Flanellpyjama sieht sie gleich wieder wie ein Mensch aus. Ich lächle sie zufrieden an.

»Geht es dir etwas besser?«

Sie nickt, aber besonders überzeugend wirkt das nicht. Ich nehme den Tee und den Umschlag für ihren Knöchel und zeige ihr mein Bett. »Leg dich erst mal etwas hin«, biete ich ihr an. »Wir können morgen immer noch darüber sprechen, was geschehen ist.«

»Danke«, erwidert sie und zeigt ein zaghaftes Lächeln. Sie nimmt den Umschlag und die Tasse entgegen und legt die Sachen auf den Schemel, den ich als Nachttisch benutze.

»Wenn's dir nichts ausmacht, nehme ich mir ein Kissen und eine Decke mit. Ich schlafe drüben auf dem Sofa.« Ich schnappe mir das Kissen mit dem Geld und meine Lieblingsdecke, bevor sie etwas sagen kann. Nicht, dass sie nachher noch das Geld entdeckt und damit abhaut. Zwei Jahre Arbeit umsonst. »Schlaf gut, Azalea.«

»Danke«, wiederholt sie. »Wirklich, danke für alles.«

Ich lächle ihr zu, dann schließe ich leise die Tür hinter mir, bringe meine Sachen aufs Sofa und fange an aufzuräumen. Einmal mehr bin ich froh um unser geräumiges Zuhause. Auch wenn Maman immer schwer flucht, wenn sie mit dem riesigen Trailer durch die Innenstädte fahren muss – wenigstens hat so jeder seinen Platz, um sich zurückzuziehen, und es ist nicht unmöglich, einen Gast für kurze Zeit aufzunehmen.

Es dauert nicht lange, da kommt Maman von der Vorstellung zurück.

Mittlerweile hat sie sich längst wieder gesammelt. »Ist sie hier?«

»Sie schläft.« Wir kochen uns einen Tee und essen eine Kleinigkeit, während ich ihr erzähle, was ich weiß. »Ihr Lebensbaum ist zerbrochen. Sie hat ihn von ihrer Mutter bekommen, aber sie wusste nicht, dass sie eine Hexe ist.«

»Hm.« Maman verschränkt nachdenklich die Arme vor der Brust und lehnt sich zurück. Sie trägt immer noch ihr purpurnes Wahrsagerinnen-Kostüm, das durchaus dazu beiträgt, dass sie so viele Kunden hat. Kein Wunder, es steht ihr hervorragend. »Kommt sie aus Lille, weißt du das?«

»Keine Ahnung.« Ich seufze und stehe auf, um unser Geschirr abzuwaschen. »Ich weiß so gut wie gar nichts über sie. Aber sie hört sich an, als würde sie aus der Gegend kommen.«

»Hier gab es mal einen Hexenclan, aber das ist schon ewig her. Sieben Jahre mindestens.«

»Was ist mit ihnen geschehen?«

»Ich weiß es nicht.« Sie zuckt mit den Schultern und widmet sich ihrem Tee. »Ich weiß nur, dass sie von einer Nacht auf die andere verschwunden waren.«

»Und du denkst, Azaleas Mutter ist eine von ihnen gewesen?«

»Wäre möglich.«

Ich versuche alle Puzzleteile in Einklang zu bringen, aber irgendwie fehlen mir noch zu viele, um ein vollständiges Bild zu erschaffen. »Wie finden wir mehr darüber hinaus?«

»Es gibt nur einen Ort, von dem ich mir vorstellen könnte, dass man dort etwas darüber weiß.« Sie macht eine melodramatische Pause – das macht sie mit ihren Kunden auch immer. Mich treibt sie damit nur in den Wahnsinn. »Du solltest sie zum Palast der Träume bringen.«

Kapitel 7

Alex

Düsseldorf, 2018

»Wir machen Schluss für heute«, bestimme ich, als Louisas Blick das nächste Mal aus dem Fenster gleitet. Sie schreckt auf und blinzelt mich an.

»Was?« Verwirrung klingt in ihrer Stimme mit. Nach dem heutigen Training muss sie unendlich müde sein – kein Wunder, dass ihre Aufmerksamkeit nachlässt.

»Weißt du noch, was ich dir gerade erzählt habe?«, frage ich nach, um ihr zu beweisen, dass sie mir nicht zugehört hat.

»Äh … Irgendwas von Napoleon, oder?« Sie zuckt entschuldigend mit den Schultern. »Waterloo?« Moose unterdrückt ein Lachen. »Ich bin wirklich eine Niete in Geschichte, Alex. Gib mir was zum Berechnen, und ich zeig dir, dass ich aufmerksam bin.«

»Du könntest im Sitzen einschlafen«, wirft Tyros vom Sofa aus ein. »Dazu brauche ich dich nicht mal anschauen. Deine Reaktionszeit ist miserabel. Ab ins Bett, na los.«

Sie seufzt und malt mit dem Stift kleine Kreise aufs Papier. »Es ist noch viel zu früh.«

»Es ist elf Uhr«, widerspreche ich.

Sie zieht die Stirn kraus. »Ich bin doch kein Kind mehr.«

»Gerade verhältst du dich aber wie eins«, gebe ich schmunzelnd zu Bedenken. Ich kann ihr ansehen, dass sie mir am liebsten die Zunge rausstrecken würde. Ob sie ihre Reaktion zurückhält, weil wir nicht allein sind oder weil sie nicht noch mehr kindisches Verhalten an den Tag legen will, weiß ich nicht.

»Na gut«, murmelt sie schließlich und packt ihre Sachen zusammen. Ich lehne mich zurück, schaue ihr dabei zu, wie sie alles in ihr Zimmer trägt und fühle mich schlecht, weil ich sie heute kaum hab zur Ruhe kommen lassen. Aber das wollte sie scheinbar auch gar nicht – sie wirkte immer wissbegierig, egal, ob wir trainiert oder kleinere Schwebezauber geübt haben. Erst jetzt, da es an die Geschichtsstunde ging, hat die Müdigkeit überhandgenommen.

»Leute, ich hab hier einen Treffer in Marokko«, murmelt Moose, als sie im Badezimmer verschwunden ist. Tyros legt eilig sein Buch weg und kommt zu uns. Ich springe auf, damit ich Moose über die Schulter schauen kann, während er ein Video eines lokalen Nachrichtensenders startet.

Der Nachrichtensprecher spricht Arabisch, aber es wird trotzdem schnell klar, worum es geht.

»Ein Massaker im Norden Marokkos«, erläutert Moose. »Vierundzwanzig Tote, davon sechs Kinder und acht Frauen. Die Täter sind bislang noch nicht gefasst, die Polizei hat noch keine einzige Spur. Ich kann versuchen, den aktuellen Stand der Ermittlungen zu bekommen.«

Seine Hände fliegen über die Tastatur, und auf dem Bildschirm blitzen ein paar Fenster auf, die so schnell wieder verschwinden, dass ein Laie wie ich kaum Zeit hat, zu erkennen, worum es geht.

»Hab's!«, ruft er schließlich und öffnet ein Dokument, das aussieht wie ein offizieller Polizeibericht – in Arabisch. »Muss es nur noch durch den Übersetzer laufen lassen.«

Kurz darauf liest Moose uns die wichtigsten Stichworte vor. »Das Dorf wurde im Morgengrauen überfallen. Zeugen berichten von maskierten Männern mit Waffen, die alle Menschen in die Ortskirche trieben.« Er macht eine kurze Pause und liest still weiter. »Das ist ja schrecklich.«

»Was denn?« Tyros beugt sich ungeduldig vor. »Was hast du?«

»Sie haben sie einfach abgeschlachtet«, stößt er schließlich hervor und schließt das Fenster, als könnte er den Anblick der Zeilen nicht mehr ertragen. »Vierundzwanzig Menschen. Frauen. Kinder.«

Mooses Erschütterung macht die Neuigkeiten erst richtig real. Ich schlucke die Übelkeit runter und setze mich hin. »War es ein Clan?«, frage ich leise.

Tyros fährt sich mit der Hand durchs Gesicht und dreht eine Runde durch den Raum, während Moose die Datenbank nach Informationen zu Clans durchsucht, die in Marokko ansässig sind.

Der Computer gibt einen Ton von sich, und wenn das überhaupt möglich ist, wird Moose noch blasser. »*Najam Ahmar*«, liest er vor.

Ich habe noch nie von ihnen gehört, Tyros aber scheinbar schon. Er fällt auf den Stuhl neben mir und vergräbt die Hände in den Haaren. »Sind die Toten schon identifiziert?«

»Ich besorg dir eine Liste«, verspricht Moose und lässt seine Finger wieder über die Tastatur fliegen. Mein Blick gleitet zu Tyros, der kurz davor scheint, die Fassung zu verlieren.

»Kanntest du dort jemanden?«, frage ich vorsichtig.

»Jemanden?« Er lacht verzweifelt auf. »Viel zu viele. Ich hab vor achtzehn Jahren mal für ein halbes Jahr bei ihnen gelebt.«

»Oh nein«, murmle ich und spüre den Verlust, als wenn es mein eigener wäre. So viele Menschen haben wir schon verloren, aber noch schlimmer ist es, wenn sie alle auf einen Schlag gehen.

Die Tür zum Badezimmer geht auf, und Louisa kommt heraus – für einen Augenblick habe ich ganz vergessen, dass sie auch noch da ist. Als sie unsere blassen Gesichter sieht, erstarrt sie.

»Was ist passiert?« Ihre Stimme ist kaum ein Krächzen. »Wieso seht ihr aus, als hättet ihr ein Gespenst gesehen?«

»Es ist nichts.« Ich stehe auf, um sie ins Schlafzimmer zu begleiten, weil ich mir sicher bin, dass Tyros so nicht von ihr gesehen werden will. Dafür trägt er als stellvertretender Direktor zu viel Verantwortung.

»Wir haben bloß Nachrichten angesehen«, schwäche ich die Situation ab. »In Marokko hat es ein Massaker gegeben. Das war gerade einfach ... nicht schön.«

»Oh.« Sie beißt sich auf die Unterlippe und runzelt mitfühlend die Stirn. »Das ist ja schrecklich.«

»Aber nichts, worüber du dir jetzt Gedanken machen solltest«, erwidere ich und betrachte sie. Sie hat Jeans und Pullover gegen Shorts und ein schwarzes T-Shirt ausgetauscht. Schlicht und bequem ... und vorteilhaft. Schnell schaue ich weg. »Brauchst du noch etwas?«

Louisa legt ihre Sachen auf den Sessel in der Ecke und fährt die Jalousien runter. »Ein Buch wäre schön, aber ich fürchte, damit kannst du auch nicht dienen.«

»Leider nicht, es sei denn, du hast Lust auf einen Wälzer über Napoleon.«

Sie lacht trocken auf. »Dann schlafe ich ja sofort ein.«

»Ich weiß echt nicht, wieso du Geschichte so langweilig findest.« Ich lehne mich gegen die Wand, während sie ihre Decke zurückschlägt und unter das Bettzeug schlüpft. »Ich glaube, ich muss mir mehr Mühe geben.«

»Glaub mir, an deiner Mühe liegt es nicht.« Sie bindet ihre Haare zu einem Knoten zusammen. »Ich bin noch nie gut darin gewesen, mir die ganzen Daten und Namen zu merken. Biologie und alles, was mit Maschinen und Computern zu tun hat, das ist mein Ding.« Sie lächelt mir entschuldigend zu. »Dass ich Geschichte nicht mag, hat nichts mit dir zu tun.«

»Ich sorg schon noch dafür, dass dir der Unterricht gefällt«, erwidere ich dennoch. So leicht gebe ich mich nicht geschlagen.

Es sieht aus, als würde ihr wieder ein frecher Spruch auf den Lippen liegen, aber sie hält ihn zurück und lässt sich stattdessen ins Kissen zurückfallen.

»Ich bin dann drüben«, füge ich hinzu und stoße mich an der Wand ab, um den Raum zu verlassen. »Wenn du etwas brauchst, ruf einfach. Einer von uns ist auf jeden Fall wach.«

»Danke, Alex.« Sie klingt so rau, so ehrlich, dass ich mich nochmal umdrehe, um sie anzusehen. Ihre blauen Augen suchen mein Gesicht ernst ab und lassen mein Herz schneller schlagen. »Für alles.«

»Schlaf gut, Louisa«, sage ich leise, bevor ich ins Badezimmer verschwinde, um mir das viel zu auffällige Lächeln aus dem Gesicht zu waschen.

KAPITEL 8

MIKAEL

CHRISTIANIA, 1768

»Du siehst umwerfend aus«, flötet Amalie, während sie mich mit einem feinen Duft beträufelt. »Er wird seine Braut lieben.«

Ich schlucke und knete meine Hände. Das Zeitfenster zum Davonlaufen hat sich längst geschlossen. In wenigen Minuten werde ich heiraten.

Einen Mann, den ich kaum kenne.

In einer Kirche, der ich nicht angehöre.

An einem königlichen Hof, der mich mein Leben kosten könnte.

Das kann nur eine Katastrophe werden.

Amalie zwickt mich mit einer Haarspange in den Kopf und murmelt eine leise Entschuldigung. »Dieser Schleier will einfach nicht so, wie ich will.«

Ich unterdrücke eine Antwort, die ganz sicher nicht gut angekommen wäre, und widme mich stattdessen wieder dem Kneten meiner Finger.

»Gott, ich versteh nicht, wie du so nervös sein kannst.« Sie lacht. »Du heiratest Mikael. Mi-ka-el! Es gibt keinen besseren Mann in der Stadt.«

»Warum ist er noch nicht verheiratet?«, frage ich nach, nun doch neugierig.

Sie schnaubt und hilft mir auf. »Das ist eine hervorragende Frage. Manche sagen, er würde Männer lieben. Andere behaupten, er wäre nur ein Mitglied des Hofes, weil er in der Schuld des Königs stünde. Ich für meinen Teil frage mich, ob er nicht vielleicht der Bastard des alten Königs ist.«

Wenn er wirklich der Sohn des alten Königs wäre, wäre er der Bruder unseres jetzigen Herrschers. Das würde zumindest erklären, wieso er um alles in der Welt versucht, den König von seiner Krankheit zu heilen. Andererseits könnte er genauso gut auch nur in seiner Schuld stehen.

»Hab keine Angst, ich weiß, dass er schon Frauen geküsst hat«, versucht Amalie mich zu beruhigen und ruft damit einen heftigen Stich in meiner Magengrube hervor. »Die Hofdamen tratschen.«

»Schön«, presse ich hervor. Also ist er in den Augen der anderen ein Bastard und Weiberheld. Und diesen Mann heirate ich.

»Bereit?«

»Nicht wirklich«, erwidere ich, doch Amalie führt mich aus dem Raum hinaus durch die Burg. Wir durchqueren die Eingangshalle, in der um die Mittagszeit reges Treiben herrscht, und tauchen in ein paar stilleren Gängen ab. Je länger wir gehen, desto langsamer werde ich. Die Aufregung frisst sich ein Loch in meinen Bauch.

»Wir sind gleich da«, flüstert Amalie schließlich ehrfürchtig und jagt meinen Herzschlag damit in Gefilde, in denen er noch nie gewesen ist.

Einige Augenblicke später bleiben wir stehen. Amalie zupft an meinem Schleier herum, murmelt mir ein paar aufmunternde Worte zu und pocht dann an eine Holztür, die kurz darauf geöffnet wird. Der Duft nach Weihrauch schlägt mir entgegen.

Das war's dann wohl. Wenn ich die kleine Kapelle wieder verlasse, werde ich verheiratet sein.

Die nächsten Sekunden vergehen wie im Flug. Amalie führt mich zum Takt der Musik nach vorne. Ich konzentriere mich auf die Geräusche, die von vorne kommen. Drei leise Schritte, ein Kratzen, als würde sich ein Mann mit der Handfläche über seinen kurzen Bart fahren.

Amalie bleibt stehen, nimmt meine Hand in ihre und legt sie auf eine andere. Die Haut unter meinen Fingerspitzen fühlt sich vertraut an. »Mikael?«

»Du siehst zauberhaft aus«, erwidert er. Erleichtert lasse ich die angespannten Schultern zurückfallen und drücke seine Hand. Er führt mich ein paar weitere Schritte nach vorne, bis die Musik schließlich aufhört und ich mit dem Zeh gegen eine Stufe pralle.

Ich konzentriere mich darauf, meinen Atem zu beruhigen, während der Pfarrer uns und dann die Gemeinde begrüßt und eine kurze Bibelstelle zitiert. Erst dann wird mir bewusst, dass ich gerade im Begriff bin, etwas zu tun, was meinem Glauben widerspricht.

Wie kann ich in einer Kirche heiraten, wenn ich nicht einmal an diesen Gott glaube, von dem der Pfarrer spricht?

Wie kann ich hier stehen und so sehr das Falsche tun?

Der Kloß in meinem Hals wird immer dicker, und als die Gemeinde das erste Lied anstimmt, das ich nicht mitsingen kann, weil ich es nicht kenne, sind die Tränen nicht länger aufzuhalten. Mikael lässt seinen Daumen über meinen Handrücken gleiten, aber das hilft nicht. Es erinnert mich nur daran, dass es keinen Ausweg mehr gibt.

Nach dem Lied zwingt uns ein Gebet auf die Knie. Mikael lässt meine Hand los. Ich gehe davon aus, dass er seine Hände faltet, so wie Mutter mir es immer beschrieben hat, und verschränke meine Finger miteinander, um nicht aufzufallen.

Es gelingt. Kurz darauf segnet uns der Pfarrer, in dem er seine Hand auf meinen Kopf legt und einen Spruch in einer fremden Sprache murmelt. Dann bittet er uns hoch.

»Mikael Erikson, seid Ihr hierhergekommen, um nach reiflicher Überlegung und aus freiem Entschluss mit Eurer Braut Freya Ragnardottir den Bund der Ehe zu schließen?«, ertönt die Stimme des Pfarrers und reißt mich in die Gegenwart zurück.

»Ja«, antwortet Mikael leise.

Mein Herz macht einen Satz.

»Wollt Ihr Eure Frau lieben und achten und ihr die Treue halten alle Tage Eures Lebens?«

»Ja«, wiederholt er.

»Und ich frage Euch, Freya Ragnardottir, seid Ihr hierhergekommen, um nach reiflicher Überlegung und aus freiem Entschluss mit Eurem Bräutigam Mikael Erikson den Bund der Ehe zu schließen?«, spricht der Pfarrer mich nun direkt an.

Ich könnte *Nein* sagen. Ich könnte die Ehe ablehnen und das Grauen an dieser Stelle beenden, aber was hätte das für Mikael und mich zu bedeuten? Wären wir dann nicht in noch größerer Gefahr, als wir es sowieso schon sind?

»Ja«, flüstere ich also leise.

»Wollt Ihr Euren Mann lieben und achten und ihm die Treue halten alle Tage Eures Lebens?«

Ich wiederhole meine Antwort. Dieses Mal etwas fester, in der Hoffnung, dass die Zeremonie gleich vorbei ist.

»Seid Ihr bereit, die Kinder anzunehmen, die Gott Euch schenken will, und sie im Geist Christi und seiner Kirche zu erziehen?«, fährt der Pfarrer fort.

Kinder?

Ich schlucke.

»Ja«, antwortet Mikael in der Zwischenzeit, und ich schiebe schnell ein Nicken hinterher, bevor noch jemand auf die Idee kommen könnte, sich zu fragen, wieso ich zögere.

Der Pfarrer segnet die Ringe, die Mikael in aller Eile aufgetrieben hat, und bittet uns schließlich, einander zuzuwenden. Ich atme tief ein und drehe mich zu Mikael.

»So schließt Ihr jetzt vor Gott und vor der Kirche den Bund der Ehe, in dem Ihr das Vermählungswort sprecht.«

Das was?

Nervös schließe ich die Augen. Woher soll ich wissen, was jetzt von mir gefordert ist? Was, wenn ich es falsch mache?

»Freya«, setzt Mikael da an. Ich zwinge mich dazu, ihm genau zuzuhören und mir jedes Wort einzuprägen. »Vor Gottes Angesicht nehme ich dich an als meine Frau. Ich verspreche dir die Treue in guten und in bösen Tagen, in Gesundheit und Krankheit, bis der Tod uns scheidet. Ich will dich lieben, achten und ehren alle Tage meines Lebens.«

Meine Knie werden weich, als er nach meiner Hand greift, um mir sanft einen Ring über den Finger zu schieben.

»Trage diesen Ring als Zeichen unserer Liebe und Treue«, fügt er leise hinzu, bevor ich an der Reihe bin. Jemand drückt mir einen Ring in die Hand und ich zitiere die Worte, die Mikael mir vorgegeben hat. Er hilft mir dabei, den richtigen Finger für den Ring zu finden, weil meine Hände so sehr zittern.

»Reicht einander nun die rechte Hand. Gott, der Herr, hat euch als Mann und Frau verbunden«, fährt der Pfarrer fort und legt seine Hand auf unsere miteinander verschränkten Finger. »Im Namen Gottes und seiner Kirche bestätige ich den Ehebund, den ihr geschlossen habt, und erkläre euch zu Mann und Frau.«

Oh. Ich bin verheiratet.

»Ihr dürft Eure Braut jetzt küssen.«

Ein Kuss? Beinahe hätte ich einen Schritt nach hinten gemacht, doch dann spüre ich, wie Mikael den Schleier berührt und langsam zurückschlägt. Er legt eine Hand an meine Wange und wischt mir mit dem Daumen die Tränen fort.

Ich konzentriere mich auf seine Haut an meiner, schließe die Augen und lehne mich in die trostspendende Berührung. Im nächsten Moment berühren seine Lippen meine und jagen einen Schauer durch meinen Körper. Ich unterdrücke ein protestierendes Murmeln, weil er sich viel zu schnell wieder von mir löst, und zwinge mich dazu, klar zu denken.

Er wollte mich gar nicht küssen. Er war gezwungen, es zu tun.

Und dennoch, das seltsame Kribbeln in meiner Magengrube bleibt.

Kapitel 9
Hayet

Lille, 2018

Es ist schon spät, als ich an Yanis Wagentür klopfe, aber wie ich es nicht anders von ihm gewohnt bin, hat er immer noch Licht an. Manchmal frage ich mich, wann der Kerl überhaupt schläft.

Kurz darauf öffnet er die Tür und zieht überrascht eine Braue hoch. »Hayet?«

»Kann ich reinkommen?«

»Ich schätze schon.« Er schmunzelt. »Du hast ja zwei funktionierende Füße.«

Ich schiebe ihn beiseite und steige in seinen Wohnwagen. »Sehr witzig.«

Im Inneren riecht es nach Zigaretten. Auch wenn er nur an der frischen Luft raucht, haftet der Geruch an seiner Kleidung fest. Ich rümpfe die Nase.

Yanis schließt die Tür und lehnt sich dagegen. »Was gibt's? Solltest du nicht längst im Bett liegen?«

Ich rolle mit den Augen. Obwohl er nicht mein großer Bruder ist, benimmt er sich ständig so. »Ich brauche deine Hilfe. *Wir* brauchen deine Hilfe.«

Er zieht die Stirn kraus. »Wer ist wir?«

»Du weißt, wo der Palast der Träume ist, oder?«, umgehe ich seine Frage. Das Schaustellervolk war noch nie besonders gut auf Fremde zu sprechen, und Yanis ist aufgrund seiner eigenen Erfahrungen keine Ausnahme. Sie tagsüber bespaßen, ja, aber alles, was darüber hinausgeht, ist zu viel verlangt.

»Selbst, wenn ich es wüsste, wieso sollte ich es dir verraten?« Er verschränkt die Arme vor der Brust. »Du weißt doch, was man sich darüber erzählt.«

»Aber es stimmt, dass es dort ein Archiv gibt, oder?«

Ich mustere ihn sorgfältig, damit mir seine Reaktion nicht entgeht. Graue Augen in einem markanten Gesicht, braunes Haar, das ihm ständig in die Stirn fällt, volle Lippen, die irgendwie immer Verachtung ausdrücken. Wenn ich ihn nicht kennen würde, würde ich ihn für unfreundlich halten. Aber so weiß ich, dass es die Vergangenheit ist, die ihn geprägt hat.

Er hält meinen Blick stand und runzelt misstrauisch die Stirn. »Was hast du vor?«

»Das sage ich dir erst, wenn du mir versprichst, mir zu helfen.«

»Du willst zum Palast?« Er fährt sich durchs Haar. »Ich kann dich da nicht hinbringen. Dann kann ich mich gleich von der nächsten Brücke stürzen.«

»So ein Quatsch«, erwidere ich. »Ich hab gehört, sie sollen gar nicht so schlimm sein. Außerdem müsstest du nicht mal mit reinkommen. Du fährst uns hin, wir stellen unsere Fragen, und dann fahren wir wieder zurück.«

Er schüttelt den Kopf, stößt sich von der Tür ab und beginnt, seine frischgewaschene Wäsche aufzuräumen. »Warum fragst du nicht jemand anders?«

Da ich wusste, dass es hart wird, ihn zu überzeugen, gebe ich nicht auf, sondern geselle mich zu ihm und helfe dabei, seine T-Shirts zu falten. »Wen sollte ich denn deiner Meinung nach fragen? Maman? Philippe?«

»Zoe?«, schlägt er vor, aber selbst er weiß, dass Zoes Orientierungssinn eine Katastrophe ist. »Leonard? Es wird sich doch sicher ein Wächter finden, der dich hinbringt.«

»Du weißt genau, dass sie mich wie eine Aussätzige behandeln.« Es ist fies von mir, aber das Mitleidsargument funktioniert immer. Er kann nachempfinden, wie es ist, nicht wie alle anderen zu sein. »Du und Zoe, ihr seid die Einzigen, die mich wie einen normalen Mensch behandeln.«

Er lässt die Hose fallen, die er grad zusammenlegen wollte, und wendet sich zu mir. »Das machst du doch extra.«

Ich unterdrücke ein Grinsen. »Was meinst du?«, flöte ich unschuldig.

Lachend schüttelt er den Kopf und zerzaust mir die Haare. »Ich hasse dich dafür, dass du immer das letzte Wort haben musst.«

»Und ich liebe dich dafür, dass ich immer mit deiner Unterstützung rechnen kann«, erwidere ich zufrieden und falle ihm um den Hals, bevor ich zur Tür gehe. »Morgen früh geht's los. Du fährst.«

»Hey!«, ruft er mir hinterher. »Du hast mir noch gar nicht erzählt, worum es geht!«

Aber da habe ich ihn schon wieder allein gelassen.

Ich öffne die Augen und bin geblendet von Sonnenlicht. Schnell schirme sie mit einer Hand ab und richte mich auf.

Wildblumen, soweit das Auge reicht.

Wie bin ich hierhergekommen?

Ich stehe auf und staune über das rote Sommerkleid, welches ich trage. Es hat dünne Trägerchen und einen knielangen Rock, und ich kenne es nicht.

Verwirrt schaue ich mich um, doch um mich herum ist wirklich nichts als diese Blumenwiese und flaches Land. Weit und breit sind keine Häuser zu sehen.

Wo bin ich? Und wie komme ich hier wieder weg?

Mein Herz beginnt unwillkürlich schneller zu schlagen, als mir bewusst wird, dass ich in einer Falle sitze. Einer wunderschönen zwar, aber dennoch ist es eine Falle.

Der Himmel verdüstert sich. Wo eben noch Sonne war, hängen plötzlich schwere Regenwolken und warten darauf, ihre Last auf mich fallen zu lassen.

Ich wähle eine Richtung und laufe los. Hierzubleiben wäre in jedem Fall die falsche Entscheidung.

Hinter mir kracht es.

Mein Herz macht einen Satz, und ich wäre beinahe über meine eigenen Füße gestolpert, weil ich denke, dass der Blitz hinter mir eingeschlagen hat. Instinktiv drehe ich mich um und sehe plötzlich einen Mann auf der Wiese stehen.

Verwirrt bleibe ich stehen und beobachte, wie der Mann sich ebenso irritiert umschaut wie ich vor wenigen Augenblicken.

Sein Blick bleibt an mir hängen. Er denkt nicht lange darüber nach, sondern kommt sofort zu mir. Ich habe kaum Zeit, seine Erscheinung aufzunehmen, da steht er schon zwei Meter vor mir. Blue Jeans, ein schwarzes T-Shirt, blondes, zerzaustes Haar und eine dicke Brille.

»Wer bist du?«, fordert er zu wissen. »Was machen wir hier? Hast du mich hierhergeholt?«

»Äh?«, mache ich nicht besonders intelligent.

»Äh?«, wiederholt er und fährt sich über den Nacken. »Du bist doch eine Hexe, oder nicht?«

Ich verschränke die Arme vor der Brust. Was auch immer das hier wird, ich verrate ihm besser nicht zu viel über mich.

»Und du? Bist du ein Wächter?«, entgegne ich also.

Er verengt die blauen Augen zu Schlitzen und macht einen Schritt auf mich zu, dann noch einen und noch einen, bis er ganz dicht vor mir steht und ich aufschauen muss, um ihm ins Gesicht zu blicken. Am liebsten wäre ich zurückgewichen, aber ich zwinge mich dazu, stehen zu bleiben. Er soll bloß nicht glauben, ich hätte Angst vor ihm.

»Warum hast du mich hierhergebracht?«, knurrt er beinahe.

Ich kopiere seine Mimik. »Dasselbe könnte ich dich fragen.«

Es kracht ein weiteres Mal. Der Mann fährt herum. Als ich an ihm vorbeiblicke, sehe ich, woher das Krachen kam.

»Ist das …«

»LAUF!«, brüllt er und fasst meine Hand. Mit einem Ruck reißt er mich herum und wir rennen über die Wiese. Ich hechte hinter ihm her und traue mich nicht zurückzuschauen. Wenn das gera-

»AHHHHHHH!« Plötzlich ist der Boden unter meinen Füßen weg. Der Sturz geht schnell, aber doch nicht schnell genug. Ich nehme durchaus wahr, dass ich auf einmal von Hochhäusern umgeben bin. Glasfassaden rauschen an mir vorbei, bis ich in ein schwarzes Loch falle.

Panisch schließe ich die Augen.

Ein Ruck geht durch meinen Körper, und dann fühle ich mich plötzlich ganz leicht. Vorsichtig öffne ich die Augen und reiße sie erstaunt auf, als ich meine Umgebung wahrnehme. Ich schwebe zwischen Sternen und neben mir der Mann, der nicht minder durcheinander aussieht.

Er hält immer noch meine Hand.

Ein warmes Gefühl zieht durch meinen Bauch. Er hat mich all die Zeit nicht losgelassen. Ich bete dafür, dass er mich auch jetzt nicht loslässt, sondern solange festhält, bis der Albtraum hier ein Ende hat.

»Was ist das hier?«, fragt er leise und blickt sich um. »Was geht hier vor?«

»Ich weiß es nicht.«

Er verzieht das Gesicht. »Wir schweben doch nicht wirklich zwischen Sternen.«

»Es fühlt sich aber verdammt danach an«, gebe ich zurück und schaue mich um, doch wie schon auf der Wiese ist hier nichts anderes.

»Ist das Traummagie?« Er schaut mich ernst an.

»Ich bin keine Hexe«, erwidere ich schließlich. »Das kann nicht sein. Ich habe keine magischen Fähigkeiten.«

»Aber du weißt davon.« Er runzelt die Stirn. »Dann bist du eine àn hjarta.«

Ich lache auf, weil er ein so merkwürdiges Wort benutzt. »Eine was?«

»Eine Hexe ohne Magie.«

»Eine Black Heart, ja«, gestehe ich und werde rot. Irgendwie ist es mir vor ihm peinlich, keine magischen Fähigkeiten zu haben. »Und da du über alles Bescheid weißt, bist du wohl ein Wächter.«

»Touché.« Er schmunzelt. »Ich wünschte nur, wir könnten dieses Gespräch bei einem Kaffee fortführen und nicht in der Galaxie.«

Sein Wunsch weckt in mir das Bild eines urigen Cafés in der Altstadt von Avignon, und als ich das nächste Mal blinzle, sitzen wir plötzlich in der Sonne, vor uns zwei dampfende Tassen Kaffee. Der Mann blickt überrascht auf.

»Ich schätze, du bist alles andere als eine Hexe ohne Magie.«

Kapitel 10

Alex

Düsseldorf, 2018

An Schlaf ist nicht zu denken, während Tyros unruhig auf- und abläuft. Er wartet auf die Liste mit den Namen, auf die Gewissheit, wie viele seiner Freunde in diesen wenigen Stunden ums Leben gekommen sind. Ich kann mir kaum vorstellen, wie er sich fühlen muss, und das, obwohl der Tod unser ständiger Begleiter ist.

Moose arbeitet konzentriert, aber dieses Mal braucht er trotzdem länger. Vielleicht liegt es auch daran, dass noch keine Liste existiert.

Kurze Zeit später kommt auch Louisa nochmal aus dem Schlafzimmer.

»Ich hab Durst«, entschuldigt sie sich und tappt barfuß zur Küchenzeile, um sich ein Glas mit Wasser zu füllen und gleich leer zu trinken, bevor sie es noch einmal füllt und mitnimmt. Wie immer kann ich meinen Blick nicht von ihr lösen und schaue ihr hinterher, bis sie wieder in ihrem Zimmer ist. Am liebsten würde ich mir selber kräftig gegen den Hinterkopf schlagen. Vielleicht würde das ja meine Gedanken ordnen.

Sie ist meine Schülerin! Allein deshalb sollte sie schon mehr als tabu sein. Nach allem, was geschehen ist, müsste ich das am besten wissen.

»Ich krieg keinen Zugriff auf die Datenbank.« Moose seufzt. »Das könnte noch eine Weile dauern, bis ich das Sicherheitssystem umgangen habe.«

»Versuch es weiter«, weist Tyros ihn an. »Und buch mir ein Flugticket. Ich schau mir die Sache vor Ort genauer an. Ich will wissen, wer das war und ihn dafür bezahlen lassen.«

»Das solltest du nicht allein machen«, wende ich ein. »Das ist eine Mission für mindestens drei Leute.«

»Die kann ich mir immer noch nachholen, wenn ich mehr weiß.« Tyros deutet auf den PC. »Aber das Warten macht mich irre. Ich muss etwas tun, und wenn ich nur hinfliege, um mit den Behörden zu sprechen.«

»Willst du da nicht noch eine Nacht drüber schlafen?«, fragt Moose.

Tyros schüttelt den Kopf. »Mach einfach. Ich würde so oder so hinfliegen. Daran kann kein Name auf der Liste etwas ändern.«

»Wir könnten dir Ivan und Markus hinterherschicken«, schlage ich vor. »Die beiden haben gerade wenig zu tun und sind froh, wenn sie mal rauskommen.«

»Ich schau mir das erst mal an. Vielleicht fliege ich zwei Tage später schon wieder zurück.«

»Wie du meinst.« Ich zucke mit den Schultern, aber gleichgültig ist es mir nicht. Zu oft schon haben wir Wächter verloren, weil sie zu stolz waren, um Unterstützung einzufordern. Aber Tyros ist mit seinen neununddreißig Jahren alt genug, er weiß, was auf dem Spiel steht. Außerdem hat er sich seine Position als stellvertretender Direktor mit harter Arbeit und Geschick verdient.

Die Tür zu Louisas Zimmer geht ein weiteres Mal auf und reißt uns aus dem Gespräch. Sie hebt entschuldigend die Hand und geht ins Badezimmer. Als sie sich eingeschlossen hat, schaue ich zu den anderen. »Kommt euch das auch komisch vor?«

Moose verzieht das Gesicht. »Sie hat zwei Gläser Wasser getrunken. Kein Wunder, dass sie aufs Klo muss.«

»Das mein ich nicht«, erwidere ich nachdenklich. »Erst will sie nicht schlafen gehen, und jetzt arbeitet sie hart daran, nicht einschlafen zu müssen. Und das, obwohl sie todmüde ist.«

»Kümmere dich drum, Alex, und wenn du sie solange mit Napoleon volltextest, bis sie einschläft. Wir können keine übermüdete Hexe gebrauchen.« Tyros seufzt und erhebt sich. »Und müde Wächter auch nicht. Moose, du übernimmst die Nachtschicht. Wenn du die Namen hast, weckst du mich bitte.«

Moose nickt gehorsam und steht auf, um sich noch einen Kaffee zu kochen. In der Zwischenzeit verschwindet Louisa wieder in ihrem Zimmer. Ich trinke noch etwas, um Zeit zu schinden, bevor ich an ihre Tür klopfe.

»Ja?«

Mein Herz klopft schneller, als ich ihr Zimmer betrete. »Hey, es ... was machst du da?«

Sie sitzt im Schneidersitz auf dem Bett, vor sich einen Collegeblock, auf dem sie mit einem Stift herumkritzelt. Ertappt beißt sie sich auf die Unterlippe.

Ich schließe die Tür hinter mir und setze mich zu ihr aufs Bett.

»Ich wollte nur noch ein paar Dinge aufschreiben, bevor ich sie vergesse«, murmelt sie und klappt den Block zu, bevor ich lesen kann, was sie hineingeschrieben hat. »Worum ging es da gerade?«

»Darüber brauchst du dir keine Sorgen machen.« Ich schenke ihr mein wärmstes Lächeln und nehme ihr dann den Block und ihren Stift ab, um die Sachen auf den Tisch zu legen. Dann setze ich mich wieder zu ihr. »Willst du mit mir darüber reden?«

»Worüber?«, wundert sie sich und schlüpft unter ihre Bettdecke, um sich hinzulegen. Sie schiebt eine Hand unter ihre Wange und betrachtet mich neugierig.

»Es kommt mir vor, als hättest du Angst, einzuschlafen.«

»Nein.« Sie lacht auf, verstummt dann aber schnell wieder. Dunkle Schatten schieben sich über ihr Gesicht. »Okay, vielleicht ein bisschen.« Sie reibt sich über die Augen und gähnt.

»Was ist denn los?«

»Ich bin wirklich müde, aber immer, wenn ich die Augen zu mache, sehe ich den toten Gestaltwandler vor mir«, wispert sie und schaut auf einen unsichtbaren Fleck an der gegenüberliegenden Wand. »Oder ich renne wieder durch den Wald. Oder …« Sie schluckt, und ich lehne mich unwillkürlich vor, weil ich ahne, dass sie gleich etwas sagt, was sie nicht sagen sollte. »Oder ich sehe dich …« Sie presst die Lippen aufeinander. »Sterbend.«

Ein Schauder jagt mir über den Rücken. Der Gedanke, mich sterben zu sehen, bereitet ihr ganz offensichtlich Angst. Nicht, dass Gestaltwandler und eine Welt voller Magie nicht schon beängstigend genug wären. Ich fahre mir unsicher mit einer Hand durch die Haare. Was soll ich ihr bloß darauf antworten? Dass ich nicht sterben werde? Das kann ich ihr unmöglich versprechen.

»Ich pass auf mich auf«, entgegne ich schließlich und bin selbst erstaunt darüber, wie rau meine Stimme klingt. »Mach dir keine Sorgen um mich. Und nun rutsch ein Stück. Ich bleib bei dir, bis du eingeschlafen bist.«

Louisa lächelt zaghaft und macht mir Platz. Ich mache es mir gemütlich und erzähle ihr so lange von Napoleon, bis sie endlich einschläft.

Ein Wimmern lässt mich hochfahren. Sofort lasse ich meinen Blick durch den Raum gleiten und atme erleichtert aus, als ich feststelle, dass wir immer noch allein sind.

Louisa liegt neben mir, eine Hand zur Faust geballt, das Gesicht schmerzerfüllt verzogen. Sie träumt schon wieder schlecht.

»Hey«, flüstere ich und lege meine Hand auf ihre Faust. »Es ist alles gut. Das ist nur ein Traum.«

Scheinbar hat mich das ganze Gerede über Napoleon auch müde gemacht, so dass ich im Sitzen neben ihr eingeschlafen bin. Dabei hatte ich mir doch fest vorgenommen, das Zimmer zu verlassen, wenn sie schläft.

Louisa wimmert erneut und windet sich in den Laken. Ich rüttle an ihren Schultern und versuche sie zu wecken, doch sie ist so sehr in ihrem Albtraum gefangen, dass sie nicht einmal davon wach wird.

»Scheiße«, murmle ich. Das ist der Nachteil an einem Hexenleben – Albträume sind nicht bloß Albträume, sondern entwickeln sich ganz schnell zu Bildern, die einen nicht mehr loslassen.

Eine Träne rollt über ihre Wange. Das bringt das Fass zum Überlaufen.

Ich kann ihr helfen.

Es wäre selbstsüchtig, ihr meine Hilfe vorzuenthalten, nur weil ich Angst vor den Konsequenzen habe. Sind wir Wächter nicht dazu da, unsere Hexen zu beschützen? Auf jeder Ebene?

Ehe ich darüber nachdenken kann, lege ich meine Hand auf ihre Stirn und wispere: »Vaša mara maja.«

In meiner Magengrube beginnt es zu ziehen, also weiß ich, dass ich mich richtig an den Zauberspruch erinnert habe. Ich lege mich neben sie, ohne meine Hand von ihrer Stirn zu lösen und schließe die Augen, um mich ganz auf Louisa zu konzentrieren. Dann flüstere ich den Zauber noch ein paar Mal, und mit jedem Mal wird das Ziehen in meiner Magengrube stärker. Ich höre erst auf, als ich das Gefühl kaum noch ertragen kann, aber einen Augenblick später ist es auch schon vorbei.

Ich stehe auf einer Dachterrasse. Nein, nicht irgendeiner Dachterrasse. Es ist die Aussichtsplattform am Flughafen. Kalter Wind jagt mir um die Ohren und es ist laut – Gesprächsfetzen dringen an mein Ohr. Erklärungen über Magie, Napoleon und Kampfsporttechniken wechseln sich ab mit anderen Erinnerungen. Es ist schwer, etwas davon genauer auszumachen, also blende ich die Geräusche aus und suche stattdessen nach einem Hinweis auf Louisas Aufenthaltsort.

Weit kann sie nicht entfernt sein.

Das ist ihr Traum.

Auf der Dachterrasse finde ich sie nicht, also gehe ich ins Innere des Gebäudes, das wie leergefegt ist. Ich überlege kurz, nach ihr zu rufen, aber solange ich nicht weiß, was gerade vor sich geht, ist das vermutlich keine gute Idee. Auf dem Weg in die Abflughalle begegnet mir keine Menschenseele, auch unten fühlt es sich an, als wäre die Zeit stehen geblieben.

Zu allem Überfluss ist plötzlich das Dach der Wartehalle verschwunden und gibt den Blick auf einen düsteren Himmel frei. Die Haare in meinem Nacken stellen sich auf, und ich beeile mich, um sie endlich zu finden.

Sie kauert versteckt hinter einem der Schalter, die Beine an den Körper gezogen und den Kopf mit den Armen umschlungen, als könnte sie so alles um sich herum ausblenden.

»Louisa?« Meine Stimme schallt dutzendfach von den Wänden wieder.

Sie wimmert. »Bitte geh weg.«

Ich hocke mich vor ihr hin und berühre sie. Verwirrt über das Gefühl hebt sie den Blick und blinzelt mich aus traurigen Augen an. »Alex?«

»Du bist nicht mehr allein.« Ich streichle über ihren Handrücken. »Ich beschütze dich.«

Sie schüttelt den Kopf und weicht zurück. »Du musst gehen. Du kannst mich nicht beschützen.« Ein ohrenbetäubendes Krachen ertönt. Ich hebe den Kopf und sehe, wie sämtliche Glastüren nach innen explodiert sind. »Lauf, Alex! Schnell! Sie kommen!«

Louisa stößt mich zur Seite und rennt los. Ich versuche ihr zu folgen, aber es ist, als würde ich am Boden festkleben.

»Was zum Henker …« Ich höre sofort auf, mich zu bewegen, als ich feststelle, dass ich in Treibsand feststecke.

Louisas Schritte verklingen, und ich suche direkt meine Umgebung ab, ob ich sie noch sehen kann. Sie steht etwas weiter entfernt – und neben ihr: ich. Ich begreife sofort, was hier vor sich geht. Offensichtlich träumt sie von mir, obwohl ich längst in ihrem Traum unterwegs bin. Verwirrender kann ein Traum kaum werden.

Atemlos beobachte ich, wie mein Traum-Ich Louisa in seine Arme zieht und ihr übers Haar streichelt. Sie hebt den Blick, und seine Hand kommt an ihrer Wange zum Liegen. Die beiden wirken so vertraut miteinander, so innig, wie es gar nicht sein dürfte. Und dann beugt sich mein Traum-Ich auch noch herunter, um sie zu küssen.

Ich spüre ein Ziehen in meiner Magengrube, als ihre Lippen aufeinandertreffen. Mir bleibt allerdings keine Zeit, um sie weiter zu beobachten, denn durch die offenen Glastüren kommen plötzlich jede Menge Tiger.

Mein Traum-Ich löst sich von Louisa und zwingt sie zum Laufen. Ich feuere sie innerlich an und beobachte, wie sie die nächste Treppe hinaufläuft, bevor ich meine Aufmerksamkeit wieder meinem Traum-Ich widme, das mittlerweile von Tigern umzingelt ist.

Ich frage mich, was passiert, wenn mein Traum-Ich in diesem Traum stirbt.

Ich frage mich, was passiert, wenn ich in einem Traum sterbe.

Ich schätze, es ist besser, wenn mein Traum-Ich stirbt und ich am Leben bleibe. Aber das bedeutet gleichzeitig, dass ich hier wegmuss, bevor mich die Tiger entdecken.

Einer von ihnen macht plötzlich den Anfang und stürzt auf mein Traum-Ich zu. Es dauert keine fünf Sekunden, da geht er zu Boden, verschwunden unter heißhungrigen Tieren. Ich halte den Atem an, aus Angst davor, dass sich der Angriff auf mein reales Ich auswirkt. Aber es geschieht nichts – bis auf das Schaudern, das durch die reißenden Geräusche der Tiere ausgelöst wird.

Hätte ich uns bloß schon verbunden. Dann könnte ich den Traum kontrollieren. Aber so bin ich ihrer Fantasie ausgeliefert.

Eilig klammere ich mich an den Schalter und versuche mich hochzuziehen. Der Sand klebt an mir fest, aber mit viel Anstrengung schaffe ich es. Ich drehe mich um, und rapple mich endgültig auf, um davonzulaufen, doch dann versperrt mir ein Rollstuhl den Weg, der mit einem lauten Poltern umfällt.

Verdammt.

Die Tiger werden sofort auf mich aufmerksam. Ich habe keine Chance, wenn ich weglaufe. Dafür sind sie viel zu schnell. Mein

Blick gleitet durch die Gegend, während sie sich mir nähern. Er bleibt an einem Mikrofon für die Beschallungsanlage hängen, das mit den gesamten Lautsprechern am Flughafen verbunden sein muss. Ich stürze darauf zu, drücke auf die Taste, die meine Stimme überträgt und kreische den hellsten Ton in das Mikrofon, den ich aufbringen kann. Meine Ohren schmerzen, als die Lautsprecher ihn zurückwerfen. Aber nicht nur meine, sondern auch die der Tiere, die panisch davonstürmen.

Mein Plan geht auf.

Zumindest vorerst. Ich muss Louisa finden, bevor sie sich das nächste Drama ausdenken kann, und versuche dabei, nicht auf den toten Körper ein paar Meter entfernt von mir zu achten.

Es ist nur ein Traum, rede ich mir ein. Auch wenn das Grauen allzu wirklich erscheint.

Sie kommt mir bereits entgegen. Auf ihrem Gesicht zeichnet sich Überraschung ab. »Du … Aber wie?«

Es ist mir egal, was die Etikette sagt. Egal, was der Rat sagen würde. Ich ziehe sie in meine Arme und halte sie fest. Sie umklammert mich sofort, als könne sie kaum glauben, dass ich den Angriff der Tiger überlebt habe.

»Ich bring uns hier raus«, verspreche ich ihr und lehne mich zurück, um sie anzusehen. »Sprich mir einfach nach, ja?«

Sie nickt.

»Vaša mara maja«, gebe ich ihr den Zauberspruch vor, der das Band zwischen uns schließt und mir die Möglichkeit gibt, diesen Traum zu gestalten.

Sie flüstert die Worte beinahe fragend und hält erstaunt den Atem an, als sich ein warmes Gefühl zwischen uns ausbreitet.

»Es ist vorbei.« Ich streiche ihr die Haare aus dem Gesicht. »Schließ deine Augen. Wenn du sie wieder aufmachst, sind wir hier weg.«

Ich stelle mir vor, wie wir auf einer Wiese vor einem Wasserfall sitzen. Das Plätschern ist viel friedlicher als die Gedankenfetzen am Flughafen. Ich atme erleichtert aus.

Die Furche auf Louisas Stirn verschwindet, und sie öffnet die Augen, um sich umzusehen. So wie sich ihr Gesicht mit Freude füllt, weiß ich, dass die Albträume ein Ende haben.

Kapitel 11

Freya

Christiania, 1768

Unsere Hochzeitsfeier könnte nicht unspektakulärer sein. Die Hochzeitsgesellschaft führt uns zu meinem Gemach und lässt uns nach der Gratulation schließlich allein. Man bringt uns ein Festmahl aufs Zimmer, eine wohlwollende Geste des Königs, und Mikael hilft mir dabei, den Schleier aus meinen Haaren zu befreien, bevor wir uns an den Tisch setzen.

»Das war's also«, murmle ich, als wir sitzen. »Irgendwie ... habe ich mehr erwartet.«

»Es ist ja keine richtige Ehe. Ich bin mir sicher, dass du irgendwann das bekommst, was du dir erhoffst«, erwidert Mikael ernst, bevor er unser Hochzeitsmahl auf den Tellern verteilt. »Aber falls es dich tröstet: Du bist eine bezaubernde Braut.«

Ich spüre, wie mir die Röte in die Wangen kriecht. Sein Kuss brennt immer noch auf meinen Lippen nach, und ich frage mich, ob er sich genauso fühlt.

Irgendwie wünsche ich es mir.

Auch wenn wir es eigentlich schon gewohnt sein sollten, allein zu sein, ist es jetzt anders. Wir essen im Schweigen, unfähig, all die Fragen auszusprechen, die uns durch den

Kopf geistern. Wie wird es jetzt weitergehen? Leben wir von nun an zusammen hier? Erwartet er von mir trotz allem einen Vollzug der Ehe oder bleibt alles so, wie es ist – mit der Ausnahme, dass wir auf dem Papier nun verheiratete Menschen sind?

»Möchtest du Wein?«, fragt Mikael. Seine raue Stimme jagt mir einen Schauder über den Rücken.

»Gerne.« Beinahe hätte ich das Glas umgestoßen, weil ich es kaum erwarten kann, die Schwere des Augenblicks mit der Leichtigkeit des Weins fortzuzaubern. Mein Gemahl füllt das Glas auf, und ich nehme einen eiligen Zug von der edlen Flüssigkeit, bevor ich mich erneut dem Essen widme.

Wieso kann er nicht das Eis brechen und etwas sagen? Wieso füllen wir diese Stille ausgerechnet mit dem Klappern von Besteck auf Porzellan und nicht mit einem Gespräch? Gestern konnten wir doch auch noch miteinander sprechen.

»Was werden wir jetzt tun?«, bringe ich schließlich doch eine der wichtigsten Fragen über meine Lippen. Ich höre, wie er erleichtert ausatmet. Hat er etwa auch befürchtet, dass wir uns nun für immer anschweigen werden?

»Heute nichts mehr«, antwortet er. »Morgen suchen wir einen Weg, deine Kräfte zu nutzen. Vielleicht steht in dem Buch deiner Mutter etwas darüber.«

Ich nicke und denke an die beiden Bücher, die ich unter einer losen Holzdiele im Boden versteckt habe. Das Märchenbuch wird uns nicht weiterbringen, aber in dem anderen könnten tatsächlich wichtige Informationen versteckt sein. Jetzt, da ich weiß, wer sie wirklich war, ist es umso wahrscheinlicher, dass sie mir ihr Wissen mit auf den Weg gegeben hat.

Auch wenn ich es nicht ohne fremde Hilfe lesen kann.

»Wir müssen bald eine Lösung finden«, beschließt Mikael. Er führt den Satz nicht zu Ende, aber ich kann mir schon denken, was er sagen würde. *Sonst müssen wir das Land verlassen haben, bevor der König dahinterkommt.*

Oder noch schlimmer: Struensee.

»Aber heute denken wir nicht mehr darüber nach.« Es raschelt, während er sich bewegt. »Es ist schon spät, und du sollst wenigstens für einen Abend keine Sorgen haben.«

Ich unterdrücke ein Lächeln und lege mein Besteck weg, um mir den Mund mit der Serviette abzutupfen. Tatsächlich hat die Aufregung des Tages dafür gesorgt, dass ich im Sitzen einschlafen könnte. »Na gut.«

»Ich lasse jemanden kommen, der den Tisch abdeckt«, schlägt er vor und steht auf, um zur Tür zu gehen. Ich lausche seinen Schritten, bevor ich meinen Wein austrinke und selbst meinen Platz verlasse, um endlich die Frisur zu lösen und den Schmuck abzulegen.

Ich ertaste mir meinen Weg bis zum Frisiertisch und setze mich dort auf den Stuhl, um die Haarspangen aus meinem Haar zu ziehen. Schon bald fallen mir die Locken weich über die Schultern, und ich beginne sie zu bürsten.

In der Zwischenzeit räumen zwei Dienstmädchen den Tisch ab und fragen mich, ob ich Hilfe beim Auskleiden benötige. Ich lehne dankend ab. Nur weil ich nichts sehen kann, bedeutet das nicht, dass ich mich nicht allein ausziehen könnte.

Als sie jedoch verschwunden sind und ich hinter die spanische Wand trete, um von meinem Hochzeitskleid in mein Nachtgewand zu wechseln, ärgere ich mich über mich selbst. Ich habe die elendig lange Knopfzeile am Rücken vergessen, die ich ohne Hilfe wohl kaum aufbekommen werde.

»Was seufzt du so schwer?«, fragt Mikael aus der Ferne. Ich beiße mir auf die Lippen. Habe ich geseufzt? »Brauchst du Hilfe?«

Ich überlege kurz, wie ich das Kleid aufbekomme, aber mir fällt kein Weg ein, ohne den kostbaren Stoff zu zerstören. »Ich fürchte schon.«

Er kommt zu mir, und ich bitte ihn, die Knöpfe zu öffnen, auch wenn ich unter dem Kleid kein Unterhemd trage, weil es ansonsten nicht zugegangen wäre. Aber da er jetzt mein Mann ist, wird ihn ein bisschen freie Haut wohl nicht stören.

Ich fasse meine Haare zusammen und lege sie über eine Schulter, damit er freien Zugang hat. Dann presse ich meine Hände an das Oberteil, um es oben zu halten. Er zögert einen Augenblick, aber schließlich spüre ich seine Hände an meinem Nacken. Ich erschaudere, während er Knopf für Knopf für Knopf löst.

Wir schweigen, also höre ich sein Schlucken überdeutlich, als der weiche Stoff auseinanderfällt und meine Haut entblößt.

Was er wohl denkt?

Gefällt ihm, was er sieht?

Sein Finger streicht über meine Haut. Ich atme scharf ein und halte die Luft an, während er meine Reaktion aufnimmt und meine fehlende Gegenwehr als Einladung versteht. Langsam, unendlich langsam legt er seine Hand auf meinen Rücken.

Mir wird schwindelig, und ich lasse eine Hand fallen, um nach irgendetwas vor mir zu tasten, woran ich mich festhalten könnte. Mikael fängt sie auf und umgreift zärtlich meine Finger.

Er murmelt meinen Namen und streichelt mir sanft über den Rücken. Für einen winzigen Augenblick denke ich, dass sich diese Art von Berührung nicht gehört – aber wir sind verheiratet. Wenn es uns nicht stört, wen dann?

Im nächsten Moment spüre ich seine Lippen an meinem Hals. Nur mit Mühe unterdrücke ich ein überraschtes Aufkeuchen und lasse den Kopf mit geschlossenen Augen nach hinten fallen. Er fängt mich mit seinem Körper auf, bietet mir eine Stütze und den Schutz, den ich so dringend gesucht habe.

Seine Hand, die eben noch meinen Rücken erkundet hat, schiebt sich unter dem Stoff nach vorne und streichelt meinen Bauch, während seine Lippen sich den Weg zu meinen Schultern bahnen und federleichte Küsse auf meiner Haut hinterlassen. Ich klammere mich an seiner Hand fest, als wäre sie mein einziger Halt in einem Meer voller Gefühle.

Meine Knie werden weich, als er das Kleid von meinen Schultern schiebt. Es fällt mit einem Rascheln zu Boden, und ich stehe nackt vor ihm. Er atmet tief ein, küsst meinen Nacken und dreht mich dann zu sich. Einen Moment lang geschieht nichts. Ich denke, er betrachtet mich, und ich wüsste zu gerne, was er sieht.

Dann legt er eine Hand an meine Wange und zieht mich zu einem richtigen Kuss zu sich. Ich stolpere gegen ihn und schiebe meine Arme um seinen Hals. Unsere Herzen schlagen schneller, unser Kuss wird bald wilder, hungriger. Und ich – ich werde mutiger und erkunde die Haut unter seinem Hemd, bis er schließlich auch nackt vor mir steht. Ich wünschte, ich könnte ihn genauso ausführlich betrachten wie er mich, aber stattdessen spüre ich ihn überall, als er mich zum Bett führt und mir zeigt, was es bedeutet, verheiratet zu sein.

Kapitel 12
Hayet

Lille, 2018

Mehr als verwundert schlage ich die Augen auf und strecke mich. Was für ein sonderbarer Traum!

Ich schätze, du bist alles andere als eine Hexe ohne Magie.

Beinahe hätte ich aufgelacht. Wenn ich eine richtige Hexe wäre, wüsste ich das ja wohl. Wahrscheinlich war das nur mein Wunschdenken, das mir da einen Traum der Extraklasse verschafft hat.

Meine Knochen schmerzen von der Nacht auf dem Sofa, also stehe ich auf, lege mein Bettzeug zusammen und setze Wasser für Tee auf, bevor ich an Mamans Tür klopfe und anschließend auch Azalea wecke. Ein Blick auf die Uhr sagt mir, dass Yanis in einer guten Stunde auf der Matte stehen wird.

Es sei denn, er hat es sich über Nacht anders überlegt.

Was ich verstehen könnte, denn seine Erfahrungen mit den Leuten aus dem Palast sind den Gerüchten zufolge alles andere als harmlos. Dass er sich trotzdem bereit erklärt hat, uns zu begleiten, rechne ich ihm hoch an.

Azalea kommt kurze Zeit später aus meinem Zimmer und begrüßt mich mit einem schüchternen Lächeln. Ich suche ihr ein paar neue Kleidungsstücke heraus und warte, bis sie sich angezogen hat, bevor ich ihr von meinem Gespräch mit Maman erzähle.

»Du meinst, meine Mutter war eine ... eine Hexe?«, fragt sie atemlos nach. Sie spielt mit dem Teebeutel in ihrer Tasse. Der Tee scheint bei ihr Wunder zu wirken – heute kommt sie mir schon viel ausgeglichener vor.

»Genau wie du.«

Sie verzieht das Gesicht.

»Du hast mir zwar noch nicht erzählt, was geschehen ist, aber das ist auch der Grund dafür, oder? Du kannst es dir selbst nicht erklären«, mutmaße ich. »Du denkst, ich würde dich für irre erklären, wenn du es mir erzählst.«

»Das ist es nicht«, murmelt sie und schaut auf ihre Hände. Unter ihren Fingernägeln befinden sich immer noch Reste von getrocknetem Blut.

Ein mulmiges Gefühl befällt mich. »Jemand ist gestorben, oder?«

Sie schluckt, bevor sie schließlich nickt. »Melvin«, krächzt sie. »Sein Name war Melvin.«

Beinahe hätte sie angefangen zu weinen, doch in dem Moment kommt Maman mit viel Gepolter aus ihrem Schlafzimmer.

»Guten Morgen«, begrüßt sie uns. »Du musst Azalea sein. Ich bin Adele, Hayets Mutter. Na, na, ein frischer Tag ist doch kein Grund für ein solches Gesicht.«

Krise abgewendet – Azalea lächelt!

Erleichtert trinke ich meinen Tee aus und verabschiede mich ins Bad und zum Sachen packen, während ich Maman die Unterhaltung überlasse. Als ich fertig bin und meine Decke und das Kissen zurück in mein Zimmer bringen möchte, fällt mir ein, dass ich mich bei Zoe verabschieden und ihr den Anteil ihres Geldes überreichen sollte. Eilig öffne ich den Kissenbezug und stecke die eine Hälfte der mit Haarbändern zusammengeknoteten Scheine in meine Reisetasche, die andere lege ich in einen Jutebeutel und knote ihn zu.

Im Wohnbereich stelle ich überrascht fest, dass Maman Azaleas Hand hält und die Linien ihrer Handinnenfläche nachfährt.

»Echt jetzt?« Ich seufze. »Azalea hat doch schon genug durchgemacht. Und jetzt willst du ihr auch noch die Zukunft voraussagen?«

Sie schüttelt mit dem Kopf. »Ich schaue nur, ob ich Hinweise finde, die eure Reise betreffen.«

Ich grummle, bevor ich ihnen erkläre, dass ich nochmal kurz zu Zoe muss und verschwinde, bevor sie mich aufhalten können. So früh ist im *Cirque* noch nicht viel los. Levi versorgt seine Hunde und nickt mir zu, als ich an ihm vorbeistürme, ein paar Wagen weiter streiten sich Marlene und ihr Mann Raphael – also alles wie gewohnt.

An Zoes Tür mache ich halt und überlege, wie ich ihr erklären soll, dass ich ohne sie gehe. Gibt es überhaupt eine Entschuldigung für diese Art von Verrat?

Brings einfach hinter dich, denke ich und klopfe an die Tür. Kurz darauf öffnet sie mir mit einem verschlafenen Gähnen. Sie trägt noch ihren Pyjama. »Hayet? Wie spät ist es?«

»Viel zu früh«, erwidere ich und dränge mich an ihr vorbei in den Wohnwagen. Zoe lebt allein, seit sie ihre Mutter vor ein paar Jahren bei einem Unfall verloren hat. Dass der Wohnwagen ihr Reich ist, spürt man sofort. Hier vibriert es vor Magie. Im Gegensatz zu unserem Wohnwagen hat dieser nur ein abgetrenntes Badezimmer, der Rest ist offengehalten und mit Tüchern in den sattesten Tönen geschmückt. Es riecht nach Räucherstäbchen und alten Zaubersprüchen, nach Kräutern und den Teemischungen, die ich ihr in regelmäßigen Abständen vorbeibringe, und nach dem schweren Parfüm, das ihre Mutter immer getragen hat.

Anfangs hat mir der Geruch Kopfschmerzen bereitet, mittlerweile habe ich mich an das Duftchaos in ihrem Wohnwagen gewöhnt.

Ich stapfe zu dem kleinen runden Tisch in der Sitzecke, die mit Polstern und Sitzkissen ausgestattet ist, und hole den Jutebeutel hervor, um ihr das Geld zu zeigen.

»Oh nein! Philippe weiß es, oder?« Blitzartig ist sie wach und schaut hektisch aus dem Fenster. »Bitte sag mir nicht, dass er es gemerkt hat.«

»Nein, nein, keine Panik!« Ich winke ab, und sie betrachtet den Haufen Geld auf ihrem Tisch, bevor ihr Blick zu mir wandert und es Klick macht.

»Oh«, macht sie, und dann nochmal: »Oh. Du haust ab? Ohne mich?«

Entschuldigend ziehe ich die Schultern hoch und lasse sie wieder sinken. »Ich hab keine andere Wahl. Ich muss zum Palast der Träume.«

Sie reißt erstaunt die Augen auf. »Du? Wieso?«

Ich erzähle ihr eilig die Kurzfassung der gestrigen Erlebnisse und fasse Mamans Vorschlag zusammen. Ein Blick auf die Uhr verrät mir, dass es bald an der Zeit ist, zu fahren.

»Es tut mir so leid, Zoe. Ich hoffe, ich komme bald wieder«, sage ich verlegen. »Aber falls nicht ... falls irgendwas passiert, sollst du wenigstens deinen Anteil des Geldes haben.«

Sie verzieht das Gesicht. Ich kann ihr genau ansehen, wie blöd sie das alles findet, aber da sie Mamans Visionen kennt und ihren Ratschlag schätzt, widerspricht sie mir nicht, sondern zieht mich in eine Umarmung. »Pass auf dich auf, Hayet. Ich zähl drauf, dass du zurückkommst, um mich abzuholen.«

Ich versichere ihr, auf mich achtzugeben, bevor ich ihren Wohnwagen verlasse und zu unserem zurücklaufe. Yanis ist schon da. Er trägt helle Jeans, eine dicke Daunenjacke und den argwöhnischen Blick, den ich so gewohnt bin von ihm. Maman hat ihn schon mit Azalea bekanntgemacht. Also hole ich meine Tasche aus dem Wohnwagen und umarme Maman zum Abschied.

»Pass gut auf dich auf«, bittet sie mich. »Ich würde dich gerne in einem Stück wiedersehen.«

Wenn sie etwas über den Verlauf der Reise wüsste, würde sie es sagen, oder?

»Hier, ich habe für deine Freunde und dich Schutzzauber vorbereitet.« Sie drückt mir einen Schwung Amulette in die Hand. Ich schaue die Lebensbäume an. Vier?

Stirnrunzelnd bedanke ich mich bei ihr, bevor ich mit einem mulmigen Gefühl im Magen Yanis und Azalea zu seinem Wagen folge, einem alten Jeep, der genug Platz für uns drei bietet. Ich verteile die Ketten, und wir laden unsere Taschen in den Kofferraum. Schließlich steigen wir fröstelnd ein.

»Bereit?«, fragt mich Yanis und sieht dabei selber alles andere als bereit aus.

Ich nicke. Er startet den Motor, fährt los und tritt gleich darauf wieder auf die Bremse. Irritiert schaue ich zu ihm und zucke zusammen, als plötzlich Zoe an seiner Scheibe auftaucht und wie eine Verrückte aufs Glas haut.

Yanis kurbelt das Fenster hinunter. »Was ist denn noch?«

»Ich komme mit«, verkündigt sie und hält eine schwarze Reisetasche hoch. »Ich bleib doch ohne Hayet nicht hier.«

Erleichterung überflutet meine Sinne, als sie ihre Tasche in den Kofferraum wirft und zu Azalea auf die Rückbank rutscht. Sie muss sich in Windeseile angezogen und ein paar Sachen in ihre Tasche gesteckt haben.

»Hey, du musst Azalea sein«, flötet sie und streckt ihre Hand aus, um sie Azalea zu reichen. Ich weiß, dass sie das nicht macht, um höflich zu sein, sondern um auf das Gefühl zwischen ihnen zu achten. »Ich bin Zoe. Hayets beste Freundin.«

Kapitel 13

Alex

Düsseldorf, 2018

Ich wache auf, weil mich der Duft von Abenteuern und warmen Sommernächten in der Nase kitzelt. Blinzelnd schlage ich die Augen auf. Das Gefühl, richtig ausgeschlafen zu sein, kommt mir ungewohnt vor. Als hätte ich schon seit Jahren nicht mehr vernünftig geschlafen.

Durch die Schlitze in den Jalousien fällt zumindest so viel Licht ins Zimmer, dass sich meine Augen an das Tageslicht gewöhnen können.

Erst jetzt spüre ich den warmen Körper neben mir. Das Schlagen eines Herzens an meiner Brust, die Schwere eines Kopfes auf meinem Arm, verschränkte Finger ...

Verdammt.

So soll das auf keinen Fall sein!

Ich löse meine Finger von Louisas und ziehe meine Hand vorsichtig zurück, bevor ich darüber nachdenke, wie ich meinen Arm unter ihrem Kopf befreien kann, ohne dass sie davon aufwacht.

Fehlanzeige. Sie wird trotzdem wach. Gähnend rollt sie sich auf den Rücken und stößt gegen mich. Schnell schließt sie den Mund und öffnet die Augen.

»Guten Morgen«, flüstere ich. Ich will nicht zu laut sein, weil ich immer noch die Hoffnung habe, dass Tyros und Moose von all dem nichts mitbekommen haben. Wenn doch, werden sie mir die Hölle heiß machen.

»Morgen«, murmelt Louisa und runzelt die Stirn. »Hast du etwa hier geschlafen?«

Ich zucke entschuldigend mit den Schultern. Dass wir von nun an im Traum verbunden sind, erkläre ich ihr lieber erst, wenn Tyros und Moose nicht mal annähernd in Hörweite sind.

»Nur ein bisschen«, erwidere ich leise. Ich weiß nicht, was ich zu ihr sagen soll. Hat sie gespürt, dass wir im Schlaf gekuschelt haben? Kann sie sich an den Traum erinnern?

Sie grinst. »Wieso flüstern wir?«

Scheint, als würde es ihr besser gehen. Eine durchschlafene Nacht kann offensichtlich Wunder bewirken.

»Weil Tyros und Moose davon lieber nichts erfahren«, gebe ich zurück und stehe auf, um nicht noch länger mit ihr in einem Bett zu liegen. Die Sorge, dass die beiden etwas mitbekommen haben, frisst sich in meinen Bauch, umso länger ich darüber nachdenke. »So was sieht der Rat nicht gerne.«

»Wie meinst du das?«

Ich spüre ihren Blick in meinem Rücken und bleibe stehen. Wie soll ich ihr das bloß alles erklären? In ihrer Welt ist es bestimmt kein Problem, dass wir zusammen eingeschlafen sind.

»Was denkst du, würde der Schulrat dazu sagen, wenn ein Lehrer sich das Bett mit seiner Schülerin teilt?«, frage ich leise. Sie verzieht das Gesicht. »Nur ist unser Rat nicht einfach bloß ein Schulrat. Dementsprechend sind die Konsequenzen ... drastischer.«

»Drastischer?«

»Nichts, worüber du dir Gedanken machen solltest«, erkläre ich mit einem Lächeln. »Aber dennoch wäre ich dir sehr verbunden, wenn du einfach sagst, ich hätte im Sessel geschlafen, sollte dich jemand fragen.«

Sie schaut mich einen Moment prüfend an, aber dann wird ihr Blick weich, und sie nickt. Erleichtert atme ich aus und verlasse das Zimmer.

Im Wohnbereich stelle ich fest, dass Moose über seiner Arbeit eingeschlafen ist. Er liegt mit einem Arm ausgestreckt auf dem Tisch, die Brille noch auf der Nase, während sein Computer im Hintergrund irgendwelche Analysen durchlaufen lässt.

Das konnte er schon immer gut, einschlafen, wo er geht und steht.

Leise suche ich mir etwas Frisches zum Anziehen und gehe ins Badezimmer, um mich fertig zu machen. Zurück in der Küche koche ich Kaffee auf, um Moose mit dem Geruch zu wecken, aber der Plan geht nicht auf. Dafür schläft er viel zu fest.

Dafür kommt Tyros aus dem anderen Schlafzimmer und streckt sich. »Guten Morgen.«

»Morgen«, begrüße ich ihn und hole noch eine dritte Tasse aus dem Schrank.

»Die Nacht war ruhig?«

»Hab Louisa in den Schlaf geredet und mich gleich dazu«, sage ich beiläufig.

Bitte, lass ihn nichts gemerkt haben.

»Und Moose wohl auch.« Tyros mustert unseren Kollegen, den nicht einmal unser Gespräch aufweckt. »Ihm scheint das späte Arbeiten nicht zu bekommen.«

»Hm.«

Wenigstens hebt und senkt sich sein Rücken unter seinen Atemzügen.

Louisa huscht ins Badezimmer, um sich anzuziehen, und kommt kurze Zeit später zu uns. Ihr Blick bleibt an Moose hängen. »Was ist mit ihm?«

In dem Moment schlägt Moose die Augen auf und schießt wie ein Blitz hoch.

»Ich bin wach!«, ruft er und fährt sich durchs Haar, das ihm sowieso immer in alle Richtungen absteht. Seine blauen Augen blitzen verwirrt hinter den dicken Brillengläsern auf, und er atmet schwer. »Was war das?«

»Was war was?«, fragt Tyros argwöhnisch nach.

Moose schüttelt den Kopf, als könnte er seine Gedanken gerade nicht in Worte fassen. Er runzelt die Stirn und wirkt immer noch verdattert, als er Tyros' Blick schließlich begegnet. »Ich glaube, ich habe mir gerade einen Traum geteilt.«

Kapitel 14

Freya

Christiania, 1768

Ein Poltern reißt mich mitten aus dem schönsten Traum. Ich schrecke hoch und horche.

Da, noch einmal!

Neben mir fährt auch Mikael aus dem Schlaf und tastet nach mir. »Freya?«

»Was ist da los?«, frage ich beunruhigt. Im nächsten Moment poltert es nochmal, und erst jetzt wird mir klar, dass jemand an die Tür klopft. Mikael lässt meine Hand los. Es raschelt, und kurz darauf tappt er leichtfüßig durch den Raum.

An der Tür klopft es wieder.

»Ich komme ja schon«, ruft er.

Ich wickle mich in die Bettdecke, weil ich auf die Schnelle sowieso nichts zum Anziehen finden würde.

Mikael öffnet die Tür. »Was gibt es denn so Dringendes?«

»Entschuldigt die frühe Störung, mein Herr.« Der Bedienstete klingt, als wäre er den ganzen Weg hergelaufen. Er ist ein wenig außer Atem. »Der König schickt nach Euch.«

Mikael seufzt. »Jetzt?«

»Sonst stünde ich nicht so früh vor Eurer Tür, mein Herr.«

»Danke.« Mikael schließt die Tür und atmet frustriert aus.

Ich schäle mich aus der Decke und mache mich auf die Suche nach meinen Kleidungsstücken. »Was ist los?«

»Wenn der König uns so früh morgens sehen möchte, kann das nichts Gutes bedeuten«, erklärt er missmutig und steht plötzlich neben mir, um mir mein Unterkleid in die Hand zu drücken. »Brauchst du Hilfe beim Ankleiden?«

»Nein«, erwidere ich und erröte bei der Erinnerung an den gestrigen Abend. Ich spüre noch ein leichtes Brennen zwischen den Beinen. »Solange keine Knopfleisten im Spiel sind, schaffe ich das auch alleine.«

»In Ordnung.« Er drückt mir einen liebevollen Kuss auf die Wange, bevor er sich abwendet und sich ebenfalls anzieht. Verblüfft hebe ich eine Hand an die Stelle. Wenn er mich heute küsst, bedeutet das wohl, dass unser Beischlaf nicht bloß als Vollzug der Ehe gedacht war, oder?

Ehe ich weiter darüber nachdenken kann, treibt er mich jedoch zur Eile an. Kurz darauf hasten wir durch die Gänge, um zum Gemach des Königs zu kommen. Wie auch schon beim letzten Mal warten wir darauf, dass man uns anmeldet, bevor wir die Räumlichkeit betreten und von dem muffigen Geruch nach Krankheit begrüßt werden.

»Eure Hoheit«, sagt Mikael, als wir ein paar Schritte in das Zimmer gemacht haben. Er drückt meine Hand, also verbeuge ich mich vor dem Mann, der unser Land führt.

»Na endlich.« Die Stimme des Königs füllt den Raum. Er bittet uns hoch. »Das hat ja eine halbe Ewigkeit gedauert.«

»Nun, man musste uns erst wecken«, erklärt Mikael, und ich bewundere ihn dafür, dass er standhaft bleibt und sich nicht beim König entschuldigt. Entweder kennt er ihn besser, als es den Anschein macht, oder er ist einfach nur verdammt mutig. »Es ist noch sehr früh für ein Gespräch mit dem König.«

»Für das es aber jeden Grund gibt.« Der König seufzt theatralisch auf. »Struensee ist unterwegs. Sein Botschafter ist heute Morgen angekommen. Er befindet sich nur noch zwei Tagesritte von Christiania entfernt.«

Ich erstarre. Von Struensee selbst habe ich noch nicht allzu viel gehört, deshalb verstehe ich nicht, wieso diese Person den König höchstpersönlich in Angst und Schrecken versetzt. Jedoch bedeutet Struensees baldige Ankunft, dass uns die Zeit davonrennt.

»Ich hoffe, Ihr versteht den Ernst der Lage«, sagt der König nun leiser. Er kommt näher. »Mikael, du stehst in meiner Schuld, und nichts hindert mich daran, dir deine gerechte Strafe zukommen zu lassen, wenn du das Blatt nicht zu einem besseren wendest.«

In seiner Schuld? Seine gerechte Strafe? Wovon spricht der König da bloß?

»Jawohl, Eure Hoheit«, antwortet Mikael, der offenbar genau weiß, weshalb der König ihm gerade droht.

»Gut.« Die Stimme schwingt um und klingt plötzlich nicht mal mehr halb so bedrohlich wie noch vor ein paar Augenblicken. »Ihr könnt dann gehen.«

Wir verneigen uns zum Abschied und verlassen den königlichen Bereich. Erst als wir zurück in unserem Gemach sind, traue ich mich, Mikael auf das Gehörte anzusprechen.

»Was soll das heißen: deine Schuld?«, fordere ich zu wissen.

Er atmet frustriert auf, bevor er seine Faust auf den Tisch sausen lässt. Ich zucke erschrocken zusammen und weiche zurück.

»Oh Gott, bitte entschuldige«, stößt er hervor, als er sieht, wie sehr er mich erschreckt hat. »Ich hab's vergessen. Ich habe für einen Moment vergessen, dass du mich nicht sehen kannst.«

»Schon gut«, flüstere ich, aber mein Herz rast immer noch. »Von welcher Strafe hat er gesprochen, Mikael?«

»Wenn ich nicht tue, was er sagt …«, setzt er an und macht eine Pause, um sich zu sammeln. »Wenn wir es nicht schaffen, bin ich ein gehängter Mann.«

Kapitel 15
Hayet

Lille, 2018

Die erste Stunde fahren wir in Stille. Zoe ist bald wieder eingeschlafen, und Azalea schaut abwesend aus dem Fenster, während an uns erst die Stadt vorbeizieht und später das Land. Je näher wir den Bergen kommen, umso winterlicher wird die Landschaft.

Ich spiele mit meinem Lebensbaum und kuschle mich auf dem Sitz zusammen, während meine Gedanken wieder zu dem Traum der letzten Nacht gleiten. Als *Black Heart* habe ich keine Visionen, und auf Traummagie kann ich auch nicht zugreifen – es muss also einfach nur ein sehr realistischer Traum gewesen sein.

Mit einem sehr realistischen Wächter.

Eine Weile überlege ich, wie die einzelnen Traumzeichen mit meiner Zukunft zusammenhängen könnten. Die Wiese ohne Ende, der lange Fall, das Schweben in der Galaxie und der mysteriöse Fremde. Von einer verwilderten Wiese zu träumen bedeutet oft, dass man sich in Ideen verstrickt, die hoffnungslos sind. Das würde ja gut zu dem offensichtlichen Ende passen, das meinen Wunsch ausgedrückt hat, endlich dazuzugehören. Der lange Fall ist kein gutes Zeichen – wann immer ich träume, dass ich falle, steht mir Ärger bevor. Beim letzten Mal hatte ich kurz darauf eine Lungenentzündung.

Das Schweben könnte meinen Wunsch nach Freiheit symbolisieren, aber so richtig sicher bin ich mir da nicht. Wenn es so wäre, würde ich doch sicherlich häufiger davon träumen, oder nicht?

Ein Fremder im Traum stellt oft einen Teil seiner selbst dar, den man noch nicht kennt.

So macht mein Traum sogar Sinn. Der Wunsch nach Freiheit, bevorstehender Ärger, ein Teil meiner selbst, den ich noch nicht kenne – das hört sich nach einem Abenteuer an, an dem ich wachsen werde. Bloß die hoffnungslosen Ideen irritieren mich. Könnte die Wiese auch dafür stehen, dass die Lösung zu kompliziert ist, um sie jemals herauszufinden?

»Worüber denkst du so angestrengt nach?«, fragt Yanis mich irgendwann.

Ich überlege kurz, ihm von meinem Traum zu erzählen, entscheide mich aber dagegen. Nachher erklärt er mich noch für wirr im Kopf, weil ich sogar schon davon träume, eine richtige Hexe zu sein. »Nichts Besonderes.«

»Das sieht nicht nach Nichts aus.« Er wirft mir einen kurzen Blick zu, bevor er in den Rückspiegel schaut. »Ich kenn dich jetzt lange genug, um das zu wissen.«

Ich seufze und schaue nach hinten, doch mittlerweile scheint auch Azalea eingeschlafen zu sein. Jedenfalls hat sie auch die Augen geschlossen.

»Ich mach mir bloß Sorgen«, erkläre ich leise. »Ich habe schlecht geträumt, und der Traum hängt mir noch nach. Was, wenn diese Reise eine Katastrophe wird?«

»Das wird sie schon nicht.« Er lächelt mir aufmunternd zu. »Azalea ist eine Hexe, sie werden ihr helfen.«

»Aber was ist mit uns?«

Seine Hände umgreifen das Lenkrad etwas fester. »Wir finden einen Weg. Tun wir doch immer.«

Zwischen Felsspalten und Tannen verbirgt sich ein Wasserfall, der gleichzeitig den Aufstieg zum Palast der Träume markiert. An den steilen Felswänden schlängelt sich eine Holztreppe empor, mal links, mal rechts, zwischendrin immer wieder durch hölzerne Brücken verbunden, die alles andere als vertrauenserweckend aussehen. Im Morgengrauen glitzert das Wasser, und weiter oben der Schnee.

Es ist perfekt.

Wir holen unsere Taschen aus dem Kofferraum und machen uns an den Aufstieg. Erst Zoe, dann Azalea, dann ich. Yanis bildet das Schlusslicht. Dass er überhaupt mit hochkommt, wundert mich. Andererseits ist er wohl der Einzige von uns, der im Ernstfall schnell entkommen könnte. Die Nervosität ist überdeutlich zu spüren. Sie liegt wie ein Flirren in der Luft und erschwert uns das Reden.

Nicht, dass wir einander viel zu erzählen hätten. Zoe und ich schon, natürlich, aber Azalea ist eine Fremde für uns. Und Yanis ist eben Yanis.

Also hänge ich wieder einmal meinen eigenen Gedanken nach und frage mich, was uns erwarten wird. Offene Türen, weil Azalea und Zoe Hexen sind? Oder wird man uns mit Feindseligkeit begegnen? Werden sie uns dabei helfen, Azaleas wahrer Herkunft auf den Grund zu gehen? Und wird sie erzählen, was geschehen ist, damit wir herausfinden können, ob wir in Gefahr sind?

Während ich so darüber nachdenke, wird mir klar, wie verrückt es ist, für eine Fremde nach Österreich zu fahren. Wenn der Vorschlag nicht ausgerechnet von Maman gekommen wäre, hätte ich ihn mit Sicherheit nicht angenommen. Aber wenn sie einen Rat ausspricht, befolgt man ihn besser – die Konsequenzen sind sonst unvorhersehbar.

Je höher wir kommen, umso kälter wird es. Oben angekommen stelle ich schnell fest, dass ich nicht die richtigen Schuhe für dieses Abenteuer trage. Wieso habe ich nicht daran gedacht, dass in den Alpen Schnee liegt?

»Hier.« Zoe kommt zu mir, schließt die vor Begeisterung

funkelnden Augen und murmelt ein paar Worte. Kurz darauf wird mir warm an Händen und Füßen.

Ich lächle sie dankbar an, bevor sie sich den anderen zuwendet und auch sie mit einem Wärmezauber ausstattet. Azalea reagiert erstaunt und reibt ihre Hände aneinander, die sich durch die Magie wie von selbst aufwärmen. Bald schon widmet sie ihre Aufmerksamkeit allerdings der Umgebung. Auf ihrer Stirn liegt eine besorgte Falte.

»Ist alles okay?«, frage ich sie.

Sie schüttelt den Kopf. »Ich hab bloß ein schlechtes Gefühl. Als wäre hier irgendwas ... was hier nicht hingehört.«

Ihre Worte versetzen meinen Magen in Aufruhr. Verdammte Hexerei, ich wette, wenn ich bei normalen Menschen aufgewachsen wäre, würde ich nicht so sehr an Instinkt und Vorhersehung glauben.

»Was meinst du damit?« Ich schaue mich um. Yanis und Zoe tun es mir gleich, aber entdecken können wir nichts. Trotzdem fühle ich mich jetzt beobachtet und drehe mich den Rest des Weges immer wieder um.

Bald entdecken wir den Felsspalt, den Yanis auf der Fahrt hierher beschrieben hat. Er hält mich zurück. »Können wir kurz reden?«

Die anderen schauen argwöhnisch zu uns. Ich zucke mit den Schultern und folge ihm ein paar Meter weg von ihnen. »Was ist denn los?«

Er seufzt und fährt sich mit einer Hand durch die Locken. »Ich kann euch da nicht allein reingehen lassen. Wer weiß, wie lange das dauert und ob ihr überhaupt wieder rauskommt.«

»Du machst mir nicht gerade Hoffnung«, erwidere ich ironisch.

Er lacht trocken auf. »Das war auch nicht meine Absicht.« Er denkt kurz nach und gibt sich schließlich einen Ruck, um das auszusprechen, was ihn beschäftigt. »Ich komme mit rein.«

Überrascht starre ich ihn an. »Bist du sicher? Was, wenn sie dich wiedererkennen?«

»Das werden sie nicht.« Er grinst mich schief an. »Nicht als dein Hund jedenfalls.«

Ich öffne den Mund, um zu widersprechen, aber der Plan ist zu gut. Also nicke ich bloß, und er drückt mir seine Sachen in die Hand, damit ich sie in meiner Reisetasche verstauen kann. Als er sich bis auf die Unterwäsche auszieht und bloß in Boxershorts bekleidet vor mir im Schnee steht, kann ich nicht anders und mustere seinen schlanken Oberkörper.

Er hat Tätowierungen, von denen ich noch nichts wusste.

Viele davon.

»Bist du fertig mit Starren?«, fragt er bibbernd und drückt mir seine Kleidung in die Hand. Ich wackle vielsagend mit den Brauen, bevor ich die Sachen zum Rest lege, die Tasche zumache und mich Azalea und Zoe zuwende.

Zoe verzieht keine Miene, aber Azalea ist mehr als verwirrt. »Was macht er da?«

Aber bevor wir es ihr erklären können, weiten sich schon ihre Augen. Ich drehe mich um und sehe gerade noch, wie sich Yanis' Haut verwächst und zu einem langen Fell wird. Er taumelt kurz und landet auf allen Vieren, seine Unterwäsche reißt und fällt zu Boden. Als er aufschaut, ist er kein Mensch mehr, sondern ein Hund.

Ein Briard, um genau zu sein.

Mit zotteligem, sandbraunem Fell und treuen grauen Augen.

Er setzt sich in Bewegung, damit wir losgehen können – und Azalea beginnt zu schreien.

Verdammt.

Der Palast der Träume

Kapitel 1

Jascha

Österreich, 2018

»Raus aus den Federn!« Ich ziele und werfe mein Kissen auf das Bett auf der gegenüberliegenden Seite. Aslan grummelt, fängt es auf und lässt es zu Boden fallen. »Du bist die größte Schlafmütze, die ich kenne.«

»Und du die größte Nervensäge.« Er rollt sich auf den Rücken und reibt sich die Augen, bevor er mich anblinzelt.

Ich grinse ihn motiviert an. »Erster Schultag! Da musst selbst du gute Laune haben.«

Er setzt sich seufzend auf, während ich aus dem Bett steige und das Fenster öffne, um etwas von der frischen Alpenluft zu uns in den Raum kommen zu lassen. Die Sonne scheint, und es fühlt sich an, als würden die Tage endlich wieder länger werden.

Meine Gelenke knacken, als ich mich ausgiebig dehne. Anschließend lehne ich mich aus dem Fenster, um in den Innenhof zu schauen. Zwei Wächter drehen eine Runde durch die Kräuterbeete, die dank der Magie den ganzen Innenhof mit ihrem Duft erfüllen. Gegenüber öffnet jemand ein Fenster, das zu einem der Klassenzimmer gehört.

Ich will mich gerade abwenden, da höre ich es: Ein lauter Schrei durchschneidet die Morgenluft und lässt die Wächter aufmerksam werden.

»Was war das?« Aslan drängt sich neben mich, um aus dem Fenster zu schauen. Wir beobachten, wie die Wächter aus dem Innenhof zum Tor laufen, die Waffen gezückt.

»Keine Ahnung. Irgendwer hat geschrien.« Ich zucke mit den Schultern und widme meine Aufmerksamkeit dem Hof, der schnell voll von Wächtern ist. Unter uns öffnen ein paar andere Schüler ihre Fenster, weil sie den Schrei ebenfalls gehört haben.

Es dauert nicht lange, da wird die Menge im Hof unruhig. Mit angehaltenem Atem beobachte ich, wie die Wächter eine neue Gruppe Menschen hineinbringen. Drei Mädchen und ein Hund, mehr kann ich von hier oben nicht erkennen. Die Aufregung lichtet sich schnell, und man führt sie ins Gebäude.

»Wer war das?«, frage ich, obwohl mir klar ist, dass auch Aslan meine Frage nicht beantworten kann. Er verzieht ahnungslos das Gesicht.

»Hexen?«, schlägt er vor.

Ich lache auf. »Was sonst? Sonst hätten die Wächter sie bestimmt nicht reingeholt. Autsch!« Ich springe zur Seite und reibe die Stelle, an der Aslans Ellbogen gelandet ist.

Er grinst teuflisch. »Vielleicht erfahren wir beim Frühstück mehr.«

Mit einem zustimmenden Grummeln mache ich das Fenster zu und gehe in das kleine Badezimmer, um mich anzuziehen. Als ich wieder zurückkomme, hat sich auch mein Kumpel umgezogen und lehnt wartend am Kleiderschrank. Wir verlassen unser Zimmer und suchen uns unseren Weg zur Speisehalle.

Ich könnte schwören, dass wir jeden Tag einen anderen Weg nehmen. Dabei sieht hier nicht mal alles gleich aus. Der *Palast der Träume* ist sogar alles andere als monoton mit seinen lichtdurchfluteten Gängen und den gemütlichen Zimmern. Wohin man auch blickt findet man Bilder und gemusterte Tapeten,

Kamine, Möbelstücke, die schon uralt sein könnten oder auch ganz neu. Die Fensterbänke sind dekoriert mit Blumen und Kräutern, die das ganze Jahr über blühen, weil man sie mit Magie am Leben erhält.

Auf unserem Weg ins Erdgeschoss durchqueren wir das große Kaminzimmer, in dem wir einen unserer ersten Abende verbracht haben. Schwere Bücherregale, in denen von Reiseführern bis hin zu Grimoires alles vertreten ist, samtige Sofas mit durchgesessenen Polstern, Lampenschirme aus Glas und schwere Vorhänge – und über allem hängt der süße Duft nach Magie.

»Hörst du das?« Aslan bleibt stehen und legt den Kopf schief. Ich halte inne und lausche ebenfalls. Kurz darauf vernehme ich laute Stimmen. »Das kommt aus der Eingangshalle, oder?«

Stirnrunzelnd folge ich ihm den Gang hinunter und siehe da, wir stehen in der Eingangshalle. Wie auch immer er das schon wieder geschafft hat. Ich könnte schwören, dass er ein integriertes Navi hat. Anders kann ich mir kaum erklären, wie er wieder und wieder den richtigen Weg findet.

Dieses Mal kommen wir allerdings nicht von der großen, steinernen Treppe herunter, sondern aus einem Gang, der daneben endet. Aslan drückt sich in den Schatten der Treppe und zieht eine Braue hoch. Leise seufzend schiebe ich mich neben ihn und lausche den Stimmen.

»Wir sollten das nicht hier besprechen.« Der ruhige Klang kommt mir bekannt vor. Diese Stimme habe ich hier schon einmal gehört. Sie muss zu einem der Wächter gehören, die uns vor ein paar Tagen eine kurze Einführung in den Palast gegeben haben.

»Sie hat sich bloß erschreckt«, erklärt eine Frau in schnellem Französisch. »Bitte, wir sind gekommen, weil wir Hilfe brauchen.«

Aslan wirft mir einen vielsagenden Blick zu.

»Und der *Hund*?« Der Wächter hat in ihre Sprache gewechselt. Es hört sich nicht so an, als würde er ihr abkaufen, dass es sich beim Hund wirklich um einen Hund handelt.

»Lumière. Er gehört mir«, antwortet die Frau.

»Wie alt ist er?«, fragt der Wächter argwöhnisch.

»Das weiß ich nicht genau.« Sie seufzt. »Ich hab ihn aufgenommen, da war er schon so groß. Das war vor etwa anderthalb Jahren. Ich bin Schaustellerin und reise viel. Wir waren gerade in Nantes, da lief er mir über den Weg und ist von da an nicht mehr von meiner Seite gewichen.«

Mein Schulfranzösisch ist nicht das beste, aber es reicht, um ihrer Geschichte zu lauschen.

»Ich hab ihn Lumière getauft, weil ich *Die Schöne und das Biest* liebe. Er ist kein Gestaltwandler«, beteuert sie. »Ich teile mir ja sogar meinen Joghurt mit ihm.«

Ich unterdrücke ein Lachen und frage mich, welche der drei Frauen gerade spricht.

»Wie habt ihr uns gefunden?«, fragt der Wächter, der offenbar das Sagen hat. Vielleicht ist er auch der Einzige, der Französisch spricht. Unterrichtet wird meistens auf Deutsch, aber wir haben schon Niederländer, Franzosen, Italiener und Schweizer kennengelernt. Es gibt mehrere europäische Sprachen, die hier zum Alltag gehören, aber bis wir diese alle beherrschen, wird sich in einem Kauderwelsch aus allen Sprachen miteinander unterhalten.

»Wir haben die richtigen Leute gefragt«, erwidert sie. »Hören Sie, Zoe und ich, wir sind vom *Cirque de la Sorcellerie*. Den Namen haben Sie doch sicher schon gehört, oder? Bei uns sind ein paar Wächter, die vorher hier gewesen sind.«

»Zum Beispiel?«, fragt er, und sie rasselt ein paar Namen runter. »Check das«, weist er jemand anderen auf Deutsch an. Schritte nähern sich, und wir drücken uns dichter an die Wand, um nicht entdeckt zu werden. Ich frage mich, was passiert, wenn man gleich am ersten Schultag beim Lauschen erwischt wird.

Kapitel 2

Louisa

Düsseldorf, 2018

»Einen Traum geteilt?« Tyros reißt die Augen auf und mustert Moose, der immer noch verschlafen aussieht. »Mit wem? Du bist doch nicht verbunden.«

Ich verstehe nur Bahnhof und hole mir eine Tasse aus dem Schrank, um mir einen Kaffee einzugießen.

»Ich weiß nicht, wer sie ist«, erklärt Moose. »Ich habe sie noch nie gesehen. Sie glaubt, sie ist eine àn *hjarta*.«

»Das kann nicht sein.« Alex fährt sich mit der Hand durch die kurzen Haare. Er wirft mir einen besorgten Blick zu, den ich nicht deuten kann. »Wenn sie eine àn *hjarta* wäre, könnte sie sich keinen Traum teilen.«

»Das habe ich ihr auch gesagt.« Moose zieht seine Brille aus und reibt sich über die Augen. »Wir hatten kaum Zeit zu reden. Der Traum war viel zu schnell vorbei.«

Nachdenklich nehme ich meine Tasse und lehne mich gegen die Fensterbank. Die Heizung darunter strahlt eine Wärme aus, die das winterliche Gefühl aus meinen Knochen vertreibt.

Lebhafte Erinnerungen an meinen eigenen Traum vermischen sich mit dem Gespräch, welches die drei Männer gerade führen. Es war der gleiche Albtraum wie auch schon in der Nacht zuvor – zielloses Umherirren in einem verlassenen Flughafengebäude, ein Kuss wie ein Abschied und Tiger, die den Mann zerfleischen, der sich in den letzten Tagen einen Platz in meinem Herzen erobert hat. Nur dieses Mal war es anders.

Dieses Mal ist er den Tigern entkommen und hat mich gefunden.

Seine Flucht war gleichzeitig der Moment, in dem meine Albträume ein Ende hatten.

»Hattest du die Möglichkeit, den Traum zu kontrollieren?« Tyros' Frage zieht mich wieder in die Gegenwart zurück.

»Ich …« Moose runzelt die Stirn. »Nein, sie war es. Sie hat den Traum kontrolliert. Ich weiß nicht, ob ich dazu in der Lage gewesen wäre.«

Tyros reibt sich übers Kinn. »Uns bleibt wohl nichts anderes übrig, als abzuwarten, ob es nochmal geschieht. Vielleicht war es bloß ein besonders lebhafter Traum.«

Moose schüttelt den Kopf. »Das war anders als alles, was ich bisher geträumt habe.«

»Wir könnten die Ratsmitglieder fragen, ob sie schon mal was davon gehört haben, dass man sich einen Traum teilen kann, ohne miteinander verbunden zu sein.« Alex' Vorschlag trifft auf Zustimmung bei den anderen.

»*Vaša mara maja*«, kommt es mir plötzlich in den Sinn. Mein Blick fliegt zu Alex, der ihn mit weit aufgerissenen Augen erwidert. »Das …«

Er schüttelt kaum merklich den Kopf, doch es ist zu spät. Tyros fährt herum und macht einen großen Schritt auf mich zu. »Woher weißt du von der Formel?«

»Ich, äh …« Am liebsten würde ich zurückweichen, aber mit der Fensterbank im Rücken geht das nicht so leicht. »Ich hab …« Was soll ich bloß sagen? »Ich hab's aufgeschnappt. Irgendwo. Irgendwann. Vielleicht bei Mama?«

Wahrscheinlich hätte er mir sogar geglaubt, wenn ich nicht ausgerechnet im nächsten Moment zu Alex geschaut hätte, um mir von ihm Bestätigung für meine Lüge zu holen.

»Das habt ihr nicht getan«, flüstert Tyros entsetzt und dreht sich um. Alex sieht aus, als würde er sich jeden Moment übergeben. »Bitte sag mir, dass ihr euch nicht verbunden habt.«

Mein Magen schlägt einen nervösen Salto. Haben wir uns verbunden? Ist die Formel dazu dagewesen? Und wieso? Und was ist so schlimm daran, wenn es so wäre?

Alex öffnet die Lippen, um etwas zu erwidern, doch er bringt kein Wort raus. Er versucht es noch einmal, bevor er es schließlich bei einem knappen Nicken belässt und demütig zu Boden blickt.

Tyros stöhnt auf und reibt sich durchs Gesicht. »Alex ...«

»Ich kann das erklären«, bringt Alex dann doch hervor.

»Nein«, fährt ihm Tyros über den Mund. Die Gefühlskälte in seiner Stimme lässt mir das Blut in den Adern gefrieren. »Ich will kein weiteres Wort hören.«

»Aber das ist meine Schuld«, werfe ich ein, bevor ich darüber nachdenken kann, was das für Konsequenzen haben könnte. Mit meinen nächsten Worten rate ich ins Blaue, weil ich eigentlich keine Ahnung habe, was das überhaupt für eine Verbindung ist, über die wir gerade sprechen. »Ich habe ihn gebeten, es zu tun.«

Alex schüttelt den Kopf. »Louisa hat nichts damit zu tun.«

Sturkopf. Wieso nimmt er meine Hilfe nicht an? Mich würden sie bestimmt nicht so hart bestrafen wie ihn.

»Das weiß ich«, erwidert Tyros finster und öffnet die Tür zum zweiten Schlafzimmer. »Auf ein Wort, Alex.«

Sie verschwinden in dem Raum und lassen Moose und mich in einer unangenehmen Stille zurück. Die Lust auf Kaffee ist mir vergangen, also kippe ich die braune Flüssigkeit in den Abfluss und setze mich zu Moose.

»Was machen die da drin?«, frage ich beunruhigt. »Was hat das alles zu bedeuten? Wieso ist Tyros so wütend?«

»Eins nach dem anderen, Lou.« Moose schenkt mir ein aufmunterndes Lächeln, aber es erreicht seine Augen nicht. Also weiß ich, dass die Lage für Alex ernst ist. Was auch immer er getan hat, damit hat er eine Regel gebrochen. »Weißt du überhaupt, was geteilte Träume sind?«

Ich schüttle den Kopf, zu verwirrt, um die Lüge, Alex dazu gezwungen zu haben, noch aufrechtzuerhalten.

»Durch die Formel, die du dir so gut gemerkt hast, hat Alex dich im Traum gefunden. Ich schätze, er hat deine Albträume nicht mehr ausgehalten und wollte dir helfen.«

»Aber was ist daran so verwerflich? Ich dachte, Wächter wären dazu da, Hexen zu helfen«, werfe ich niedergeschlagen ein. Es erscheint mir nicht besonders fair, dass er nun für seine Hilfe bestraft werden soll.

»Es ist nicht die Hilfeleistung, die verwerflich ist«, setzt Moose an und wählt seine folgenden Worte vorsichtig, »sondern die Bedeutung, die damit einhergeht. Dass er sich um dein Wohlergehen im Schlaf sorgt, heißt nämlich, dass er dich deutlich mehr mag, als es angemessen wäre. Er ist dein Lehrer.«

»Ihr bestraft ihn, weil wir befreundet sind?« Meine Stimme klingt selbst in meinen Ohren schrill. Das können sie doch wohl nicht ernst meinen. Selbst ein mittelalterlicher Verein wie der Rat muss doch wohl Werte wie Freundschaft und Nächstenliebe anerkennen.

Moose schüttelt den Kopf. »Wenn er bestraft wird, dann dafür, dass er sich in dich verliebt, Lou.«

Kapitel 3

Jascha

Österreich, 2018

Kurze Zeit später löst sich die Menge in der Eingangshalle auf. Die Neuankömmlinge werden zum Büro der Direktorin gebracht, während wir uns auf den Weg in den Speisesaal machen. Aslan ist nachdenklich. Ich frage mich, was ihm schon wieder im Kopf rumschwirrt.

Wir betreten den großen Saal, beladen unsere Teller am Buffet und suchen uns einen Platz an einem der freien Tische. Mittlerweile sind wir so spät dran, dass die meisten Schüler schon mit dem Frühstück fertig sind und bereits zu ihren Zimmern zurückkehren, um ihre Sachen für den Unterricht zu holen.

»Und? Was denkst du?«, fragt Aslan und gibt etwas Milch in seinen Kaffee. »Ist Lumière ein Hund oder ein Gestaltwandler?«

»Da kommen sie sicher ganz schnell hinter.« Ich bestreiche mein Brötchen mit Marmelade und beiße davon ab. »Wenn es ein Gestaltwandler ist, dann einer mit Todessehnsucht.«

Aslan schmunzelt. »Ich kann mir kaum vorstellen, dass drei Hexen mit einem Gestaltwandler unterwegs sind. Aber man kann ja nie wissen.«

»Hattest du etwa schon Unterricht?«, frage ich lachend. »Du klingst so neunmalklug.«

Er schnaubt und tritt mir gegen das Schienbein.

»Echt jetzt?« Ich reibe mir die Stelle gespielt beleidigt, bevor ich mich meinem Kaffee widme. »Das ist schon das zweite Mal heute.«

»Wenn du nicht immer so blöde Sprüche bringen würdest, hättest du weniger blaue Flecken«, erklärt er schulterzuckend. Ich verenge die Augen zu Schlitzen und überlege, wie ich am besten kontern könnte, aber da mir ausnahmsweise nichts einfällt, esse ich mein Brötchen zu Ende. Wir tauschen noch ein paar Vermutungen zu den Neuankömmlingen aus, bevor wir uns unserem Stundenplan widmen und mit Schreck feststellen, dass die erste Stunde in fünf Minuten anfängt.

Eilig laden wir das benutzte Geschirr auf die Tabletts und bringen die Sachen weg, bevor wir durch den Palast hetzen, um unsere Taschen aus unserem Zimmer zu holen.

»Nächstes Mal nehmen wir sie gleich mit zum Frühstück«, japse ich, als wir oben angekommen sind. Schnell stopfe ich etwas zum Schreiben in die Umhängetasche und schnappe mir einen Hoodie, um nicht zu frieren, falls uns der Unterricht nach draußen führt.

Der Rückweg führt uns durch den Innenhof auf die andere Seite des alten Klosters, in dem bereits der Unterricht für eine Gruppe Hexen begonnen hat. Wir drängen uns durch die Menge, ein paar der Frauen springen kichernd zur Seite. Für mehr als ein paar hastige »Entschuldigung« reicht die Zeit allerdings nicht.

Wir erreichen die Sporthalle sieben Minuten nach Unterrichtsbeginn. Aslan öffnet die Tür mit so viel Schwung, dass sie mit einem lauten Knall gegen die Wand donnert. Ich atme tief durch und hebe den Blick, bloß um zu sehen, wie uns alle anstarren.

»Sorry«, murmle ich und schließe leise die Tür, bevor ich Aslan zur Gruppe folge. Für einen kurzen Moment denke ich, der Unterricht hätte noch nicht begonnen, aber dann teilt sich die Menge und spuckt einen Mann aus, der uns abfällig mustert. Tätowierte Arme, geschorene Haare und ein grimmiges Gesicht. Seine schwarze Kampfmontur macht ihn nicht gerade sympathischer. Er trägt ein Klemmbrett in einer Hand.

Alexander stand als Trainer im Stundenplan, und so wie dieser Mann aussieht, muss es sich bei ihm um genau den handeln.

»Und ihr seid dann wohl ...« Er schaut auf sein Klemmbrett. »Jascha Lorenz und Aslan Yilmaz, die es nicht für nötig halten, pünktlich zum Unterricht zu erscheinen.«

Ich werfe ihm ein entschuldigendes Lächeln zu, aber Alexander scheint nicht der Typ für freundliche Mimik zu sein. Er verengt die Augen zu Schlitzen, drückt einem Mitschüler sein Klemmbrett in die Hand und macht zwei große Schritte auf mich zu.

»So, du findest das lustig?« Er funkelt mich wütend an. »Wie wär's mit einer Entschuldigung statt eines blöden Grinsens?«

Kurz spiele ich mit dem Gedanken, ihn zu provozieren, aber ich habe versprochen, mich wie ein vorbildlicher Schüler zu benehmen. Also sollte ich dieses Versprechen nicht gleich am ersten Tag brechen.

»Tut mir leid«, presse ich notgedrungen hervor. »Kommt nicht wieder vor.«

Auch Aslan murmelt eine Entschuldigung, bevor sich der Trainer wieder seinem Unterricht widmet. Wir bleiben in der letzten Reihe stehen.

»Was für ein Arsch«, flüstere ich. »Am liebsten würde ich ... Au!«

Aslan rammt mir seinen Ellbogen in die Rippen und deutet mit einem Rucken seines Kinns auf einen Mitschüler. Ich reibe mir die schmerzende Stelle und werfe ihm einen bösen Blick zu, bevor ich mich umsehe und feststelle, dass einer der anderen Schüler uns neugierig beobachtet. Er schiebt sich unauffällig durch die Menge und kommt zu uns.

Stirnrunzelnd mustere ich den Kerl, der mit seinen blonden Locken und der dicken Nerd-Brille aussieht, als käme er geradewegs aus dem Streberclub der Akademie. Was will er von uns?

»Kleiner Tipp«, raunt er mir zu. »Silas hasst Schüler, die meinen, sie wären etwas Besseres als die anderen.«

»Äh?«, mache ich verständnislos. Wie kommt er auf die Idee, uns Ratschläge zu erteilen? Und wer ist überhaupt Silas? Ich dachte, unser Trainer heißt Alexander.

»Ich sag's ja nur. Lieber verlieren und in Ruhe gelassen werden.« Er zieht vielsagend eine Braue hoch. »Ich bin Fred.«

»Jascha«, erwidere ich kurz angebunden, weil es mir nicht ganz geheuer ist, dass er uns einfach so Tipps gibt. Das wirkt ein wenig zu vertraut - oder der Nerd weiß etwas, was wir noch nicht wissen. »Und das ist Aslan.«

»Lorenz!«

Ich zucke zusammen, weil der Trainer meinen Namen brüllt. Fred zuckt mit den Schultern, als wenn er sagen wollte »Ich hab's dir ja gesagt«. Ich rolle mit den Augen und wende mich ab, um beschwichtigend die Hände zu heben.

»Du hast echt den Arsch auf, oder?« Alexander oder Silas, oder wie auch immer er heißt, kommt auf uns zu. Aus den Augenwinkeln merke ich, wie Fred sich vom Acker macht.

»Erst zu spät kommen und dann die Klappe nicht halten können. Bist wohl der Meinung, du könntest schon alles.«

»Ich …«, setze ich an, aber aus der Nummer komme ich sowieso nicht mehr raus. Mit ihm habe ich es mir definitiv verscherzt.

»Ab auf die Matte mit dir«, fordert er mich in einem Tonfall auf, der keine Widerrede zulässt. Seufzend lasse ich meine Tasche fallen und bahne mir meinen Weg durch die Menge, die angespannt zusieht. So viel zum Thema vorbildlicher Schüler.

Vor der Kampfsportmatte ziehe ich Schuhe, Socken und den Hoodie aus. Freds Worte schwirren mir im Kopf herum. Vielleicht war es das, was er gemeint hat? Vielleicht sollte ich zurückstecken, damit der Trainer zufrieden ist und mich in Ruhe lässt. Aber alles in mir sträubt sich danach, kampflos aufzugeben. Das ist einfach nicht mein Stil. War es noch nie.

»Silas wird ihn sowas von fertigmachen«, raunt einer der Wächter in der vordersten Reihe seinem Kumpel zu. Unser Trainer – Silas, allem Anschein nach – steigt barfuß auf die Matte und taxiert mich. Ich räuspere mich und lasse meine Fingerknöchel knacken.

Kämpfen oder nicht?

Mein Blick sucht den von Aslan, der kaum merklich den Kopf schüttelt. Er war schon immer derjenige, der erst Fragen stellt, bevor er zuschlägt. Im Zweifel für den Angeklagten ... Ich könnte ihn mir auch gut als Anwalt vorstellen.

»Dann zeig mal, was du draufhast.« Silas streckt sich durch, und dann fangen wir an, einander zu umkreisen. Es dauert nicht lange, da holt er zum ersten Angriff aus. Ich ducke mich unter seinem Arm hindurch und weiche geschickt aus. Den Teufel werde ich tun und gleich in der ersten Runde K.O. gehen.

Schritt für Schritt lote ich meine Möglichkeiten aus. Er bewegt sich schwerfällig, beinahe so, als hätte er Schmerzen im rechten Bein. Wenn ich einen gezielten Tritt in seine Kniekehle landen kann, würde er das Gleichgewicht verlieren, weil er das Bein nicht so stark belasten kann.

Aber dazu komme ich nicht, denn er startet einen erneuten Angriff, und dieses Mal geht es so schnell, dass ich kaum Zeit habe, sein Schrittmuster zu analysieren.

Jab, Jab, Uppercut.

Blocken, Blocken. Ducken.

Ich lande einen Schlag gegen seinen Kiefer, doch damit gebe ich meine Deckung auf. Seine Faust landet in meinem Magen, oder war es sein Knie? Ich weiß es nicht, denn ehe ich mich versehe, liege ich keuchend auf dem Boden und rolle mich zur Seite, bevor er mich in die Mangel nehmen kann. Mit Sternen vor den Augen richte ich mich wieder auf und ringe nach Luft.

Silas gibt mir kaum Zeit, mich zu erholen. Er stürzt sich wieder auf mich. Dieses Mal nutze ich seinen Schwung, befördere ihn in ein Ungleichgewicht, aber statt wie erwartet umzufallen, fängt er sich wieder. Keine aktuelle Verletzung also, sondern eine Schonhaltung, die er nicht wieder losgeworden ist.

Er setzt erneut an. Ich blocke seine Schläge ab, aber irgendwann geht mir die Puste aus, und ich kann nicht mehr mit seinem Tempo mithalten. Er trifft mich. Ich taumle zurück, hebe die Hände, aber es ist zu spät. Ich sehe seine Faust noch auf mich zufliegen, bevor mir schwarz vor Augen wird und heiße Schmerzen hinter meiner Stirn explodieren.

Kapitel 4

Louisa

Düsseldorf, 2018

Sich in mich …?« Ich lache auf, weil der Gedanke, dass Alex sich in mich verlieben könnte, so absurd ist. »Das glaubt ihr nicht ernsthaft! Er kennt mich doch kaum.«

Moose zuckt unsicher mit den Schultern. »Er ist im Palast aufgewachsen. Die Werte und Regeln des Rates begleiten ihn schon über zwanzig Jahre. Einen solchen Regelbruch begeht jemand wie er nicht einfach so.«

»Woher willst du das wissen? Du kannst doch nicht in seinen Kopf gucken.«

»In seinen nicht, aber in meinen«, antwortet er. »Ich bin zum Palast gekommen, als ich vier Jahre alt war. Alex und ich sind zusammen aufgewachsen. Und ich weiß, dass ich keine der Regeln brechen würde, wenn es nicht absolut notwendig wäre.«

»Vielleicht war es das«, versuche ich Alex zu verteidigen, aber die Ausrede ist zu schwach. »Vielleicht hatte er das Gefühl, dass es nötig war.«

Moose verzieht das Gesicht. Ich kann ihm deutlich ansehen, dass er anderer Meinung ist.

Was auch immer Alex dazu getrieben hat, er wusste, dass es Ärger gibt, wenn der Rat davon erfährt. Wieso hat er es dennoch getan? Hat er wirklich Gefühle für mich, die über

Freundschaft hinausgehen? Oder ist er einfach nur ein selbstloser Mensch?

»Und was geschieht jetzt?«, frage ich nach, weil ich ihm sowieso nicht helfen kann.

»Ich weiß nicht.« Moose lehnt sich zurück und reibt sich ratlos über den Nacken.

»Hm.« Ich verschränke die Arme vor der Brust und denke über die Optionen nach, wie Alex seiner Strafe entgehen könnte. »Muss der Rat denn unbedingt davon erfahren?«

»Tyros ist Ratsvorsitzender.«

»Oh.« Damit habe ich irgendwie nicht gerechnet, obwohl es naheliegend ist, dass jemand mit einer so hohen Position auch im Rat ist. Was auch immer dieser verdammte Rat genau ist.

Die Tür öffnet sich, und ich stehe nervös auf. Heraus kommt Tyros.

Ohne Alex.

Ich frage mich, wieso Alex im Zimmer bleibt. Sperrt er ihn etwa ein?

»Aber was wird jetzt …«, setze ich an und verstumme, weil Tyros mir einen Blick zuwirft, den ich nicht deuten kann.

Er atmet tief ein, bevor er spricht.

»Louisa, das ist weder der richtige Zeitpunkt noch der richtige Ort, um mit mir zu diskutieren«, erwidert er und fixiert meinen Blick, als ob er mir damit etwas sagen wollte. Nur was?

Ich runzle die Stirn. Was wäre denn dann der richtige Zeitpunkt? Wenn wir allein sind? Mein Blick fliegt zu Moose, der besorgt zu Tyros schaut, und ich beginne zu verstehen. Jedes Wort von mir könnte Alex' Strafe schlimmer machen. So wie es überhaupt erst meine Schuld ist, dass er sich nun in dieser Lage befindet.

Abwehrend hebe ich die Hände und signalisiere ihm, dass ich keine weiteren Einwände habe. Er nickt, sieht aber alles andere als zufrieden aus. »Moose, wann geht mein Flug nach Marokko?«

»In fünf Stunden und dreizehn Minuten«, gibt Moose wie aus der Pistole geschossen zurück. »Soll ich den Flug stornieren?«

Tyros seufzt. »Ich muss dahin. Wenn ich hierbleibe, könnte ich mir das nicht verzeihen.«

»Das versteh ich nicht«, murmelt Moose so leise, dass Tyros ihn unmöglich gehört haben kann.

»Hast du Einwände?«, blafft er ihn an.

Moose steht auf und verschränkt die Arme vor der Brust. »Ich versteh bloß nicht, was wichtiger sein kann als das Chaos hier. Louisas Kräfte, Alex, meine Träume ... Meinst du nicht, dass wir dich hier gut gebrauchen könnten?«

Tyros schnaubt auf. Sein Blick fliegt zu mir, und ich wende mich ab, um mir etwas zum Frühstück zu machen. So kann ich in aller Ruhe dem Gespräch lauschen.

»Ihr kriegt das auch ohne mich hin«, grummelt Tyros schließlich. »Pass auf, Marokko ist wichtig. So wichtig, dass es nicht anders geht. Aber ich kann dir nicht sagen, wieso. Du wirst mir vertrauen müssen.«

»Du weißt, dass ich dir mein Leben anvertrauen würde«, meint Moose und setzt sich wieder hin. »Aber wie soll das bitte klappen?«

»Alex wird euch keinen Ärger machen. Sorg einfach nur dafür, dass er die Wohnung nicht verlässt. Ich fordere Unterstützung für dich an.« Tyros öffnet eine Schranktür, holt sich ein Glas raus und füllt es mit Wasser. Ich husche um ihn herum, um die Milch zurück in den Kühlschrank zu stellen, bevor ich mir einen Löffel nehme und mich mit meinen Cornflakes aufs Sofa verziehe. Je unauffälliger, desto besser.

»Ivan und Daniel sind frei«, schlägt Moose vor. Ich frage mich, wie er so einfach akzeptieren kann, dass Tyros fliegt. Ist es als Ratsvorsitzender nicht seine Aufgabe, sich um solche *Katastrophen* zu kümmern?

»Gut«, erwidert Tyros. »Sie sollen herkommen. Ivan und Daniel kümmern sich darum, dass Louisa endlich bei Diana vorstellig wird, und du bringst Alex zurück zum Palast. Ihr haltet den Ball flach, bis ich zurück bin.«

Ich blinzle über die Sofalehne und erkenne die Zweifel in Moose' Gesicht. Es wirkt, als würde er Tyros' Entscheidung in Frage stellen.

Schließlich nickt er aber. »Von mir erfährt niemand davon.«

Tyros atmet erleichtert aus und schaut zu mir.

Ich zucke mit den Schultern. »Von mir ganz bestimmt auch nicht.«

Kapitel 5
Mikael

Christiania, 1768

»Wenn wir es nicht schaffen, bist du ein gehängter Mann?«, wiederholt Freya ungläubig. Sie fasst sich ans Herz und lässt sich auf dem Bett nieder, der Schock steht ihr deutlich ins Gesicht geschrieben. »Soll das heißen, ich habe einen Verbrecher geheiratet?«

Aufgewühlt fahre ich mir durchs Haar. Wie soll ich ihr bloß erklären, was passiert ist? Sie wird mir die Geschichte niemals abkaufen. Niemand wird das.

»Mikael!« Sie springt auf und kommt auf mich zu. »Sprich mit mir! Hat der König etwas gegen dich in der Hand?«

»Ja«, gebe ich mich geschlagen. »Ja, hat er.«

»Was hast du getan?«, fragt sie heiser und spielt nervös mit einer Stofffalte ihres Kleides. Ich wünschte, sie würde nicht so vor mir stehen. Ich wünschte, sie würde mir vertrauen. Aber nach allem, was ich in den letzten Jahren getan habe, habe ich ihr Vertrauen nicht verdient.

»Das ist jetzt nicht wichtig«, erwidere ich rau. »Ich war es nicht. Ich bin unschuldig.«

Zumindest war ich das, bevor der König mich fand und zu seinem Mann für die schmutzigen Angelegenheiten machte. Aber wenn ich ihr das erzähle, wird sie mich hassen. Ich hasse mich ja selbst dafür, dass ich nicht stark genug bin, einen Weg da raus zu finden.

»Aber wie-«

»Ich erkläre es dir ein andermal«, schiebe ich dazwischen, bevor sie noch mehr unangenehme Fragen stellen kann. »Jetzt sollten wir schleunigst eine Möglichkeit finden, deine magischen Kräfte ans Tageslicht zu bringen.«

Sie seufzt, gibt sich aber geschlagen. »Und wie stellen wir das an? Als ich sie das letzte Mal benutzt habe, habe ich ...« Sie verstummt und schlägt eine Hand vor ihren Mund. An ihrem Stirnrunzeln kann ich sehen, dass sie etwas beschäftigt. »Mikael ... was, wenn ich nur das kann? Was, wenn ich einfach nur ... zerstörerisch bin?«

»Das bist du nicht.« Ich greife nach ihrer Hand und ziehe sie an mich. »Du bist mutig und schön und alles andere als zerstörerisch, Freya.« Ich hebe eine Hand an ihre Wange und streichle sie. »Ich bin mir sicher, dass du deine Kräfte kontrollieren und für schöne Dinge nutzen kannst.«

»Wie kannst du dir da so sicher sein?« Sie legt den Kopf schief. Ihr sind die Zweifel deutlich anzusehen.

»Weil ich dich kenne«, erwidere ich und stelle fest, dass es sogar stimmt. Obwohl unser Abenteuer erst vor ein paar Tagen begonnen hat, fühlt es sich an, als würde sie mich schon ewig begleiten. »Und deswegen weiß ich, dass du ein guter Mensch bist, dem etwas Schreckliches zugestoßen ist. Du darfst nicht zulassen, dass deine Vergangenheit dir deine Zukunft vorschreibt.«

Sie löst sich von mir. »Du sagst das, als wäre es leicht. Dabei lässt du selbst deine Vergangenheit entscheiden. Sonst wärst du nicht mehr hier.«

Ich verziehe das Gesicht. Damit hat sie den Kern getroffen. Dass Frauen auch immer recht haben müssen.

»Erzähl mir, was passiert ist, Mikael. Bitte.«

»Gibst du dann endlich Ruhe und konzentrierst dich auf unsere Aufgabe?«, frage ich sie nervös. Ich muss ihr ja nicht die ganze Geschichte erzählen. Ich lasse einfach den Teil aus, in dem ich mich nachts in fremde Gemächer schleiche, um mit Verbrechern und untreuen Gefolgsleuten kurzen Prozess zu machen.

»Du erinnerst dich doch noch an meine Schwester, oder?«

»Aurora?« Sie setzt sich aufs Bett, um mir in Ruhe zuzuhören. Überrascht davon, dass sie sich den Namen gemerkt hat, atme ich aus und lehne mich gegen die Wand. Zum Sitzen bin ich zu unruhig.

»Aurora war eine dieser Frauen, die immer gelacht hat«, erkläre ich ihr. »Auch, als sie blind geworden ist. Sie hat immer versucht, die Sonnenseiten des Lebens zu sehen. Es lief gut für sie. Trotz ihrer Erkrankung bekam sie irgendwann eine Anstellung in der Küche des Hofs. Und eines Tages kam sie nach Hause und lachte nicht mehr.«

Ich erinnere mich noch genau daran, wie sie durch die Tür trat und es sich anfühlte, als wäre die Sonne in ihrem Herzen gestorben.

»So habe ich sie noch nie erlebt. Ich habe sie gefragt, was passiert sei, aber sie wollte nicht darüber reden. Irgendwann, ein paar Tage später, habe ich sie am Hof besucht, weil sie ihr Brot vergessen hatte. Und da habe ich gesehen, wie dieses ... dieses Schwein ...«

Mir fällt das Reden plötzlich schwer. Was geschehen ist, ist so entsetzlich, dass ich es nicht aussprechen kann. Aber das muss ich auch nicht. Freya sieht aus, als wüsste sie, was ich versuche, ihr zu erzählen.

»Ich habe ihn von ihr runtergerissen und sie mitgenommen, weil ich den Gedanken nicht ertragen konnte, dass sie noch länger dort ist. Den ganzen Weg zurück hat sie bitter geweint. Nicht einmal wegen dem, was geschehen ist, sondern weil sie sich schämte. Sie schämte sich so sehr, weil sie sich nicht selbst helfen konnte und ihr großer Bruder sie retten musste.«

Ich schüttle den Kopf, immer noch verständnislos, wie sie jemals denken konnte, ich wäre enttäuscht von ihr.

»Am nächsten Morgen fand man sie mit gebrochenem Genick am Flussufer. Weil sie am ganzen Körper Blutergüsse hatte, ging man von einem Mord aus. Aber ich denke nicht, dass sie jemand getötet hat. Ich glaube, sie konnte mit ihrer Scham nicht mehr leben.«

Freya nickt verständnisvoll und reibt sich fröstelnd über die Arme.

»Ich bin noch in der gleichen Nacht im Schloss eingebrochen«, gestehe ich ihr. »Ich war so wütend auf diesen Mann. Wahrscheinlich hätte ich ihn sogar umgebracht, wenn ich die Gelegenheit gehabt hätte. Aber als ich sein Gemach gefunden hatte und ihn zur Rede stellen wollte ... lag er bereits tot im Bett.«

Sie runzelt verwirrt die Stirn. »Wie ...?«

Ich zucke mit den Schultern, ehe mir einfällt, dass sie die Geste nicht sehen kann. »Ich weiß nicht, was passiert ist. Er hatte einen Dolch in der Brust stecken, und das Fenster stand auf. Ich wollte verschwinden, aber bevor ich das Zimmer verlassen konnte, stand plötzlich der König vor mir.«

»Der König?« Sie zieht die Brauen hoch. »Was macht der König mitten in der Nacht bei einem anderen Mann? Hat er ihn getötet?«

»Das ist nicht mehr wichtig«, erwidere ich niedergeschlagen. »Egal, was passiert ist. Er benutzt die Situation, um mich für seine Zwecke zu erpressen.«

Kapitel 6

Louisa

Düsseldorf, 2018

»Hier.« Moose reicht mir einen Teller mit der Gemüsepfanne, die er zubereitet hat, bevor er sich selbst eine Portion nimmt.

»Was ist mit Alex?«, frage ich, weil dieser immer noch nicht aus seinem selbstauferlegten Exil zurückgekehrt ist. »Er hat sicher auch Hunger.«

Tyros seufzt. »Iss erst mal dein eigenes Mittagessen. Danach kannst du ihm meinetwegen auch etwas bringen.«

Zufrieden setze ich mich zu den beiden an den Tisch und unterdrücke den Drang, meine Portion in Lichtgeschwindigkeit in mich reinzustopfen, nur um Alex schneller wiederzusehen. Tyros' unterschwellige Warnung ist mir noch zu sehr in Erinnerung, als dass ich Alex durch unüberlegtes Handeln weiteren Ärger einbrocken möchte.

Besser wäre es vermutlich, ich würde einfach Abstand zu Alex halten. Aber das kann ich nicht. Ich muss mit ihm reden, und das möglichst schnell, denn wenn Ivan und Daniel erst hier sind, wird sich so schnell sicher keine Gelegenheit mehr ergeben.

Tyros und Moose sprechen über den Flug und Tyros' Vorgehen in Marokko, doch ich höre ihnen nur mit halbem Ohr zu. Zumindest weiß ich jetzt, dass das Massaker dort einen Hexenclan getroffen hat, den Tyros gut kannte. Was das für uns zu bedeuten hat, weiß allerdings noch keiner so genau.

Überhaupt fällt es mir schwer, eine Grenze zwischen Gut und Böse zu ziehen. Bislang dachte ich, der Palast und seine Wächter und Hexen wären die Guten, aber mit ihrem veralteten Regelwerk und der unsicheren Situation für Alex erscheinen sie mir immer weniger gut.

Nach dem Essen räume ich unser Geschirr in die Spüle und nehme einen neuen Teller für Alex aus dem Regal, um ihn zu befüllen. Anschließend hole ich eine Flasche Wasser aus dem Kühlschrank.

»Ich bring ihm etwas und frag ihn, ob er mit mir Geschichte lernt«, erkläre ich mit klopfendem Herzen. »Ich bin sowieso schon so schlecht darin, und wenn ich noch mehr hinterherhinke, falle ich nachher noch durch die Prüfungen.«

Tyros mustert mich mit zusammengekniffenen Brauen, bevor er schließlich einmal knapp nickt. »Ist gut.«

Ich stelle die Sachen ab und hole mir noch schnell etwas zum Schreiben, um wenigstens den Anschein zu wahren. Dann betrete ich das Schlafzimmer. Alex liegt auf dem Bett und blickt verwirrt auf. Seine Haare sind zerzaust.

»Louisa?« Seine Stimme ist rau und klingt, als hätte er tief und fest geschlafen. Er setzt sich auf, reibt sich über die Augen und kommt schließlich zu mir. »Was machst du hier?«

»Dir etwas zum Essen bringen«, erwidere ich mit einem sanften Lächeln. »Und ich würde gerne unterrichtet werden.«

Er runzelt die Stirn, nimmt aber den Teller und die Flasche, um sich damit zurück aufs Bett zu setzen. »Was willst du denn lernen?«

»Geschichte.« Ich wackle vielsagend mit den Brauen, setze mich neben ihn und öffne meinen Collegeblock, um eine hektische Frage darauf zu kritzeln.

Können die uns hören?

Seine Mundwinkel zucken belustigt. »Wie kommst du denn darauf?«, flüstert er.

Übernatürliches Gehör???, schreibe ich und gleich dahinter: *Versteckte Wanze?*

»Ich glaube, Moose hat Besseres zu tun, als eine Wanze in diesem Zimmer zu verstecken«, erklärt er leise genug, dass man uns von draußen nicht hören kann. »Also, wieso bist du hier?«

»Weil du der Einzige bist, der mir Antworten gibt«, wispere ich und klappe den Collegeblock zu. »Ich verstehe nur Bahnhof. Wieso kommst du nicht wieder raus? Hat Tyros es dir verboten?«

»Ich brauchte einfach ein bisschen Zeit zum Nachdenken«, erklärt er. »Dabei bin ich wohl eingeschlafen.«

»Hm«, mache ich wenig überzeugt.

»Tyros ist kein schlechter Mensch«, spricht Alex meinen Gedanken aus und isst etwas von der Gemüsepfanne.

»Hm«, wiederhole ich grummelnd, wechsle dann aber das Thema. Ob Tyros ein guter oder ein schlechter Mensch ist, ist mir herzlich egal – ich will bloß wissen, worauf ich mich gefasst machen muss. »Kannst du mir mehr über den Rat erzählen? Und darüber, was überhaupt los ist?«

Seufzend stellt er den Teller auf den Nachttisch und lehnt sich vor.

»Der Rat wurde 1801 von Freya gegründet, nach dem sie sich mit mehreren Hexen und Wächtern zusammengeschlossen hat. In dem Jahr wurden die ersten Gesetze unserer Welt gemacht, und in all den Jahren kamen genau zwei Regeln dazu.« Seine braunen Augen gleiten besorgt über mein Gesicht. »1914 wurde beschlossen, dass Wächter und Hexen keine Liebesbeziehungen mehr führen dürfen, was bis dahin durchaus üblich war. Kein Wunder, wenn man so viel Zeit miteinander verbringt.«

Dass er das Thema Liebesbeziehung anspricht, beunruhigt mich irgendwie. Besteht vielleicht der Hauch einer Chance, dass er tatsächlich mehr für mich empfindet?

»Aber wieso wurde das beschlossen, wenn es doch gang und gäbe war?«, frage ich verständnislos nach.

»Im Geschichtsunterricht werden dir irgendwann Emma und Willem begegnen.« Alex verzieht das Gesicht und fährt sich mit einer Hand über die stoppelige Wange. »Die kurze Fassung: Weil sie ineinander verliebt waren, waren sie nicht aufmerksam. Und wären sie aufmerksam gewesen, hätten sie vielleicht ein Massaker verhindern können. So sind damals über dreihundert Menschen von deutschen Soldaten erschossen worden, darunter zahlreiche Wächter und Hexen.«

»Und das alles, weil sie ineinander verliebt waren?«

»So erzählt man es sich, ja.« Alex wendet den Blick ab und trinkt etwas. Ich frage mich, wie es passieren kann, dass ein unaufmerksamer Augenblick zu einer solchen Katastrophe führen kann. Das muss eine Kettenreaktion in Gang gesetzt haben ... Aber man kann doch hinterher unmöglich bestimmen, was der Auslöser dafür gewesen ist. Als würde ich mir hier den Arm prellen und in einem anderen Land bricht deshalb ein Krieg aus.

»Das ist nicht logisch«, stelle ich fest.

»Wenn ein Menschenleben auf dem Spiel steht, handelt man selten logisch«, gibt Alex leise zurück. Er lehnt sich gegen das Kopfteil vom Bett und spielt mit dem Verschluss der Wasserflasche. »Hätte Emma vor dem Rat keine Zeugenaussage gemacht, wären sie vielleicht nie darauf gekommen, dass ihr Fehlverhalten zu dieser Katastrophe geführt hat.«

»Ich versteh es trotzdem nicht.«

»Das wirst du, wenn du es im Unterricht behandelst.«

»Hm.« Ich ziehe die Beine an den Körper und umschlinge sie mit den Armen. »Und das zweite Gesetz?«

»... wurde 1999 erlassen.« Sein Blick wird dunkel. »Dass sich Hexen und Wächter Träume teilen, ist ganz normal. Das hilft Hexen dabei, die Albträume im Zaum zu halten, die bisweilen ganz schön heftig werden können. Außerdem ist Traummagie ein wichtiger Aspekt im Leben einer Hexe.«

Verwirrt atme ich aus. »Ich versteh gar nichts mehr, Alex. Das ist zu viel auf einmal.«

»Ich weiß.« Er blickt mich entschuldigend an. »Aber wir sollten nicht zu lange allein sein. Traummagie und geteilte Träume kann dir Moose später erklären. Oder ich ... heute Nacht.«

»Also ist es wahr? Wir haben uns ›verbunden‹?« Ich male Gänsefüßchen in die Luft. »Was auch immer das heißen mag.«

Er nickt und beißt sich auf die Unterlippe. »Es tut mir leid, Louisa«, flüstert er rau. Meine Nackenhärchen stellen sich auf, weil mir seine Worte unter die Haut gehen. »Ich wollte nicht, dass dein Start so ein Durcheinander wird.«

»Schon okay ... schätze ich.« Ich schenke ihm ein aufmunterndes Lächeln. »So schlecht war der Traum wirklich nicht.«

Er muss lachen. Leise zwar, aber trotzdem schön. So wie immer, wenn er lacht.

»Jedenfalls gibt es nicht immer genug Wächter in einem Jahr, damit sich alle Hexen verbinden können«, fährt er mit seiner Erklärung fort. »Und so haben sich gelegentlich auch Lehrer oder ältere Wächter mit neuen Hexen verbunden.«

»Lass mich raten: 1999 ist das wieder in einer Katastrophe geendet, und der Rat hat beschlossen, dass es daran liegen muss?«

Er hebt entschuldigend die Schultern. »Sie haben sich ineinander verliebt, und die Hexe wurde schwanger. Natürlich haben sie versucht, das zu verheimlichen und sind aus dem Palast fortgezogen. Das ging einige Zeit gut. Sie bekamen sogar ein zweites Kind.«

»Was ist dann passiert?«, frage ich atemlos.

»Das Paar brauchte Hilfe. Gestaltwandler waren ihnen auf die Schliche gekommen, also wandten sie sich an den Palast. Die Frau verheimlichte die Beziehung mit dem Wächter und sagte, die Kinder wären von einem anderen Mann. Sie wurden im Palast aufgenommen. Kurz darauf kehrte der Wächter zurück an den Palast. Und wie Kinder eben sind, rutschte einem von ihnen schließlich ein ›Papa‹ raus.«

»Oh«, mache ich. Ohne es zu bemerken, habe ich mich weiter vorgelehnt. Ich wünschte, es gäbe ein Happy End in dieser Geschichte, aber so wie Alex dreinschaut, ist das Wunschdenken. »Gar nicht gut.«

Er schüttelt den Kopf. »Die Lüge flog auf. Man besprach den Fall im Rat und beschloss, die Strafen für den Verstoß gegen die Regeln drastisch zu erhöhen und ein Exempel an diesem Paar zu statuieren ...«

»Was ist mit ihnen passiert?«

Er schließt für einen winzigen Moment die Augen, Schmerz huscht über sein Gesicht, und ich frage mich, ob er das Paar vielleicht sogar kannte. Könnte es sein ...

»Verrat, Lügen, Verstoß gegen das Gesetz zur Liebe.« Er schluckt und schaut auf seine Hände. »Der Wächter hat die Höchststrafe bekommen.«

»Was ist die Höchststrafe?«, hake ich mit einem mulmigen Gefühl im Bauch nach.

Alex leckt sich über die Lippen und hebt den Blick, um mich anzusehen. »Die Enteignung«, flüstert er. »Sie haben ihm die Fähigkeit genommen zu träumen.«

Kapitel 7

Jascha

Österreich, 2018

Blinzelnd öffne ich die Augen und kneife sie gleich wieder zusammen, weil das Licht so grell ist. Hinter meinen Schläfen wummert es, als würden meine Gehirnzellen eine Party feiern. Nur langsam kommt die Erinnerung an Silas und seinen kräftigen Schlag zurück. Ausgeknockt. Und das gleich am ersten Schultag.

Damit macht man sich nicht gerade Freunde.

Ich starte einen neuen Versuch und blinzle vorsichtig. Auf dem Tisch neben mir stehen ein Glas Wasser und eine durchsichtige Dose mit einer gelblichen Creme. Ich liege offensichtlich auf einer Krankenliege.

Mein Blick gleitet zur gegenüberliegenden Wand, an der sich ein Regal mit getrockneten Kräutern und irgendwelchen Flüssigkeiten befindet. Neben der Tür hängt ein beiger Wandteppich, in der Ecke steht ein brauner Ledersessel.

Ganz schön gemütlich für ein Krankenzimmer, schießt es mir durch den Kopf, ehe ich mich aufsetze und meine schmerzende Wange befühle. Das wird ein schöner blauer Fleck.

Ich greife nach der Dose auf dem Tisch, öffne sie und schnuppere daran. Riecht nach Ringelblumensalbe. Das hilft gegen Schwellungen und Blutergüsse? Zweifelnd stelle ich die Dose wieder zurück. Ein Beutel Eis und ein Glas guter Whiskey würden es auch tun.

Bevor ich weiter nachdenken kann, öffnet sich plötzlich die Tür. Überrascht reiße ich die Augen auf. Die Frau, die den Raum betritt, macht nicht den Eindruck einer klassischen Ärztin. Ihre Haare sind ... bonbonrosa! Und nicht nur das – sie trägt eine schwarze Lederhose und einen weitausgeschnittenen, dünnen Pullover, der nichts von der zarten Spitze ihrer BH-Träger verbirgt. Diese Frau ist ... verdammt sexy.

»Oh, du bist wach«, stellt sie erfreut fest und blickt mich aus engelsgleichen blauen Augen an. Halleluja. »Wie geht's dir ... Jascha? Ist doch richtig, oder?«

Ich kriege bloß ein Nicken auf die Reihe, weil sie sich dicht vor mich stellt und mein Kinn zwischen ihre Finger nimmt. Mit der anderen Hand malt sie Bewegungen in die Luft, denen ich offenbar mit meinem Blick folgen soll. Zumindest denke ich, dass es das ist, was sie will. Es fällt mir gar nicht so leicht, mich zu konzentrieren, weil ich nicht weiß, wo ich zuerst hingucken soll - auf ihre roten Lippen oder doch lieber auf den sündhaft gutaussehenden Stoff, der unter ihrem Pullover verschwindet.

»Ich bin Emma«, verrät sie mir. »Obwohl ich mir schönere Umstände vorstellen könnte, um neue Schüler kennenzulernen ... War das Silas?«

»Äh, ja«, krächze ich. »Also, ich denke, er heißt so. Er hat sich nicht vorgestellt, bevor er mir eine verpasst hat.«

Sie schmunzelt und zeigt dabei tiefe Grübchen, die ich am liebsten berühren würde, um zu sehen, ob sie echt sind. »Wie unfreundlich von ihm.«

»Du sagst es.«

Sie lässt mein Kinn los und greift nach der Dose, um sie zu öffnen. »Das ist eine Mischung aus Arnika und Ringelblüten.« Sie taucht ihre Finger in die Creme und hebt sie an meine Wange, um die Verletzung vorsichtig zu behandeln. »Wenn du sie morgens, mittags und abends aufträgst, ist die Schwellung ganz schnell wieder weg.«

»Okay.« Ich schlucke und zwinge mich dazu, den Blick abzuwenden. Wenn ich sie weiter so anstarre, denkt sie nachher noch, ich wäre verrückt. Oder lüstern. Oder beides. »Danke.«

Wieder dieses Schmunzeln. »Wenn du Silas das nächste Mal provozieren willst, solltest du damit rechnen, dass es mehr wehtut«, erklärt sie und deutet auf meine Wange. »Das ist die harmlose Variante.«

»Ach ja?«

»Ich seh schon. Bei dir kommt jeder Rat zu spät.« Sie lacht und lässt mich los, um aus der Schublade vom Tisch ein kleines Handtuch zu holen, an dem sie sich die Hände abwischen kann. Mit einem Schwung ihrer Hüften schiebt sie sie wieder zu. »Aber ich erinnere dich gerne dran, wenn du das erste Mal mit einer gebrochenen Nase hier sitzt.«

»Vielleicht sitzt er ja auch irgendwann mit gebrochener Nase hier«, witzle ich und stehe auf.

Emma unterdrückt ein Grinsen und wirft das benutzte Handtuch in einen geflochtenen Korb, den ich vorher noch nicht gesehen habe. »Ich verrate dir was, aber das darfst du nicht weitersagen.«

»Ehrenwort«, verspreche ich ihr und lege theatralisch eine Hand auf mein Herz.

»Manchmal hätte er das mehr als verdient.« Sie zwinkert mir zu und öffnet die Tür, um mich hinauszulassen. »Gib auf dich acht, Jascha.«

»Und du auf dich«, antworte ich. Erst als ich den Gang mit den Krankenzimmern verlassen habe, wird mir klar, dass es keine unangemessenere Erwiderung hätte geben können.

Kapitel 8

Louisa

Düsseldorf, 2018

Verdattert starre ich ihn an. »Das geht?«

Er nickt. »Mit Magie ist alles möglich«, wispert er. »Aber darum solltest du dir jetzt erst mal keine Sorgen machen. Willst du noch etwas wissen?«

Ich springe aufgewühlt hoch, um im Raum auf und ab zu laufen. Enteignung. Die Fähigkeit zu träumen nehmen. Was bedeutet es für einen Menschen, nicht mehr träumen zu können?

»Lou.« Alex steht auf und fasst mich am Ellbogen, aber allein die Tatsache, dass er meinen Spitznamen benutzt, lässt mich innehalten und zur Ruhe kommen. »Beruhig dich. Es wird alles gut. Tyros lässt sich etwas einfallen.«

»Wie kannst du dir da so sicher sein?« Schnell gebe ich ihm eine Zusammenfassung von dem Gespräch, das Tyros und Moose vorher geführt haben. Nur weil Tyros seine Entscheidung aufschiebt, bis er zurück ist, heißt das nicht, dass er Alex den Rücken deckt. »Tyros müsste schon unterwegs zum Flughafen sein, Daniel und Ivan kommen irgendwann in der Nacht an. Wenn du fliehen möchtest, …«

»Fliehen?« Alex hebt erstaunt eine Braue. »Wieso sollte ich fliehen wollen?«

Ich zucke mit den Schultern. »Hört sich besser an, als enteignet zu werden, oder?«

»Schon, aber …« Er verstummt und rauft sich die Haare.

Es wirkt, als hätte er noch nicht über die Konsequenzen nachgedacht. Darüber, dass sie ihn eventuell enteignen könnten. Auch wenn ich selbst nicht daran glaube, dass sie es machen würden. Im Vergleich zu den beiden Geschichten, die er mir erzählt hat, scheint mir unsere harmlos zu sein.

»Ach, scheiße«, stößt er hervor und lässt sich flach aufs Bett fallen, die Hände aufs Gesicht gepresst. Ich würde am liebsten zu ihm gehen und seine Hand nehmen.

Aber das kann ich nicht.

Ich kann ihn nicht mal anfassen, weil jeden Moment die Tür aufgehen könnte und ich mit einer Berührung alles nur noch schlimmer machen würde.

»Wenn du fliehen willst«, greife ich meinen Satz von vorher wieder auf, »solltest du die Gelegenheit nutzen, wenn Moose allein ist. Tyros ist jetzt auf dem Weg zum Flughafen, und die anderen sind vor dem Abend nicht hier«, wiederhole ich, weil ich nicht sicher bin, ob er die Fakten wirklich mitbekommen hat.

»Ich kann nicht einfach fliehen«, flüstert er. »Der Palast ist mein Leben. Ich bin dort aufgewachsen, Louisa.«

»Aber reicht das, damit sie dir nichts tun?«

Er löst seine Hände von seinem Gesicht und richtet sich auf. In seinen Augen steht die Angst vor dem Ungewissen. »Ich weiß es nicht.«

Ich nicke und gehe durchs Zimmer, um seinen Teller zu holen. Mir fällt auf, dass er kaum etwas gegessen hat.

»Das kannst du wieder mitnehmen«, meint er. »Mir ist gerade nicht danach.«

»Okay.« Ich klemme mir meinen Collegeblock unter den Arm und nehme den Teller und das Besteck mit zur Tür. Alex begleitet mich. »Kommst du gleich wieder raus?«, frage ich ihn. In meiner Stimme schwingt so viel Hoffnung mit, dass ich mir selbst blöd dabei vorkomme.

Er schüttelt den Kopf. »Ich brauche noch ein bisschen Zeit für mich alleine. Wir können heute Nacht weitersprechen.«

»Aber Ivan und Daniel ...«

»Ich bleibe«, fällt er mir ins Wort. Sein Blick ist ernst. »Ich bin ein Wächter, kein Feigling.«

Ich atme schwer aus und versuche, seine Entscheidung zu akzeptieren. Vielleicht ist er kein Feigling, aber dafür ein sturer Bock. Trotzdem nicke ich.

Er öffnet mir die Tür und wirft mir einen letzten, ernsten Blick zu, bevor ich das Zimmer verlasse. Hinter mir fällt die Tür zurück ins Schloss. Ich bringe das benutzte Geschirr zur Küchenzeile und räume die Reste des Mittagessens weg, bevor ich mir etwas zum Trinken nehme, um meine trockene Kehle zu befeuchten. Seit der Sache mit Liam vor ein paar Jahren habe ich mich nicht mehr so schlecht gefühlt.

Aber ich weiß nicht, was schlimmer ist. Menschen zu sehen, die nicht existieren, oder die Bestrafung eines Freundes zu verantworten, an der meine Albträume Schuld tragen?

Kapitel 9

Mikael

Christiania, 1768

Ich hole die beiden Bücher von Freyas Mutter, und wir setzen uns damit an den Tisch in unserem Gemach. In all der Hektik der letzten Tage habe ich es noch nicht geschafft, sie mir genauer anzusehen, aber ihrer Mutter schienen sie viel zu bedeuten, sonst hätte sie nicht dafür gesorgt, dass Freya sie mitnimmt.

»Ich denke, das ist unser erster Anhaltspunkt«, erkläre ich ihr und schlage eins der beiden Bücher auf. Wahllos blättere ich durch die Seiten und stelle schnell fest, dass es sich bei den Geschichten um Märchen handelt. Also ziehe ich mir das zweite heran. »Das sieht vielversprechend aus«, murmle ich. »Ich glaube, sie hat dir ihr Zauberbuch mitgegeben. In diesem sind Notizen und Zeichnungen, wahrscheinlich von deiner Mutter.«

Freya seufzt und stützt ihr Kinn auf ihren Händen ab. »Ich wünschte, ich könnte es sehen. Was bringt mir ein Buch, das ich nicht lesen kann?«

»Dafür hast du ja mich. Ich verschaffe mir nur erst mal einen Überblick.« Ich blättere von vorne durch und erzähle ihr, was ich sehe. »Die ersten Seiten beschreiben verschiedene Kräuter und Wildpflanzen. Es gibt jeweils ein Bild, eine Beschreibung von Aussehen und Duft und Vorschläge für die Anwendung.«

Freya hört mir aufmerksam zu. Es wirkt, als würde sie versuchen, sich alles einzuprägen. Ich frage mich, ob sie ein besseres Gedächtnis hat, weil sie nicht nachlesen kann, wenn ihr etwas nicht mehr einfällt.

»Darauf folgen einige Seiten mit verschiedenen Rezepturen. Hier ist ein Trank für Knochenbrüche und etwas ... um ein Kind im Leib der Mutter zu töten.« Ich erschaudere und blättere schnell weiter. Welche Qual eine Frau auf sich nimmt, um ihr Kind nicht gebären zu müssen, will ich lieber gar nicht so genau wissen. Ich halte inne, als ich ein paar Zaubersprüche entdecke. Aufgeregt beuge ich mich etwas vor und versuche die Schrift zu entziffern.

»Was ist denn?«, fragt Freya, weil ich nicht weiterrede. »Was hast du gefunden?«

»Hier stehen verschiedene Zauber«, erzähle ich ihr. »Sprüche, um Gegenstände schweben zu lassen, ein Zauber, um jemanden zu finden ... solche Sachen.«

Sie atmet aus und lehnt sich zurück. »Also war sie wirklich eine richtige Hexe.«

»Sieht ganz danach aus, ja.«

»Aber wieso hat sie sich dann nicht gewehrt?« Freya vergräbt das Gesicht in ihren Händen. Sie weint nicht – ihre Tränen hat sie längst aufgebraucht – aber auch so kann ich sehen, dass ihr die Erinnerung an ihre Mutter zu schaffen macht.

»Vielleicht konnte sie nicht«, überlege ich. »Du weißt doch noch, wie schwach du gewesen bist. Du hast einen Tag lang durchgeschlafen. Vielleicht hat sie vorher ihre Magie genutzt und war zu erschöpft, um sich selbst zu helfen.«

»Hm.« Freya nimmt die Hände runter. »Sie hat vorher bei einer Geburt geholfen. Aber das Kind hat es nicht überlebt. Die Mutter auch nicht.«

»Vielleicht hat sie versucht, ihnen zu helfen.« Ich greife nach der Hand meiner Gemahlin und streichle sie sanft, damit sie weiß, dass ich für sie da bin, wenn sie mich braucht.

»Ja, vielleicht.« Sie dreht ihre Hand in meiner um und verschränkt unsere Finger miteinander. »Wir werden wohl nie dahinterkommen. Steht da etwas, wie man andere Menschen heilen kann?«

Eilige überfliege ich die nächsten Seiten und finde ein paar Zauber, mit denen man kleinere Krankheiten oder Verletzungen heilen kann, aber nichts, was einem Mann den Irrsinn austreibt. »Ich finde nichts«, gebe ich mich geschlagen, als ich am Ende des Buches angelangt bin. »In dem Buch steht bloß eine Vermutung, wie Magie funktioniert.«

»Ach ja?«

Ich blättere zu der Seite zurück und lese die Worte ihrer Mutter.

Eine Hexe kann die Elemente Wasser, Feuer, Erde und Luft nach ihren Vorstellungen formen und Kraft aus ihnen gewinnen. Obwohl die Magie ein Geschenk der Natur ist, erfordert sie ein gewisses Maß an Konzentration und Lebenskraft.

Mehr steht da nicht. Als hätte sie die Seite angefangen und nie zu Ende geführt. Vielleicht wusste sie aber auch nicht mehr darüber.

»Also ...«, murmelt Freya und sieht ratlos aus. »Also versuche ich mich darauf zu konzentrieren, dass es dem König bessergeht?«

Ich bin mir sehr sicher, dass es so nicht funktionieren wird, aber weil ich sie nicht entmutigen möchte, gehe ich auf ihren Vorschlag ein. »Das ist eine gute Idee. Wir können es ja erst mit ein paar einfacheren Zaubern probieren.«

»Gut.« Sie zögert. »Aber eine Frage habe ich noch: Was hat das zu bedeuten: Lebenskraft? Werde ich schwächer mit jedem Zauber, den ich wirke?«

Ich blicke noch einmal auf den Text, doch er hält die Antwort nicht bereit. Was, wenn der Preis für die Heilung des Königs ihr eigenes Leben ist?

Kapitel 10

Louisa

Düsseldorf, 2018

»Möchtest du auch noch einen Kaffee?« Moose lehnt sich an die Sofalehne und schaut auf mich herab. Ich liege auf dem Sofa und tue so, als würde ich lesen, während ich insgeheim den perfekten Ausbruch plane. Er beinhaltet ein Küchenmesser, eine Geiselnahme und ein paar glaubhafte Tränen. Nicht, dass ich in der Theater-AG besonders gut gewesen wäre. Aber dieses Mal geht es ja auch nicht um eine Note, sondern um ein Menschenleben.

Ich schüttle den Kopf. »Wenn ich noch mehr Kaffee trinke, kann ich heute Nacht nicht schlafen.«

Moose zieht eine Braue hoch, und mir geht auf, dass ich vielleicht nicht so klingen sollte, als würde ich mich nach einem Traum mit Alex sehnen.

»Nicht, dass ich besonders scharf auf Albträume bin«, füge ich also hinzu. »Aber drei Tassen Kaffee sind schon drei Tassen mehr, als ich normalerweise trinke.«

»Na gut.« Er zuckt mit den Schultern und stellt die Kaffeemaschine an, um sich noch eine Tasse zu machen, bevor er zu mir kommt und sich an mein Fußende setzt.

Verwirrt darüber, dass er nicht wieder zurück an die Arbeit geht, sondern mir Gesellschaft leisten möchte, setze ich mich auf. »Bist du fertig für heute?«

»Ich hab noch nicht mal angefangen.« Er lacht auf. »In zwei Stunden beginnt ein Einsatz, den ich per Funk begleiten muss. Aber die Zeit bis dahin wollte ich nutzen und noch ein bisschen Pause machen, um mich mit dir zu unterhalten.«

Es fällt mir schwer, ihm ein ehrliches Lächeln zu schenken.

»Du brauchst keine Angst haben«, sagt er. »Du hast nichts zu befürchten. Der Fehler liegt bei Alex, nicht bei dir.«

»Was geschieht jetzt mit ihm? Werdet ihr das vor dem Rat besprechen?«, frage ich nach.

»Keine Ahnung.« Moose seufzt und nimmt die Brille ab, um sich über die Augen zu reiben. »Weißt du, Alex, Ivan und ich sind die einzigen Wächter, die im Palast aufgewachsen sind. Die Wächter und Hexen dort haben uns gemeinsam großgezogen, weil wir keine Eltern mehr hatten. Und obwohl der Rat Liebe verbietet, gibt es sie bei uns. Der Palast ist unsere Familie.«

Ich runzle die Stirn und erinnere mich an die Geschichte, die mir Alex erzählt hat. Die zwei Kinder … waren das etwa Alex und Ivan?

»Und welche Eltern verletzen ihre Kinder schon?«, schließt Moose seinen Gedanken ab und setzt die Brille wieder auf.

»Also meinst du, er hat nichts zu befürchten?«

Er zuckt mit den Schultern. »Ich weiß es nicht. Ich kann dir nur sagen, dass Tyros uns fast wie ein großer Bruder liebt. Und ich bin mir sicher, diese Bindung beruht auf Gegenseitigkeit.«

»Hm.« Ich schätze, damit hat er recht. Deswegen wollte Tyros vermutlich, dass wir den Ball flachhalten. Vielleicht muss er sich selbst erst darüber klar werden, wie er nun am besten handelt?

»Wieso seid ihr die einzigen drei Kinder, die am Palast aufgewachsen sind?«

»Die meisten kommen erst zur Akademie, wenn sie das achtzehnte Lebensjahr erreicht haben. So wie du eigentlich«, erklärt Moose. »Mit Alex und Ivan ist es etwas … anders gelaufen. Ihre Eltern waren eine Hexe und ein Wächter.«

Mein Herz schlägt schneller, weil Moose meinen Verdacht bestätigt. Also waren es tatsächlich Alex' Eltern, die gestorben sind, nachdem man seinen Vater enteignet hat?

»Waren?«, frage ich unschuldig nach. Besser, ich zeige ihm nicht, dass Alex und ich nicht wirklich über Napoleon gesprochen haben.

»Sie sind gestorben, als er acht war.« Moose trinkt etwas von seinem Kaffee.

Ich versuche ihm den Rest der Geschichte zu entlocken. »Aber ich dachte, Liebe zwischen Wächtern und Hexen ist verboten?«

»Ist sie auch.« Er erzählt mir, was ich nun schon weiß, aber im Gegensatz zu Alex hört er nach der Enteignung nicht auf, sondern spricht weiter. »Einem Menschen die Fähigkeit zu träumen zu nehmen, ist grausam«, murmelt er. »Dein Körper braucht Träume, um Geschehnisse zu verarbeiten. Wenn dir diese Fähigkeit genommen wird, ...«

»... wirst du verrückt«, beende ich seinen Satz und erschaudere.

Moose nickt. »Anatolij hat es zwei Wochen ausgehalten, bevor er sich das Leben genommen hat. Seine Frau Leah ist ihm kurz darauf in den Tod gefolgt.«

»Das ist ja furchtbar«, murmle ich entsetzt. Kommt es mir nur so vor oder ist es plötzlich kälter geworden? »Das würde ich nicht mal meinem schlimmsten Feind wünschen.«

Er verzieht das Gesicht. »Ich glaube nicht, dass sie Alex gleich enteignen werden. Aber manchmal trifft der Rat Entscheidungen ... die ich nicht immer befürworten würde.«

»Aber - eine Enteignung würde seinen sicheren Tod bedeuten! Nur weil er mir helfen wollte!«, rufe ich aus. Verzweiflung breitet sich in mir aus und nimmt mir die Luft zum Atmen. Ich wünschte, ich könnte etwas tun, ich wünschte, es gäbe einen magischen Zaubertrick, der all das ungeschehen machte, die Zeit zurückdrehen könnte, um Alex zu bitten, es nicht zu tun, uns nicht zu verbinden. Das scheint mir die einzig logische Möglichkeit. »Es gibt doch sicher einen Weg, mit dem zu leben, was geschehen ist.«

»Den gibt es bestimmt«, versucht Moose mich zu beruhigen, aber mein Herzschlag lässt sich von seinen Worten nicht mehr besänftigen. Zu groß ist die Angst vor dem Ungewissen, zu groß die Furcht davor, den Menschen zu verlieren, der mich in den letzten Tagen so gut beschützt hat. Ich weiß nicht, wie ich diese Welt ohne Alex meistern soll. Wie Magie ohne ihn überhaupt funktionieren kann. Ich ...

Das Licht flackert.

»Lou«, murmelt Moose und greift nach meiner Hand. »Du musst dich beruhigen.«

»Ich kann nicht«, wispere ich und ringe nach Luft.

Er rutscht vor mich, nimmt auch meine andere Hand und atmet mit mir. »Doch, du kannst. Ich glaub ganz fest daran.«

Ich konzentriere mich auf die Sicherheit in seinen leisen Worten, schließe die Augen, um das Flackern der Lampen auszublenden und tatsächlich – kurze Zeit später geht mein Atem wieder gleichmäßig, und das beklemmende Gefühl in meiner Brust ist verschwunden.

Ich öffne die Augen, und Moose lächelt mir zu.

»Na, siehst du, geht doch«, meint er aufmunternd.

Erschöpft und gleichermaßen erleichtert lasse ich mich zurück in die Sofakissen fallen und lausche dem stetigen Schlagen meines Herzens. Wenn das Schicksal mir damit sagen wollte, dass ich auch gut ohne Alex zurechtkomme, kann es mich mal kreuzweise.

Blödes Schicksal, denke ich und reibe mir übers Gesicht, um die Tränen und damit die Erinnerung an meine Panikattacke fortzuwischen.

»Hast du Hunger?«, fragt Moose nach einem Blick auf die Uhr.

Ich schüttle den Kopf. »Aber Alex vielleicht. Er hat sein Essen vorhin nicht angerührt.«

»Ich bring ihm gleich etwas«, erklärt er hilfsbereit, aber das ist nicht das, was ich hören wollte.

»Wolltest du nicht eine Mission begleiten?«, hake ich vorsichtig nach, doch Moose scheint mich zu durchschauen.

Er nimmt seine Brille ab, reibt sich über die Augen und blickt mich ernst an. »Ich weiß, du willst nur helfen, Lou. Aber je tiefer ihr drinsteckt, umso schwieriger wird es für Alex.«

»Gut, dann geh ich jetzt erst mal duschen«, gebe ich mich gleichgültig und stehe auf. Ich brauche Zeit, um in Ruhe nachzudenken. »Wenn ich euch irgendwie helfen kann, sagt Bescheid.«

Ich verabschiede mich ins Bett, doch Moose ist so beschäftigt damit, die Bewegung seiner Kameraden auf dem kleinen Bildschirm zu verfolgen, dass er mir keine Beachtung schenkt.

Nach der Dusche habe ich Moose eine Weile bei der Arbeit zugesehen und gehofft, dass sich für mich die Möglichkeit ergibt, noch einmal zu Alex zu kommen. Aber keine Chance.

Moose versteht seinen Job des Aufpassers scheinbar sehr gut.

Heute werde ich nichts mehr an Alex' Schicksal ändern können, also bleibt mir bloß zu hoffen, dass Daniel und Ivan auf seiner Seite stehen, wenn es hart auf hart kommt. Was es vielleicht nicht einmal wird. Die Hoffnung stirbt zuletzt, sagt man doch so schön.

Ich ziehe mich um und setze mich auf die Bettkante. Wenn ich jetzt einschlafe, werde ich dann Alex in meinen Träumen sehen? Werden wir miteinander reden können? So funktioniert das doch mit dem gemeinsam träumen, oder?

Mit einer Mischung aus Anspannung und Vorfreude lege ich mich unter die Decke und schalte das Licht aus. Verrückt, wenn man bedenkt, dass ich am Abend zuvor alles versucht habe, um nicht einschlafen zu müssen. Wie viel sich in vierundzwanzig Stunden ändern kann ...

Ich schließe die Augen und sehe sein Gesicht vor mir. Seine grünen Augen, die mich belustigt betrachten, seine Lippen, die sich zu einem Lächeln verziehen. Die Art, wie er mich im Arm hält, während wir tanzen. Ob Moose recht hat? Empfindet er wirklich mehr für mich, als er sollte?

Da wirst du nie hinter kommen, wenn sie ihn wegsperren und bestrafen, flüstert eine Stimme in meinem Kopf. Seufzend rolle ich mich auf die andere Seite und versuche mich auf meinen Atem zu konzentrieren. Endlich will ich wieder einschlafen, und nun kann ich es nicht, weil ich zu aufgewühlt bin. Das läuft ja wie am Schnürchen.

Vielleicht ist er nicht mal eingeschlafen. Vielleicht liegt auch er wach und denkt über die Konsequenzen seines Handelns nach. Vielleicht heckt er doch einen Fluchtplan aus und ist weg, wenn ich am Morgen wieder aufwache. Ich wünschte, es wäre so, aber insgeheim ahne ich, dass er zu pflichtbewusst ist, als dass er einfach verschwinden würde.

Ein Grund mehr, einzuschlafen und ihm Vernunft einzutrichtern.

Kapitel 11

Jascha

Österreich, 2018

Schlechte Neuigkeiten«, begrüßt mich Aslan. Er sitzt mit ein paar anderen Neulingen an einem Tisch und rutscht auf, um mir Platz zu machen. »Silas bleibt unser Trainer.«

»Alexander ist noch auf Mission«, schiebt jemand dazwischen, dessen Stimme ich jetzt schon nicht mehr hören kann. Fred. Ich balle die Hände zu Fäusten und entspanne sie wieder, um meine unsinnige Wut auf diesen Dummschwätzer zu unterdrücken. Wenn er mich nicht mitten im Unterricht angequatscht hätte, wäre es gar nicht erst so weit gekommen. »Also haben sie den Lehrplan geändert. Ich frag mich, wann er wiederkommt.«

»Ah«, antworte ich mit hochgezogener Braue. Ob er mich angesprochen hat, damit Silas mich mit in den Ring nimmt? »Was bist du noch gleich? Ein Alexander-Fangirl?«

Alle außer Fred lachen, und er tut mir schon fast wieder leid. Aber er merkt sich besser gleich, dass er mit mir keine Spiele treiben braucht. Die würde er sowieso nur verlieren.

Aslan räuspert sich. »Lass gut sein, Jascha«, murmelt er.

Ich zucke mit den Schultern. Meine Worte haben ihr Ziel sowieso schon erreicht. Fred wendet den Blick ab und stochert mit der Gabel in seinem Essen herum. Ich presse den Kiefer zusammen, um nicht weich zu werden oder mich gar noch zu entschuldigen, während Aslan mir die anderen Wächter an unserem Tisch vorstellt.

Ein paar von ihnen sind schon ein Jahr weiter und haben alle schon ihre Erfahrungen mit Silas gemacht. Einer von ihnen, Dorian, hat es sogar geschafft, ihm die Nase zu brechen.

»Ihr hättet Silas sehen sollen«, erzählt er. »Er war fuchsteufelswild.«

Ich lache auf. »Kann ich mir denken.«

Silas scheint mir nicht der Typ zu sein, der es einfach so hinnimmt, wenn jemand besser ist als er. Damit hatte Fred recht. Aber warum er mir das nicht nach der Stunde sagen konnte, verstehe ich nicht.

Wir essen unser Mittagessen und tauschen ein paar Geschichten über Prügeleien in unserer Schulzeit aus, bevor sich unsere Gruppe auflöst, um zum nächsten Unterricht zu gehen. Aslan hat mir meine Tasche mitgebracht, damit wir dieses Mal nicht wieder erst zu unserem Zimmer hetzen müssen, und so sitzen wir pünktlich im Klassenraum, um Niederländisch zu lernen.

Wir suchen uns einen Platz in der Mitte und stellen überrascht fest, dass nicht nur Wächter an diesem Unterricht teilnehmen, sondern auch Hexen. Ich packe meinen Kugelschreiber und den Collegeblock aus und klappe ihn auf. Dabei fällt mein Blick auf den Stundenplan.

Niederländisch.

Emma.

Mein Herz macht einen Satz. Ob die hübsche Ärztin auch unterrichtet?

Ich schließe für einen Moment die Augen und wünsche mir, dass sie es ist. Die Aussicht darauf, ihr anderthalb Stunden zuzusehen, steigert meine Laune ins Unermessliche.

»Was machst du da?«, unterbricht mich Aslan lachend. »Betest du etwa?«

»Ich? Nie und nimmer!«

»Sah so aus.« Er holt seine eigenen Sachen raus. »Wer weiß – vielleicht hast du ja Angst, von der nächsten Lehrerin gleich wieder eins auf den Deckel zu bekommen.«

Wenn du wüsstest, denke ich belustigt. Allmählich haben sich die Plätze gefüllt. Meinem Gefühl nach sitzen hier nicht nur Neulinge, sondern auch erfahrenere Hexen und Wächter, die den Kurs gewählt haben. Ich mag es, dass man hier nicht nach Alter, sondern nach Vorlieben und Wissensstand unterrichtet wird. In der Reihe vor uns sitzen zwei Hexen, die sich über die Vor- und Nachteile verschiedener Kräuter unterhalten, neben uns macht sich ein Wächter bereits eifrig Notizen, aber seine Schrift ist so unordentlich, dass ich nur schwer entziffern kann, was er schreibt.

Auf die Minute genau öffnet sich die Tür zum Klassenraum, und ich lehne mich zufrieden zurück, während Emma ihre Unterlagen auf dem Pult ablegt, ihre rosa Haare zu einem Pferdeschwanz zusammenfasst und sich schließlich vor die Klasse stellt, um uns zu begrüßen.

»Mein Name ist Emma. Ich bin eure Lehrerin für Niederländisch und diejenige, die euch wieder zusammenflickt, wenn euch Chemikalien um die Ohren fliegen oder ihr im Kampfunterricht eine Tracht Prügel bekommt.«

Ihr Blick verweilt einen Moment auf mir. Ich zucke unschuldig mit den Schultern und sie schmunzelt, bevor sie sich wieder abwendet.

»Soll heißen, wer sich im Niederländisch-Kurs nicht anstrengt, wird dafür mit stinkenden Kräutern behandelt. Meine Lieblingsschüler dagegen verwöhne ich mit einer Prise Magie, damit sie schnell wieder fit sind.«

Hm. Bedeutet die Ringelblumensalbe, dass sie mich nicht mag? Oder sind Ringelblumen ein Freundschaftsangebot, das ich ...

Halt, stopp! Was denke ich denn da? Es sollte mir absolut egal sein, ob sie mir eine Salbe verpasst oder ihre Hand auflegt und mich durch ihre Magie heilt. Im Idealfall werde ich keine weitere Heilung mehr benötigen. Auch wenn das als Wächter-Rekrut mehr als unwahrscheinlich ist.

»Also gut.« Sie blickt durch den Raum. »Dann wollen wir mal. Jeder von euch hat sicher schon die ein oder andere niederländische Vokabel aufgeschnappt. Sammeln wir doch mal ein paar Wörter.«

Die Tafel füllt sich ruckzuck mit Begriffen, und die Stunde schreitet viel zu schnell voran. Wir lernen uns vorzustellen und gehen schließlich reihum, um es miteinander zu üben. So erfahre ich, dass der Wächter neben mir Christian heißt und aus der Schweiz kommt, während die beiden Hexen vor uns, Linda und Dalia, beide aus Deutschland sind. Eine von ihnen hat sogar auf ihrer alten Schule ein halbes Jahr Niederländisch gelernt.

Nach dem Unterricht fühle ich mich irgendwie anders, und das liegt nicht nur daran, dass wir eine atemberaubende Lehrerin haben. Plötzlich haben Personen und Dinge Namen bekommen. Alles wird realer, als wäre all das hier nicht mehr unbedeutend, sondern Teil eines großen Ganzen. Als wäre ich irgendwo angekommen, obwohl ich nicht einmal wusste, dass ich auf der Suche nach etwas gewesen bin.

Kapitel 12

Mikael

Christiania, 1768

Die Zeit rennt uns davon. Wir versuchen es mit dem Aufsagen von Zaubersprüchen, mit einem heißen Bad, um sie zu entspannen, und einem Glas Wein, damit sie ihre Angst verliert, wir setzen uns hin und meditieren zusammen, und wir gehen – streng bewacht von der königlichen Garde – in die Natur, um ihr mehr Verbundenheit zu den Elementen zu verschaffen, aber es hilft alles nichts. Wenn ich es nicht mit eigenen Augen gesehen hätte, würde ich glauben, Freya hätte gar keine magischen Kräfte.

Sie hat zu große Angst davor, was geschehen könnte, wenn sie ihre Magie anwendet. Sie fürchtet sich davor, Menschen zu verletzen. Sich selbst zu verletzen. Mich.

Aber diese Angst kann ich ihr nicht nehmen. Schon gar nicht an einem einzigen Tag.

Das dumpfe Gefühl in meinem Magen wächst, je näher wir dem Abend kommen. Der König verlangt einen Lagebericht, und das Einzige, was wir ihm zeigen können, ist ein unnützes Zauberbuch und eine Hexe, die Angst vor ihren eigenen Fähigkeiten hat.

Das wird ihm nicht gefallen.

Nach dem kurzen Abendessen kommt ein Diener vorbei, um uns zum König zu bitten.

»Sag ihm, wir kommen gleich«, bitte ich ihn.

Unruhig wechselt er von einem Fuß auf den anderen. »Aber der König hat gesagt …«

»Ist mir egal, was er gesagt hat«, fahre ich ihn gereizt an. »Wir brauchen noch einen Moment und kommen, wenn wir fertig sind.«

»In Ordnung.« Er nickt und verneigt sich, bevor er den Gang hinunterläuft. Die Wache, die der König vorsorglich neben unserer Tür postiert hat, mustert mich schief. Ich verenge die Augen zu Schlitzen und schlage die Tür zu, nur um mich dagegen zu lehnen und schwer durchzuatmen.

Wir sind verloren.

Stuhlbeine rutschen über den Boden, und kurz darauf steht Freya vor mir. Vorsichtig hebt sie die Hände und legt sie an meine Wangen. »Ich kann allein zu ihm gehen«, schlägt sie wispernd vor. »Vielleicht schaffe ich es, ihn um mehr Zeit zu bitten.«

»Ich habe dir versprochen, dich vor ihm zu beschützen, und das werde ich«, entgegne ich so leise, dass die Wache vor der Tür uns nicht hören kann. »Ich lasse dich nicht allein zu ihm gehen.«

Sie nickt und schließt die Augen. Ich muss lächeln, weil sie so mutig ist und sich dem König entgegenstellen würde, nur um mich zu schützen. Mich, ihren Ehemann. Mich, den sie kaum kennt.

Zärtlich streiche ich ihr die langen Haare auf den Rücken und schiebe meine Hand in ihren Nacken, um sie an mich zu ziehen und zu küssen. Sie vergräbt ihre Finger in meinem Haar und drängt sich gegen mich. Mit ihrem süßen Geschmack auf den Lippen fällt es mir leicht, die Welt und ihre Probleme zu vergessen.

Ich wünschte, ich könnte den Rest der Nacht mit ihr im Bett verbringen. Doch den König warten zu lassen, war noch nie eine gute Idee.

Widerwillig löse ich mich von ihr. Sie seufzt, ein sanftes Lächeln umspielt ihre Mundwinkel, aber dann wird ihr Gesichtsausdruck düster. »War das etwa ein Abschiedskuss?«

»Ich hoffe nicht«, erwidere ich und hole einen kleinen Dolch aus meinem Gürtel, um ihn ihr in die Hand zu legen. »Versteck den in deinem Schuh. Vielleicht wirst du ihn brauchen.«

Freya schluckt, aber ich lasse ihr keine Zeit für Proteste, sondern gehe zum Bett, um das Hexenbuch zu holen. Danach verschränke ich meine Hand mit ihrer und öffne die Tür, um auf den Flur zu treten.

Der Weg zum König kommt mir dieses Mal viel kürzer vor, und ich frage mich, ob sie recht behält. Selbst wenn wir noch einen Tag Zeit haben, wir werden es nicht schaffen, ihn früh genug zu heilen, und das wird selbst ihm klar sein, wenn wir erzählen, wie der Tag verlaufen ist.

Man führt uns in sein Gemach. Da wir dieses Mal von zwei Wachen begleitet werden, fürchte ich, dass es nicht gut um uns steht.

Der König sieht aufgewühlt aus. Seine Haare stehen in alle Richtungen ab, als hätte er sie sich ein paar Mal zu oft gerauft. Er hat tiefe Schatten unter den Augen und sollte sich dringend etwas Frisches anziehen, statt mit den Überresten seines Mittagessens auf dem Hemd herumzulaufen.

»Und?«, herrscht er uns an. »Seid ihr soweit?«

»Wir brauchen mehr Zeit«, erwidere ich ernst.

»Zeit?« Er fährt herum und kommt auf uns zu. »Wir haben keine Zeit! Kann sie es oder nicht?«

Kurz überlege ich, ihn anzulügen, aber was würde uns das bringen? Spätestens, wenn er sie auffordert, ihn zu heilen, wird er sowieso dahinterkommen.

»Nein«, mischt sich Freya ein. »Magie ist kein Fingerschnipsen. Um etwas so Großes zu bewirken, braucht es Macht und Geschick.«

»Willst du damit sagen, Mikael hat mir eine unfähige Hexe mitgebracht?« Er fixiert mich mit seinem Blick. Freya scheint zu spüren, dass sich seine Wut nun gegen mich richtet, denn sie macht einen Schritt in meine Richtung und schiebt sich vor mich. Ich wünschte, sie hätte es nicht getan.

»Oh, wie schön«, ruft er ironisch aus. »Eure Hochzeit war wohl doch nicht so gespielt, wie sie es sein sollte.«

In seinen Augen glänzt ein wahnsinniges Funkeln, und ich weiß, dass es zu spät ist, um noch irgendwie zu handeln. Wir haben versagt.

»Ergreift ihn!«

Kapitel 13

Jascha

Österreich, 2018

Aslan schnipst mit den Fingern vor meinem Gesicht herum. Blinzelnd reiße ich mich zurück aus meiner Erinnerung an den heutigen Tag und blicke ihn an. »Hm?«

»Hm?«, wiederholt er, als hätte ich nicht mehr alle Tassen im Schrank. »Was ist heute nur los mit dir? Oh nein, ich weiß es! Du hast dich in die Niederländisch-Lehrerin verguckt. Oder?«

»Was? Ich?« Ich lache auf. »Nein!«

Er runzelt die Stirn und wartet darauf, dass ich ihm die Wahrheit sage. Warum kennt er mich bloß so gut?

»Vielleicht ein bisschen«, gestehe ich und lasse mich zurück in die Sofakissen fallen. »Ich weiß auch nicht. Sie hat mich heute Morgen behandelt. Und jetzt kann ich nicht mehr aufhören, an sie zu denken.«

Er wirft mich mit seinem Stift ab. »Warst du etwa nicht dabei, als sie uns die Regeln erklärt haben? Keine Beziehungen zwischen Hexen und Wächtern – schon gar nicht zwischen Lehrern und Schülern.«

Seufzend werfe ich seinen Stift zurück. »Ich weiß, ich weiß. Ich himmle sie ja bloß aus der Ferne an.«

Aslan schüttelt amüsiert den Kopf und widmet sich seinen Hausaufgaben. Genau wie ich hat er scheinbar beschlossen, alles zu geben, um nicht gleich in der ersten Woche negativ aufzufallen. Aber einmal Chaot, immer Chaot. Ich könnte wetten, dass es nicht lange klappt. Hat es bei mir ja auch eher mittelprächtig.

Die Tür zum Kaminzimmer öffnet sich, und zwei junge Frauen kommen herein. Eine von ihnen hat einen Hund im Schlepptau. Ich stoße Aslan kaum merklich in die Rippen.

Das sind die beiden Französinnen von heute Morgen. Wo ist die dritte?

Da sie sich im Palast frei bewegen dürfen, scheinen sie wirklich nichts Böses im Schilde zu führen. Im Gegenteil, jetzt schauen sie sich ehrfürchtig um, bevor sie auf das leere Sofa gegenüber von uns deuten und näherkommen.

»Ist der ... Platz noch frei?«, fragt die Dunkelhaarige in gebrochenem Englisch. Es ist die Stimme der Frau, die auch heute Morgen schon gesprochen hat. Entweder sind die anderen beiden Frauen schüchtern oder sie haben sie als ihre Anführerin bestimmt.

Aslan antwortet ihr auf Französisch. Sie lächelt ihn erleichtert an, während sie sich setzen und ihr Hund sich neben ihren Füßen zusammenrollt.

Unsere Chance, herauszufinden, was die Frauen so sehr erschrocken hat, dass eine von ihnen geschrien hat, also stellen wir uns ihnen vor.

»Ich bin Hayet«, sagt die Dunkelhaarige und deutet erst auf ihre Freundin, dann auf ihren Hund. »Und das sind Zoe und Lumière.«

Hayet sieht mit ihren rehbraunen Augen und dem weichen Gesicht aus, als hätte sie orientalische Wurzeln. Zoe ist ihr leuchtendes Gegenteil. Die blonden Haare, die rosigen Wangen, das kecke Grinsen – sie ist diejenige, der die Männer hinterherschauen, aber Hayet ist die, mit der man eine Beziehung eingehen würde.

»Ihr seid heute erst angereist, oder?«, frage ich, um die Konversation am Laufen zu halten.

Zoe nickt. »War ja kaum zu überhören. Azalea ist im Schnee ausgerutscht und hat geschrien wie am Spieß.«

»Azalea ist die Dritte?«, fragt Aslan neugierig. Er klappt sein Buch zu. Damit scheinen die Hausaufgaben für heute ad acta gelegt zu sein. »Wir haben euch heute Morgen im Hof gesehen.«

Sie erzählen uns eine etwas längere Version von ihrer Anreise, aber als wir sie nach dem Grund ihres Besuchs fragen, geben sie sich kurz angebunden. Dennoch tauen sie schnell auf und stellen sich als angenehme Gesprächspartner heraus, so dass die Zeit wie im Flug vergeht.

Um kurz vor zehn ertönt die Schulglocke und kündigt die beginnende Nachtruhe an. Wir verabschieden uns voneinander und verlassen das Kaminzimmer, um ins Bett zu gehen.

»Die waren doch ganz nett«, überlege ich laut.

Aslan lacht auf. »Hast du mal auf Lumière geachtet?«

Stirnrunzelnd schaue ich ihn an, und er schüttelt den Kopf. Offenbar kann er nicht glauben, dass ich nichts gemerkt habe. »Was ist mit ihm?«

»Er hat sich die ganze Zeit kaum gerührt. War nicht neugierig, hat nicht geschnüffelt, keine Leute begrüßt«, zählt er auf. »Das ist kein Hund, Jascha. Das ist ein Gestaltwandler.«

Kapitel 14

Louisa

Düsseldorf, 2018

Ich schlage die Augen auf und kneife sie gleich wieder zu, weil mich die Sonne blendet. Eine Hand gegen das Licht gehoben, wage ich einen erneuten Versuch und setze mich auf.

Nicht schlecht. Ich sitze auf einem Handtuch am Strand, weit und breit nichts als Sand und sanfte Wellen. Es ist warm, und ich trage ein Sommerkleid. Ein Kleid, das ich nie und nimmer freiwillig anziehen würde, weil es viel zu schick für die Arbeit auf dem Flughafen wäre.

Es ist weiß mit blauen Blüten und –

»Wunderschön.«

Ich zucke zusammen, als ich die Stimme hinter mir höre, und fahre herum. Mein Herz macht einen Satz. Alex steht hinter mir und schaut aufs Wasser.

»Ich war schon ewig nicht mehr am Meer«, erklärt er und blickt mich an. Seine grünen Augen funkeln im Sonnenlicht. »Ich hoffe, es macht dir nichts aus, dass wir hier sind.«

Ich schüttle den Kopf, immer noch sprachlos, weil es tatsächlich geklappt hat. Wir sind hier. Wir haben die ganze Nacht Zeit, um miteinander zu reden.

»Wollen wir ein Stück gehen?« Er streckt mir seine Hand hin, und ich nehme seine Hilfe an, um aufzustehen. Er sieht überrascht aus.

»Was denn?«, frage ich neckend. »Zur Emanzipation gehört auch, dass man sich manchmal wie eine Frau benehmen darf.«

Er schmunzelt und lässt mich die Richtung entscheiden. Wir laufen ein paar Meter schweigend, bevor ich ihn auf den neuesten Stand bringe. Ich erzähle ihm von Tyros' Ankunft in Marokko und davon, wie Moose am Abend die Operation seiner Kameraden begleitet hat.

»Ich denke, er ist immer noch dabei«, beschließe ich meine Erzählung. »Ich weiß nicht, wann er überhaupt schläft.«

»Also hatten sie noch kein Ergebnis?«

»Nicht, dass ich wüsste. Wonach suchen sie?«, stelle ich ihm die Frage, die ich auch schon Moose gestellt habe. Im Gegensatz zu Moose antwortet Alex mir aber. Langsam habe ich es raus, mit wem ich hier über was sprechen muss, um mehr Informationen zu bekommen.

»Hexenjäger«, grummelt er. »Wir sind schon eine Weile hinter ihnen her, konnten aber noch keine Erfolge erzielen. Sie sind gut darin, ihre Spuren zu verwischen.«

Mir wird flau im Magen. »Hexenjäger? Ich dachte, Gestaltwandler wären unser einziges Problem.«

»Das dachten wir auch, bis vor ein paar Monaten ein Angriff auf einen Clan gestartet wurde«, erzählt mir Alex. »Es gab zwei Überlebende. Sie haben von maskierten Männern berichtet, die alle Clanmitglieder zusammengetrieben und hingerichtet haben.«

»Das ist ja furchtbar«, murmle ich und reibe mir über die Arme.

Alex wirft mir einen kurzen Blick zu, den ich nicht deuten kann. »Portugal, Rumänien, Polen … und dann vor ein paar Stunden: Marokko.«

»Deswegen ist Tyros hingeflogen? Das war ein Clan?«

Er nickt. »Jedes Mal die gleiche Vorgehensweise. Die Menschen werden zusammengetrieben und getötet. Irgendetwas sorgt zudem dafür, dass sie ihre Magie nicht nutzen können, um sich zu wehren. In Portugal und Rumänien gab es leider keine Überlebenden.« Trauer huscht über sein Gesicht, doch das Gefühl ist so schnell wieder verschwunden, dass ich mir nicht sicher bin, ob ich es mir nicht eingebildet habe. »Wir haben einen Hinweis von einer Hexe außerhalb des Palasts bekommen. Dem sind die Männer heute auf den Grund gegangen.«

»Wow«, murmle ich, erschlagen von dem Umfang, den der Wächter-Job mit sich bringt. »Das ist ja schon fast wie beim Militär.«

»Das ist unser Leben.« Er zuckt mit den Schultern und bleibt stehen, um aufs Wasser zu schauen. Ich betrachte sein Profil und frage mich, wie viele solcher Einsätze er bereits mitgemacht hat. Kommt daher die Narbe auf seiner Wange?

»Hast du nie Angst?«, frage ich, bevor ich mich zurückhalten kann. Vielleicht liegt es am Traum, vielleicht auch daran, dass wir nicht befürchten müssen, dass uns jemand unterbricht ... Irgendwie fühle ich mich mutiger als sonst und traue mich, meine Gedanken auszusprechen.

Er dreht sich zu mir und lächelt schief, aber ich kenne ihn mittlerweile so gut, dass ich weiß, wie sein echtes Lächeln aussieht. »Ich versuche nicht allzu oft dran zu denken. Das Problem ist auch nicht, Angst zu haben. Problematisch wird es erst, wenn man mit seiner Angst nicht umgehen kann.«

»Ist das ein Wink mit dem Zaunpfahl?« Ich stoße ihm den Ellbogen in die Rippen und grinse, um die Sorgen aus seinem Gesicht zu vertreiben. »Ich hab mich heute echt gut geschlagen.«

»Muss am Training liegen.« Er erwidert mein Grinsen. »Was meinst du? Wollen wir den Traum nutzen und weitermachen?«

»Äh ... ja, wieso nicht?« Ich blinzle und finde mich plötzlich nicht mehr am Strand wieder, sondern in einer Boxhalle. Alex steht vor mir und hat T-Shirt und Shorts gegen schwarze Sportkleidung ausgetauscht. »Du willst mit mir in den Ring steigen?«

»Vorausgesetzt, du wechselst dein Sommerkleid gegen Sportsachen«, fügt er hinzu. Ich blicke an mir hinab und tatsächlich, ich trage immer noch das Kleid. Er erklärt mir, wie ich mittels Vorstellungskraft mein Outfit wechseln kann, und wenige Augenblicke später folge ich ihm in meiner Bad-Ass-Tomb-Raider-Kombi.

Er mustert mich mit hochgezogenen Brauen und stößt ein leises Pfeifen aus. »Heute willst du es aber wissen, oder?«

»Zu viel des Guten?« Unsicher ziehe ich das grüne Tanktop zurecht.

»Genau richtig.« Er grinst und holt zum Angriff aus. Ich ducke mich weg und hechte auf die andere Seite des Rings. Dieses Mal überrascht er mich nicht so leicht. Er dreht sich um, fixiert mich konzentriert und heckt einen neuen Plan aus. Ich versuche seine Tipps von der letzten Stunde anzuwenden, aber es dauert keine zwei Minuten, da fliege ich durch die Luft und lande hart auf der Matte.

»Alles okay?« Alex stützt seine Arme neben meinem Kopf ab und drückt sich hoch. Er reicht mir die Hand und zieht mich auf die Beine. »Das hat sich angehört, als hätte es wehgetan.«

Ich horche in mich hinein und stelle erstaunt fest, dass mir nichts fehlt. »Alles bestens. Muss wohl daran liegen, dass das nicht wirklich geschieht.«

»Das ist einer der Vorteile«, erklärt er. »Hast du schon mal von luziden Träumen gehört? Manche Menschen können ihre Träume bewusst steuern. Es gibt Wettkampfschwimmer, die so ihre Technik verfeinern, weil sie im Traum trainieren können, ohne erschöpft zu werden.«

»Also werde ich mich morgen früh trotzdem noch an alles erinnern können, als wäre es tatsächlich geschehen?«

Er nickt. »Kannst du dich an den Traum aus der letzten Nacht nicht mehr erinnern?«

»Nur noch vage.« Ich zucke mit den Schultern. »Aber darüber bin ich nicht sehr traurig. Ich glaube, ich hatte ein paar schlimme Albträume.«

Er lacht schnaubend und fokussiert mich wieder. »Die hattest du.«

Ohne es zu merken, haben wir angefangen, umeinander zu schleichen.

»Und du hast mich da rausgeholt«, fahre ich fort und konzentriere mich auf jede noch so kleine Bewegung von ihm. Jedes Zittern, jeder Atemzug – alles, was auf einen Angriff hindeuten könnte. »Und dich damit selbst ins Aus katapultiert.«

Seine Hand zuckt, ehe er auf mich zuschießt. Ich springe zur Seite und hole aus, um ihm einen Hieb zu verpassen, aber meine Hand saust ins Leere. Alex nutzt meinen Schwung, um mich auf den Boden zu befördern.

Dieses Mal lande ich auf dem Bauch, sein Knie im Rücken, eine Hand verdreht. »Ich hab das Gefühl, du spielst mit unfairen Mitteln«, japse ich, ehe er mich loslässt und mir wieder aufhilft.

»Das war gut, Lou«, lobt er mich. »Du hast meinen Angriff kommen sehen.«

Enttäuscht verziehe ich das Gesicht. »Aber ich konnte ihn trotzdem nicht abwehren.«

»Natürlich nicht.« Er lacht und verstrubbelt mir die Haare. »Wenn du das könntest ... Wofür hätte ich dann mein Leben lang trainiert?«

Ich fange seine Hand ab, kurz versucht, ihn irgendwie fertigzumachen, aber weil mir kein Weg einfällt, verharre ich mitten in der Bewegung.

Seine grünen Augen gleiten verunsichert über mein Gesicht, und er öffnet den Mund, um etwas zu sagen, doch ich komme ihm zuvor.

»Warum?«, frage ich heiser. »Warum wolltest du mir so dringend helfen, dass du dein Leben dafür aufs Spiel setzt?«

»Weil ...« Er bricht ab und presst die Lippen aufeinander. An seinem Blick erkenne ich, wie er die Mauer hochfährt. Was es auch ist, von ihm werde ich es nicht erfahren.

»Alex«, bitte ich ihn dennoch. Er seufzt, löst sich von mir und fährt sich mit den Händen durchs Gesicht, während er aus dem Ring steigt. Ein paar Schritte später lässt er seine Faust gegen einen Boxsack fliegen.

Einmal.

Und noch einmal.

Und dann wieder und wieder, bis ihm die Luft wegbleibt, und er keuchend in sich zusammenfällt. Ich klettere aus dem Ring und hocke mich neben ihn.

»Hey«, flüstere ich und lege eine Hand auf seine Schulter.

»Tut mir leid«, murmelt er und versucht sich in einem entschuldigenden Lächeln. Auf seiner Stirn steht Schweiß, sein Blick ist offen und verletzlich.

»Das muss es nicht.« Ich lasse ihn los und setze mich im Schneidersitz vor ihn hin. »Manchmal muss Wut einfach raus.«

»Ich bin nicht wütend auf dich«, widerspricht er und bringt mich damit beinahe zum Lachen, weil ich nicht eine Sekunde lang davon ausgegangen bin, er könnte wütend auf mich sein. »Ich bin wütend auf mich selbst.« Er zieht ratlos die Schultern hoch. »Ich weiß nicht, was ich mir dabei gedacht habe. Ich kannte die Konsequenzen. Ich meine … habe ich wirklich gedacht, für mich würden nicht die gleichen Regeln gelten?«

»Du hast getan, was du in dem Augenblick für richtig gehalten hast.« Ich greife nach seiner Hand und drücke sie. »Und ich weiß, es bedeutet nichts im Gegensatz zu den Konsequenzen, die dich … die uns erwarten, aber ich bin dir dankbar, dass du mich von den Albträumen befreit hast.«

»Louisa, ich hab dich nicht befreit.« Er atmet tief ein und schaut mich schuldbewusst an. »Ich hab dich so lange an mich gebunden, bis einer von uns stirbt.«

Kapitel 15
Mikael

Christiania, 1768

Ich ducke mich weg und lande einen Schlag im Magen der Wache. Er weicht aus, als ich ihm mein Knie in die Seite rammen will, und entkommt. Also will ich mich der anderen Wache widmen, doch stattdessen erstarre ich hilflos. Der Mann hat Freya in der Mangel und ein Messer an ihren zarten Hals gelegt.

»Schon gut.« Ich hebe die Hände, um ihm zu signalisieren, dass ich meinen Widerstand aufgebe. Die andere Wache kommt wieder heran und schlingt ein Seil um meine Handgelenke. Er zerrt mich zur Wand und bindet es an einem eisernen Fackelhalter fest. Die Pfeilwunde an meiner Schulter protestiert mit heißen Schmerzen.

Die Wache zückt ihren Dolch und schneidet mit einem lauten Ratsch mein Hemd in zwei Hälften.

»Das habe ich gerade erst gekauft«, grummle ich bitter. Ich weiß, was jetzt kommt. Sie werden mich auspeitschen, um ihr eine Reaktion zu entlocken.

Mistkerle.

»Du hast jetzt zwei Möglichkeiten, Freya *Erikson.*« Der König, der die ganze Zeit gelassen gewartet hat, dass ich meinen Widerstand aufgebe, spuckt meinen Nachnamen beinahe aus. »Entweder hilfst du uns, und deinem Gemahl geschieht nichts. Oder er wird Schmerzen leiden, die du dir in deinen kühnsten Träumen nicht ausmalen könntest.«

»Ich … ich kann nicht«, stottert sie. »Ich weiß nicht, wie. Bitte, Ihr müsst mir glauben.«

Ich schließe die Augen und atme tief durch. Ob ihm klar ist, in welche Gefahr er sich gerade begibt?

»Ich bin mir sicher, dass du seine Schreie nicht so schnell vergessen wirst. Und jedes Mal, wenn du daran zurückdenkst, wirst du wissen, dass er deinetwegen so gelitten hat.«

»Bitte, mein König«, presst sie erstickt hervor. »Ich gebe mein Bestes. Bitte lasst mir noch einen Tag Zeit.«

»Zu spät«, grummelt der König, und im nächsten Moment reißt mir die Peitsche den Rücken auf. Der Schock lässt mich laut keuchen, und ehe ich mich davon erholen kann, knallt die Peitsche ein weiteres Mal durch die Luft. Freya schreit auf.

Ich presse die Lippen aufeinander, nicht gewillt, Freya eine Erinnerung an diesen Moment zu geben, die sie nicht mehr vergessen kann.

Ich werde nicht schreien.

Ratsch.

»Das reicht!«, ruft Freya. Ihre helle Stimme beschert mir eine Gänsehaut. »Das bringt nichts. So werdet Ihr nur dafür sorgen, dass ich Euch nicht mehr helfen möchte.«

Ich schließe die Augen und bewundere sie für ihren Mut, dem König ihre Meinung an den Ko-

Ratsch.

Ich werde nicht schreien.

Ratsch.

Ich werde nicht … schreien.

Der nächste Schlag zwingt mich in die Knie. Zwischen all den Schmerzen von den Hieben spüre ich nicht mal mehr, wie die Wunde vom Pfeil wieder aufreißt. Ich sehe es nur am Blut, das vor mir auf den kalten Steinboden tropft.

Ratsch.

Keuchend falle ich gegen die Wand und presse meine Wange gegen das kühle Mauerwerk. Freya wimmert, als hätte sie selbst Schmerzen. Ich traue mich nicht mehr, zu ihr zu schauen. Ich will nicht sehen, wie sehr sie unter meiner Folter leidet. Ihr Weinen und Flehen reicht mir schon, um die Erinnerung an diesen Tag nie wieder loszuwerden. Ich wünschte, ich könnte ihr sagen, dass am Ende alles gut wird.

Ratsch.

Mir wird für einen Augenblick schwarz vor Augen.

Ich werde …

Ratsch.

»Genug!«, spricht der König. Erleichtert sacke ich zusammen und blinzle über meine Schulter. Freya schluchzt auf und versucht, sich loszureißen, aber die Wache hält sie eisern im Griff. »Er wird nicht schreien. Lasst euch etwas Besseres einfallen.«

»Sollen wir ihn in die Kammer bringen, Eure Hoheit?«

Der König schweigt und kommt zu mir. Er greift in meine Haare und zieht meinen Kopf zurück, so dass ich ihn anschauen muss. »Sag deiner Frau, dass sie den Befehlen Ihres Königs Folge zu leisten hat.«

Der irre Blick verrät mir, dass wir mit ihm nicht mehr verhandeln können. Dafür ist es längst zu spät. Jetzt gibt es nur noch den Weg nach vorn.

»Fahr zur Hölle«, stoße ich hervor. Er lässt mich los, und ich knalle mit der Stirn gegen die Wand.

»Brandmarken wir ihn, damit er sich für immer an den heutigen Tag erinnert«, schlägt der König vor und deutet auf den Kamin.

»Nein, bitte.« Freya strampelt, um sich loszureißen, aber es gelingt ihr nicht.

Ich lache verzweifelt auf, weil mir klar wird, dass er erst aufhören wird, wenn Freya ihre Magie benutzt oder ich tot bin. Und bis ich tot bin, wird es ein langer Weg … wenn ich ihn nicht beschleunige.

»Warum tust du es nicht selbst?«, provoziere ich ihn. »Bist du dir zu fein, deine Gefolgsleute zu quälen? Oder hast du Angst davor, dass du die Erinnerung nicht mehr loswirst? Nach allem, was ich für dich getan habe, kannst du die Drecksarbeit wenigstens einmal selbst erledigen.«

Er schnaubt auf und geht zum Kamin, um den Schürhaken ins Feuer zu halten. Das Eisen läuft glühend rot an, je heißer es wird. Mit einem zufriedenen Grinsen kommt er damit auf mich zu. Ich wappne mich innerlich, aber nichts hätte mich auf den gleißenden Schmerz vorbereiten können, den ich empfinde, als er den Schürhaken auf mich zu sausen lässt.

Ich brülle auf und winde mich, um der Berührung zu entkommen, doch es gibt kein Entkommen. Es gibt nur noch das Gefühl, entzweigerissen zu werden und die explodierenden Lichter hinter meinen Augenlidern, kurz bevor alles schwarz wird.

Kapitel 16

Louisa

Düsseldorf, 2018

Bis einer von uns stirbt … Das könnte schon sehr bald sein, wenn sie dich enteignen und du das nicht aushältst«, antworte ich düster.

Er lacht ungläubig auf. »Darüber denkst du jetzt nach?«

»Worüber soll ich sonst nachdenken?«

»Vielleicht darüber, dass wir von nun an jede Nacht miteinander verbringen werden«, schlägt er vor und entzieht mir seine Hand. »Oder darüber, dass ich dir – ausgerechnet dir – den freien Willen genommen habe, in dem ich dich vorher nicht über geteilte Träume aufgeklärt habe. Wieso bist du verdammt noch mal nicht wütend auf mich?«

Er steht auf und geht aufgewühlt durch den Raum. Ich stelle mich hin, klopfe den Staub von meinen Oberschenkeln und verschränke die Arme vor der Brust, während ich darüber nachdenke, welche Reaktion jetzt angemessen wäre. Er erwartet von mir, dass ich wütend bin, weil er mir den freien Willen genommen hat, vergisst dabei aber, dass ich sogar Angst vor dem Schlafen hatte, weil meine Albträume immer schlimmer wurden. Bis jetzt ist der einzige Haken an der Sache, den ich erkennen kann, der, dass er den Verstand verliert, weil er es ohne Träume nicht mehr aushält.

»Ich bin nicht wütend auf dich, weil ich dich mag, Alex«, erkläre ich ihm. Er bleibt abrupt stehen, und ich halte den Atem an. In der Stille um uns herum könnte man eine Nadel auf den Boden fallen hören. Ich wünschte, er würde etwas antworten. Mich nicht so in der Luft hängen lassen. Verdammt nochmal, ich hab ihm gerade gestanden, dass ich ihn mag!

Er fährt herum, sein Gesicht verzerrt, sein ganzer Körper unter Strom, und kommt mit großen Schritten auf mich zu. Ich weiche zurück, weil mir diese Version von ihm nicht geheuer ist, aber dann habe ich plötzlich die Wand im Rücken und muss den Kopf heben, um ihn anzusehen. Er bleibt dicht vor mir stehen, hebt einen Finger, bevor er die Hand wieder zur Faust ballt.

Sein Duft steigt mir in die Nase, und während sein warmer Atem über mein Gesicht streichelt, ist es längst um mich geschehen.

»Und so was«, flüstert er rau, »darfst du niemals sagen. Nie wieder, hörst du?«

Mein Herz macht einen Satz. Das war nicht die Antwort, die ich hören wollte. Nicht, dass ich wüsste, welche es gewesen wäre, aber die sicher nicht.

»Lou.« Er verzieht das Gesicht. Gott, wahrscheinlich kann er mir genau ansehen, dass er mich verletzt hat. Ich drehe den Kopf weg. Er hebt seine Hand an meine Wange und zwingt mich dazu, ihn wieder anzusehen. »Versprich mir, dass du sowas niemals außerhalb unserer Träume aussprichst.«

Außerhalb unserer ... Verblüfft öffne ich den Mund. In seinem Blick erkenne ich die gleiche Angst, die ich auch schon am Morgen gesehen habe. Die Angst davor, dass mir etwas zustoßen könnte.

»Versprich es mir.« Seine Miene ist gequält, aber er lässt nicht locker.

»Ich gebe dir mein Wort«, verspreche ich ihm mit flatterndem Herzen und Hummeln im Bauch. Die Angst weicht aus seinem Blick, zumindest ein Teil davon, und seine Hand wandert in meinen Nacken. Mir wird schwindelig, als er sich zu mir hinunterbeugt und unsere Lippen aufeinandertreffen. Seine sind weich und voll, und unser Kuss schmeckt wie der Himmel auf Erden. Wie Sommerregen oder das Durchatmen nach einem Dauerlauf. Er

schmeckt nach unausgesprochener Sehnsucht und der Angst, entdeckt zu werden.

Ich klammere mich an sein T-Shirt, weil ich längst die Kontrolle über meine Knie verloren habe, und erforsche seinen Mund, bis ich keine Luft mehr bekomme, weil ich zu gierig gewesen bin.

Keuchend löse ich mich von ihm. Seine Augen funkeln belustigt.

»Du musst atmen, Louisa«, flüstert er neckend.

»Wie kann ich atmen, wenn das passiert?«, erwidere ich und breche in ein mädchenhaftes Grinsen aus, weil ich gerade meinen ersten Kuss bekommen habe und er im wahrsten Sinne des Wortes umwerfend war.

Langsam werde ich wach und räkle mich in den Sonnenstrahlen, die durch das Fenster ins Zimmer fallen. In meiner Eile habe ich nicht einmal daran gedacht, die Jalousien runterzufahren. Als hätte Alex nicht nur meine Albträume vertrieben, sondern auch die Angst, die mir die letzten Tage im Nacken gesessen hat.

Alex.

Die Erinnerung an meinen Traum lässt mich lächeln. Ich rolle mich auf den Rücken und lege eine Hand an meine Lippen, um so unseren Kuss Revue passieren zu lassen. Während ich darüber nachdenke, frage ich mich, ob dieser Kuss überhaupt zählt. Immerhin hat er ja eigentlich nur im Traum stattgefunden.

Hätte Alex mich auch geküsst, wenn wir uns in der Realität nähergekommen wären? Was wird geschehen, wenn wir uns das nächste Mal sehen? Werden wir dann so tun, als wäre nie etwas zwischen uns passiert?

Das müssen wir, schießt es mir durch den Kopf. Wenn auch nur der leiseste Verdacht aufkommt, zwischen uns würde mehr sein als Freundschaft ... wird unsere Geschichte keinen guten Ausgang haben.

Das reicht, um mir das blöde Grinsen aus dem Gesicht zu wischen. Seufzend stehe ich auf und ziehe mir etwas Frisches an. Aus dem Wohnzimmer dringen leise Stimmen, also scheinen Ivan und Daniel schon angekommen zu sein oder Moose guckt Fernsehen, um sich wachzuhalten. Im Spiegel überprüfe ich, ob ich irgendwie anders aussehe, auch wenn mir selbst klar ist, dass ein Kuss kein Aussehen verändern kann. Sicher ist sicher.

Dann öffne ich die Tür, gehe hinaus und bleibe überrascht stehen, weil Moose nicht mehr allein ist. Alex lehnt gegen die Kühlschranktür. Seine Augen blitzen erfreut auf, als sich unsere Blicke begegnen, und mein Herz macht einen Satz.

Bevor ich mir darüber Gedanken machen kann, was dieser kurze Blickkontakt bedeuten mag, dreht sich allerdings der Mann um, der Moose bislang über die Schulter geguckt hat.

Ich atme erstaunt ein. Er ist zwar nicht ganz so hoch gewachsen und etwas muskelbepackter als Alex, doch er hat die gleichen grünen Augen. Er beginnt zu lächeln, ein sympathisches, schiefes Lächeln, das von einer langgezogenen Narbe auf seiner Unterlippe und dem Kinn gestört wird, und kommt auf mich zu, um mir die Hand zu reichen.

»Da ist ja unsere Hexe«, begrüßt er mich fröhlich. »Ich bin Ivan. Alex' Bruder.«

Sein Akzent ist genauso ausgeprägt, aber im Gegensatz zu Alex scheint er der gesprächigere Typ zu sein.

»Hi«, erwidere ich verlegen. »Wolltet ihr nicht eigentlich zu zweit kommen?«

»Unser Kollege belagert das Bad«, verrät er mir mit einem Zwinkern und schaut dann zu Moose. »Kaffee?«

»Immer.« Moose reicht ihm seine leere Tasse.

»Du auch, Louisa?«

Ich nicke, zu mehr bin ich nicht imstande, weil mein Hals ganz trocken ist. Moose scheint tatsächlich Wort gehalten zu haben, sonst wäre Ivan sicher nicht so fröhlich.

Alex stößt sich vom Kühlschrank ab, öffnet den Schrank und holt Tassen für uns raus. Am Esstisch ist vor lauter Technik kaum noch Platz, um vernünftig zu frühstücken. Mein Blick fällt auf die Schüsseln, die sich in der Spüle stapeln.

»Haben wir noch Cornflakes?«, frage ich mit rauer Stimme und presse eine Hand auf meinen knurrenden Magen.

»Die sind leer«, erklärt Ivan entschuldigend. Er lächelt mich breit an. »Aber ich mach dir ein Omelett. Du siehst aus, als hättest du schon seit Tagen nichts Vernünftiges mehr gegessen.«

»Danke.« Verwirrt über seine Fürsorge setze ich mich zu Moose an den Tisch und lausche den drei Männern, während sie sich über die gestrige Mission unterhalten, die scheinbar nicht die gewünschten Ergebnisse gebracht hat. Ivan serviert in der Zwischenzeit Kaffee und macht sich dann daran, mein Omelett vorzubereiten, während Alex die Spülmaschine einräumt.

Ivan hat gerade den Herd angeschaltet, da geht die Badezimmertür auf und ein Kerl kommt raus, ein Handtuch locker um die Hüften geschlungen. Seine nackte Brust zieht mich wie magisch an, nicht, weil er muskulös ist, sondern weil es aussieht, als hätte man ihm ein Brandzeichen verpasst.

Er hebt den Blick, und erneut atme ich scharf ein. Sofort springe ich auf und weiche mit rasendem Herzen zurück, bis ich an der Wand stehe. Das kann nicht sein. Das muss ein Irrtum sein.

»Liam?«

Kapitel 17

Jascha

Österreich, 2018

Dieses Mal kommen wir rechtzeitig zum Frühstück, um noch etwas vom Rührei abzubekommen. Wir setzen uns an den gleichen Tisch wie gestern. Fred macht einen weiten Bogen um uns, aber als Hayet und Zoe hineinkommen, steuern sie unseren Tisch an.

Ich vergewissere mich, dass wir nicht die Einzigen sind, die mit Frauen zusammen an einem Tisch sitzen und lächle sie dann einladend an. Muss ja nicht sein, dass wir gleich wieder negativ auffallen.

Lumière haben sie dieses Mal auf dem Zimmer gelassen, also kann ich Aslans These nicht überprüfen. Aber irgendwie finde ich es schwer irritierend, wie den Wächtern etwas so Bedeutendes entgehen kann.

Da heute die Ansprache der Direktorin stattfinden soll, ist es im Frühstückssaal voller als sonst. Scheinbar sind auch die Schüler gekommen, die sonst nicht frühstücken.

»Urgh«, macht Aslan. »Das Rührei ist längst kalt.«

»Warte, ich helf dir.« Zoe schmunzelt und streckt ihre Hand über seinem Teller aus, bevor sie die Augen schließt. Kurz darauf dampft das Rührei. Aslan blickt sie begeistert an.

Ich schiebe meinen Teller mit einem unschuldigen Schulterzucken in ihre Richtung, und sie wendet ihre Magie auch auf meinen Teller an.

»Muss praktisch sein, wenn man alles verzaubern kann«, stelle ich fest und koste von meinem Rührei. Es schmeckt wie frisch gemacht.

»Na ja ...« Zoe blickt zu Hayet, hält es aber nicht lange ohne ein Strahlen aus. Sie scheint die Magie wirklich zu lieben. »Das ist es.«

Hayet verzieht das Gesicht. »Da kann ich nicht mitreden. Ich habe keine Kräfte.«

»Du bist eine àn hjarta?« Erstaunt betrachte ich sie. Ich hätte schwören können, dass sie eine Hexe ist.

Sie zuckt mit den Schultern, als wäre es ihr egal, aber in ihren Augen kann ich sehen, dass es alles andere als unwichtig ist. Dass ihre Freundin ihre Zauberkräfte so offensichtlich anwendet, tut ihr weh, weil sie ihr damit immer wieder zeigt, wie unterschiedlich sie sind.

Am liebsten würde ich sie trösten, aber ich weiß nicht, wie. Zum Glück gehen in diesem Moment die großen Flügeltüren auf, und eine Frau betritt den Saal. Sie ist jung, vielleicht Anfang dreißig, und trägt ihre blonden Haare in einer schulterlangen Frisur. Was mich aber erstarren lässt, sind ihre Augen. An Stelle ihrer Pupillen ist da ... nichts.

Da sie sich dennoch zielstrebig durch den Raum bewegt, frage ich mich für einen Augenblick, ob sie wirklich blind ist. Am Podest angekommen, tastet sie allerdings vorsichtig nach dem Geländer, ehe sie die zwei Stufen nimmt und hinter dem Rednerpult Stellung bezieht.

Sie klopft auf das Mikrofon, um zu sehen, ob es an ist, und lächelt.

»Hallo zusammen«, begrüßt sie uns. »Herzlich Willkommen am Palast der Träume all unseren neuen Schülern, herzlich Willkommen zurück aus den Winterferien an die alten. Ich freue mich, euch auch dieses Jahr wieder als Direktorin begrüßen zu dürfen. Mein Name ist Freya Erikson.«

Eine dramatische Wende bringt den Palast der Träume in große Gefahr!

Während der Reise zum Palast der Träume haben Alex und Louisa einen folgenschweren Fehler gemacht. Doch ehe sie darüber nachdenken können, spitzt sich die Lage zu: Louisas magische Fähigkeiten geraten außer Kontrolle, und die Hexenjäger greifen einen weiteren Clan an. Der Ratsvorsitzende Tyros macht sich selbst auf den Weg nach Marokko, um nach Überlebenden zu suchen, gerät dabei aber in unvorhergesehene Gefahr. Schnell wird klar: Der magische Rat wird gegen die Bedrohungen von innen und außen nicht ankommen. Während Louisa und Alex noch mit den Konsequenzen der Reise zu kämpfen haben, rücken die Feinde in gefährliche Nähe …

In »Sehnsucht und Verrat« geht es dramatisch weiter: packende Action, politische Intrigen und Menschen, die bereit sind, alles für die Liebe zu tun!

Lust auf Bonuscontent?
Scanne den QR-Code und entdecke unter anderem eine Bonusszene aus Alex' POV!

oder folge dem Link:
www.kimleopold.de/black-heart-chroniken-1-bonusmaterial/

Wenn New Girl auf Gossip Girl trifft — ein Neuanfang in der Stadt, die niemals schläft

Der Ballast ihrer Vergangenheit hat es nicht in den prall gefüllten Koffer geschafft, das jedenfalls hofft Lily. Denn der Neuanfang in der Stadt, die niemals schläft, soll ein Leben ohne Altlasten ermöglichen. Als Lily nach dem Tod ihrer Mutter in eine WG mitten im New Yorker Großstadtdschungel zieht, hat sie mit vielem gerechnet. Nur nicht damit, dass ihre beiden Mitbewohner männlich, attraktiv und verdammt hilfsbereit sind. Während Ash versucht, sie mit viel Charme zum Bleiben zu bewegen, sind es Jamies Schokoladenaugen und sein mitfühlendes Lächeln, die Lilys Herz schneller flattern lassen. Zwischen Tänzen bei Kerzenschein und leuchtenden Sonnenaufgängen findet Lily ihre Freude am Leben wieder und verliebt sich — in New York und in Jamie. Doch ihre Freude währt nicht lang, als sie herausfindet, dass sie ihrer Vormieterin wie aus dem Gesicht geschnitten ist ...

Scanne den QR-Code, um direkt zum Buch zu gelangen!

oder folge dem Link:
www.kimleopold.de/liliennaechte

Du und ich – a match made in heaven!

Ich bin Kim, Autorin von knisternden New Adult Liebesromanen und Fantasy. Mein Lieblingsjob? Dich in fesselnde Welten zu entführen, in denen Romantik und Abenteuer Hand in Hand gehen.

Wenn du nach romantischen Büchern suchst, die nicht nur dein Herz schneller schlagen lassen, sondern auch tiefgründige Botschaften vermitteln, bist du bei mir an der richtigen Stelle. In meinen Geschichten versteckt sich neben Liebe, Leidenschaft und einer Prise Humor nämlich auch ganz viel Inspiration, deine eigenen Träume zu leben und dich selbst zu lieben.

Bist du bereit fürs Abenteuer? Dann zögere nicht länger — melde dich zu meinem Newsletter an, um keine weiteren Veröffentlichungen mehr zu verpassen.

Auf www.kimleopold.de findest du einen Überblick über bisher veröffentlichte Bücher und bekommst tolle Bonusmaterialien!